FICTION CONNECTION

COLECȚIE COORDONATĂ DE
Magdalena Mărculescu

Lee Child

61 de ore

Traducere din engleză de
Constantin Dumitru-Palcus

TREI

Editori:
Silviu Dragomir
Vasile Dem. Zamfirescu

Director editorial:
Magdalena Mărculescu

Redactor:
Mihaela Ionescu

Coperta colecției: Faber Studio
Foto copertă: Guliver/Getty Images/ © 101cats

Director producție:
Cristian Claudiu Coban

Dtp:
Ionuț Tolontan

Corectură:
Dușa Udrea
Ana-Maria Tamaș

Descrierea CIP a Bibliotecii Naționale a României
CHILD, LEE
61 de ore / Lee Child ; trad.: Constantin Dumitru-Palcus. - Bucureşti : Editura Trei, 2016
ISBN 978-606-719-894-2

I. Dumitru-Palcus, Constantin (trad.)

821.111-31=135.1

Titlul original: 61 Hours
Autor: Lee Child

O.P. 16, Ghișeul 1, C.P. 0490, București
Tel.: +4 021 300 60 90 ; Fax: +4 0372 25 20 20
e-mail: comenzi@edituratrei.ro
www.edituratrei.ro

ISBN: 978-606-719-894-2

Redactorului meu, Marianne Velmans,
cea de neînlocuit

Capitolul 1

Trei fără cinci minute, după-amiaza. Cu exact 61 de ore înainte să se întâmple. Avocatul intră cu mașina în parcarea pustie și opri motorul. Se așternuse un strat de două degete de zăpadă pe jos și zăbovi un pic ca să-și pună galoșii. Coborî, își ridică gulerul și se îndreptă spre intrarea vizitatorilor. Vântul bătea amarnic dinspre nord. Fulgi dolofani și leneși îngroșau aerul. Auzise la radio că la nici o sută de kilometri distanță era furtună.

Avocatul intră pe ușă și-și scutură zăpada de pe picioare. Nu era coadă, pentru că nu era zi de vizite. În fața lui nu erau decât o încăpere goală, o instalație de raze X, un detector de metale și trei gardieni care nu făceau nimic. Îi salută cu o mișcare din cap, cu toate că nu-i cunoștea. Dar se considera ca făcând parte din aceeași tabără cu ei. Închisoarea era o lume binară. Erai ori întemnițat, ori nu. Ei nu erau. Nici el.

Încă.

Luă o cutie din plastic dintr-o stivă aflată într-un echilibru precar și își puse în ea paltonul bine îndoit. Sacoul de costum îl așeză împăturit peste palton. În închisoare era foarte cald. Era mai ieftin să arzi ceva gaz în plus decât să le dai pușcăriașilor două rânduri de haine, unul pentru vară, altul pentru iarnă. Auzea în fața lui gălăgia pe care o făceau, clănțănitul obiectelor metalice pe beton, țipetele și urletele răzlețe și murmurul jos al altor glasuri nemulțumite, toate estompate de coridoarele întortocheate și numeroasele uși închise.

Își goli buzunarele pantalonilor de chei, portofel, celular și monede, așezând acele obiecte personale curate și calde deasupra sacoului. Luă cutia din plastic cenușiu, dar n-o duse la instalația de raze X. O cără până în cealaltă parte a camerei, la o ferestruică din perete. O femeie în uniformă luă cutia și îi dădu în schimb un tichet numerotat.

Se opri în fața detectorului de metale. Își pipăi buzunarele și privi înainte, ca și cum ar fi așteptat o invitație. Comportament învățat de la zborurile cu avionul. Gardienii îl lăsară să aștepte un minut: un bărbat scund și neliniștit, doar în cămașă, cu mâinile goale. Fără servietă. Fără blocnotes. Nici măcar un stilou nu avea. Nu se afla acolo ca să acorde consultanță. Ci ca să primească ordine. Nu să vorbească, ci să asculte, iar lucrurile care urmau să i se spună nu aveau ce să caute pe o foaie de hârtie.

Gardienii îi făcură semn să treacă. Se aprinse o lumină verde, fără niciun sunet, dar totuși primul gardian îl controlă cu detectorul de sus până jos, iar al doilea îl percheziționă. Al treilea îl escortă în interiorul clădirii, prin uși proiectate astfel încât să nu poată fi deschise decât dacă ușa următoare și cea precedentă erau închise, ocolind colțuri menite să încetinească fuga unui om și trecând pe lângă geamuri verzi din spatele cărora îi urmăreau chipuri atente.

Anticamera avusese un aer instituțional, cu linoleum pe podea, pereți vopsiți în vernil și tuburi fluorescente pe tavan. În plus, avea legătură cu exteriorul, cu pale de aer rece ce pătrundeau înăuntru când se deschidea ușa și pete de sare și băltoace de zăpadă topită pe podea. Închisoarea propriu-zisă era altfel. Nu avea legătură cu lumea de-afară. Fără cer, fără intemperii. Nicio intenție decorativă. Totul era beton gol, tocit și slinos în locurile frecate de mâneci și umeri, încă palid și prăfuit acolo unde nimic nu-l atinsese. Pe podea, un strat de vopsea aderentă de culoare gri, ca în garajul unui automobilist entuziast. Pantofii avocatului scoteau zgomote stridente la contactul cu podeaua.

Vorbitoarele erau în număr de patru. Fiecare era un cub din beton fără ferestre, împărțit exact în două de o tejghea ce unea doi pereți opuși, cu un geam de siguranță deasupra. Pe tavan, în dreptul tejghelei, erau aprinse becuri protejate de abajururi din sârmă. Tejgheaua era din beton armat. Încă se puteau distinge pe suprafața ei fibrele lemnului folosit la cofraj. Geamul de siguranță verzui era gros și împărțit în trei panouri suprapuse astfel încât să formeze niște fante de ascultare piezișe. Panoul central avea un decupaj în partea de jos, pentru documente. Ca la bancă. Fiecare jumătate de cameră avea propriul scaun și propria ușă. Perfect simetrice. Avocații intrau pe o ușă, clienții lor, pe cealaltă. Ulterior, plecau pe unde veniseră, fiecare spre o destinație diferită.

Gardianul deschise ușa dinspre coridor și făcu un pas în încăpere ca să verifice din priviri că totul era așa cum ar fi trebuit să fie. Apoi se dădu într-o parte și-l lăsă pe avocat să intre. Acesta așteptă până când gardianul închise ușa în spatele lui și-l lăsă singur. Apoi se așeză și se uită la ceas. Întârziase opt minute. Vremea neprielnică îl făcuse să conducă mai încet. În condiții normale, ar fi privit ca pe un eșec faptul că întârziase la o întâlnire cu clientul. Total lipsit de profesionalism și de respect. Dar vizitele la închisoare erau diferite. Pentru deținuți, timpul nu însemna nimic.

După alte opt minute, se deschise cealaltă ușă din peretele aflat îndărătul geamului. Un alt gardian intră, verifică încăperea, după care ieși și un deținut intră târșâindu-și picioarele. Era un bărbat alb, obez, tapetat cu grăsime și complet spân. Era îmbrăcat într-un trening portocaliu. Lanțurile de la încheieturile mâinilor și de la glezne arătau ca niște bijuterii delicate. Avea ochii lipsiți de viață și o față docilă și absentă, dar gura i se mișca ușor, încât ai fi zis că e un ins cam nătâng care se chinuie să rețină informații complexe.

Ușa de dincolo se închise.

Deținutul se așeză.

Avocatul își trase scaunul mai aproape de tejghea.

Deținutul făcu la fel.

Simetric.

— Scuze de întârziere, spuse avocatul.

Deținutul nu-i răspunse.

— Ce mai faci? întrebă avocatul.

Deținutul nu-i răspunse. Avocatul rămase tăcut. În cameră era foarte cald. După un minut, deținutul începu să vorbească, recitând listele, ordinele, frazele și paragrafele pe care le încredințase memoriei. Din când în când, avocatul îl ruga să vorbească mai rar și, de fiecare dată, individul se oprea, aștepta, după care pornea din nou, reluând de la capăt fraza anterioară, fără să-și schimbe nici ritmul, nici recitarea monotonă. Era ca și cum n-ar fi cunoscut alt mod de a comunica.

Avocatul avea o memorie pe care o considera destul de bună, mai ales pentru detalii, ca majoritatea avocaților, și era cât se poate de atent, căci faptul că se concentra pe procesul memorării îl distrăgea de la conținutul efectiv al instrucțiunilor pe care le primea. Dar, chiar și așa, un colțișor al minții numărase paisprezece propuneri criminale separate înainte ca deținutul să termine ce avusese de spus.

Avocatul nu zise nimic.

— Ai reținut tot? îl întrebă deținutul.

Avocatul încuviință cu o mișcare a capului și deținutul căzu într-o stare de nemișcare bovină. Sau cabalină, ca un măgar pe câmp, infinit de răbdător. Timpul nu însemna nimic pentru deținuți. Mai ales pentru acesta. Avocatul împinse scaunul în spate și se ridică. Ușa rămăsese descuiată. Ieși pe coridor.

Patru fără cinci după-amiaza.

Încă șaizeci de ore.

Avocatul îl găsi pe același gardian așteptându-l. Două minute mai târziu era în parcare. Îmbrăcat, cu lucrurile în buzunare, toate având o greutate, o prezență și o normalitate liniștitoare. Ningea mai tare, era mai frig și vântul se întețise. Se întuneca, repede și devreme. Avocatul așteptă un moment, cu motorul și încălzirea pentru scaune pornite, în timp ce ștergătoarele măturau zăpada de pe parbriz. Apoi porni din loc, făcu o întoarcere lentă și largă, pneurile scârțâind pe zăpada proaspăt căzută și farurile tăind arce luminoase prin forfoteala albă a fulgilor. Se îndreptă spre ieșire, porțile din plasă de sârmă, așteptarea, verificarea portbagajului, apoi lungul drum drept care ducea prin oraș spre autostradă.

Paisprezece propuneri criminale. Paisprezece fărădelegi, de fapt, dacă transmiteau mai departe propunerile și acestea erau puse în aplicare, lucru care avea să se întâmple fără doar și poate. Sau cincisprezece delicte, pentru că atunci și el ar fi devenit complice. Sau douăzeci și opt de fărădelegi, dacă procurorul alegea să considere separat complicitatea la fiecare dintre delicte, ceea ce un procuror ar fi putut să facă, așa, de amorul artei. Sau pentru glorie. Douăzeci și opt de drumuri separate spre rușine, infamie și excluderea din barou, urmate de proces, condamnare și trimiterea la închisoare. Închisoare pe viață, aproape sigur, dată fiind natura uneia dintre cele paisprezece propuneri, și asta numai după o negociere reușită cu procurorul. Perspectiva unei negocieri eșuate era prea urâtă ca să se gândească la ea.

Avocatul pătrunse pe autostradă și rămase pe prima bandă. Totul în jurul lui era cenușiu de la ninsoarea care cădea în după-amiaza târzie. Nu era cine știe ce trafic. Doar când și când câte-un automobil sau camion care mergea în aceeași direcție cu el, unele mai rapide, altele mai lente, la fel de rare fiind și mașinile care veneau din sens opus, dincolo de separatorul de drum. Ținu volanul cu o mână și, desfăcându-și centura de siguranță, scoase telefonul din buzunar. Îl cântări în palmă. Avea trei variante. Prima, să nu facă nimic. A doua, să sune la numărul indicat. A treia, să sune la numărul la care ar fi trebuit să sune de fapt, în împrejurările date fiind vorba de 911, după care să dea repede de veste și la poliția locală, la Patrula Autostrăzii, la șerifii de district și la Asociația Avocaților, pentru ca în final să-și caute un avocat.

Alese a doua variantă, lucru pe care știa c-o să-l facă. Prima variantă nu l-ar fi dus nicăieri, decât ceva mai târziu, când ei i-ar fi dat de urmă. Varianta cu numărul trei i-ar fi adus moartea, o moarte lentă, la capătul unor ore sau chiar zile de suferință oribilă. Era un omuleț fricos, nici pe departe un erou.

Formă numărul pe care primise ordin să-l formeze.

Îl verifică de două ori și apăsă butonul verde. Duse telefonul la ureche, gest care în multe state ar fi fost considerat a douăzeci și noua fărădelege.

Dar nu în Dakota de Sud.

Nu încă.

Ar fi putut fi și mai rău, așadar.

Îi răspunse o voce pe care o mai auzise până atunci de patru ori. Răgușită, aspră și încărcată de un soi de amenințare animalică și brutală. O voce provenită parcă dintr-o cu totul altă lume.

— Scuipă tot, amice, spuse vocea, cu un zâmbet și un ton de plăcere amestecată cu cruzime, de parcă vorbitorul își savura puterea și controlul absolute, iar disconfortul, teama și repulsia avocatului îi sporeau plăcerea.

Avocatul înghiți în sec și începu să vorbească, recitând listele, ordinele, frazele și paragrafele cam în aceeași manieră în care-i fuseseră transmise. Începu a vorbi cam de la unsprezece kilometri distanță de un pod la care urma să ajungă în șapte minute. Podul nu prea arăta a pod. Terasamentul drumului continua absolut orizontal, dar terenul de sub el se lăsa ușor în jos într-o vâlcea largă și puțin adâncă. Râpa era secată în cea mai mare parte a anului, dar peste cinci luni, la primăvară, apa rezultată din topirea gheții și a zăpezii avea să năvălească prin ea într-un torent. Inginerii care construiseră autostrada netezisteră vâlceaua într-un canal de evacuare și trecuseră pe sub terasament patruzeci de tuburi gigantice din beton, ca să împiedice fundația să fie luată de ape o dată pe an. Era un sistem care funcționa bine primăvara. Avea un singur dezavantaj, care se manifesta iarna. Pentru a-l contracara, inginerii postaseră indicatoare pe ambele sensuri de mers. Pe indicatoare scria: *Atenție! Podul îngheață înainte de drum.*

Avocatul conducea și vorbea la telefon. După șapte minute de monolog, ajunse la cea mai fățiș brutală, grosolană și scandaloasă dintre cele paisprezece propuneri. O recită în microfonul telefonului la fel cum o auzise în închisoare: neutru și fără emoție. Vocea aspră de la celălalt capăt al convorbirii râse, făcându-l pe avocat să se înfioare. Un spasm moral răsări, la propriu, din adâncul ființei sale. Îi făcu umerii să se cutremure sesizabil și telefonul să se frece de ureche.

Și-i mișcă mâna pe volan.

Roțile din față alunecară puțin pe gheața de pe pod, iar el corectă mișcarea cu stângăcie, roțile din spate se duseră în direcție opusă și mașina se balansă o dată, de două, de trei ori. Derapă peste toate cele trei benzi. Zări un autobuz apropiindu-se din față prin ninsoarea care continua să cadă. Era alb. Imens. Se mișca repede. Venea direct spre el. Partea din spate a creierului îi spunea că o ciocnire era inevitabilă. Partea din față însă îi spunea că nu, că avea spațiu și timp și culoarul de iarbă intermediar, pe lângă cele două bariere metalice dintre el și orice vehicul care venea din sens opus. Își mușcă buza, slăbi strânsoarea pe volan și îndreptă mașina, iar autobuzul trecu de-a dreptul paralel cu el, la șase metri distanță.

Răsuflă ușurat.

Vocea din telefon întrebă:

— Ce-i?

— Am derapat, spuse avocatul.

— Termină raportul, tâmpitule! replică tăios vocea.

Avocatul înghiți din nou în sec și își reluă discursul, de la începutul frazei precedente.

Șoferul autobuzului alb ce venea din direcția opusă era un veteran al volanului, cu o vechime de doisprezece ani. În lumea mică a profesiei sale specializate era cât se poate de priceput. Avea toate autorizațiile necesare, era bine pregătit și cu o experiență pe măsură. Nu mai era tânăr, dar nici bătrân nu era. Din punct de vedere mental și fizic era la înălțime, îndeplinind cerințele de bun-simț, maturitate și îndemânare. Nu era în întârziere. Nu se grăbea. Nu era băut. Nici droguri nu luase.

Dar era obosit.

De aproape două ore, privea fix înainte, în ninsoarea monotonă care cădea aproape orizontal. Văzu mașina derapând la o sută de metri în fața lui. O zări venind în diagonală direct spre el. Oboseala îl făcu să reacționeze cu o întârziere de o fracțiune de secundă. Apoi încordarea surdă din corpul lui provocă un răspuns exagerat. Trase de volan ca și cum s-ar fi ferit de o lovitură. Prea mult și prea târziu. Și, oricum, total fără rost. Mașina care derapase revenise la normal și era deja în urma lui înainte ca roțile din față ale autobuzului să se îndrepte. Sau măcar să încerce. Atinseră gheața de pe pod exact în clipa în care volanul le comanda să se întoarcă. Pierdură aderența și derapară. Toată greutatea se afla în spatele vehiculului. Blocul motor uriaș, din fontă. Rezervorul de apă. Toaleta. Era ca un pendul. Spatele autobuzului se puse în mișcare încercând să depășească partea din față. Nu cu mult. Doar câteva grade esențiale. Șoferul făcu tot ce ar fi trebuit să facă, întocmai ca la carte. Se luptă cu derapajul. Dar volanul era ușor ca fulgul și cauciucurile din față pierduseră tracțiunea. Nu răspundeau comenzilor în niciun fel. Spatele autobuzului reveni în linie apoi pendulă în cealaltă direcție.

Șoferul se luptă din răsputeri cale de trei sute de metri. Douăsprezece secunde lungi cât douăsprezece ore. Roti volanul mare din plastic la stânga, îl roti la dreapta, încercând să oprească derapajul. Fără să reușească. Momentul mecanic al vehiculului crescu. Greutatea mare a pendulului din spate se hâțână într-o parte și-n alta. Arcurile moi se comprimară și se destinseră. Corpul înalt se înclină și reveni. Spatele autobuzului pendulă cu patruzeci și cinci de grade la stânga, apoi cu tot atâtea la dreapta. *Podul îngheață înainte de drum.* Autobuzul trecu peste ultimele tuburi din beton și roțile din față prinseră din nou aderență, dar tocmai în timp ce erau întoarse oblic spre acostament. Autobuzul se întoarse cu totul în acea direcție, ca și cum ar fi respectat o comandă legitimă. Ca și cum ar fi redevenit dintr-odată obedient. Șoferul frână cu forță. Zăpada proaspăt căzută se adună ca un dig în fața pneurilor. Autobuzul își menținu direcția, încetinind.

Dar nu suficient.

Pneurile din față trecură peste dunga de siguranță, peste acostament și părăsiră asfaltul ajungând în șanțul puțin adânc plin de zăpadă și noroi înghețat. Fundul vehiculului se izbi zgomotos și hârjâi pe asfalt cale de trei metri înainte de consumarea momentului mecanic. Autobuzul se opri pieziș, ușor înclinat, cu treimea din față în șanț, cele două treimi din spate încă pe acostament și compartimentul motor ieșit în banda de trafic. Roțile din față atârnau la limita cursei. Motorul se oprise și nu se mai auzea nimic în afară de sfârâitul componentelor fierbinți în zăpadă, șuierul frânei pneumatice, țipetele și gemetele pasagerilor, după care se așternu tăcerea.

Pasagerii erau un grup omogen, cu excepția unuia dintre ei. Douăzeci de persoane vârstnice plus un bărbat mai tânăr, într-un autobuz cu patruzeci de locuri. Dintre persoanele în vârstă, douăsprezece erau femei văduve. Restul de opt erau cupluri căsătorite. Veneau din Seattle. Un grup religios plecat într-o excursie culturală. Văzuseră Little Town on the Prairie[1], iar acum se aflau pe lungul drum spre vest îndreptându-se spre Mount Rushmore. Li se promisese o excursie suplimentară până la centrul geografic al Statelor Unite. Pe drum, urmau să viziteze parcuri naționale și pajiști. Un itinerar minunat, dar într-un anotimp nepotrivit. Pe timp de iarnă, statul Dakota de Sud nu era vestit pentru ospitalitate. Din acest motiv, doar jumătate din locuri erau ocupate, deși biletele fuseseră ieftine.

Pasagerul diferit de grup era un bărbat cu cel puțin treizeci de ani mai tânăr decât cel mai tânăr dintre ceilalți. Stătea singur cu trei rânduri în spatele ultimilor vârstnici. Îl considerau un fel de pasager clandestin. Se urcase în autobuz chiar în ziua aceea, la un popas situat la marginea estică a orașului Cavour. După Little Town on the Prairie și înainte de Dakotaland Museum. Nu li se dăduse nicio explicație. Bărbatul se urcase pur și simplu în vehicul. Unii îl văzuseră înainte discutând cu

[1] De fapt, localitatea se numește De Smet (Dakota de Sud), fiind orășelul unde se desfășoară acțiunea romanului *Little Town on the Prairie* de Laura Ingalls, publicat în 1941. *(N.t.)*

șoferul. Alții spuneau că la mijloc fusese și un schimb de bani. Nimeni nu știa ce să creadă. Dacă-și plătise drumul, atunci era mai degrabă un pasager ocazional decât unul clandestin. Ca un autostopist, dar nu tocmai.

În orice caz, era considerat un ins cumsecade. Era tăcut și politicos. Cu un cap mai înalt decât toți pasagerii și în mod evident foarte puternic. Nici frumos ca o vedetă de cinema, dar nici urât. Poate ca un sportiv care tocmai se retrăsese din viața competițională. Probabil, jucător de fotbal. Nu era cel mai bine îmbrăcat dintre oameni. Purta o cămașă șifonată scoasă din pantaloni sub o geacă matlasată din tercot. Nu avea nicio geantă, ceea ce era ciudat. Dar una peste alta, era cumva liniștitor să ai un astfel de bărbat la bord, mai ales după ce se dovedise a fi civilizat și în niciun fel amenințător. Un comportament amenințător din partea unui individ atât de solid ar fi fost necuviincios. În schimb, bunele maniere arătate de un astfel de personaj erau fermecătoare. Câteva văduve mai îndrăznețe se gândiseră să inițieze o conversație. Dar bărbatul părea să descurajeze orice asemenea încercare. Cea mai mare parte a drumului o petrecuse dormind și toate răspunsurile la tentativele de a face conversație fuseseră cât se poate de amabile, dar scurte și complet lipsite de substanță.

Dar măcar știau cum îl cheamă. Pe când se întorcea pe culoar de la toaletă, unul dintre bărbații vârstnici se prezentase. Străinul înalt ridicase privirea spre el și ezitase puțin, ca și cum ar fi evaluat costurile și beneficiile unui răspuns. Apoi strânsese mâna întinsă a celuilalt și spusese:

— Jack Reacher.

Capitolul 2

Reacher se trezi când impulsul imprimat de derapaj îi izbi capul de geam. Instantaneu, știu unde se afla. *Într-un autobuz.* În următoarea fracțiune de secundă calculă șansele. *Zăpadă, gheață, viteză rezonabilă, trafic redus. Ori izbim parapetul separator, ori ieșim peste acostament. Cazul cel mai rău: ne răsturnăm.* Nu ar fi fost foarte grav pentru el. Dar poate nu la fel de bine pentru bătrânii din fața lui. Însă probabil că aveau să supraviețuiască. Era mai îngrijorat de ce-avea să se întâmple după. Douăzeci de bătrâni șocați, poate răniți, tăieturi, vânătăi, oase rupte, blocați la mulți kilometri de orice localitate în furtuna care se întețea.

Nu era bine.

Apoi petrecu următoarele unsprezece secunde și jumătate ținându-se bine, opunându-se inerției alternante a derapajului. Era pasagerul așezat cel mai în spate, fiind cel mai afectat. Cei aflați pe locurile din față se balansau pe arcuri de cerc mai mici. Dar erau fragili. Le vedea gâturile mișcându-se brusc într-o parte și-n alta. Vedea fața șoferului în oglinda retrovizoare. Tipul rezista eroic. Nu se descurca rău. Dar avea să piardă. Un autocar era un vehicul foarte greu de manevrat. *Ai grijă ce-ți dorești.* Fusese în Marshall, Minnesota, fără vreun motiv anume, după care luase o mașină de ocazie cu un ins care mergea spre vest, la Huron, Dakota de Sud, dar dintr-un motiv numai de el știut nu voise să-l ducă până la capătul drumului și-l lăsase la un popas de lângă Cavour. Inițial, asta nu păruse să fie de bun augur, căci orașul nu lăsa impresia să zumzăie de trafic transcontinental. Dar, două cești de cafea mai târziu, un autocar alb cu patruzeci de locuri oprise la popas și din el coborâseră doar douăzeci de oameni, ceea ce însemna că mai erau locuri libere. Șoferul părea să fie un om dintr-o bucată, așa încât Reacher îl abordase direct. Douăzeci de dolari pentru un drum până-n Rapid City? Tipul ceruse patruzeci și se înțeleseră la treizeci, iar Reacher se urcase în autocar și se simțise foarte bine toata ziua. Dar confortul fusese asigurat de suspensiile moi și stilul lin de condus al șoferului, elemente care, în momentul de față, nu mai serveau nimănui.

După alte șapte secunde, Reacher își recăpătă optimismul. Dacă pedala accelerației nu mai era apăsată, autocarul încetinea. Nu dădea această senzație, dar trebuia să fie adevărat. Fizică simplă. Legile newtoniene ale mișcării. Dacă nu-i loveau alte mașini, urma să se bălăngănească un timp, după care avea să se oprească, poate de-a curmezișul, poate întors cu fața în direcție opusă, dar fără să se răstoarne și în continuare manevrabil. După care simți cum roțile din față își recăpătară aderența și văzu că urmau să părăsească drumul. Ceea ce era rău. Dar șoferul frână din nou cu forță și ținu tare de volan cât timp vehiculul zdrăngăni și hârjâi asfaltul, rămânând suspendat jumătate în șanț, jumătate pe drum, ceea ce era bine, în afară de faptul că stăteau cu fundul ieșit în carosabil, ceea ce nu era deloc bine. Dintr-odată, nu se mai auzi niciun zgomot mecanic, ca și cum autocarul murise, ceea ce fără doar și poate nu era deloc în regulă.

Reacher aruncă o privire în spate și nu văzu faruri care să se apropie. Nu în acel moment. Se ridică și se apropie de locul șoferului. Văzu în față un câmp neted, alb de zăpadă. Fără povârniș, fără rambleu. Prin urmare, nu exista pericolul unui transfer de greutate. Așa că se întoarse și începu să-i îndemne pe bătrânei să se deplaseze spre partea din față a autobuzului. În felul ăsta, dacă îi lovea un tir, ar fi putut să smulgă doar spatele autobuzului, fără ca nimeni să fie omorât. Dar bătrânii erau zdruncinați și nu prea le dădea inima ghes să se miște. Stăteau pe locurile lor. Reacher se duse din nou în față. Șoferul stătea inert în scaun, clipind ușor și încercând să-și recapete calmul.

— Te-ai descurcat bine, amice, îi spuse Reacher.

— Mulțumesc, zise individul dând aprobativ din cap.

— Poți să scoți namila asta din șanț?

— Nu știu.

— O estimare realistă?

— Probabil că nu.

— În regulă, ai niște torțe de semnalizare?

— Ce?

— Torțe de semnalizare. În clipa asta, spatele autobuzului este ieșit în carosabil.

O clipă, tipul nu avu nicio reacție. Era năuc. Apoi se aplecă și descuie un dulăpior din spatele picioarelor sale și scoase de acolo trei torțe de semnalizare, tuburi de carton roșii cu vârfuri de oțel la capete. Reacher le luă și spuse:

— Ai o trusă de prim-ajutor?

Șoferul dădu din nou din cap, în chip afirmativ.

— Ia-o și treci pe la pasageri ca să vezi care au tăieturi și vânătăi. Îndeamnă-i să se mute cât mai în fața autocarului. Ideal ar fi să se adune toți pe culoar. Dacă ne lovește vreun camion, în fundul mașinii o să ne lovească.

Șoferul dădu din cap a treia oară, apoi se scutură ca un câine ieșit din apă și se puse pe treabă. Scoase trusa de prim-ajutor din alt compartiment încuiat și se ridică de pe scaun.

— Deschide ușa mai întâi, îi zise Reacher.

Tipul apăsă un buton și ușa se deschise, lăsând să pătrundă aer înghețat cu fuioare groase de zăpadă. Ca un viscol. Reacher spuse:

— Închide ușa după mine. Să păstrezi căldura.

Sări în șanț și se luptă cu gheața și noroiul ca să ajungă pe acostament. Păși pe asfalt și alergă spre colțul din spate al vehiculului. Rafale de zăpadă îi biciuiau fața. Se orientă după marcajele de benzi și alergă treizeci de pași înapoi, spre sensul din care veniseră. O traiectorie curbă. Treizeci de pași, cam douăzeci și șase de metri. Douăzeci și șase de metri pe secundă însemnau aproape nouăzeci și cinci de kilometri pe oră și o droaie de nebuni ar fi condus cu viteza asta chiar și pe o furtună de zăpadă. Se lăsă în jos și înfipse vârful unei făclii în asfalt. Flacăra stacojie se aprinse automat și începu să ardă violent. Continuă curba și mai parcurse treizeci de pași. Folosi a doua făclie. Alergă alți treizeci de pași și o folosi și pe-a treia completând secvența de avertizare: trei secunde, două, una, *mișcă-te dracului dincolo.*

Apoi alergă înapoi, trecu prin șanț și bătu cu pumnii în ușă până când șoferul își întrerupse îngrijirile medicale și-i deschise. Reacher se urcă în autocar. Deja înghețase serios. Fața îi amorțise. Picioarele i se făcuseră bocnă. Și interiorul autobuzului începea să se răcească. Pe geamurile de pe o latură se lipiseră deja cocoloașe de zăpadă. Îi spuse șoferului:

— Trebuie să lași motorul pornit, să țină în funcțiune încălzirea.

— Nu pot, răspunse șoferul. Conducta de combustibil ar putea fi spartă. De când s-a hârjâit fundul mașinii de asfalt.

— N-am simțit niciun miros când am ieșit, insistă Reacher.

— Nu pot să risc. În momentul ăsta, toată lumea trăiește. N-aș vrea să ardem toți într-un incendiu.

— Și vrei să moară înghețați în schimb?

— Ocupă-te tu de primul ajutor. O să-ncerc să dau niște telefoane.

Reacher începu să-i verifice pe bătrâni. Șoferul rezolvase primele două rânduri. Asta era clar. Toți cei patru pasageri de pe locurile de la geam aveau plasturi pe tăieturile provocate de ramele metalice ale geamurilor. *Ai grijă ce-ți dorești.* Vedere mai bună pentru peisaje, dar riscurile erau mai mari. O femeie avea un al doilea plasture pe partea dinspre culoar a feței, probabil pe locul unde capul soțului o lovise după ce se bălăngănise ca o păpușă de cârpe.

Prima fractură de os era în rândul al treilea. O bătrânică delicată, cu o constituție ca de pasăre. Se balansase chiar când autocarul își schimbase direcția și o luase spre stânga. Geamul o lovise tare în umăr. Lovitura îi fracturase clavicula. Reacher putea să vadă asta după felul în care femeia își proteja brațul.

— Doamnă, îmi dați voie să mă uit puțin? o întrebă el.

— Nu ești doctor, replică bătrâna.

— Am făcut ceva pregătire în armată.

— Ai fost sanitar?

— Polițist militar. Am avut parte și de ceva pregătire medicală.

— Mi-e frig.

— E șocul, spuse Reacher. Și, în plus, ninge.

Femeia întoarse partea de sus a corpului spre el. Consimțământ implicit. Apăsă cu vârfurile degetelor pe claviculă, prin bluză. Osul era delicat ca un creion. Era rupt la jumătatea lungimii. O ruptură curată. Nu complicată.

— E rău? întrebă bătrâna.

— E bine, spuse Reacher. Și-a făcut treaba. Clavicula este ca un întrerupător de circuit. Se rupe astfel încât umărul și gâtul să fie OK. Se vindecă repede și ușor.

— Trebuie s-ajung la spital.

— Vă vom duce acolo, spuse Reacher.

Merse mai departe. Pe rândul al patrulea, o încheietură scrântită, iar pe rândul al cincilea, o încheietură fracturată. Plus un total de treisprezece tăieturi, multe contuzii minore și multe reacții de șoc.

Temperatura scădea vertiginos.

Reacher vedea făcliile de semnalizare prin geamurile din spate. Continuau să ardă, trei bulgări stacojii luminând în vârtejurile de zăpadă. Nu se vedeau faruri apropiindu-se. Niciun fel de trafic. Merse pe culoar în față, cu capul plecat, și-l găsi pe șofer. Omul stătea pe scaunul lui, cu telefonul celular deschis în mâna dreaptă, privind lung prin parbriz, bătând darabana pe volan cu degetele de la mâna stângă.

— Avem o problemă, îl anunță el pe Reacher.

— Ce problemă?

— Am sunat la 911. Patrula Autostrăzii e ori la o sută de kilometri spre nord, ori la o sută de kilometri spre est. Se apropie două furtuni mari. Una din Canada, alta dinspre Marile Lacuri. Sunt tot felul de accidente. Toate vehiculele de tractare au plecat cu polițiștii. Au de rezolvat caramboluri de sute de mașini. Autostrada asta e închisă în spatele nostru. Și în față, la fel.

Niciun fel de trafic.

— Unde suntem acum?

— În Dakota de Sud.

— Asta știu.

— Atunci știi ce vreau să spun. Dacă nu ne aflăm în Sioux Falls sau în Rapid City, suntem în pustietate. Și nu suntem nici în Sioux Falls, nici în Rapid City.

— Trebuie să fim undeva.

— GPS-ul îmi arată un orășel în apropiere. Se numește Bolton. Cam la treizeci și cinci de kilometri. Dar e mic. Doar un punct pe hartă.

— Poți să obții un autobuz de înlocuire?

— Sunt plecat din Seattle. Aș putea obține unul poate la patru zile după ce încetează ninsoarea.

— Există departament de poliție în Bolton?

— Aștept un telefon.

— Poate că au mașini de tractare.

— Sunt sigur că au. Cel puțin una. Poate la benzinăria din colț, bun să care camionete stricate, de-o jumătate de tonă. Dar nu și pentru un vehicul de mărimea asta.

— Poate că au tractoare agricole.

— Ar fi nevoie de vreo opt. Și lanțuri groase.

— Poate că au un autobuz școlar. Am putea să-i transferăm pe pasageri.

— Patrula Autostrăzii n-o să ne abandoneze. O să ajungă aici.

— Cum te cheamă? îl întrebă Reacher.

— Jay Knox.

— Trebuie să gândești în perspectivă, domnule Knox. Patrula Autostrăzii e la o oră de mers în condițiile cele mai bune. Două ore, pe vremea asta. Trei ore, ținând cont de problemele cu care se confruntă. Așa că trebuie s-o ștergem de-aici. Pentru că peste o oră autocarul ăsta o să fie ca un congelator. Peste două ore, bătrâneii ăștia o să pice ca muștele. Poate chiar mai devreme.

— Deci, pentru ce votezi?

Reacher se pregătea să răspundă când celularul lui Knox sună. Tipul răspunse și se mai lumină la față. Mulțumi și închise telefonul. Se uită la Reacher și zise:

— Se pare că în Bolton există un departament de poliție. Ne trimit un om. Dar au și ei problemele lor și va mai dura un pic.

— Cât?

— Cel puțin o oră.

— Ce fel de probleme?

— Nu mi-au zis.

— Va trebui să pornești motorul.

— Au haine groase.

— Nu-s de-ajuns.

— Mi-e teamă de-un incendiu.

— Motorina e mult mai puțin volatilă decât benzina.

— Dar ce, ești vreun expert?

— Am lucrat în armată. Camioanele și transportoarele de infanterie erau pe motorină. Dintr-un motiv precis.

Reacher se uită înapoi, spre culoar.

— Ai o lanternă? Și un extinctor?

— De ce?

— Merg să mă uit sub mașină. Dacă totul e în regulă, bat de două ori în podea. Pornești motorul și, dacă ia foc ceva, sting incendiul și bat din nou, ca să oprești motorul.

— Nu știu ce să zic.

— E cel mai bun lucru pe care-l putem face. Și trebuie să facem ceva.

Knox rămase tăcut o vreme, apoi ridică din umeri și scoase din alte compartimente o lanternă Mag-lite argintie și un extinctor. Reacher le luă, așteptă să se deschidă ușa și ieși în lumina stacojie a făcliilor de semnalizare. Din nou în șanț. De data asta, ocoli partea din față a vehiculului pentru că înclinarea piezișă lăsase deasupra asfaltului o porțiune mai mare din partea stângă a mașinii decât din partea dreaptă. Să meargă târâș prin șanțul înghețat nu era o perspectivă atrăgătoare. Era ceva mai bine să se târască pe acostament.

Găsi ușa țevii de alimentare cu carburant și se așeză pe zăpadă, după care se răsuci, se întinse pe spate și se târî cu capul sub laterala autocarului. Aprinse lanterna. Găsi țeava groasă care unea gura de alimentare cu rezervorul. Părea intactă. Rezervorul era un butoi imens pătrățos. Era puțin îndoit și zgâriat în urma impactului. Dar nu curgea nimic din el. Conducta de carburant care ajungea înapoi la motor părea să fie în regulă. Zăpada pătrunse prin geacă și cămașă și simți pe piele o umezeală glacială.

Se înfioră.

Cu capătul lanternei lovi de două ori într-un lonjeron.

Auzi clănțănitul releelor iar pompa de motorină porni, zumzăind și scârțâind. Verifică rezervorul și conducta, atât cât îi permitea fasciculul lanternei. Se sprijini cu picioarele în zăpadă și se împinse mai mult sub autocar.

Nu curgea nimic.

Motorul auxiliar prinse viață și motorul principal porni. Huruind și zdrăngănind, se stabiliză într-un ritm greoi.

Nicio scurgere.

Niciun incendiu.

Nu se vedeau vapori.

Se împotrivi frigului și mai zăbovi un minut, ca să verifice alte lucruri. Cauciucurile mari păreau a fi OK. Câteva elemente de suspensie din față erau ușor lovite. Podeaua compartimentului de bagaje era îndoită pe alocuri. Câteva țevi și furtunuri mici erau zdrobite, rupte sau sparte. O companie de asigurări din Seattle avea să primească o factură frumușică.

Ieși de sub vehicul, se ridică în picioare și se scutură de zăpadă. Avea hainele îmbibate de apă. Fulgii mari și grei de nea se învolburau în jurul lui. Pe jos se așternuse un strat proaspăt de cinci centimetri. Urmele pe care le lăsase cu patru minute în urmă erau deja acoperite cu alb. Se întoarse pe unde venise și, trecând prin șanț, ajunse la ușă. Knox îl aștepta. Ușa se deschise și Reacher se urcă la bord. Viscolul urla în spatele lui, făcându-l să se înfioare. Ușa se închise.

Motorul se opri.

Knox se așeză și apăsă butonul de pornire. În spatele vehiculului, Reacher auzi motorul de pornire dând să se rotească, poticnindu-se, opintindu-se iar și iar.

Nu se-ntâmplă nimic.

— Ce-ai văzut acolo jos? îl întrebă Knox.

— Stricăciuni, spuse Reacher. Multe chestii lovite.

— Țevi zdrobite?

— Câteva.

Knox dădu din cap.

— Conducta de alimentare e ciupită. Am folosit ce mai rămăsese în țeavă, iar acum nu mai trece nimic. Plus că frânele ar putea fi defecte. Poate că-i mai bine că motorul nu pornește.

— Sună din nou la poliția din Bolton, zise Reacher. Situația e gravă.

Knox formă numărul și Reacher se duse din nou la pasageri. Trase de hainele groase din compartimentele de deasupra și le spuse bătrânilor să le pună pe ei. Și căciuli, mănuși, fulare, eșarfe și orice altceva mai aveau cu ei. El, unul, nu avea nimic. Doar hainele de pe el, iar acelea erau deja ude și înghețate. Căldura corpului său se stingea încetul cu încetul. Și el tremura, doar puțin, dar continuu. Mici frisoane care-i străbăteau toată pielea. *Ai grijă ce-ți dorești.* O viață fără bagaje avea multe avantaje. Dar și dezavantaje cruciale.

Se întoarse la șofer. Ușa nu era etanșă. În partea din față a autocarului era mai frig decât în spate. Spuse:

— Ei bine?

— Trimit o mașină cât de curând posibil, răspunse Knox.

— O mașină n-o să fie de-ajuns.

— Le-am spus. Le-am descris situația. Au spus că vor găsi ei o soluție.

— Ai mai văzut furtuni ca asta?

— Asta nu-i o furtună. Furtuna e la o sută de kilometri distanță. Aici e doar marginea ei.

Reacher se cutremură.

— Vine spre noi?

— Fără discuții.

— Cât de repede?

— Nu întreba.

Reacher îl lăsă acolo și se întoarse pe culoar, până la ultimele scaune. Se așeză pe podea în dreptul toaletei, cu spatele lipit de peretele despărțitor din spate, sperând să mai simtă ceva căldură reziduală de la motorul care se răcea.

Așteptă.

Cinci fără cinci după-amiaza.

Încă cincizeci și nouă de ore.

Capitolul 3

Trei sferturi de oră mai târziu, avocatul ajunse acasă. Un drum lung și încet. Aleea era plină de zăpadă și o clipă se temu ca nu cumva ușile de la garaj să fie înghețate. Dar acționă telecomanda și motorul montat în tavan ridică ușa pe șinele metalice și reuși să bage mașina la adăpost. Ușa refuză să se închidă la loc pentru că bulgării de zăpadă aduși în interior de roțile mașinii declanșaseră siguranța pentru copii a instalației. Așa că își puse din nou galoșii, luă o lopată și împinse zăpada afară. Ușa se închise. Avocatul își scoase galoșii și rămase un moment în fața ușii de la vestibul, ca să se liniștească, să se curețe și să facă un duș mental. Șase fără douăzeci. Ajunse în căldura bucătăriei sale și-și salută familia, ca și cum ar fi fost o zi obișnuită.

La șase fără douăzeci în autobuz era întuneric și rece ca gheața, iar Reacher își strânsese brațele în jurul corpului și tremura violent. În fața lui, cei douăzeci de bătrâni și șoferul Knox făceau cam același lucru. Geamurile aflate în direcția de bătaie a vântului erau acum toate întunecate de la zăpada care se lipise pe ele. Prin geamurile de pe cealaltă latură se putea vedea o panoramă cenușie. Un viscol, suflând dinspre nord și dinspre est, mânat cu forță neobosită de vântul de iarnă, lovindu-se de obstacolul aerodinamic al vehiculului mort, clocotind deasupra, dedesubt și pe lângă el și învârtejindu-se în vidul dindărătul acestuia, fulgi uriași și imponderabili dansând la întâmplare în sus și-n jos, la stânga și la dreapta.

Deodată, niște lumini palide în panorama cenușie.

Lumini albe, roșii și albastre, sfere luminoase palide apărând și dispărând și deplasându-se prin întunecime. Păcănitul slab al lanțurilor de zăpadă în liniștea stranie, estompată. O mașină de poliție, apropiindu-se de ei pe sensul lor de mers pe autostradă, înaintând încet și prudent prin vremea vrăjmașă.

După ceea ce păru un minut foarte lung, un polițist urcă în autocar. Venise prin șanț și intrase pe ușă, dar tocmai coborâse din mașina încălzită, avea bocanci de iarnă, pantaloni și mănuși impermeabile, o canadiană și o manta de ploaie din plastic peste căciula cu urechi îmblănită, așa că era în formă bună. Era înalt și slab și avea ochi albaștri bine conturați pe un chip care văzuse din belșug soarele verii și vânturile iernii. Le spuse că-l cheamă Andrew Peterson și că era comandantul adjunct al departamentului de poliție din Bolton. Își scoase mănușile și trecu pe rând pe la fiecare individ și pe la fiecare cuplu, strângându-le mâinile și prezentându-se cu nume și grad de fiecare dată, într-un stil menit să pară franc și entuziast, ca un băiat vrednic de la țară încântat să dea o mână de ajutor într-o situație de urgență. Dar Reacher îi privea cu atenție ochii albaștri conturați și se gândea că această fațadă era falsă. În opinia lui Reacher,

Peterson era de fapt un individ viclean, ce avea în minte mai multe lucruri decât o simplă operație rutieră de salvare.

Impresia i s-a întărit când Peterson a început să pună întrebări. Cine erau? De unde veneau? Încotro porniseră de dimineață? Unde voiau să ajungă în seara aceea? Aveau făcute rezervări la vreun hotel? Răspunsuri ușoare pentru Knox și cei douăzeci de bătrâni, un grup turistic din Seattle, deplasându-se de la o oprire programată la Dakotaland Museum la următoarea oprire la Mount Rushmore, și da, aveau rezervări confirmate la un motel turistic din vecinătatea monumentului, treisprezece camere, pentru cele patru cupluri căsătorite, plus patru camere duble pentru cei dispuși să împartă camerele, plus patru camere single pentru cei care plătiseră suplimentar ca să doarmă singuri, plus una pentru șofer.

Toate fiind informații reale, dar nu tocmai necesare, având în vedere împrejurările.

Peterson îi ceru lui Knox să-i arate documentele de la motel.

Apoi se întoarse spre Reacher și-l întrebă zâmbind:

— Domnule, sunt comandant adjunct Andrew Peterson, de la departamentul de poliție din Bolton. Vreți să-mi spuneți cine sunteți?

O mulțime de polițiști din regiunea centrală a Americii erau foști militari, dar Reacher nu credea că Peterson făcea parte dintre aceștia. Nu recepta vibrația potrivită. Îl ghici ca fiind un ins care nu călătorise mult, un băiat onest și corect care absolvise cu bine un liceu local și după aceea rămăsese prin preajmă ca să lucreze în folosul comunității sale. Destul de priceput când venea vorba de toate problemele locale, puțin cam depășit de orice altceva, dar hotărât să facă o figură bună în orice situație cu care s-ar fi confruntat.

— Domnule? spuse din nou Peterson.

Reacher îi spuse cum îl cheamă. Peterson îl întrebă dacă făcea parte din grup. Reacher îi spuse că nu. Așa că Peterson îl întrebă ce făcea în autocar. Reacher îi spuse că plecase din Minnesota și mergea spre vest, sperând să o poată lua spre sud în timp scurt, unde trăgea nădejde să găsească o vreme mai favorabilă.

— Nu-ți place vremea de la noi?

— Până acum, nu.

— Și te-ai gândit să te urci într-un autocar cu excursioniști?

— Am plătit.

Peterson se uită la Knox și acesta încuviință cu o mișcare din cap.

Uitându-se din nou la Reacher, Peterson îl întrebă:

— Ești în vacanță?

— Nu, răspunse Reacher.

— Atunci, care e exact situația dumitale?

— Situația mea nu contează. Nimic din toate astea nu contează. Niciunul dintre noi nu se aștepta să se afle în locul în care suntem acum. Toată povestea asta a fost întru totul imprevizibilă. A fost un accident. Prin urmare, nu există nicio legătură între noi și ceea ce te frământă pe tine. Nu poate fi.

— Cine-a spus că mă frământă ceva?

— Eu.

Peterson îi aruncă lui Reacher o uitătură lungă și aspră.

— Ce s-a-ntâmplat cu autocarul?

— Gheața, cred, spuse Reacher. Dormeam în momentul ăla.

Peterson încuviință din cap.

— Într-adevăr, e un pod care nu seamănă a pod, dar sunt indicatoare de avertizare.

— O mașină care venea din sens opus a intrat în derapaj, spuse Knox pe un ton ușor defensiv. Am tresărit, din reflex.

Tonul șoferului era ușor defensiv.

Peterson îl privi cu compasiune și fără să-l judece, încuviințând din nou din cap și zicând:

— De regulă, e de-ajuns o mică ezitare. Mulți pătesc asta. Inclusiv eu.

— Trebuie să-i scoatem pe oamenii ăștia din autobuz, interveni Reacher. Altfel, vor muri de frig. Și eu la fel.

Peterson rămase tăcut o secundă lungă. *Nu există nicio legătură între noi și ceea ce te frământă pe tine.* Apoi mișcă din nou aprobativ din cap, definitiv, ca și cum tocmai luase o hotărâre, și strigă:

— Oameni buni, vă vom duce în oraș, unde vă putem îngriji cum se cuvine. Doamna cu clavicula și doamna cu problema la încheietura mâinii vor veni cu mine în mașină și imediat vom aduce mijloace de transport pentru toți ceilalți.

Coborârea în șanț era prea dificilă pentru femeile rănite, așa că Peterson o cără pe una dintre ele, iar Reacher, pe cealaltă. Mașina de poliție se afla cam la zece pași distanță, dar ninsoarea era atât de deasă încât Reacher abia o vedea, iar când după plecarea lui Peterson se întoarse, nu mai văzu deloc autocarul. Se simți complet singur în pustietatea albă. Zăpada îl lovea pe față, în ochi, în urechi, pe gât, învârtejindu-se în jurul lui și orbindu-l. Îi era foarte frig. O fracțiune de secundă simți că-l cuprinde panica. Dacă dintr-un motiv oarecare s-ar fi întors și s-ar fi îndreptat într-o direcție greșită, nu și-ar fi dat seama. Ar fi mers înainte până ar fi murit înghețat.

Dar făcu un lung pas lateral și zări halourile stacojii ale făcliilor de semnalizare, care încă mai ardeau vitejește. Cu ajutorul lor, calculă cam unde-ar fi trebuit să se afle autocarul și se duse într-acolo. Ajunse la partea protejată de vânt a vehiculului și-l ocoli prin față, din nou în bătaia vântului, prin șanț și ajunse la ușă. Knox îl lăsă să intre și amândoi șezură ghemuiți pe culoar, privind lung în întuneric, așteptând să vadă ce fel de vehicul avea să vină ca să-i salveze.

Șase fără cinci seara.

Încă cincizeci și opt de ore.

La ora șase, cele paisprezece propuneri criminale ajunseră în sfârșit pe hârtie. Tipul care răspunsese la apelul telefonic al avocatului era înzestrat din belșug cu acea deșteptăciune atât de necesară vieții de la limita legalității, dar întotdeauna își zisese că cea mai bună parte a inteligenței era să-ți cunoști limitele, iar printre limitările lui se număra tendința de a nu reține exact detaliile când se afla sub presiune. Și acum urma să se confrunte cu ceva presiune. Asta era cât se poate de sigur. Să transpui propunerile în acțiuni urma să necesite sancțiunea unor oameni deosebit de precauți.

Așa încât trecu totul pe hârtie, paisprezece paragrafe separate, după care extrase din încărcător un telefon celular cu cartelă, imposibil de urmărit, și începu să formeze numere.

Vehiculul trimis pentru transport semăna cu un autobuz școlar, dar nu întocmai. Era fără doar și poate un autobuz Blue Bird standard, de mărime și formă normale, proporții obișnuite, dar gri, nu galben, cu panouri din plasă solidă sudate peste geamuri și având pe flancuri imprimate cuvintele: *Departamentul de corecție.*

Părea aproape nou.

— Mai bine decât nimic, remarcă Knox.

— Aș merge și cu un dric, dacă ar avea încălzire, îi răspunse Reacher.

Vehiculul execută o întoarcere din trei mișcări peste toate cele trei benzi și parcurse de câteva ori o distanță înainte și-napoi până când se alinie paralel cu autobuzul imobilizat, cu treapta de acces cam la jumătatea lungimii autobuzului. Reacher văzu care era motivul. Autocarul avea o ieșire de urgență, care era un geam gata să fie demontat. Peterson văzuse șanțul, pasagerii și panoul de geam și luase de la bun început decizia corectă. Peterson se dovedea un individ destul de isteț.

În condiții normale, ar fi fost nevoie de ceva muncă de convingere ca să determini optsprezece bătrâni să iasă pe o trapă deschisă în viscol și în brațele unui străin, dar frigul amarnic le domolise inhibițiile. Knox îi ajuta să se urce, iar Reacher îi primea jos. O treabă ușoară, dacă nu țineai cont de frig și de ninsoare. Cel mai ușor dintre pasageri era un bătrânel care n-avea mai mult de patruzeci și trei de kilograme. Cea mai grea era o femeie care se apropia de nouăzeci. Toți bărbații au ținut să parcurgă singuri distanța scurtă dintre vehicule. Femeile s-au mulțumit să se lase cărate.

Autobuzul închisorii poate că era aproape nou, dar era departe de a fi luxos. Zona pentru pasageri era separată de șofer printr-o cușcă din oțel lustruit. Scaunele erau înguste și tari și acoperite cu plastic lucios. Podeaua era din cauciuc. Plasele de la geamuri erau intimidante. Dar era cald înăuntru. Nu neapărat un act de bunăvoință a statului față de condamnații săi. Dar constructorul dotase cu încălzire vehiculul pentru elevii pe care autobuzul fusese proiectat să-i transporte. Iar autoritățile nu demontaseră sistemele de climatizare. Asta era tot. Un fel de bunăvoință pasivă. Șoferul reglase temperatura și ventilatorul la maximum. Peterson era bun de trimis în avangardă.

După ce-i așezară pe pasageri la locurile lor, Reacher și Knox ieșiră din nou în frig și scoaseră valizele din compartimentul de bagaje al autocarului. Bătrânii aveau nevoie de pijamale, de medicamente, de obiectele de toaletă și de haine de schimb. Erau o mulțime de valize. Ocupară locurile libere ale autobuzului de închisoare și cea mai mare parte a culoarului. Knox se așeză pe o valiză. Reacher rămase în picioare lângă șofer, cât mai aproape de aerotermă.

Vântul izbea autobuzul cu forță, dar lanțurile fixate pe roți făceau ca vehiculul să înainteze constant. Părăsiră autostrada cam după unsprezece kilometri și trecură pe lângă un indicator de cedare a priorității care fusese ciuruit de o rafală de gloanțe. O luară pe un drum lung și drept cu două benzi de circulație. Trecură de un semn care anunța că se îndreptau spre o instituție corecțională. *Nu luați autostopiști*, mai preciza indicatorul nou-nouț și frumos scris cu vopsea reflectorizantă. Pe Reacher nu-l încântă vederea indicatorului. Plecarea de-acolo avea să-i fie îngreunată a doua zi dimineața mai mult decât ar fi fost necesar.

Întrebarea inevitabilă se făcu auzită un minut mai târziu. O femeie de pe un scaun din față se uită în stânga, se uită în dreapta și, ușor jenată, îndrăzni să vorbească:

— Sper că nu ne duceți la *închisoare*, nu?

— Nu, doamnă, spuse Reacher. Probabil că la un motel. Cred că ăsta era singurul autobuz disponibil în seara asta.

— Motelurile sunt pline toate, îi lămuri șoferul autobuzului și nu mai spuse nimic.

Șapte fără cinci seara.

Încă cincizeci și șapte de ore.

Drumul districtual cu două benzi o ținu drept cale de peste șaisprezece kilometri. Vizibilitatea nu depăși nicio clipă zece pași. Ninsoarea strălucea în bătaia farurilor și mai departe trebuia să ghicești. Teren de câmpie, se gândi Reacher, judecând după tonalitatea neschimbată a motorului. Fără dealuri, fără văi. Doar prerie, aplatizată și mai mult de un strat de zăpadă care până dimineața cu siguranță că avea să atingă treizeci de centimetri.

Apoi trecură de un alt indicator: *Limita orașului Bolton. Populație 12 261*. Până la urmă, nu era o localitate așa de mică. Nu era doar un punct pe hartă. Șoferul nu încetini. Lanțurile continuară să clănțăne cale de încă trei kilometri. Deodată se văzu strălucirea unui bec de iluminat stradal. Apoi încă unul. Apoi o mașină de poliție parcată pieziș la intrarea unei străzi laterale, blocând-o. Luminile roșii de pe acoperișul mașinii clipeau leneș. Mașina staționa de mult timp. Asta era limpede. Zăpada umpluse pe jumătate urmele roților.

Autobuzul mai merse încă patru sute de metri, încetini și coti de trei ori. Dreapta, stânga, dreapta. Apoi Reacher văzu un zid jos, cu o coamă de zăpadă deasupra și o firmă luminoasă pe lungime: Departamentul de poliție Bolton. În spatele zidului, o parcare mare plină pe jumătate de vehicule civile. Sedanuri, camioane, camionete cu cinci locuri. Toate păreau să fi fost de curând parcate. Urme proaspete de roți, parbrize curate, zăpada topindu-se pe capote. Autobuzul trecu pe lângă ele, încetini și se opri în fața unui hol de intrare luminat. Motorul trecu într-un ralanti zgomotos. Aeroterma continuă să funcționeze. Secția de poliție era lungă și joasă. Nu era deloc mică. Acoperișul era orizontal și o pădure de antene se ițea din zăpada așternută. Ușa holului era flancată de două tomberoane de gunoi, ca două santinele mândre.

În hol părea să fie cald.

Șoferul trase de un mâner și deschise ușa autobuzului. Un ins în canadiană de polițist ieși din hol cu o lopată pentru zăpadă și se porni să croiască potecă între tomberoane. Reacher și Knox începură să care valizele de pe culoar, ducându-le în clădire. Ninsoarea se mai domolise, dar aerul era mai rece ca oricând.

Apoi se făcu transferul pasagerilor. Knox îi ajuta să coboare din vehicul, Reacher îi ajuta să meargă pe alee, apoi insul în canadiană îi conducea dincolo de ușă. Unii se așezară pe banchete, alții stăteau în picioare, alții se plimbau de colo-colo. Holul era un spațiu pătrat simplu cu linoleum pe podea și vopsea lucioasă pe pereți. În partea din spate era un birou de recepție, peretele din spatele acestuia fiind acoperit cu panouri din plută, care, la rândul lor, erau pline de bilețele de diferite mărimi și tipuri, prinse în piuneze. În fața lor, pe un taburet, stătea un tip vârstnic în haine civile. Nu era polițist, ci un fel de ajutor.

Insul îmbrăcat în canadiană dispăru o clipă și reveni însoțit de un bărbat pe care Reacher îl luă drept șeful departamentului de poliție din Bolton. Avea la brâu o centură cu toc pentru pistol și o uniformă cu două petlițe metalice prinse de ambele vârfuri ale gulerului cămășii. Ca însemnele unui căpitan de armată. Individul era ceea ce Peterson avea să devină cam peste cincisprezece ani, un câmpean înalt, ușor adus de spate și înmuiat de vârstă. Părea obosit și preocupat, asaltat de probleme și ușor melancolic, ca un om mulțumit mai mult de trecut decât de prezent, dar în același timp și fericit momentan, pentru că i se încredințase o problemă simplu de rezolvat. Se așeză cu spatele rezemat de biroul de recepție și ridică mâinile solicitând să se facă liniște, deși nimeni nu scotea o vorbă.

— Bine-ați venit în Bolton, oameni buni, spuse el. Mă numesc Tom Holland, sunt șeful poliției de-aici și mă voi îngriji ca în seara asta toți să vă simțiți confortabil și să fiți bine îngrijiți. Vestea proastă e că toate motelurile sunt ocupate, dar vestea bună e că locuitorii din Bolton nu sunt genul de oameni care să lase un grup de călători aflați la necaz, cum sunteți dumneavoastră, să doarmă o noapte pe paturi improvizate în sala de sport a liceului. Așa că am dat sfoară-n țară după camere de oaspeți goale și mă bucur să vă spun că reacția a fost bună și avem aici mai bine de zece oameni în acest moment, gata să vă invite la ei acasă ca pe niște musafiri de onoare și prieteni regăsiți.

După asta, urmară câteva discuții cu glas scăzut. Puțină surprindere, puțină nesiguranță, urmate de multă mulțumire. Bătrânii se înseninară, zâmbiră și prinseră curaj. Șeful de poliție Holland le invită pe gazde dintr-o cameră lăturalnică, cinci cupluri, patru bărbați și patru femei care veniseră singuri. Dintr-odată, holul se aglomeră. Oamenii își strângeau mâinile și se prezentau, grupându-se și căutându-și valizele.

Reacher ținu socoteala în minte. Treisprezece grupuri de oameni, care însemnau treisprezece camere de oaspeți goale, tot atâtea cât camerele de motel rezervate la Mount Rushmore conform documentelor oficiale ale lui Knox. Peterson era bun de trimis în avangardă.

Reacher nu figura în documentele oficiale ale lui Knox.

Holul se goli sub privirile lui. Valizele erau ridicate, brațe erau oferite drept sprijin, ușile se deschiseră și perechi, grupuri de câte trei sau de câte patru ieșiră la vehiculele care-i așteptau. Totul se încheie în mai puțin de cinci minute. Reacher rămase singur. Apoi tipul în canadiană se întoarse și închise ușile. Dispăru în lungul unui coridor întortocheat. Șeful Holland reveni. Se uită la Reacher și spuse:

— Hai să așteptăm la mine în birou.

Opt fără cinci seara.

Încă cincizeci și șase de ore.

Capitolul 4

Biroul lui Holland nu se deosebea cu nimic de o mie de alte birouri pe care Reacher le văzuse până atunci. Decor.municipal simplu, amenajat de firma care oferise prețul cel mai mic la licitație. Peste tot, vopsea lucioasă aplicată neglijent, în straturi groase, neuniforme și încrețite, linoleum pe podea, un birou furniruit, șase fișete de ultimă generație aliniate imperfect lângă perete, sub un ceas instituțional. Sub ceas, centrată față de fișete, atârna o fotografie înrămată. Îl arăta pe șeful Holland mai drept, mai puternic, mai tânăr, zâmbind alături de o femeie și un copil. Un portret de familie, vechi de zece ani sau mai bine. Femeia era atrăgătoare, cu tenul palid, părul blond și trăsături puternice. Soția lui Holland, probabil. Copilul era o fetiță de opt–nouă ani, cu fața albă și trăsături vagi, încă nu prea bine definite. Fiica lor, probabil. Pe birou, o pereche de zaruri. Cuburi mari din os pe care vârsta și utilizarea lăsaseră urme, cu punctele șterse, iar materialul brăzdat de vine acolo unde calciul mai moale se dusese și rămăseseră mineralele mai dure. Dar, în afară de fotografie și de zaruri, în cameră nu mai era niciun obiect personal. Toate celelalte țineau de profesie.

Holland se așeză la birou într-un fotoliu din piele uzat. În spatele lui, o fereastră mare, fără draperii, din termopan triplu, cu protecție termică. Din sticlă transparentă. Afară se întunecase. Zăpadă pe pervazul exterior, un calorifer sub pervazul interior.

Reacher se așeză pe un scaun aflat în fața biroului.

Holland nu spuse nimic.

— Eu ce-aștept aici? întrebă Reacher.

— Am vrut să-ți oferim aceeași ospitalitate ca și celorlalți.

— Dar ce, am fost mai greu de plasat?

Holland afișă un zâmbet obosit.

— Nu tocmai. Andrew Peterson s-a oferit să te ia la el acasă. Dar acum e ocupat. Așa că va trebui să aștepți.

— Ocupat cu ce?

— Cu ce au polițiștii de făcut.

— E un oraș mai mare decât m-aș fi așteptat. GPS-ul din autocar îl arăta ca pe un punct pe hartă, spuse Reacher.

— Ne-am dezvoltat. Cred că datele din GPS-ul ăla trebuie actualizate.

Biroul era supraîncălzit. Reacher nu mai tremura, dar acum începea să asude. Hainele i se uscau, țepene și murdare.

— V-ați dezvoltat pentru că aveți o închisoare construită aici, spuse Reacher.

— De unde ți-ai dat seama?

— Autobuzul închisorii e nou. Indicatorul de după autostradă era nou-nouț.

Holland încuviință din cap și zise:

— Avem o închisoare federală nou-construită. Am câștigat licitația. Era dorită de toată lumea. Ca și cum i-ai aduce pe cei de la Toyota să-și deschidă o uzină de asamblare. Sau de la Honda. Multe joburi, mulți bani. Pe urmă, noul penitenciar al statului s-a construit în același complex, ceea ce a adus și mai multe joburi și mai mulți bani, iar închisoarea districtuală e și ea acolo.

— Ăsta-i motivul pentru care motelurile sunt pline în noaptea asta? Mâine e zi de vizită?

— În total, sunt trei zile de vizită pe săptămână. Și la modul în care circulă autobuzele, cei mai mulți trebuie să rămână două nopți în oraș. Șase nopți pe săptămână locurile sunt complet ocupate. Proprietarii de moteluri huzuresc. Și cârciumile, și pizzeriile, și microbuzele de navetă. Cum ziceam, joburi și bani.

— Unde-i complexul?

— La opt kilometri spre nord. Un izvor nesecat de bunăstare.

— Noroc mare pe capul vostru, spuse Reacher.

Holland ezită o fracțiune de secundă, apoi spuse:

— Calul de dar nu se caută la dinți, am învățat asta cu mult timp în urmă.

Insul în canadiană bătu la ușă, intră și se duse direct la Holland ca să-i înmâneze un dosar. Ceasul de perete arăta opt seara, ceea ce corespundea cu ora indicată de ceasul din capul lui Reacher. Holland își roti fotoliul, deschise dosarul la nouăzeci de grade și-l ținu înclinat astfel încât Reacher să nu-i poată vedea conținutul. Dar imaginea era reflectată clar în geamul din spatele lui Holland. Erau poze de la locul unei crime, fotografii color lucioase cu etichete lipite în colțurile de jos. Holland le frunzări. O imagine de ansamblu, apoi o succesiune de prim-planuri. Un corp mătăhălos îmbrăcat în negru, probabil bărbat, probabil mort, zăpadă pe jos, o traumă provocată cu un obiect contondent la tâmpla dreaptă. Fără urme de sânge.

În autocar, după ce închisese telefonul, Knox spusese: *În Bolton există un departament de poliție. Ne trimit un om. Dar au și ei problemele lor și va mai dura un pic.*

Holland închise dosarul. Nu spuse nimic. Un om rezervat, taciturn. Ca și Reacher. În final, rămaseră de-o parte și de alta a biroului, fără să vorbească. Nu era o tăcere ostilă, dar chiar și așa se simțea o tensiune în aer. Holland ținea palma pe dosarul închis și în răstimpuri privea când la el, când la musafirul lui, ca și cum n-ar fi fost sigur care era problema lui mai mare.

Ora opt seara în Bolton, Dakota de Sud, însemna nouă seara în Ciudad de Mexico. Cu două mii șapte sute de kilometri mai la sud și cu treizeci și trei de grade mai cald. Individul care preluase apelul de la celularul cu cartelă preplătită se pregătea să dea el însuși un telefon, din vila lui împrejmuită cu ziduri din oraș către un complex rural protejat de ziduri, situat la o sută șaizeci de kilometri distanță. Acolo, un alt individ avea să asculte fără să comenteze și apoi să promită luarea unei decizii în decurs de douăsprezece ore. Așa mergeau lucrurile de obicei. Fără reflecție și chibzuință nu se putea realiza nimic valoros. Când reflectezi și chibzuiești, poți să eviți erorile și poți să dai lovituri cutezătoare.

În biroul lui Holland era liniște și ușa era închisă, dar Reacher auzea o rumoare în restul secției de poliție. Oameni venind și plecând timp de aproape treizeci de minute. Apoi se făcu din nou liniște. Bănuia că se schimbase tura. O oră neobișnuită pentru un sistem de lucru în trei schimburi. Mai degrabă, un sistem în două schimburi. Schimbul de zi terminase tura, schimbul de noapte o începea, câte douăsprezece ore fiecare, probabil de la opt și jumătate dimineața până la opt și jumătate seara. Ceva neobișnuit și probabil fără caracter permanent. Sugera probabil o situație presantă, dar de scurtă durată.

Au și ei problemele lor.

Andrew Peterson se întoarse la secție cu puțin înainte de nouă și douăzeci. Vârî capul în biroul lui Holland și acesta îl urmă pe hol să-i arate dosarul cu fotografiile de la locul crimei. Ședința improvizată nu dură mult. Mai puțin de cinci minute. Reacher bănuia că Peterson văzuse mortul la fața locului și prin urmare nu avea nevoie să studieze pozele. Cei doi polițiști se întoarseră în birou și rămaseră în centrul încăperii, limbajul lor nonverbal dând de înțeles că sosise ora plecării. Fusese o zi lungă și probabil că avea să urmeze o altă zi lungă, dar, până atunci, nimic. O senzație pe care Reacher o recunoștea din anii când avusese un job. O senzație pe care o avusese și el în unele zile. Dar nu în cele în care în jurisdicția lui murea cineva.

— Să mergem, spuse Peterson.

Nouă și douăzeci și cinci seara.

Încă cincizeci și patru de ore și jumătate.

Nouă și douăzeci și cinci seara în Dakota de Sud însemna zece și douăzeci și cinci seara în complexul protejat cu ziduri aflat la o sută șaizeci de kilometri de Ciudad de Mexico. Proprietarul complexului era un bărbat extrem de scund, cunoscut sub numele de Plato. Unii presupuneau că Plato ar fi brazilian și respectase tradiția braziliană de a alege un nume scurt și ușor de ținut minte în locul cine știe cărei lungi secvențe de patronime care-i umpleau certificatul de naștere. Așa cum celebrul fotbalist Edson Arantes do Nascimento își zisese Pelé. Sau așa cum un altul, pe care-l chema Ricardo Izecson dos Santos Leite, își zisese Kaká. Alții susțineau că Plato ar fi columbian, ceea ce ar fi fost mai logic în multe privințe, dată fiind ocupația aleasă. În fine, mai erau și cei care insistau c-ar fi de fapt mexican. Dar toți căzuseră de acord că Plato era mic de statură, nu că ar fi îndrăznit cineva să i-o spună în față. În permisul lui de conducere local scria că ar avea un metru șaizeci. În realitate, avea un metru cincizeci și cinci încălțat în pantofi platformă și un metru cincizeci desculț.

Motivul pentru care nimeni nu îndrăznea să pomenească în fața lui de statură era un fost asociat numit Martinez. În cursul unei dispute cu Plato, Martinez își pierduse cumpătul și-l făcuse pitic. Martinez a fost transportat la cel mai bun spital din Ciudad de Mexico inconștient. Acolo a fost dus într-o sală de operații, întins pe o masă și anesteziat. L-au măsurat începând din creștetul capului în jos și, în locul în care ruleta arăta un metru patruzeci și șapte, au trasat niște linii pe fluierele picioarelor, mai aproape de genunchi decât de glezne. Apoi o echipă completă de chirurgi și asistente au efectuat o amputare dublă, cu mare precizie și atenție și în condiții corespunzătoare. L-au ținut în spital două zile, după care o ambulanță l-a adus acasă la el. Plato i-a trimis un cadou „de însănătoșire", însoțit de un bilet în care-și exprima dorința ca darul să fie apreciat, prețuit și ținut la vedere tot timpul. În condițiile date, dorința lui a fost interpretată în mod corect ca un ordin. Oamenii lui

Martinez au crezut, judecând după dimensiuni și greutatea aparentă, că era vorba de un acvariu cu pești tropicali, fiind vorba fără dubii de un recipient plin cu lichid. Când au desfăcut ambalajul, au văzut că într-adevăr era un acvariu. Dar nu conținea pești. Era plin cu formaldehidă și conținea labele picioarelor, gleznele și o parte din gambele lui Martinez, în lungime totală de douăzeci și cinci de centimetri.

Drept urmare, nimeni n-a mai îndrăznit vreodată să vorbească de înălțimea lui Plato.

Preluase apelul venit de la vila din oraș și promisese luarea unei decizii în douăsprezece ore, dar în realitate nu merita să investească atâta timp într-o chestiune relativ minoră privind un avanpost relativ minor al unei organizații internaționale atât de extinse și complexe. Așa că, după doar o oră și jumătate, luase o decizie: avea să autorizeze reducerea la tăcere a martorului. Avea să-și trimită omul de îndată ce acest lucru devenea practic.

Și avea să facă un pas suplimentar, adăugând un al cincisprezecelea punct pe listă. Era chiar ușor consternat că nu fusese deja propus. Dar, pe de altă parte, el era Plato, iar ei nu.

Avea să șteargă toate urmele, pentru o mai mare siguranță.

Avea să-l reducă la tăcere și pe avocat.

Capitolul 5

Peterson îl conduse pe Reacher afară, în noaptea înghețată, și-l întrebă dacă-i era foame. Reacher îi răspunse că da, îi era o foame de lup. Așa că Peterson conduse mașina la un restaurant de lângă o benzinărie pe drumul principal care ducea la autostradă. Mașina lui era un Ford Crown Victoria cu dotări standard pentru poliție, cu cauciucuri de iarnă în față și lanțuri montate pe roțile din spate. Înăuntru mirosea a căldură, cauciuc, grăsime de hamburger și circuite electronice încălzite. Afară, ninsoarea aproape că încetase.

— S-a făcut prea frig ca să mai ningă, spuse Peterson.

Ceea ce părea să fie adevărat. Cerul nocturn se înseninase parțial și o vastă cupolă glacială de aer arctic se așternuse peste împrejurimi. Frigul pătrunse prin îmbrăcămintea neadecvată a lui Reacher, făcându-l să tremure pe drumul scurt pe jos prin parcarea restaurantului.

— Parcă era vorba să vină o furtună mare, remarcă el.

— Două furtuni vin încoace, zise Peterson. Asta se-ntâmplă acum. Împing înaintea lor aerul rece.

— Cât mai durează până ajung aici?

— Nu mai durează mult.

— Și după aia o să se-ncălzească?

— Puțin. Atât cât să-nceapă să ningă.

— Bun. Mai bine să ningă decât frigul ăsta.

— Ți se pare că-i frig acum? întrebă Peterson.

— Păi nu e cald.

— Asta nu-i nimic.

— Știu, spuse Reacher. Am petrecut o iarnă în Coreea. Mai frig ca aici.

— Dar?

— Armata mi-a dat haine ca lumea.

— Și?

— Măcar Coreea era interesantă.

Asta îl cam deranjă pe Peterson. Restaurantul era gol și părea gata de închidere. Dar intrară oricum. Luară o masă pentru două persoane, cu tăblia pătrată cu latura de șaptezeci și cinci de centimetri, ce părea prea mică față de statura celor doi.

— Bolton este cât se poate de interesant, spuse Peterson.

— Te referi la tipul mort?

— Da, spuse Peterson. Apoi avu o ezitare și zise: Ce mort?

— E prea târziu să dai înapoi, spuse Reacher zâmbind.

— Nu-mi spune că Holland ți-a spus.

— Nu, dar am stat în biroul lui mult timp.

— Singur?

— Nicio clipă.

Dar te-a lăsat să vezi fotografiile?

— A încercat din răsputeri să nu mă lase. Dar personalul de serviciu i-a curățat foarte bine fereastra.

— Le-ai văzut pe toate?

— N-am putut să-mi dau seama dacă individul era mort sau inconștient.

— Deci m-ai tras în piept cu înțepătura aia legată de Coreea.

— Îmi place să știu lucruri. Sunt însetat de cunoaștere.

O chelneriță veni la masă, o femeie obosită, trecută de patruzeci de ani, încălțată în pantofi sport și purtând o uniformă având ca elemente distinctive o cravată înnodată peste o cămașă kaki. Peterson comandă friptură de vită înăbușită. Reacher îi imită alegerea și ceru și o cafea.

— Cât timp ai lucrat în armată? se interesă Peterson.

— Treisprezece ani.

— Și ai fost în poliția militară?

Reacher confirmă cu o mișcare a capului.

— Ai avut parte și de pregătire medicală?

— Ai vorbit cu pasagerii din autobuz.

— Și cu șoferul.

— M-ai verificat.

— Bineînțeles. Cu înverșunare. Ce altceva crezi că am făcut?

— Și totuși mă iei la tine acasă în noaptea asta.

— Ai un loc mai bun unde să te duci?

— Ca să poți să stai cu ochii pe mine.

— Dacă zici tu.

— De ce?

— Există niște motive.

— Vrei să-mi spui care-ar fi alea?

— Doar așa, pentru că ești însetat de cunoaștere?

— Cred că da.

— Iar eu o să-ți spun că în clipa asta trebuie să știm cine vine și cine pleacă.

Peterson nu mai spuse nimic și, după un minut, sosi cina. Farfurii umplute zdravăn, cu piure de cartofi și sos din belșug. Cafeaua era veche de o oră și lăsa de dorit în privința gustului, dar câștigase în privința tăriei.

— Și ce anume făceai în poliția militară? dori să știe Peterson.

— Tot ce mi se cerea, răspunse Reacher.

— Delicte grave?

— Uneori.

— Omucideri?

— De tot felul, de la tentative la multiple.

— Câtă pregătire medicală ai făcut?

— Ești îngrijorat de mâncarea de-aici?

— Și mie-mi place să știu lucruri.

— De fapt, n-am avut parte de cine știe ce pregătire medicală. Încercam să-i ajut pe bătrâni să se simtă mai bine, atâta tot.

— Au vorbit frumos despre tine.

— Nu trebuie să-i crezi. Nu mă cunosc.

Peterson nu avu nicio replică, așa că Reacher găsi de cuviință să întrebe:

— Unde-a fost găsit mortul? Acolo unde mașina de poliție bloca strada?

— Nu. Acolo era altceva. Mortul a fost în altă parte.

— N-a fost ucis acolo.

— De unde știi?

— Nu era sânge pe zăpadă. Dacă lovești pe cineva în cap îndeajuns de tare încât să-l omori, scalpul plesnește. Și scalpurile sângerează groaznic. Ar fi trebuit să se vadă ditamai balta de sânge.

Peterson mâncă în tăcere un minut, apoi întrebă:

— Unde locuiești?

Asta era o întrebare dificilă. Nu pentru Reacher. Răspunsul lui era simplu. Nu locuia nicăieri și așa stătuseră lucrurile dintotdeauna. Se născuse ca fiu al unui militar de carieră, într-o infirmerie din Berlin, și, începând din ziua în care ieșise de-acolo înfășurat în pături, fusese purtat prin toată lumea, printr-un șir nesfârșit de baze militare și locuințe închiriate ieftine, după care se înrolase în armată și dusese același tip de viață pe cont propriu. Cei patru ani de la West Point fuseseră perioada lui cea mai lungă de stabilitate rezidențială și nu se dăduse în vânt nici după West Point, nici după stabilitate. Acum, după ce părăsise serviciul militar, își continua deplasările. Era tot ce știa și totodată o obișnuință la care nu putea renunța.

Nu că ar fi încercat vreodată cu adevărat.

— Sunt un nomad, zise el.

— Nomazii au animale, spuse Peterson. Se mută din loc în loc, în căutare de pășuni. Asta-i definiția.

— Fie, sunt un nomad fără partea cu animalele.

— Ești un hoinar.

— Posibil.

— N-ai bagaje.

— Te deranjează chestia asta?

— E un comportament bizar. Polițiștilor nu prea le plac oamenii care au un astfel de comportament.

— Dar de ce e mai ciudat să te muți de colo-colo decât să-ți petreci toate zilele în același loc?

Peterson tăcu o vreme apoi spuse:

— Orice om are bunuri personale.

— Eu n-am ce să fac cu ele. Fără bagaje, ajungi departe.

Peterson nu-i răspunse.

— Oricum, zise Reacher, nu trebuie să-ți faci griji în privința mea. N-am auzit niciodată de Bolton. Dacă șoferul autobuzului n-ar fi reacționat cum a făcut-o, în noaptea asta aș fi fost la Mount Rushmore.

Peterson încuviință din cap, părând însă neconvins.

— N-am cum să te contrazic, spuse el.

Zece fără cinci, seara.
Încă cincizeci și patru de ore.

La două mii șapte sute de kilometri spre sud, în complexul protejat de ziduri aflat la o sută șaizeci de kilometri de Ciudad de Mexico, Plato mânca și el un antricot de vită adus cu avionul tocmai din Argentina. Ora locală era aproape unsprezece seara. O cină târzie. Plato era îmbrăcat în pantaloni largi din bumbac, cămașă albă și mocasini din piele neagră, toate făcând parte din colecția pentru băieți de la Brooks Brothers. Pantofii și hainele i se potriveau foarte bine, dar arăta nefiresc în ele. Fuseseră concepute pentru copiii albi și grași ai americanilor din clasa mijlocie, iar Plato era bătrân, oacheș și îndesat, pe lângă că era ras în cap. Dar pentru el era important să-și poată cumpăra haine care să i se potrivească fără să fie nevoie de modificări. În mod evident, lucrul pe comandă ieșea din discuție. Croitorii l-ar fi măsurat cu centimetrul și ar fi repetat măsurile mici cu o neutralitate studiată și artificială. Modificarea unor obiecte vestimentare cumpărate din magazin era la fel de contraindicată. Vizitele din partea cusătoreselor locale și eliminarea pe furiș a surplusului de material textil îl deranjau teribil.

Puse jos cuțitul și furculița și-și tampona buzele cu un șervet mare și alb. Luă celularul și apăsă de două ori butonul verde, ca să apeleze ultimul număr care-l sunase. Când i se răspunse, vorbi:

— N-avem de ce să așteptăm. Trimite omul și aranjează-l pe martor.

— Când? întrebă omul din vila din oraș.

— Cât de curând ar fi sigur.

— În regulă.

— Și rezolvă-l și pe avocat. Ca să fim siguri că am șters orice urmă.

— Bine.

— Și vezi cum faci să afle idioții ăia că-mi sunt datori până-n gât.

— OK.

— Și spune-le să facă bine să nu mă mai deranjeze niciodată cu tâmpenii de-astea.

Pe la jumătatea cinei, Reacher întrebă:

— Și de ce era blocată strada aia?

— Poate căzuse vreun cablu de curent, spuse Peterson.

— Sper că nu. Pentru că ar indica o ordonare bizară a priorităților. Adică, lași douăzeci de bătrâni să-nghețe de frig pe autostradă timp de o oră ca să păzești un cablu electric pe-o stradă secundară?

— Poate c-a fost un carambol de mașini.

— Același răspuns.

— Contează? Deja intrați în oraș la momentul ăla.

— Mașina stătea acolo de mai bine de două ore. Urmele roților erau acoperite de zăpadă. Dar tu ne-ai spus că n-ai nicio mașină disponibilă.

— Ceea ce era adevărat. Ofițerul ăla nu era disponibil. Îndeplinea o misiune.

— Ce misiune?

— Nu te privește.

— Cât de mare e departamentul ăsta?

— Destul de mare.

— Și toți erau ocupați?

— Corect.

— Câți dintre ei erau ocupați nefăcând nimic în mașini parcate?

— Dacă te frământă problema, îți sugerez să te muți aici, să începi să plătești impozite și pe urmă să stai de vorbă cu primarul sau cu comandantul Holland.

— Puteam să răcesc.

— Dar uite că n-ai pățit nimic.

— E prea devreme ca să știm.

Se întoarseră din nou la farfuriile cu mâncare. Până când telefonul lui Peterson sună. Răspunse, ascultă, închise convorbirea și împinse farfuria într-o parte.

— Trebuie să plec, spuse el. Tu aștepți aici.

— Nu pot, zise Reacher. Localul ăsta se închide. E zece seara. Chelnerița vrea să ne vadă plecați. Vrea să se ducă acasă.

Peterson nu spuse nimic.

— Nu pot să merg pe jos, zise Reacher. Nu știu unde-ar trebui să ajung și oricum e prea frig pentru o plimbare.

Peterson nu spuse nimic.

— Rămân în mașină, insistă Reacher. Nu trebuie decât să mă ignori.

— Bine, spuse Peterson, dar nu părea mulțumit de situație.

Polițistul lăsă pe masă o bancnotă de douăzeci de dolari. Chelnerița îi zâmbi. Ceea ce și trebuia să facă, se gândi Reacher. Pentru două fripturi și o cafea la prețurile din Dakota de Sud însemna că-i lăsase un bacșiș de șaizeci la sută. Sau poate că toată suma era un bacșiș, dacă Bolton era unul dintre orașele alea în care polițiștii mâncau gratis.

Căldura nu se risipise cu totul din mașina Crown Vic. Peterson apăsă pe accelerație și lanțurile mușcară din zăpada așternută pe pământ. Nu circulau alte mașini în afară de pluguri, care profitau de domolirea ninsorii. Reacher avea o problemă cu plugurile de zăpadă. Nu cu mașinile în sine, ci cu denumirea lor. Un plug răscolește pământul și îl lasă în același loc. Un plug de zăpadă nu face același lucru. Mai degrabă acționau ca niște buldozere. În orice caz, Peterson le depăși pe toate, nu încetini la intersecții, nu acordă prioritate, nu așteptă lumina verde a semafoarelor.

— Unde mergem? întrebă Reacher.

— În suburbia din vest.

— De ce?

— Intruși.

— Într-o casă?

— Pe stradă. E o chestie ce ține de Paza Cartierului.

Nu oferi alte explicații. Peterson se mulțumi să conducă mașina, aplecat peste volan, încordat și agitat. Reacher se lăsă pe spate în scaunul din dreapta lui, întrebându-se ce fel de intruși puteau să-l facă pe adjunctul șefului unui departament de poliție să reacționeze atât de urgent la telefonul unui băgăreț.

La două mii șapte sute de kilometri sud, bărbatul din vila înconjurată de ziduri din Ciudad de Mexico dădea un telefon internațional în Statele Unite ale Americii. Era ultima lui misiune din acea zi. Ora locală unsprezece, ora zece în regiunea centrală a țării întinse de la nord. Când i se răspunse la apel, bărbatul din vilă repetă ordinele lui Plato, încet și precis. Nu era loc de interpretări greșite. Nu era loc pentru erori. Așteptă confirmarea și apoi închise. Nu-l mai sună pe Plato. N-avea rost. Plato nu înțelegea conceptul de confirmare. Pentru Plato, după comandă urma supunerea în același mod în care după noapte urma ziua. Era ceva inevitabil. Singura situație în care nu s-ar fi întâmplat așa ar fi fost cea în care Pământul nu s-ar mai fi rotit în jurul axei sale.

Capitolul 6

Peterson avea stația radio a mașinii pornită și dată tare, iar Reacher desluși patru voci diferite din patru mașini separate. Toate patrulau suburbiile vestice și niciuna nu-i văzuse pe intrușii reclamați. Peterson o luă pe străzile neverificate încă. Întoarse la dreapta, apoi la stânga, intră pe drumuri înfundate, ieși de-acolo și plecă mai departe. Luna era sus pe cer și Reacher văzu construcții suburbane bine aranjate, case mici în șiruri drepte, cu lumini calde în spatele geamurilor, toate trotuarele, aleile de acces și curțile albăstrite, aplatizate și uniformizate de pătura groasă de nea. Acoperișurile erau vârfuite cu alb. Unele străzi fuseseră traversate de pluguri și aveau nămeți înalți de zăpadă în rigole. Altele erau încă acoperite de un strat proaspăt nederanjat, adânc, dar nu la fel de adânc ca în curți și pe alei. Era clar că ninsoarea curentă era a doua sau a treia în decurs de o săptămână. Drumurile erau acoperite și curățate, acoperite și curățate, într-un nesfârșit ritm hibernal.

— Câți intruși sunt? întrebă Reacher.

— Au fost reclamați doi, zise Peterson.

— Într-un vehicul?

— Pe jos.

— Și ce făceau?

— Se plimbau prin zonă.

— Atunci rămâi pe străzile pe care-au trecut plugurile deja. Nimeni nu se plimbă prin zăpadă de cincisprezece centimetri doar așa, de amorul artei.

Peterson încetini o secundă și se gândi la asta. Apoi întoarse fără un cuvânt și merse pe traseul parcurs de un plug, care făcuse un zigzag pe străzile principale și pe cele secundare, cu care se intersectau. Zăpada fusese mărunțită și așternută într-un strat subțire alb. Excesul era strâns în grămezi mari pe laterale, încă moale și curat.

Îi găsiră pe intruși patru minute mai târziu.

Erau doi, umăr lângă umăr într-o confruntare indecisă cu un al treilea bărbat. Cel de-al treilea era comandantul Holland. Avea mașina parcată la șase metri mai încolo. Era un Crown Vic fără însemne. Ori negru, ori bleumarin. La lumina lunii, era greu de spus. Specificații pentru poliție, cu antene pe portbagaj și lumini de urgență discrete montate pe zona din spatele mașinii. Ușa șoferului era deschisă și motorul mergea. Două băltoace de vapori negri se condensaseră și se acumulaseră în zăpada de sub cele două țevi de eșapament. Holland coborâse din mașină și le ieșise drept în fața celor doi indivizi. Asta era limpede.

Cei doi indivizi erau înalți, masivi și neîngrijiți. Bărbați albi, cu bocanci Frye negri, jeans negri, cămăși negre din denim, haine negre din piele, mănuși negre cu un singur deget și capetele înfășurate cu bandane negre. Pe deasupra, fiecare avea câte o haină. Arătau exact ca mortul din fotografiile de la locul crimei.

Peterson frână, opri și lăsă mașina în ralanti la o distanță de circa zece metri. Scena era iluminată de farurile mașinii. Lucrurile nu păreau să stea prea bine pentru Holland. Părea neliniștit. Nu era și cazul celor doi. Holland bătuse în retragere și avea în spate un troian de zăpadă. Indivizii intraseră în spațiul lui vital, aplecându-se spre el. Holland părea înfrânt. Neajutorat.

Reacher văzu și de ce.

Tocul de la centura lui Holland era desfăcut și gol, dar în mâna lui nu se vedea pistolul. În schimb, omul privea în jos și în stânga lui.

Scăpase pistolul în zăpadă.

Sau i-l zburaseră din mână.

Oricum ar fi fost, nu era bine.

— Cine sunt ăștia? întrebă Reacher.

— Indezirabili, răspunse Peterson.

— Atât de indezirabili încât șeful poliției ia parte la vânătoare?

— Vezi și tu ce văd eu.

— Ce vrei să faci?

— E delicat. Probabil că sunt înarmați.

— Și tu ești.

— Nu pot să-l pun pe șef într-o postură penibilă.

— Nu e vina lui, zise Reacher. Poți să spui că avea mâinile înghețate.

— Abia s-a dat jos din mașină.

— Nu chiar de curând. Mașina aia stă pe loc de zece minute. Uită-te la băltoacele de sub țevile de eșapament.

Peterson nu-i răspunse. Și nici nu se mișcă.

— Cine sunt ăștia? întrebă din nou Reacher.

— Ce te privește pe tine?

— Eram doar curios. Te sperie.

— Crezi?

— De n-ar fi fost așa, până acum erau legați cu cătușe în spatele acestei mașini.

— Sunt motocicliști.

— Nu văd nicio motocicletă.

— E iarnă, spuse Peterson. Iarna folosesc camionete.

— Și asta e ilegal acum?

— Sunt tweakeri.

— Ce sunt ăia?

— Utilizatori de droguri sub formă de cristale.

— Amfetamine?

— Amfetamină metilată. Fumată. Sau, ca să fim exacți, vaporizată sau inhalată. Din pipe de sticlă sau becuri electrice sparte sau lingurițe din folie de aluminiu. Încălzești marfa și tragi pe nară. Te face să ai un comportament capricios și imprevizibil.

— Oamenii sunt întotdeauna capricioși și imprevizibili.

— Nu ca ăștia.

— Îi cunoști?

— Nu pe ăștia doi. În general.

— Locuiesc în oraș?

— La opt kilometri spre vest. Sunt mulți. Au un fel de tabără. În general, nu se-amestecă în treburile altora, dar oamenii nu-i suferă.

— Mortul era unul dintre ei, spuse Reacher.

— Așa se pare, zise Peterson.

— Atunci poate că-l caută pe tovarășul lor.

— Sau caută să-și facă dreptate.

Peterson privea și aștepta. Zece metri mai încolo, baletul limbajului nonverbal continua ca înainte. Șeful Holland tremura. De frig sau de teamă.

Sau din ambele motive.

— Ar fi bine să faci ceva, fu de părere Reacher.

Peterson nu făcu nimic.

— Interesantă strategie, constată Reacher. Aștepți până mor înghețați.

Peterson nu spuse nimic.

— Problema e însă că Holland o să-nghețe primul, continuă Reacher.

Peterson nu spuse nimic.

— Vin cu tine, dacă vrei.

— Ești civil.

— Doar după o definiție strictă.

— Nu ești îmbrăcat corespunzător. E frig afară.

— Cât poate să dureze?

— Ești neînarmat.

— Contra unor inși ca ăștia, n-am nevoie de arme.

— Nu-i de glumă cu metamfetamina. Dispar inhibițiile.

— Asta doar ne face să fim chit.

— Cei care-o folosesc nu simt durerea.

— Nu trebuie să simtă durere. Trebuie să se simtă doar conștienți sau inconștienți.

Peterson nu spuse nimic. Reacher continuă:

— Tu te duci în stânga și eu, în dreapta. Îi fac să se întoarcă și tu te bagi în spatele lor.

Zece metri în față Holland spuse ceva și cei doi in divizi se înghesuiră înainte, făcându-l pe Holland să se retragă și să cadă greoi cu fundul în zăpadă. Acum se afla la mai mult de o lungime de braț de locul în care trebuie să-i fi căzut pistolul.

Zece și jumătate seara.

— Nu mai e de așteptat, spuse Reacher.

Peterson încuviință dând din cap și deschise ușa.

— Nu-i atingi, spuse el. Nu începi nimic. În momentul ăsta, sunt nevinovați.

— Cu Holland căzut în fund?

— Nevinovați până la proba contrară. Așa spune legea. Vorbesc serios. Nu-i atingi!

Peterson coborî din mașină. Rămase o secundă în spatele portierei deschise, apoi o ocoli și porni înainte. Reacher îi imită mișcările pas cu pas.

Cei doi tipi îi văzură venind.

Reacher se duse în dreapta și Peterson, în stânga. În mașină fusese o temperatură confortabilă de 21 de grade. Afară era cu vreo 33 de grade mai frig. Poate chiar mai mult. Reacher își trase fermoarul gecii până sus și-și înfundă mâinile în buzunare, aplecându-se din umeri astfel încât gulerul să-i protejeze gâtul. Chiar și așa, începu să tremure după cinci pași. Era mai mult decât frig. Era rece ca-n congelator. Cei doi indivizi din față făcură un pas înapoi, îndepărtându-se de Holland. Îi lăsară spațiu. Holland se ridică cu greu în picioare. Peterson se apropie de el. Avea încă pistolul în toc. Reacher păși peste pojghița subțire albă și se opri cam la doi metri în spatele celor doi. Holland începu să caute în zăpadă și-și recuperă arma din dotare. O curăță, verifică țeava să nu fi pătruns zăpada și-l vârî în toc.

Toți stăteau nemișcați.

Zăpada de pe stradă era parțial pudră albă strălucitoare și parțial cristale de gheață. Acestea luceau și scânteiau în lumina lunii. Peterson și Holland priveau țintă la cei doi indivizi și, cu toate că se afla în spatele lor, Reacher era sigur că cei doi inși le susțineau privirile. El tremura din toate încheieturile, dinții începeau să-i clănțăne și respirația forma norișori de aburi în fața lui.

Nimeni nu scotea o vorbă.

Tipul din dreapta lui Reacher avea peste un metru optzeci înălțime și aproape un metru douăzeci lățime. O parte din volum se datora căptușelii din fulgi de gâscă a gecii negre de iarnă, dar în cea mai mare parte era vorba de carne și oase. Tipul din stânga lui Reacher era ceva mai mic în ambele privințe, dar mai activ. Era agitat, se muta de pe un picior pe altul, se răsucea din mijloc, își rotea umerii. Îi era frig, cu siguranță, dar nu tremura de-a binelea. Reacher bănuia că agitația era cauzată de reacții chimice, nu de temperatură.

Nimeni nu zise nimic.

— Băieți, spuse Reacher, ori plecați de-aici imediat, ori unul dintre voi va trebui să-mi dea haina cu împrumut.

Cei doi indivizi se întoarseră încet spre el. Insul mătăhălos din dreapta avea o față lătăreață îngropată adânc într-o barbă, mărginită de chiciură. Ca un explorator polar sau un alpinist. Tipul mai mărunt din stânga avea barba nerasă de două zile și ochi neliniștiți. Gura i se deschidea și i se închidea ca a unui peștișor de acvariu care ciugulește la suprafață. Buze subțiri și mobile, dinți stricați.

— Tu cine ești? întrebă individul din dreapta.

— Mergeți acasă, spuse Reacher. E prea frig pentru nebunii pe stradă.

Niciun răspuns.

În spatele indivizilor, Peterson și Holland nu făceau nimic. Aveau pistoalele în tocuri și tocurile închise. Reacher își plănui mișcările următoare. E-ntotdeauna mai bine să fii pregătit. Nu anticipa vreo dificultate majoră. Ar fi preferat ca individul mai mare să fi fost în stânga lui, pentru că asta ar fi maximizat impactul unei lovituri aplicate cu dreapta permițând o cursă ceva mai lungă a brațului și întotdeauna prefera să-l doboare mai întâi pe cel mai mare dintr-o pereche. Dar era pregătit să fie flexibil. Poate că individul agitat trebuia doborât primul. Tipul mai solid era probabil mai lent sau poate mai puțin hotărât în absența ajutorului chimic.

— Haina sau valea, băieți! spuse Reacher.

Niciun răspuns din partea celor doi. Atunci, în spatele lor, șeful Holland se trezi la viață. Făcu mânios un pas în față și spuse:

— Plecați dracului din orașul meu!

După care îl împinse în spate pe tipul mai mărunt.

Individul se dezechilibră înspre Reacher, dar se împotrivi mișcării și, răsucindu-se cu o sută optzeci de grade, porni în aplicarea unei lovituri fulgerătoare către Holland, cu pumnul strâns la spate ca un aruncător de baseball care-și propune să doboare recordul de viteză al mingii. Reacher îl prinse de încheietură și-l ținu o fracțiune de secundă, după care îi dădu drumul și individul, dezechilibrat, necoordonat și ineficient, sfârși prin a trimite un swing slab și întârziat, care nu-l nimeri pe Holland.

Dar apoi se întoarse imediat și ținti un al doilea swing direct spre Reacher. Ceea ce, în opinia lui Reacher, anulă instantaneu povestea cu „nevinovat până la proba contrară". Păși în stânga și pumnul care-l avea ca destinatar trecu milimetric pe lângă bărbia lui. Forța din spatele loviturii îl împinse pe individ în față și Reacher îi seceră picioarele de sub el, făcându-l să cadă cu fața-n jos pe gheață. Moment în care individul mai solid începu să se apropie, coapse imense, pași scurți și agitați, pumnii ca niște jamboane, trâmbițe de aburi ieșindu-i din nări de-ai fi zis că-i un taur furios dintr-o carte desenată pentru copii.

Pradă ușoară.

Reacher ripostă la asaltul individului cu un elan propriu și o lovitură orizontală cu cotul drept în mijlocul spațiului alb, între barbă și linia părului. Ca și cum ar fi intrat cu toată viteza într-o țeavă de schelărie. Final de joc, doar că individul mai mic se ridicase deja în genunchi și se chinuia să se salte, în patru labe, ca un alergător în blocstarturi. Prin urmare, Reacher îl lovi tare cu piciorul în cap. Individul dădu ochii peste cap și se prăbuși într-o parte, rămânând nemișcat, cu picioarele îndoite sub el.

Reacher își vârî din nou mâinile în buzunare.

— Dumnezeule! exclamă Peterson.

Cei doi indivizi zăceau unul lângă altul, movile negre pe gheața luminată de lună, un nor de aburi ridicându-se dinspre ei. Peterson nu mai spuse nimic. Holland se întoarse la mașina lui și folosi stația radio. Se întoarse după un minut lung și spuse:

— Am chemat două ambulanțe.

Se uita direct la Reacher.

Acesta nu avu nicio reacție.

— Vrei să explici de ce a trebuit să chem două ambulanțe? îl întrebă Holland.

— Pentru c-am alunecat, răspunse Reacher.

— Poftim?

— Pe gheață.

— Asta-i explicația ta? Ai alunecat și pur și simplu te-ai lovit de ăștia doi?

— Nu, am alunecat când l-am lovit pe tipul mai solid. Din cauza asta lovitura a fost mai slabă. Dacă n-aș fi alunecat, n-ai mai fi chemat două ambulanțe. Ai fi chemat o ambulanță și o mașină de pompe funebre.

Holland se uită în altă parte, iar Peterson îi spuse:

— Du-te și-așteaptă în mașină.

Avocatul se duse la culcare la unsprezece fără un sfert. Copiii i-o luaseră înainte cu două ore în urmă, iar soția lui era încă în bucătărie. Își puse pantofii pe suport, cravata într-un sertar și costumul pe umeraș. Cămașa, ciorapii și chiloții ajunseră în coșul de rufe murdare. Îmbrăcă pijamaua, urină, se spălă pe dinți, apoi se urcă în pat și, cu pătura trasă peste el, se uită la tavan. Încă îi răsuna în cap râsul din convorbirea telefonică de dinainte de-a ieși de pe autostradă. Un lătrat, un schelălăit plin de entuziasm. Plin de anticipație. Plin de încântare. *Eliminați martorul*, spusese el, iar omul care-l asculta râsese fericit.

Reacher se întoarse în mașina lui Peterson și închise portiera. Avea fața amorțită de frig. Orientă fantele aerotermei în sus și dădu ventilatorul la maximum. Așteptă. După cinci minute, apărură ambulanțele, cu girofarurile pulsând în roșu și albastru pe fondul imaculat al zăpezii. Îi săltară pe cei doi indivizi, care încă nu-și reveniseră. Comoții și, probabil, ceva vătămări minore ale maxilarului. Nu era mare scofală. Trei zile la pat și o săptămână de convalescență prudentă aveau să-i pună pe picioare. Plus analgezice.

Reacher aștepta în mașină. La zece metri în fața lui, prin aerul înghețat, îi vedea pe Holland și Peterson discutând. Stăteau aproape unul de celălalt, întorși pe jumătate, vorbind cu voce joasă. Judecând după faptul că nu se uitară deloc spre el, Reacher bănuia că despre el vorbeau.

— Ar putea fi el omul? întrebă comandantul Holland.

— Dacă el e, tocmai i-a băgat în spital pe doi dintre prezumtivii lui aliați. Ceea ce ar fi ciudat.

— Poate că treaba asta a fost la vrăjeală. Poate c-au pus-o la cale. Sau poate că unul dintre ei era pe cale să spună ceva compromițător. Așa că a trebuit să le-nchidă gura.

— Șefu', te proteja pe dumneata.

— La început, da.

— Pe urmă a fost legitimă apărare.

— Cât ești de sigur că nu e el?

— Sută la sută. Pur și simplu nu e posibil. E o șansă infimă ca omul pe care îl așteptăm să fie deja aici.

— E imposibil ca el să fi provocat accidentul autocarului?

— Doar dacă ar fi alergat pe culoar și l-ar fi atacat fizic pe șofer. Și nimeni n-a zis c-ar fi făcut-o. Nici șoferul, nici pasagerii.

— Bine, spuse Holland. Atunci șoferul ar putea fi omul? A provocat accidentul intenționat?

— Ar fi fost un risc foarte mare.

— Nu neapărat. Să zicem că știe drumul, pentru că a mai mers pe-aici, vara și iarna. Știe unde îngheață. Așa că a făcut autocarul să derapeze.

— O mașină venea direct spre el.

— Asta spune acum.

— Dar putea să fie rănit. Putea să omoare oameni. Putea să ajungă la spital sau la pușcărie pentru omor prin imprudență, nu să umble liber prin oraș.

— Poate că nu. Vehiculele astea moderne au tot felul de sisteme electronice. Control de tracțiune, frâne ABS, chestii de-astea. Tot ce-a avut de făcut a fost să intre puțin în derapaj și să o ia peste acostament. N-a fost mare brânză. Și pe urmă l-am primit cu brațele deschise, ca pe bunul samaritean.

— Aș putea să vorbesc cu Reacher în seara asta. A fost martor în autobuz. Discut cu el și poate obținem o imagine mai exactă.

— E un psihopat, zise Holland. Vreau să plece de-aici.

— Drumurile sunt închise.

— Atunci vreau să-l văd în celulă.

— Serios? întrebă Peterson. Să-ți spun sincer, șefu', mie îmi face impresia unui tip deștept. Gândește-te. Te-a salvat dintr-o situație dificilă, și pe mine m-a scutit să-mpușc doi oameni. Prin ceea ce a făcut în seara asta, ne-a făcut amândurora un mare serviciu.

— Întâmplător.

— Poate că intenționat.

— Crezi că știa ce face? Pe loc, în acel moment?

— Da, cred că știa. Cred că e genul de om care vede lucrurile cu cinci secunde înainte de restul lumii.

— Vorbești serios?

— Da, șefu'. Am petrecut ceva timp cu el.

Holland ridică din umeri.

— Fie, vorbește cu el. Dacă asta vrei cu adevărat.

— Putem să-l folosim la mai multe? A lucrat în armată. S-ar putea să știe câte ceva.

— Despre ce?

— Despre ce e acolo, la vest.

— Îți place de el?

— Nu contează dacă ne place sau nu de el. Îl putem folosi. În situația de față, ar fi o neglijență să n-o facem.

— Asta-i o recunoaștere a înfrângerii.

— Nu, șefu', e o chestie de bun-simț. Mai bine să cerem ajutor din timp, decât să primim șuturi în cur dup-aia.

— Cât de multe va trebui să-i spunem?

— Aproape tot, zise Peterson. Poate chiar tot. Și probabil c-o să-și dea seama și singur, oricum.

— Tu așa ai proceda dacă ai fi șef de poliție?

— Da, categoric.

Holland reflectă un moment. Apoi încuviință cu o mișcare din cap.

— Bine, spuse el din nou. Din partea mea, poți să vorbești cu el.

Unsprezece fără cinci seara.

Încă cincizeci și trei de ore.

Capitolul 7

Peterson ajunse acasă cu mașina de serviciu. Ceea ce lui Reacher i se păru neobișnuit. Din experiența lui, polițiștii își lăsau mașinile de serviciu la garaj și se duceau acasă cu mașinile personale. Vehiculele lăsate la garaj erau preluate de cei din tura următoare, cu scaunele și motoarele calde. Dar Peterson îi spusese că departamentul de poliție din Bolton avea o mulțime de mașini. Fiecărui membru al departamentului i se repartizase una. Și fiecărui membru al departamentului i se cerea să locuiască pe o rază de zece minute de mers cu mașina față de sediul poliției.

Până la Peterson acasă se putea ajunge în două minute; trăia la un kilometru și jumătate în afara orașului, spre est, într-o casă așezată pe rămășițele unei vechi ferme. Casa era o construcție solidă din lemn, în formă de chec, vopsită în roșu cu borduri albe, cu lumină caldă gălbuie la unele dintre geamuri. Lângă casă era și un șopron asemănător. Ambele acoperișuri erau acoperite de un strat gros de zăpadă. Terenul înconjurător era alb, înghețat, neted și tăcut. Avea formă pătrată. Poate un pogon. Era îngrădit cu sârmă ghimpată întinsă pe stâlpi de lemn uscat. Gardul se înălța cam cu treizeci de centimetri deasupra zăpezii.

Pârtia de pe alee era săpată în formă de Y. Un braț ducea la șopron, altul, la intrarea în casă. Peterson parcă în șopron. Era o construcție mare, veche, cu partea frontală deschisă, despărțită în trei compartimente. Unul era ocupat de o camionetă Ford cu o lamă de plug atașată, iar celălalt era plin cu lemne de foc. Reacher se dădu jos din mașină și, însoțit de Peterson, merseră înapoi pe pârtie și, la punctul de joncțiune, o luară spre casă.

Ușa de la intrare era o placă simplă de lemn vopsită în roșu, la fel ca restul casei. Se deschise exact când Peterson și Reacher ajunseră aproape de ea. O femeie stătea în hol, având în spate lumina și aerul cald al locuinței. Era cam de vârsta lui Peterson, mai înaltă decât media și zveltă. Avea părul blond prins într-o coadă de cal și purta pantaloni negri și un pulover de lână tricotat cu un model complicat.

Soția lui Peterson, probabil.

Toți trei ezitară într-o pantomimă mută de politețe, Peterson nerăbdător să scape de frigul de-afară, soția lui dornică să nu lase căldura să iasă din casă, în vreme ce Reacher nu voia să dea buzna neinvitat. După o ezitare de-o secundă, femeia deschise ușa larg și Peterson puse mâna pe spatele invitatului său, iar Reacher păși în casă. Holul avea podeaua din lemn lăcuit, tavanul jos și pereții acoperiți cu tapet. În stânga era un salon, iar în dreapta, sufrageria. Drept înainte, în spatele casei, era bucătăria. Undeva ardea o sobă cu lemne. Reacher îi simțea mirosul de fontă închisă și o urmă de fum.

Peterson făcu prezentările. Vorbea încet, ceea ce-l făcu pe Reacher să se gândească că undeva, la etaj, dormeau niște copii. Pe soția lui Peterson o chema Kim și părea să știe totul despre accidentul autocarului și nevoia urgentă de cazare. Îi anunță că pregătise un pat retractabil în studio. O spuse pe un ton de scuză, ca și cum un dormitor adevărat ar fi fost mai bun.

— Doamnă, și podeaua ar fi fost de-ajuns. Îmi pare sincer rău că vă deranjez.

— Nu-i niciun deranj, îl asigură ea.

— Sper să pot pleca mâine-dimineață.

— Nu cred că va fi posibil. Până se crapă de ziuă, o să înceapă să ningă zdravăn.

— Atunci, poate mai târziu.

— Mă tem că autostrada va rămâne închisă. Nu-i așa, Andrew?

— Probabil, spuse Peterson.

— Ești binevenit în casa noastră atât cât va fi nevoie, spuse femeia.

— Doamnă, sunteți foarte generoasă. Vă mulțumesc.

— Ți-ai lăsat bagajele în mașină?

— N-are bagaje, interveni Peterson. Susține că n-are ce face cu bunurile personale.

Kim nu spuse nimic. Avea fața lipsită de orice expresie, ca și cum i-ar fi fost greu să proceseze o asemenea informație. Apoi aruncă o privire la geaca lui Reacher, la cămașă și la pantaloni.

— Mâine-dimineață o să merg la un magazin, spuse Reacher. Așa fac. Îmi cumpăr haine noi la fiecare câteva zile.

— În loc să ți le speli?

— Da.

— De ce?

— Pentru că e logic.

— O să ai nevoie de o haină groasă.

— Așa se pare.

— Nu trebuie să-ți cumperi. E prea scump doar pentru câteva zile. Îți putem împrumuta una. Tatăl meu poartă cam aceeași mărime. Își ține aici o haină, s-o aibă când vine în vizită. Și o căciulă și mănuși.

Se întoarse și deschise o ușă de debara, apoi se aplecă înăuntru ca să ia un umeraș de pe șină. Scoase la iveală o haină foarte mare, de culoarea noroiului. Era matlasată, cu straturi orizontale de puf, de mărimea camerelor de cauciuc. Era veche și uzată și avea pete mai închise la culoare în locurile de unde fuseseră desprinse ecusoanele și insignele. Pe mâneci avea forme de galoane în V.

— Polițist pensionat? întrebă Reacher.

— Patrula Autostrăzii, preciză Kim Peterson. Îi lasă să păstreze hainele, cu condiția să-și scoată însemnele de grad.

Haina avea gluga tivită cu blană și într-un buzunar era vârâtă o căciulă de blană, iar în celălalt, mănușile.

— Probeaz-o, îl îndemnă femeia.

Se dovedi că tatăl ei nu purta chiar mărimea lui Reacher. Haina era cu un număr mai mare. Dar prea mare e întotdeauna mai bine decât prea mic. Reacher își trase haina pe el și se uită în jos la locurile unde fuseseră tresele. Zâmbi. Îl făceau să se simtă eficient. Îi plăcuseră întotdeauna sergenții lui. Făceau treabă bună.

Haina mirosea a naftalină. Căciula păstrase mirosul de păr al celuilalt bărbat. Era făcută din fire sintetice și blană de iepure.

— Mulțumesc, spuse Reacher. Ești foarte de treabă.

Dezbrăcă haina, și femeia o luă și-o atârnă în cuier, la intrare, lângă locul unde Peterson își agățase canadiana de polițist. Apoi merseră cu toții în bucătărie. Se întindea transversal pe aproape întreaga lățime a casei. Găseai acolo toate ustensilele obișnuite pentru o bucătărie, plus o masă cam veche și șase scaune, precum și o cameră de zi cu o canapea uzată, două fotolii și un televizor. Soba cu lemne era în celălalt capăt al încăperii. Huruia ca o locomotivă. Dincolo de ea se afla o ușă închisă.

— Acolo e studioul, spuse Kim. Du-te să-l vezi.

Reacher presupuse că era trimis la culcare, așa că se întoarse să mulțumească încă o dată, dar constată că Peterson venea în urma lui. Kim spuse:

— Vrea să vorbească cu tine. Îmi dau seama de asta pentru că nu vorbește cu mine.

Bărbatul căruia i se spusese să-i ucidă pe martor și pe avocat începu să curețe arma pe care o primise pentru îndeplinirea misiunii. Era un Glock 17, nici vechi, nici nou, de bună calitate, bine întreținut. Îl desfăcu în bucăți, îl perie, îl unse cu ulei și îl reasamblă. Erau rizuri pe lateralele patului și în șanțurile microscopice se acumulase ceva mizerie. Folosi un bețișor de urechi înmuiat în solvent pentru curățare. Numele producătorului era gravat aproape de călcâiul patului, un însemn grafic excesiv de complex și parcă realizat de un amator, în care o literă mare G înconjura restul cuvântului. Era ușor să confunzi G-ul cu un contur și prin urmare să-ți scape. La prima vedere, numele părea să fie LOCK. Toată grafica era acoperită de mizerie. Bărbatul înmuie din nou bețișorul și, după un minut, o curăță.

*

Studioul lui Peterson era un spațiu mic, întunecat, pătrat, masculin. Se afla în colțul din spate al casei și avea doi pereți exteriori, cu două ferestre. Draperiile erau din material ecosez gros și erau trase în lături. Pe ceilalți doi pereți erau trei uși. Cea care dădea în camera de zi, plus, probabil, o debara și o baie mică. Restul spațiului oferit de pereți era acoperit de dulapuri cumpărate la mâna a doua și un birou vechi din lemn, pe care trona un mic frigider. Pe frigider era așezat un ceas deșteptător de modă veche, cu două clopote metalice, care ticăia zgomotos. În încăpere se mai aflau un fotoliu jos din piele, cu aspect scandinav, și o canapea de două locuri, care fusese întinsă și transformată într-un pat îngust.

Reacher se așeză pe pat. Peterson luă două sticle de bere din frigider, le desfăcu și aruncă dopurile într-un coș de gunoi, după care îi întinse o sticlă lui Reacher. Apoi se așeză în fotoliul din piele.

— Avem o problemă, spuse el.

— Știu, spuse Reacher.

— Cât de multe știi?

— Știu că te-ai purtat cu mănuși față de motocicliștii ăia drogați. De parcă ți-ar fi fost frică de ei.

— Nu ne e frică de ei.

— Atunci de ce ezitările?

— Ajungem și la asta. Ce altceva mai știi?

— Știu că aveți o secție de poliție măricică.

— Așa...

— Ceea ce înseamnă o secție de poliție destul de mare.

— Șaizeci de polițiști.

— Și că lucrați la capacitate maximă toată ziua și toată seara, până într-acolo încât șeful și adjunctul lui, ieșiți din tură, trebuie să răspundă la un apel cetățenesc la ora zece seara. Lucru care pare să se-ntâmple pentru că majoritatea oamenilor sunt pe teren, blocând străzile. În esență, aveți tot orașul blocat.

— De ce?

— Pentru că vă temeți să nu vină cineva din afară.

Peterson luă o gură zdravănă de bere și întrebă:

— Accidentul de autocar a fost pe bune?

— Nu sunt eu omul vostru, zise Reacher.

— Știm că nu ești. Nu aveai lucrurile sub control. Dar poate că e șoferul.

Reacher clătină din cap.

— Prea complicat, cu siguranță. Putea să se sfârșească nasol într-o mie de moduri diferite.

— Chiar s-a luptat cu derapajul?

— În loc să ce?

— În loc să-l fi provocat, poate.

— Nu era mai simplu să oprească motorul și să simuleze o avarie? Mai aproape de intersecție?

— Ar fi fost prea pe față.

— Eu dormeam atunci. Dar ce-am văzut după ce m-am trezit mi s-a părut real. Nu cred că e omul vostru.

— Dar ar putea fi.

— Orice e posibil. Dar, dac-aș fi fost eu, aș fi venit ca vizitator la pușcărie. Comandantul Holland mi-a spus că aveți destui. Șase nopți pe săptămână locurile de cazare sunt complet ocupate.

— Îi știm pe toți destul de bine. Nu-s prea mulți cu sentințe ușoare pe-acolo. Fețele nu se schimbă. Și îi supraveghem. Cum nu recunoaștem o figură, sunăm la pușcărie ca să verificăm că se află pe listă. Și oricum sunt în majoritate femei și copii. Noi așteptăm un bărbat.

Reacher ridică din umeri. Bău din sticlă. Berea era Miller. Lângă el, frigiderul începu să zumzăie. Aerul cald pătrunsese în incintă când Peterson deschisese ușa. Acum compresorul avea de lucru.

— Construcția închisorii a durat doi ani, spuse Peterson. Au lucrat aici sute de muncitori. Au construit o tabără pentru ei, la opt kilometri spre vest de noi. Teren public. Acolo a fost o veche construcție militară. Au adăugat câteva barăci și rulote. A fost ca un mic sat. După care au plecat.

— Când?

— Acum un an.

— Și?

— În locul lor, au venit motocicliștii. Au pus stăpânire pe zona aia.

— Câți sunt?

— Acum, peste o sută.

— Și?

— Vând metamfetamină. În cantități mari. La est și la vest, grație autostrăzii. E o afacere mare.

— Atunci, arestați-i.

— Încercăm, dar nu-i așa simplu. Nu avem niciun motiv pentru o percheziție acolo. În mod normal, asta n-ar fi o problemă. Când ții un laborator de metamfetamină într-o rulotă, speranța de viață e cam de o zi, două. Explodează. Nu trebuie decât să mergi după pompieri. Tot felul de chimicale volatile. Dar indivizii ăștia sunt foarte prudenți. Până acum, niciun accident.

— Dar?

— Am prins un fir. Un barosan din Chicago a venit în vest să negocieze o achiziție angro. S-a întâlnit cu șeful motocicliștilor chiar aici, în Bolton. Pe teren neutru, civilizat. A cumpărat o mostră din remorca unei camionete în parcarea restaurantului, chiar acolo unde-am luat cina.

— Și?

— Avem un martor care a văzut întreaga tranzacție. Tipul din Chicago a scăpat, dar am pus mâna pe droguri și pe bani, iar pe motociclist l-am săltat. În momentul ăsta e în pușcăria districtuală, în așteptarea procesului.

— Șeful lor? Și ăsta nu a fost un motiv suficient de bun ca să-i percheziționați locuința?

— Are camioneta înmatriculată în Kentucky. Permisul de conducere a fost emis în Alabama. Susține că a venit cu mașina de-acolo. Că nu locuiește aici. N-avem cu ce să-l agățăm. Nu putem obține un mandat pe baza faptului că se îmbracă la fel ca alți oameni pe care i-am văzut. Pentru judecători nu-i de-ajuns. Vor mai mult.

— Și-atunci, care-i planul?

— Vrem să-l întoarcem de partea noastră. Îi oferim o înțelegere, iar el ne dă ce-avem nevoie ca să facem curățenie.

— A acceptat?

— Încă nu. E în așteptare. Vrea să vadă probabil dacă martorul uită lucruri. Sau moare.

— Cine-i martorul?

— O bătrânică de treabă de-aici din oraș. Are șaptezeci și unu de ani. A fost învățătoare și bibliotecară. Credibilitate perfectă.

— E posibil să uite lucruri sau să moară?

— Bineînțeles. Așa procedează oamenii ăștia. Îi sperie pe martori. Sau îi omoară.

— Deci ăsta-i motivul pentru care vă îngrijorează orice străin care vine în oraș. Credeți că vine pentru ea.

Peterson încuviință cu o mișcare a capului, fără să spună nimic.

Reacher sorbi îndelung din sticlă și întrebă:

— De ce presupuneți că va fi un străin? N-ar putea motocicliștii să vină și să se ocupe de treabă singuri?

Peterson clătină din cap.

— Suntem călare pe orice motociclist care apare în oraș. Cum ai văzut în seara asta. Toată lumea e cu ochii pe ei. Așa că n-o să fie un motociclist. Și-ar tăia singuri craca de sub picioare. Strategia lor e să nu ne ofere un motiv.

— Înțeleg.

— Altcineva o să vină, spuse Peterson. Asta-i sigur. Din partea lor. Cineva pe care nu-l vom recunoaște când va ajunge aici.

Capitolul 8

Reacher luă o a treia înghițitură lungă din sticlă și spuse:

— Nu e șoferul autocarului.

— Cât de sigur ești? întrebă Peterson.

— Câți bani câștigă indivizii ăștia de pe urma metamfetaminelor?

— Două sute de dolari pe gram, din câte știm, și bănuim că mișcă marfa cu camionetele, ceea ce înseamnă o mulțime de grame. Ar putea să câștige milioane.

— Caz în care își pot permite un profesionist. Un asasin profesionist care să lucrez ziua ca șofer de autocar e o combinație neverosimilă.

Peterson încuviință cu o mișcare a capului și zise:

— Bine, nu-i șoferul de autocar. Domnul Jay Knox e nevinovat.

— Și poți să bagi mâna-n foc pentru toți cei care vin în vizită la pușcării?

— Suntem cu ochii pe ei. Se cazează la motel, se urcă în autobuzele de navetă pentru închisori, se întorc și pleacă a doua zi. Orice abatere ar apărea de la acest tipar, i-am sălta imediat.

— Unde se află martorul?

— Acasă. O cheamă Janet Salter. E o femeie tare cumsecade. Ca o bunicuță dintr-o carte cu povești. Din fericire, locuiește pe o stradă înfundată. Avem o mașină care blochează intersecția, zi și noapte. Ai văzut-o.

— Nu-i de-ajuns.

— Știm. Mai avem o mașină în fața casei și o a treia parcată la o stradă distanță, care supraveghează spatele. Plus polițiste în casă, cele mai bune pe care le-avem, cel puțin patru în orice moment, două stau de veghe, două dorm.

— Când e procesul?

— Peste o lună, dacă avem noroc.

— Și nu vrea să plece? Ați putea s-o ascundeți într-un hotel. Poate în Caraibe. Eu varianta asta aș alege-o acum.

— Nu vrea să plece.

— Știe ce primejdie o paște?

— I-am explicat situația. Dar ea vrea să facă ceea ce trebuie. Zice că e o problemă de principiu.

— Foarte frumos din partea ei.

— E bine și pentru noi, spuse Peterson. Pentru că o să-i înfundăm pe mulți dintre ei. Dar nici ușor nu ne este. Pentru că folosim multe resurse.

Reacher încuviință cu o mișcare a capului.

— Deci ăsta-i motivul pentru care ezitați și nu vă angajați într-o confruntare directă cu ei. Pentru că un război complet acum v-ar depăși resursele.

— Și pentru că trebuie să vindem chestia asta unui juriu. Nu putem să-l lăsăm pe avocatul apărării să spună că e vorba despre o campanie de hărțuire. În plus, motocicliștii nu-s tâmpiți. Nu intră-n buclucuri. Strict vorbind, ca indivizi, n-au făcut nimic greșit deocamdată. Cel puțin, nu în public.

— De fapt, pare să fie taman invers. Am văzut pozele.

— Întocmai, spuse Peterson. Se pare că unul dintre cetățenii noștri onorabili l-a omorât în bătaie pe unul de-ai lor.

Ceasul de pe frigider arăta cinci minute după miezul nopții. Încă cincizeci și două de ore. Afară, luna urcase mai sus pe cer. Zăpada căzută era strălucitoare. Aerul era nemișcat. Nici urmă de vânt. Frigul era atât de intens încât Reacher îl simțea lovind în pereții casei. Exista o zonă-tampon cam de treizeci de centimetri, în care frigul se furișa înainte ca soba să reușească să-l contracareze.

— Comandantul Holland se ridică la înălțimea jobului? se interesă Reacher.

— De ce întrebi? spuse Peterson.

— Prima impresie. Mi s-a părut cam depășit de situație.

— Holland e un om bun.

— Ăsta nu-i un răspuns la întrebarea mea.

— Tu discutai despre superiorii tăi când erai în armată?

— Tot timpul. Cu cei de același grad.

— Noi doi suntem de același grad?

— Aproximativ.

— Și cum erau superiorii tăi?

— Unii erau buni, alții, niște nemernici.

— Holland e în regulă, spuse Peterson. Dar e obosit. I-a murit soția. Fata a crescut și a plecat de-acasă. E singur-singurel și e cam abătut.

— Am văzut fotografia din biroul lui.

— Zile fericite. Erau o familie frumoasă.

— Deci, se ridică la înălțimea postului?

— Suficient ca să ceară ajutor când are nevoie de el.

— Și cui îi cere?

— Ție.

Reacher își termină berea. În casă era cald, iar el se simțea confortabil și obosit.

— Ce-aș putea eu să fac ca să-l ajut? întrebă Reacher.

— Acolo unde s-a amenajat tabăra de construcții a fost o bază militară.

— Mi-ai mai spus asta.

— Trebuie să înțelegem exact ce anume a fost.

— Nu știți?

Peterson clătină din cap.

— A fost construită cu mult timp în urmă. Există o singură clădire din piatră, cam cât o casă.

— Doar atât?

Peterson încuviință dând din cap.

— Un drum lung și drept care duce la o clădire mică, singuratică în prerie.

— Și e cam cât o casă?

— Mai mică decât asta.

— Ce formă are?

— Pătrată. Paralelipipedică. Ca o casă.

— Cu acoperiș?

— Desigur.

— Pentru că mă-ntreb dacă era un siloz de rachete. Sunt o mulțime în Dakota de Nord și de Sud.

— Nu e un siloz.

— Atunci poate fi orice. Poate să fie ceva început și lăsat neterminat.

— Nu credem. Bătrânii își mai amintesc câte ceva. Povestesc că au fost sute de ingineri acolo, timp de câteva luni. Și un cordon de securitate. Și multă vânzoleală. Cam multă agitație pentru o chestie cât o casă.

— Am auzit de lucruri și mai ciudate.

— Trebuie să știm. S-ar putea să fie nevoie să mergem acolo și să operăm sute de arestări. Trebuie să știm cu ce-avem de-a face.

— Sunați undeva. Sunați la Departamentul Armatei.

— Am sunat. Am sunat noi, au sunat cei de la consiliul districtual, au sunat și cei de la guvernul statului.

— Și?

— Nimeni n-a primit vreun răspuns.

— Cam ce vârstă au cei mai bătrâni dintre locuitori?

— Contează?

— Ca să știm când a fost construit locul. I-au văzut cu ochii lor pe inginerii ăia? Sau doar au auzit istorisiri de la părinții sau bunicii lor?

— Locul ăla are cam cincizeci de ani.

— Când au fost văzuți ultima oară soldați acolo?

— Niciodată. Locul n-a fost folosit niciodată.

Reacher ridică din umeri.

— Deci, e o unitate de pe vremea Războiului Rece, abandonată. Poate că nu-i nici măcar definitivată. Într-o zi a părut să fie o idee bună, a doua zi, n-a mai fost așa. Pe-atunci, genul ăsta de lucruri se-ntâmplau mereu, fiindcă strategia era destul de schimbătoare. Sau pentru că nimeni n-avea habar de ce face. Dar nu-i mare scofală. O casă din piatră rezistă mai bine la tirul de pistoale decât o baracă sau o rulotă, dar în orice caz presupun că nu plănuiți o confruntare armată acolo.

— Trebuie să știm sigur.

— Nu vă pot ajuta. N-am lucrat niciodată acolo. N-am auzit nicio discuție.

— Ai putea să dai niște telefoane pe canale lăturalnice. Poate mai cunoști oameni.

— Sunt pe tușă de prea mult timp.

— Ai putea să mergi spre vest și să arunci o privire.

— E o clădire din piatră. Armata folosește același tip de piatră ca toată lumea.

— Atunci, de ce era nevoie de sute de ingineri?

— Voi la ce v-ați gândit?

— Ne-am întrebat dacă nu cumva e o amenajare subterană. Clădirea din piatră ar putea fi doar capul scării. E posibil ca jos să fie un adevărat bârlog. Laboratorul ar putea fi acolo jos. Ceea ce ar explica lipsa incendiilor și a exploziilor în rulote. Poate că au transformat locul într-o fortăreață și au depozitat acolo hrană, apă și arme. Toată povestea asta s-ar putea transforma într-un asediu, și nu vrem asta.

Peterson se ridică, se duse la birou și mai scoase două sticle din frigider. Un semnal pentru Reacher că abia ajunseseră la jumătatea discuției. Sau poate doar la o treime, dacă în frigider erau șase sticle.

— Mai e ceva, îl anunță Peterson.

— Pe bune? spuse Reacher.

— L-am băgat la zdup pe șeful lor, dar asta n-a afectat comanda și controlul, care continuă să funcționeze.

— Înseamnă ca are un adjunct.

— Bandele nu lucrează așa.

— Atunci individul continuă să comunice. Telefonie celulară sau bilețele scoase clandestin din pușcărie.

— Nu se-ntâmplă asta.

— Știi sigur?

— Categoric.

— Atunci, prin avocatul lui. O discuție privată în fiecare zi, se prefac că vorbesc despre caz, când de fapt tipul dă ordine verbale, pe care avocatul le transmite mai departe.

— Așa am bănuit. Dar nici asta nu se-ntâmplă.

— De unde știi?

— Pentru că au ascuns camere video și microfoane în camerele pentru ședințe.

— Pentru discuții privilegiate între avocați și clienți? E legal?

— Poate. E o închisoare nou-construită. Și unele legi federale conțin multe chestii tipărite cu litere mici.

— Nu e un deținut federal.

— OK, atunci nu, probabil că nu-i întru totul legal.

— Dar o faceți oricum?

— Da, spuse Peterson. Și n-am auzit niciun singur ordin sau detalii privind afacerile. Niciun bilețel înmânat, nimic scris pe hârtie.

— Ai auzit vreodată de Al 4-lea Amendament? Chestia asta s-ar putea să-ți distrugă cazul.

— Nu avem de gând să folosim ceea ce auzim. Procurorul nici măcar nu știe că facem asta. Doar vrem să fim avertizați din vreme, în departamentul de poliție, în caz că decid să-i facă ceva martorului.

— N-o să pățească nimic. O țineți bine protejată. E vorba doar de-o lună. Vă mai ține agățați ceva timp, dar asta-i tot.

— Ne-am bătut pentru închisoarea aia.

— Mi-a spus Holland. Ca pentru o uzină Toyota. Sau Honda.

— A fost un proces cu concesii reciproce.

— Ca-ntotdeauna.

— Personalul angajat în închisori are scutiri de impozite, am construit locuințe, am mărit școala.

— Și?

— Ultimul punct a fost să ne înscriem în planul lor de criză.

— Care este?

— Dacă evadează careva, avem un rol repartizat dinainte.

— Și anume?

— Tot departamentul de poliție din Bolton se mută pe un perimetru prestabilit aflat la un kilometru jumate distanță.

— Toți?

— Până la ultimul om. De serviciu sau nu. Treaz sau adormit. Sănătos sau bolnav.

— Vorbești serios?

— Am fost nevoiți să acceptăm. Pentru binele orașului.

— Nu e bine, spuse Reacher.

— Nu e bine deloc, spuse Peterson. Dacă sirena aia începe să sune, lăsăm totul deoparte și ne ducem în nord. Toți polițiștii. Ceea ce-nseamnă că, dacă în următoarea lună sirena începe să sune, o lăsăm pe Janet Salter complet neprotejată.

Capitolul 9

Reacher aproape termină de băut a doua bere și spuse:

— E o nebunie!

— Doar în realitate, spuse Peterson. Nu și pe hârtie. Teoretic, îi avem ca rezervă pe cei de la Poliția Autostrăzii. Și FBI-ul ne-a oferit un program de protecție a martorilor pentru doamna Salter. Dar Patrula Autostrăzii este de regulă la câteva ore distanță toată iarna și doamna Salter a refuzat protecția. Spune că motocicliștii ar trebui încuiați departe de casă, nu ea.

— Aveți o problemă, spuse Reacher.

— Mie-mi spui? zise Peterson.

Reacher privi pe geam la peisajul luminat de lună și spuse:

— Dar asta nu-i chiar o vreme ideală pentru o evadare, nu-i așa? Cel puțin, nu acum. Poate nici câteva luni de-acum încolo. Pe o rază de câțiva kilometri de jur împrejur e un strat de zăpadă virgină de peste o jumătate de metru. Dacă cineva trece de gardul pe care l-or avea acolo, moare de frig în mai puțin de-o oră. Sau îl găsesc imediat elicopterele. Urmele de pași pe zăpadă vor fi vizibile.

— Nimeni nu mai evadează fugind pe jos, zise Peterson. Scapă ascunzându-se în camionul de aprovizionare sau ceva asemănător.

— Atunci de ce se formează perimetrul la distanța aia?

— Nimeni n-a spus că planul lor de criză ar avea vreo logică.

— Atunci trageți-le clapa. Lăsați câțiva oameni la post. Măcar femeile din casă.

— N-avem cum. Se va face apelul la fața locului. Vom fi auditați. Dacă nu ne conformăm la sânge, inspecția federală va fi pe capul nostru zece ani de-acum încolo. Orașul a semnat un contract. Am luat bani de la ei.

— Pentru mașinile suplimentare?

Peterson dădu din cap afirmativ.

— Și pentru locuințe. Toți locuiesc pe o rază de zece minute de mers cu mașina, toți primesc o mașină, toți își țin stațiile radio pornite, toți răspund instantaneu.

— Nu puteți s-o urcați pe doamna Salter într-o mașină și s-o luați cu voi?

— Civilii trebuie lăsați deoparte. În mod cert nu putem să luăm pe cineva cu noi.

— A evadat cineva până acum?

— Nu. Închisoarea e nou-nouță. Se descurcă bine.

— Atunci, sperați că va fi bine.

— Nu pricepi. Am trage nădejde că va fi bine. Dacă ar fi vorba de o chestie întâmplătoare sau de o coincidență, nu ne-am mai agita. Dar nu e. Pentru că același individ care vrea să ne scoată din casa lui Janet Salter are în mâinile sale puterea de a pune lucrurile în mișcare, în orice moment vrea.

— Evadând la momentul oportun? spuse Reacher. Nu cred. Cunosc închisorile. Să organizezi o evadare îți ia mult timp. Trebuie să analizeze situația, să facă un plan, să găsească un șofer de camion, să câștige încrederea oamenilor, să facă rost de bani, să aranjeze lucrurile.

— E vorba de mai mult. Situația e și mai rea.

— Spune-mi.

— Partea a doua a planului de criză se referă la o revoltă a pușcăriașilor. Angajații închisorii părăsesc gardul pentru a se muta în incintă, iar noi preluăm posturile de la turnuri și de la poartă.

— Toți?

— La fel ca la prima parte. Și nu-i nevoie de prea mult timp ca să organizezi o răzmeriță. Poate să izbucnească într-o fracțiune de secundă. Crede-mă, pușcăriile sunt răzmerițe care-așteaptă să se-ntâmple.

Nu mai exista un al treilea rând de beri. Conversația substanțială se încheiase. Doar câteva fire răzlețe de lămurit și o mică recapitulare.

— Vezi? zise Peterson, individul poate să programeze acțiunea la minut. E de-ajuns să zică vreunul ceva greșit că imediat izbucnește o încăierare, iar după încă un minut o revoltă stă gata-gata să se declanșeze, primim apelul și, în zece minute, suntem cu toții la peste opt kilometri de locuința lui Janet Salter.

— Tipul e-ntr-o celulă, spuse Reacher. Vorbim de închisoarea districtuală, da? Care e într-o clădire separată. Nimeni nu se revoltă în celulă. Toți cei de-acolo își așteaptă procesul. Sunt ocupați să se prefacă inocenți.

— E motociclist. O să aibă prieteni în clădirea principală. Sau prieteni de-ai prietenilor. Așa funcționează bandele din închisori. Au grijă de-ai lor. Și căile de comunicare sunt multiple.

— Nu e bine, spuse din nou Reacher.

— Nu e bine deloc, zise Peterson. Când sună sirena, îl lăsăm pe civilul bătrân la birou și-atât. El ar trebui să ne sune dacă apare vreo alertă teroristă, dar, în afară de asta, avem mâinile legate. — Vă așteptați la o alertă teroristă?

— Nu aici. Mount Rushmore are o valoare simbolică, dar asta-i problema celor de la Rapid City.

— Ați extins și departamentul de poliție? întrebă Reacher. La fel cum ați făcut cu școlile?

— Am fost nevoiți, confirmă Peterson. Pentru că orașul s-a dezvoltat.

— Cât de mult v-ați extins?

— Ne-am dublat capacitatea. De-am ajuns să concurăm cu închisorile ca să angajăm oameni. A fost dificil să menținem standardele. Iar asta e o mare parte din problema comandantului Holland. Jumătate din oameni sunt dintre cei vechi, jumătate nu.

— N-am cum să-l ajut, spuse Reacher. Sunt doar un ins aflat în trecere.

— Ai putea să dai telefoane la armată. Asta l-ar ajuta. Dacă trecem de luna care urmează, vom avea nevoie de informațiile alea.

— Am plecat de prea mult timp. Acum e o generație nouă. O să-mi închidă telefonul în nas.

— Ai putea să-ncerci.

— N-aș reuși să trec de centralistă.

— Pe vremuri, când am intrat în poliție, aveam un număr special de urgență la biroul FBI din Pierre. Sistemul s-a schimbat acum câțiva ani, dar tot îmi amintesc numărul.

— Și?

— Cred că și tu ai un număr de care-ți amintești. Poate nu e de la o centrală.

Reacher nu spuse nimic.

— Dă telefonul ăla pentru noi, spuse Peterson. Asta va fi tot, îți promit. Ne ocupăm noi de restul și tu vei putea să-ți vezi de drum.

Reacher rămase tăcut.

— Îți putem oferi un birou și un scaun.

— Unde?

— La secția de poliție. De mâine.

— Vrei să vin să lucrez cu tine? La secția de poliție? Încă nu prea ai încredere în mine, așa-i?

— Ești în casa mea. Soția și copiii mei dorm în casa asta.

Reacher încuviință cu o mișcare a capului.

— Nu pot să te contrazic aici, spuse el.

Dar Kim Peterson nu dormea. Nu în acel moment. La zece minute după ce Andrew Peterson îl lăsase singur, Reacher se săturase de mirosul stătut de hamei de la cele patru sticle de bere așa că le prinse gâturile între degete și le duse, câte două în fiecare mână, în bucătărie, sperând să găsească un coș de gunoi. În schimb, o găsi pe Kim Peterson făcându-și ordine în frigider. Era întuneric în încăpere, dar lumina din aparat era puternică, scăldând-o într-o strălucire gălbuie. Femeia purta un halat de baie flaușat vechi. Reacher ridică cele patru sticle, în semn de întrebare mută.

— Sub chiuvetă, îi spuse Kim Peterson.

Reacher se aplecă și deschise ușa măștii de chiuvetă. Alinie sticlele în rând cu cele patru deja aflate acolo.

— Ai tot ce-ți trebuie? îl întrebă ea.

— Da, mulțumesc.

— Ți-a cerut Andrew să faci ceva pentru el?

— Vrea să dau niște telefoane.

— Despre tabăra militară?

Reacher confirmă cu o mișcare a capului.

— O să-l ajuți?
— O să-ncerc.
— Bun. Locul ăla îl scoate din minți.
— O să fac tot ce-am să pot.
— Promiți?
— Poftim?
— Îmi promiți că, dacă-ți cere, o să-l ajuți în orice fel o să poți? Muncește prea mult. Acum el răspunde de tot. Comandantul Holland e copleșit. Abia dacă-și cunoaște jumătate din departament. Andrew trebuie să le facă pe toate.

Lângă studio era o baie mică și Reacher o folosi pentru un duș lung și fierbinte. Apoi își împături hainele pe spătarul fotoliului în care șezuse Peterson și se băgă în așternut. Arcurile canapelei scârțâiră sub greutatea lui. Se întoarse pe o parte, apoi pe cealaltă, ascultă ticăitul tare al ceasului și adormi într-un minut.

Unu fără cinci noaptea.

Încă cincizeci și una de ore.

Capitolul 10

Reacher se trezi la șapte fără zece, într-o tăcută lume sepulcrală. Dincolo de geamurile studioului, aerul era îngroșat de fulgii grei de zăpadă. Cădeau lin, dar neobosit peste un strat proaspăt care deja atinsese treizeci de centimetri. Nu bătea deloc vântul. Miliardele de fulgi cădeau parașutați vertical, uneori legănându-se puțin, alteori coborând în spirală, câteodată deplasându-se lateral câțiva centimetri, fiecare tulburat de nimic altceva decât de propria sa instabilitate dată de greutatea minusculă. Cei mai mulți își adăugau masele individuale la plapuma albă groasă pe care aterizau. Unii se lipeau de formele verticale fantastice de pe liniile de curent sau de pe sârmele gardurilor, sporind înălțimea acelor forme.

Patul era cald, dar în cameră se făcuse frig. Reacher bănuia că soba fusese domolită peste noapte, jarul ținut în frâu prin oprirea tirajului. Se întrebă un moment care ar fi fost protocolul corect pentru un musafir în astfel de împrejurări. Să se ridice și să deschidă clapeta de tiraj și să mai bage ceva lemne în sobă? Ar fi fost de ajutor? Sau ar fi fost o obrăznicie? Ar fi deranjat o programare delicată și de mult stabilită a combustiei, condamnându-și gazdele la o vizită nocturnă neconvenabilă la stiva de lemne pentru două săptămâni?

Până la urmă, Reacher nu făcu nimic. Își trase pătura sub bărbie și închise ochii din nou.

Șapte fără cinci, dimineața.

Încă patruzeci și cinci de ore.

La două mii șapte sute de kilometri spre sud, ziua începuse deja de o oră. Plato își lua micul dejun în cea mai mică dintre cele două sufragerii din exteriorul casei. Cea mai mare era rezervată pentru dineurile oficiale, fiind prin urmare puțin folosită, căci dineuri oficiale însemna dineuri de business, majoritatea partenerilor de afaceri actuali fiind ruși, iar rușii nu se dădeau în vânt după arșița serii la peste o sută cincizeci de kilometri de Ciudad de Mexico. Preferau aerul condiționat. Plato presupunea că era vorba de lucrurile cu care erau obișnuiți. Auzise că în Rusia erau regiuni în care era atât de frig încât scuipatul îngheța până să ajungă jos și ricoșa de pământ ca o pietricică. Personal, nu credea povestea asta. Era pregătit să accepte că în părți ale Rusiei se înregistrau temperaturi foarte scăzute și nu încăpea îndoială că valorile extreme menționate în almanahuri și buletinele meteo puteau într-adevăr să provoace înghețarea unui volum mic de lichid organic în spațiul și timpul ce separau gura și solul. Dar era sigur că, pentru a supraviețui într-un asemenea mediu, un om ar fi trebuit să poarte o mască de schi, făcută probabil din mătase sau un material sintetic modern, și să scuipi era categoric imposibil atunci când purtai o mască de schi. Și înțelegea că, în general, temperaturile extrem de scăzute mergeau mână-n mână cu o umiditate extrem de joasă, ceea ce ar fi descurajat în orice caz scuipatul, poate chiar până la punctul în care devenea impracticabil. Prin urmare, anecdota era ilustrativă fără a fi adevărată din punct de vedere funcțional.

Plato era mândru de capacitățile sale analitice.

Se gândea la ruși pentru că primise cu o oră în urmă o propunere incitantă de la unul dintre ei. Era una dintre chestiile obișnuite. Un văr al unui prieten al unui cumnat dorea o cantitate mare dintr-o anumită substanță și putea oare Plato să-l ajute pe om? Firește, prioritatea pentru Plato era să-l ajute pe Plato, așa încât privise propunerea din această perspectivă și ajunsese la o concluzie interesantă, care putea, cu puțină perfecționare și fler comercial, să se transforme într-o tranzacție avantajoasă. Spectaculos de avantajoasă, de fapt, și totalmente și unilateral în favoarea lui, bineînțeles, dar pe de altă parte, el era Plato, iar vărul fără nume din Rusia nu era.

Trei erau factorii principali.

Primul, tranzacția avea să impună o modificare fundamentală a supoziției inițiale de bază a rusului, prin faptul că acea cantitate mare nu avea să fie transportată la rus, ci rusul avea să fie transportat la cantitatea mare.

Al doilea, tranzacția avea să necesite o încredere completă din partea lui Plato, în ideea că pasărea din mână valorează cât două de pe gard.

Al treilea, tranzacția avea să schimbe puțin lucrurile în Dakota de Sud. Prin urmare, situația de-acolo trebuia să rămână curată, viabilă, imaculată și perfect atractivă. Cu alte cuvinte, perfect comercializabilă. Ceea ce însemna că martorul și avocatul trebuiau rezolvați cât mai curând posibil.

Plato întinse mâna după telefon.

La șapte și paisprezece minute, vechea locuință rurală era încă tăcută. La și un sfert, se trezi la viață. Reacher auzi piuitul subțire și vaietul ceasurilor deșteptătoare prin pereți și tavan, urmate de zgomotele amestecate de pași la etaj. Patru perechi de picioare. Părinții și doi copii. Doi băieți, deduse Reacher după stângăcia neinhibată a mișcărilor acestora. Uși deschise și închise, apa de la toaletă trasă, zgomot de duș. Zece minute mai târziu, gălăgia se mutase în bucătărie. Gâlgâitul și șuieratul unei cafetiere, bufnetul înfundat al ușii frigiderului, scârțâitul picioarelor de scaun pe dușumele. Din nou, Reacher se întrebă care-ar fi fost protocolul potrivit situației. Să iasă pur și simplu ca să se alăture familiei la micul dejun? Sau asta i-ar fi speriat pe copii? Bănuia că depindea de vârsta și de constituția lor. Să aștepte să fie invitat? Sau să aștepte până plecau copiii la școală? Se duceau oare la școală după o noapte în care se depusese un strat de zăpadă de treizeci de centimetri?

Făcu un duș rapid și se îmbrăcă în baia minusculă, apoi făcu patul și se așeză pe el. După un minut, auzi hârjâitul unui scaun și niște picioare mici și iuți pășind pe scânduri, urmate de o bătaie neașteptată la ușă, care se deschise imediat și un băiețel își iți capul înăuntru. Puștiul avea cam șapte ani. Era versiunea în miniatură a lui Andrew Peterson. Pe chip i se citea în egală măsură resentimentul provocat de faptul că fusese trimis să îndeplinească o sarcină și teama de ceea ce ar fi putut găsi, precum și o curiozitate fățișă legată de ceea ce găsise, de fapt.

Se holbă o secundă și spuse:

— A zis mama să vii să bei o cafea.

Apoi dispăru.

Până să iasă Reacher pe ușă, copiii plecaseră din bucătărie. Îi auzi urcând scările în fugă. Își imagină că vede turbulențele aerului din spatele lor, praf și vârtejuri, ca-ntr-un filmuleț de desene animate. Părinții lor stăteau în liniște la masă. Erau îmbrăcați la fel ca în ziua precedentă, Peterson în uniformă și soția lui în pulover și pantaloni. Nu vorbeau. Tropăielile de la etaj ar fi acoperit orice încercare de conversație. Reacher își umplu ceașca de cafea și, până să se-ntoarcă la masă, Peterson se ridicase și se pregătea să iasă ca să facă pârtie cu plugul camionetei. Soția lui urca scările ca să se asigure că băieții erau pregătiți. Un minut mai târziu, amândoi copiii coborau în goană scările și ieșeau pe ușă. Reacher auzi huruitul unui motor diesel masiv și zări ceva galben înaintând prin zăpadă. Autobuzul de școală, sosit exact la timp, după cum se părea, în ciuda vremii de afară.

După încă un minut, în casă domnea liniștea. Kim nu se mai întoarse în bucătărie. Reacher n-avea nimic de mâncat. Nu era mare scofală. Era obișnuit cu senzația de foame. Așteptă singur până când Peterson îl chemă din hol. Își luă haina de împrumut din cuier și ieși.

Opt fără cinci, dimineața.

Încă patruzeci și patru de ore.

Avocatul se chinuia din nou cu ușa garajului. Pe alee se așternuse un strat nou și gros de zăpadă și care troienise în ușă, blocând-o. Își pusese galoșii și luase lopata. Motorul din tavanul garajului trăgea din răsputeri. Prinse mânerul din interior și îl împinse în sus. Lanțurile mecanismului se poticniră, se opintiră și ușa se ridică în mare viteză, lăsând să cadă înăuntru zăpada de afară. Avocatul o îndepărtă cu lopata, porni mașina și se pregăti să-și înceapă ziua.

Dimineața lui începea cu micul dejun, pe care se hotărâse să-l ia în oraș. În unele privințe, era un comportament normal pentru o mică așezare urbană. O cafenea, discuții, întâlniri cu diverși oameni, posibilitatea stabilirii de relații noi. Toate erau prețioase. Dar nu meritau o investiție de timp mai mare de o jumătate de oră. Hai, cel mult trei sferturi de oră. Acum petrecea cel puțin o oră în separeul lui. Uneori, o oră și jumătate.

Îi era frică să se ducă la muncă.

Formularele pentru mesaje folosite de firma lui erau galbene. În fiecare dimineață, secretara lui îi aducea un teanc. În majoritate, erau inocente. Dar unele sunau așa: *Clientul cere convorbire ref. caz nr. 517713.* Nu exista niciun caz cu acel număr. Niciun dosar. Nimic scris pe hârtie. Un astfel de bilet era un cod. Un ordin, de fapt, să se ducă la închisoare și să preia o dictare mentală.

În cele mai multe dintre zile nu primea o astfel de înștiințare. În unele zile, da. Nu aveai cum să prezici. Făcea deja parte din ritualul matinal, să stea lângă biroul secretarei, cu mâna întinsă și sufletul la gură, așteptând să vadă ce-i rezervă viața pentru ziua-n curs.

Reacher nu văzu nimic pe drumul spre centrul orașului în afară de zăpadă. Zăpadă pe jos, zăpadă în aer. Zăpadă pretutindeni. Lumea era lentă, tăcută și comprimată. Traficul era rarefiat și înghesuit în făgașele înguste formate pe mijlocul șoselelor. Mici vafe de zăpadă se desprindeau de pe pneuri și cădeau temătoare parcă în evantai. Mici convoaie se formau și înaintau lent, cu treizeci de kilometri la oră sau mai puțin. Dar mașina lui Peterson era bine încălzită, sigură și solidă. O mașină zdravănă pe teren orizontal, cu lanțuri pe roțile din spate și pneuri de iarnă pe cele din față. Nicio problemă.

Văzută ziua, prin ninsoare, secția de poliție arăta mai lungă și mai joasă decât pe timp de noapte. O clădire întinsă cu un singur nivel, construită din blocuri de cărămidă albe. Avea un acoperiș plat plin cu antene parabolice și antene radio prinse de suprastructuri din oțel. Îi amintea lui Reacher de o cazarmă clasică a Poliției Statale. Poate că fusese construită pe baza unui proiect standardizat. Erau multe mașini în parcare, cu motorul cald încă, abia parcate. Probabil că erau cei din tura de zi, sosiți de-acasă pentru instructajul de dinaintea începerii zilei de muncă. Un utilaj de tip fadromă cu încărcare frontală se fâțâia printre mașini adunând zăpada într-o grămadă care deja atinsese doi metri și jumătate înălțime. Peterson părea relaxat. Reacher se gândea că zăpada îl făcea să se simtă bine pentru că limita accesul rapid oriunde, inclusiv la casa lui Janet Salter. Intrușii vor fi fost nevoiți să aștepte o zi mai bună. Era greu să te strecori nevăzut prin troiene înalte până la șold.

Reacher își luă hanoracul, dar lăsă mănușile și căciula în mașină. Erau prea personale. Urma să le înlocuiască cu obiecte similare, dar ale lui. În holul de la intrare, în spatele biroului de recepție stătea un alt bătrân. Ajutorul din tura de zi. Cam de aceeași vârstă cu cel din seara precedentă, același gen de haine civile, dar persoana era diferită. Peterson îl conduse pe Reacher pe lângă birou și de-a lungul unui coridor într-o sală mare, deschisă, plină de bărbați și femei în uniformă care discutau și făceau gălăgie. Își luaseră cafea de la automat, luau notițe, citeau panourile cu anunțuri, se pregăteau să iasă pe teren. Erau aproape treizeci de inși. Un departament cu peste șaizeci de oameni, împărțiți egal în cele două ture, de zi și de noapte. Unii mai tineri, alții mai bătrâni, unii arătau bine, alții, vai de mama lor. O amestecătură, fără doar și poate. *Ne-am dublat capacitatea,* îi spusese Peterson. *A fost dificil să menținem standardele.* Era ușor să-i distingi pe noii angajați de cei mai vechi în meserie și la fel de ușor să observi fricțiunile dintre ei. Se stricase coeziunea unității și profesionalismul fusese compromis. Noi și ei. Reacher înțelegea problema lui Holland. Avea de-a face cu două departamente într-unul singur. Și nu mai avea energie pentru asta. Ar fi trebuit să se pensioneze. Sau primarul ar fi trebuit să-l elibereze din funcție, înainte să se usuce cerneala pe contractul privind închisoarea.

Dar, noi sau vechi, toți polițiștii erau punctuali. La opt și jumătate, sala era aproape complet goală. În mod clar, blocajele de drumuri țineau ocupată o bună parte din forța polițienească și era de presupus că zilele de ninsoare aduceau cu ele și zeci de tamponări de vehicule. Doar doi polițiști rămaseră în secție. Ambii purtau uniformă. Unul avea un ecuson pe care scria *Kapler.* Pe ecusonul celuilalt scria *Lowell.* Niciunul dintre ei nu avea centură. Nici pistoale, nici stații radio, nici cătușe. Ambii aveau în jur de treizeci și cinci de ani. Kapler avea tenul închis, cu rămășițele unui bronz șters. Lowell era blond și roșu la față, ca un băiat de prin părțile locului. Ambii păreau în bună formă fizică, puternici și activi. Niciunul nu părea mulțumit. Kapler o luă pe partea dreaptă, Lowell, pe partea stângă și începură să golească tăvile cu documente, cărând afară grămezile de hârtii adunate, pe o ușă anonimă aflată pe coridor.

— Care-i faza cu ăștia? întrebă Reacher.

— Îndatoriri normale de serviciu, zise Peterson.

— Când te plângi că n-ai oameni? Nu cred.

— Atunci ce crezi că e?

— Cred că sunt pedepsiți. Au făcut o trăsnaie și sunt reținuți la sediu. Holland le-a luat pistoalele.

— Nu pot să vorbesc despre asta.

— Sunt vechi sau noi?

— Lowell e aici de-o vreme. E din localitate. O familie veche din Bolton. Kapler e nou, dar nu foarte nou. A venit din Florida, acum doi ani.

— De ce? Îi place vremea de-aici? Aș fi zis că lucrurile funcționează în sens invers.

— Avea nevoie de un serviciu.

— De ce? Ce nu i-a mers în Florida?

— De ce ar fi trebuit ca ceva să nu-i meargă?

— Pentru că, și-ți spun asta cu cel mai mare respect posibil, dacă faci parte din forțele de ordine din Florida, Dakota de Sud este genul de loc unde te duci când nu mai ai alternative.

— Nu știu amănuntele. A fost angajat de comandantul Holland și de primar.

— Și ce-a făcut Lowell ca să-l merite ca partener?

— Lowell e mai ciudat, spuse Peterson. Un singuratic. Citește cărți.

— Ce-au făcut ca să fie reținuți la bază?

— Nu pot să vorbesc despre asta. Iar tu ai treburi de făcut. Alege ce birou vrei.

*

Reacher își alese un birou în colțul din spate, după un obicei mai vechi. Era simplu, din pal melaminat, iar scaunul fusese reglat pentru o persoană scundă. Era cald încă. Pe birou erau o tastatură și un monitor, precum și un telefon. Ecranul era negru. Închis. Telefonul avea butoane separate pentru șase linii și butoanele obișnuite pentru formarea numerelor.

— Apasă 9 pentru ton, îi zise Peterson.

Cred că și tu ai un număr de care-ți amintești. Poate nu e de la o centrală.

Reacher formă. Nouă pentru ton, apoi codul regional pentru Virginia și alte șapte cifre. Un număr pe care și-l amintea.

Îi răspunse un mesaj înregistrat, lucru pe care nu și-l amintea.

Era o voce de bărbat, vorbind lent și apăsat, accentuând exagerat primele trei cuvinte. Mesajul spunea: „Ați ajuns la Biroul de Statistică a Muncii. Dacă știți interiorul serviciului căutat, puteți să-l formați în orice moment. Altfel, vă rugăm să alegeți din meniul următor". Urmă o lungă listă enunțată monoton, apăsați unu pentru asta, apăsați doi pentru cealaltă, trei pentru altceva, agricultură, manufacturare, industrii nonalimentare.

Reacher închise.

— Mai știi vreun număr? spuse Peterson.

— Nu.

— Unde-ai sunat?

— La o unitate specială. Un departament de investigații. Un fel de elită. Ca un FBI al armatei, doar că mult mai mic.

— Și la cine-ai ajuns de fapt?

— La un birou guvernamental. Ceva despre statistica muncii.

— Se pare că lucrurile se schimbă.

— Așa se pare, spuse Reacher.

După care adăugă:

— Sau poate că nu. Cel puțin, nu fundamental.

Formă din nou același număr. Obținu aceeași înregistrare. *Dacă știți interiorul serviciului căutat, puteți să-l formați în orice moment.* Formă 110. Auzi un declic, un țârâit și un nou ton de apel. O voce nouă, vie, imediat după primul apel.

— Da? spuse vocea, care aparținea unui bărbat cu accent sudic, probabil spre de treizeci de ani, aproape sigur un căpitan, în afară de cazul în care lumea o luase razna și îi lăsau acum pe locotenenți sau subofițeri să răspundă la aceste apeluri sau, mai rău, pe civili.

— Trebuie să vorbesc cu comandantul tău, spuse Reacher.

— Al cui comandant?

— Al tău.

— Cu cine credeți exact că vorbiți?

— Sunteți cartierul general al unității 110 de poliție militară din Rock Creek, Virginia.

— Suntem?

— În afară de cazul în care v-ați schimbat numărul de telefon. Înainte răspundea un operator. Trebuia să ceri camera 110.

— Cu cine stau de vorba?

— Am lucrat la 110.

— În ce calitate?

— Am fost primul comandant al unității.

— Numele?

— Reacher.

Un moment de tăcere.

— Chiar se-ntâmplă să folosească cineva meniul ăla? se interesă Reacher.

— Domnule, dacă ați lucrat la 110, veți ști că acesta este un canal de urgență activ și deschis. Sunt nevoit să vă cer să-mi spuneți imediat ce problemă aveți.

— Vreau să vorbesc cu comandantul tău.

— În legătură cu?

— Am nevoie de un serviciu. Spune-i să mă caute în dosare și să mă sune.

Reacher îi spuse numărul, citindu-l de pe eticheta lipită pe consola din fața lui.

Tipul de la celălalt capăt al firului închise fără un cuvânt.

Nouă fără cinci dimineața.

Încă patruzeci și trei de ore.

Capitolul 11

La nouă și jumătate telefonul de pe biroul împrumutat de Reacher sună, dar apelul nu era pentru el. Întinse firul și-i dădu receptorul lui Peterson. Acesta își spuse numele și gradul, apoi ascultă aproape un minut. Îi ceru celui aflat la celălalt capăt să țină legătura cu el și apoi îi înapoie receptorul lui Reacher, care îl puse în furcă.

— Avem nevoie cât mai curând cu putință de informațiile tale, spuse Peterson.

Reacher arătă spre consola din fața lui.

— Știi cum stă treaba cu puștii din zilele noastre. Nu scriu niciodată, nu dau telefon niciodată.

— Vorbesc serios.

— Ce s-a schimbat?

— La telefon a fost cineva de la Administrația Antidrog. Chiar de la biroul federal. Din Washington D.C. Un apel de curtoazie. Se pare că-l supraveghează pe un tip despre care cred c-ar fi traficant de droguri rus. Nou-apărut în peisaj, din Brooklyn, New York, încearcă să-și facă un nume, în căutare de târguri. Un ins din Mexic, un oarecare Plato, tocmai l-a sunat să-i spună că e o proprietate de vânzare la opt kilometri vest de un oraș numit Bolton, din Dakota de Sud.

— O proprietate de vânzare?

— Astea au fost cuvintele pe care le-au folosit.

— Deci, despre ce e vorba? Afaceri imobiliare sau trafic de droguri?

— Dacă e un laborator subteran acolo, atunci e vorba de amândouă, nu crezi? Și asta va fi următoarea întrebare a celor de la Antidrog. E la mintea cocoșului. Lucrează la dosar acum și ne vor suna ca să întrebe ce fel de loc este ăla.

— Spune-le să-i sune direct pe cei de la Departamentul Armatei. E mai rapid așa, din toate privințele.

— Dar asta ne-ar face să părem niște idioți. Nu putem să recunoaștem că avem de cincizeci de ani lângă noi un loc despre care nici măcar nu știm ce este.

Reacher ridică din umeri. Arătă din nou spre telefon.

— Vei ști de îndată ce voi ști și eu. Iar asta s-ar putea să nu se-ntâmple niciodată.

— Ai fost comandantul lor? Al unei unități de elită?

Reacher admise cu o mișcare din cap.

— O vreme. Plato e un nume ciudat pentru un mexican, nu crezi? Mie-mi sună mai mult a brazilian.

— Nu, iugoslav, spuse Peterson. Ca dictatorul ăla de pe vremuri.

— Ăla era Tito.

— Credeam că era un episcop sud-african.

— Ăla a fost Tutu.

— Și Plato[2] cine-a fost?

— Un filosof din Grecia antică. Elevul lui Socrate și învățătorul lui Aristotel.

— Și ce legătură are Brazilia cu toate astea?

---

2 E vorba, bineînțeles, de Platon. *(N.t.)*

— Nu mă-ntreba, spuse Reacher.

Kapler și Lowell se întoarseră în sala de operațiuni. Distribuiră notele informative calde încă și îndoite de la copiator — câte una în fiecare tăviță —, după care ieșiră de-acolo din nou.

— Și-uite-așa și-au cam terminat ziua de muncă. Îi așteaptă acum o pauză de masă de vreo cinci ore, probabil. Ce irosire de resurse!

— Dar ce-au făcut?

— Nu pot să vorbesc despre asta.

— E-atât de rău?

— Nu, nu chiar.

— Atunci ce-a fost?

— Nu pot să vorbesc despre asta.

— Sigur că poți.

— Bine, cu trei zile-n urmă nu au putut fi contactați prin radio timp de o oră. Nu vor să spună de ce sau cum sau ce făceau atunci. Nu putem permite asta. Din cauza planului de urgență al închisorii.

Telefonul sună iar la zece fără douăzeci. Reacher ridică receptorul și spuse:

— Da?

— Domnul maior Reacher? întrebă un glas de femeie.

— Da.

— Știi cine sunt?

— Continuă să vorbești.

— În ultimul an de serviciu ai predat un curs.

— Serios?

— Despre integrarea anchetelor militare și a celor federale. Am urmat acel curs. Nu-mi recunoști vocea?

— Continuă să vorbești.

— Ce vrei să-ți spun?

În acel moment, Reacher și-ar fi dorit ca ea să vorbească mult, pentru că avea un glas minunat. Era cald, ușor răgușit, ușor murmurat, ușor intim. Îi plăcea felul în care-i șoptea în ureche. Îi plăcea foarte mult. Cu ochii minții, și-o imagina pe posesoarea vocii ca fiind blondă, în vârstă de cel mult treizeci și cinci și cel puțin treizeci de ani. Probabil era înaltă și probabil arăta bine. Una peste alta, un glas grozav, fără doar și poate.

Dar nu recunoștea vocea și îi spuse asta.

— Sunt foarte dezamăgită, îi spuse femeia. Poate chiar puțin lezată. Ești sigur că nu-ți amintești de mine?

— Trebuie să vorbesc cu comandantul tău.

— Asta va trebui să mai aștepte. Nu-mi vine să cred că nu știi cine sunt.

— Pot să-ncerc să ghicesc?

— Desigur.

— Cred că ești un fel de filtru de păcăleli. Comandantul tău vrea să știe dacă sunt cu adevărat cine pretind c-aș fi. Dac-aș spune că-mi amintesc de tine, pic testul. Pentru că nu-mi amintesc. Nu ne-am întâlnit niciodată. Poate-aș fi vrut să ne fi întâlnit, dar nu s-a-ntâmplat.

— Dar am urmat cursul tău.

— Nu l-ai urmat. Mi-ai citit dosarul, atât. Titlul cursului era doar pentru consumul publicului. Cursul era despre cum să-i tragem în piept pe agenții federali, nu cum să cooperăm cu ei. Dacă ai fi fost în acea sală de curs, ai fi știut asta.

— Bine lucrat, spuse glasul, în care se putea sesiza un zâmbet. Tocmai ai trecut testul.

— Deci, cine ești, de fapt?

— Sunt tu.

— Ce-nseamnă asta?

— Sunt comandantul Unității Speciale 110.

— Serios?

— Serios și-adevărat.

— Excelent. Felicitări! Cum e?

— Sunt sigură că-ți poți imagina. Stau la vechiul tău birou în acest moment, la propriu și la figurat. Biroul ți-l amintești?

— Am avut multe birouri.

— Pe cel de-aici, de la Rock Creek.

La drept vorbind, Reacher și-l amintea foarte bine. Un birou guvernamental de stil vechi, făcut din oțel, vopsit în verde, cu finisajul deja tocit până la metalul lucios în momentul când îl moștenise.

— Pe partea dreaptă e o îndoitură urâtă, spuse vocea. Umblă vorba că tu ai făcut-o, cu capul cuiva.

— Așa se zice?

— Ca o legendă populară. E-adevărat?

— Cred că e opera celor de la mutări mobilier.

— E perfect concavă.

— Poate c-au scăpat pe ea o bilă de bowling.

— Prefer legenda.

— Cum te cheamă? întrebă Reacher.

— Inventează-mi unul, spuse glasul.

— Ce?

— Să păstrăm caracterul neoficial al discuției. Dă-mi un nume de cod.

— Asta-i o conversație privată.

— Nu tocmai. Sistemul nostru îmi arată că suni de la o secție de poliție. Sunt sigură că are o centrală și dispozitive de înregistrare.

— În regulă, continuă să vorbești, spuse Reacher. O să-ncerc să găsesc un nume care să ți se potrivească.

— Ce vrei să-ți spun?

— Citește cartea de telefon. E de-ajuns pentru mine.

Din nou glasul se însenină cu un zâmbet.

— Se zice că îndoitura din birou vine de la țeasta unui colonel. Oamenii mai spun că de-asta ai fost exclus din 110.

— N-am fost exclus. Am primit ordine noi, atâta tot.

— Doar pentru că nimeni nu-l înghițea pe acel colonel. Dar în mod categoric ai fost nevoit să părăsești postul. Asta spun oamenii.

— Amanda.

— Amanda? Fie, așa mă cheamă. Când mai ai nevoie de mine, formezi numărul și ceri cu Amanda.

— E un orășel în Dakota de Sud, se numește Bolton. Aproximativ în centrul statului, cam la douăzeci de kilometri distanță de autostrada I-90.

— Știu unde este. Sistemul nostru ne-a dat și coordonatele tale. Mă uit la Bolton chiar acum.

— În ce fel te uiți?

— Pe laptop. Cu Google Earth.

— În ziua de azi totul e mult mai ușor.

— Tehnologia e cu-adevărat o chestie minunată. Cu ce-ți pot fi de folos?

— La opt kilometri vest de oraș se află o construcție din timpul Războiului Rece, părăsită. Am nevoie să știu ce a fost.

— Nu poți să-ți dai seama ce-a fost?

— N-am văzut-o. Și se pare că nu e cine știe ce de văzut. S-ar putea să nu fie nimic. Dar vreau să verifici asta pentru mine.

— Ești sigur că nu-i un siloz de rachete? În Dakota sunt o mulțime, și în nord, și în sud.

— Cei de-aici spun că nu-i așa ceva. Nici nu pare să fie.

— În regulă, stai puțin. Să măresc imaginea și să văd despre ce-i vorba. Conform celei mai recente imagini, singurul lucru la vest de oraș arată ca un lagăr de concentrare. Cincisprezece barăci și o clădire mai veche, în două șiruri de opt. Plus un drum drept și lung. Cam de trei kilometri și jumătate.

— Clădirea veche arată ca o casă?

— De deasupra arată exact ca o casă.

— OK, dar am nevoie de mai mult de-atât.

— Vrei să vin până-n Dakota de Sud și să mergem împreună ca să ne uităm la ea?

— Pentru că tot sunt blocat aici de o furtună de zăpadă și nu prea am mare lucru de făcut, ar fi o idee excelentă. Dar o verificare de arhivă ar fi de-ajuns. Trebuie să apară pe undeva. Vreau să știu care i-a fost destinația, amploarea și arhitectura.

— Sună-mă din nou la sfârșitul programului.

Urmă un clic și glasul dispăru.

Zece fără cinci dimineața.

Încă patruzeci și două de ore.

Capitolul 12

Avocatul opri mașina în parcarea biroului de avocatură și-și puse galoșii. Îi scoase din nou în holul de la intrare al clădirii, îi puse într-o pungă de plastic, pe care o cără împreună cu servieta la ascensor. Secretara îl salută din compartimentul ei de lângă ușă. Nu-i răspunse. Nu știa încă dacă era o dimineață bună sau una rea. Întinse doar mâna ca să primească mesajele.

Erau opt la număr.

Trei erau probleme banale de birou.

Patru erau chestiuni juridice legitime.

Ultimul era o cerere pentru o discuție cu clientul la închisoare într-o chestiune urgentă legată de cazul numărul 517713, la prânz.

Reacher rămase singur o vreme, apoi ieși din cameră și-l găsi pe Peterson într-un birou gol situat pe coridor, aproape de intrarea în sala de operațiuni. Biroul avea patru mese de lucru adunate în centrul spațiului. Pe pereți, panouri lungi orizontale, care se întindeau de la înălțimea taliei până la înălțimea capului. Peterson prindea în piuneze pozele din ziua precedentă de la locul crimei. Mortul, îmbrăcat în negru. Imaginea de ansamblu, prim-planurile. Zăpadă pe jos, trauma provocată cu un obiect contondent la tâmpla dreaptă. Absența sângelui.

— Tocmai am primit raportul de la autopsie, spuse Peterson. A fost mutat, nu încape nicio îndoială.

— Au mai fost și alte răni? întrebă Reacher.

— Niște vânătăi perimortem.

— Orașul ăsta are niște zone rău famate?

— Unele sunt mai rele decât altele.

— Ai controlat barurile?

— Pentru ce?

— Podele de curând curățate, pete suspecte.

— Crezi c-a fost o încăierare într-un bar?

— Undeva în cartierul cu chirii mici, dar nu în zona de război.

— De ce?

— Zi-mi ce-a spus patologul despre arma crimei.

— A fost un obiect rotund, destul de neted, probabil din metal sau lemn prelucrat, poate un stâlp de gard sau o țeavă pluvială.

— Nici vorbă, spuse Reacher. Un stâlp de gard sau o țeavă pluvială au diametrul uniform. Prea mari ca să le poți strânge bine în mâini și să poți lovi cu suficientă forță. Eu cred c-a fost o bâtă de baseball. Iar bâtele de baseball sunt relativ greu de găsit iarna. Sunt prin debarale, garaje, subsoluri sau în podurile caselor. Doar că uneori le mai găsești sub baruri, de unde barmanul le poate lua foarte repede. Nu în zona bună a orașului, firește, iar în zona de război probabil c-ar prefera o pușcă.

Peterson nu spuse nimic.

— Unde se duc gardienii de la închisoare să bea? întrebă Reacher.

— Crezi c-a fost unul dintre ei?

— Ca să dansezi tango, e nevoie de doi parteneri. Gardienii sunt obișnuiți cu stilul mai brutal.

Peterson rămase tăcut o fracțiune de secundă.

— Altceva?

— Ies puțin, răspunse Reacher clătinând din cap. Mă-ntorc mai târziu.

Ningea în continuare abundent. Mașina lui Peterson era deja o cocoașă albă în parcare. Reacher ridică gluga hainei de împrumut și trecu pe lângă mașină fără să se oprească. Ajunse pe trotuar și privi în stânga, apoi în dreapta. Fulgii de nea roiau în jurul lui și se strecurau pe sub glugă, încurcându-se în păr și în gene, alunecând în jos pe gât. Direct în fața lui era un fel de piață publică sau parc orășenesc și, dincolo de acesta, un șir de stabilimente comerciale. Distanța era prea mare și ninsoarea prea densă ca să poată desluși exact ce erau. Dar la una dintre ele se vedea cum iese fum pe coșul de pe acoperiș, existând probabilitatea să fie ori o curățătorie de haine, ori un restaurant, ceea ce însemna că erau șanse de cincizeci la sută să poată lua acolo un mic dejun întârziat.

Reacher o luă într-acolo, înotând prin zăpada stivuită de pluguri, alunecând și ținându-și cu greutate echilibrul la trecerea prin piață. Urechile, nasul și bărbia îi amorțiseră. Își ținea mâinile în buzunare. Localul de unde ieșea fum pe coș era o cafenea. Intră, în aerul fierbinte și umed. O tejghea și patru mese. Jay Knox stătea singur la una dintre ele. Șoferul de autocar. Judecând după felul în care se prezenta masa lui, terminase un mic dejun copios cu ceva vreme în urmă. Reacher se postă în fața lui și puse mâna pe spătarul scaunului, gata să-l tragă de sub masă, ca o cerere mută. Knox nu păru nici încântat, nici neplăcut impresionat să-l vadă. Doar preocupat și ușor posomorât.

Reacher se așeză și-l întrebă:

— Te-ai aranjat bine?

— M-au repartizat la unii, zise Knox, ridicând din umeri.

— Și?

— Cred că sunt destul de cumsecade.

— Dar ai ieșit în oraș pentru un mic dejun prelungit, luat pe îndelete.

— Nu-mi place să deranjez.

— Nu te-au invitat la masă?

— Să zicem că nu mă dau în vânt după ei, OK?

Reacher nu zise nimic.

— Pe tine unde te-au cazat? întrebă Knox.

— La polițistul care a venit la autocar.

— Și de ce ești aici? Polițistul nu ți-a dat să mănânci?

Reacher nu-i răspunse, mulțumindu-se să spună:

— Ceva vești?

— Camionul de tractare a ajuns aici în dimineața asta. Au tras autocarul de pe autostradă. Închiriem un vehicul înlocuitor din Minneapolis. Trebuie să ajungă aici de îndată ce trece furtuna.

— Nu-i chiar așa de rău.

— Doar că va veni aici cu propriul șofer. Ceea ce înseamnă că voi fi pasager până la Seattle. Ceea ce înseamnă că nu voi fi plătit începând cu ora șaisprezece a zilei de ieri.

— Asta nu prea e bine.

— Ar trebui să facă ceva cu podul ăla blestemat.

— De pasageri știi ceva?

— Sunt împrăștiați ici și colo. Una are brațul legat cu un bandaj, alta are încheietura mâinii în ghips. Dar în general nu s-au plâns prea mult. Nu cred că vreunul dintre ei și-a sunat avocatul. De fapt, unii privesc partea pozitivă a întâmplării, ca și cum toată povestea ar fi o călătorie magică și misterioasă.

— Nu-i chiar așa de rău, spuse din nou Reacher.

Knox nu-i răspunse. Se ridică brusc și-și luă lucrurile dintr-un un cuier din apropiere. Își îndesă căciula pe cap, își puse fularul la gât și îmbrăcă o haină groasă, toate împrumutate, judecând după mărimi și culori. Îl salută pe Reacher scurt cu o mișcare a capului, un rămas-bun cam țâfnos, apoi ieși pe ușă să înfrunte ninsoarea.

O chelneriță veni la masă și Reacher comandă cel mai copios mic dejun din meniu.

Plus cafea.

Unsprezece fără cinci dimineața.

Încă patruzeci și una de ore.

Avocatul își lăsă servieta în birou, păstrând doar sacoșa de plastic cu galoșii. Îi încălță în holul clădirii și ajunse la mașina parcată. Își puse centura, porni motorul, încălzi scaunul, dădu drumul la ștergătoare. Știa că autostrada era închisă în continuare. Dar existau rute alternative. Drumuri lungi și drepte, caracteristice pentru Dakota de Sud, întinzându-se până la linia orizontului.

Își descălță galoșii și, apăsând cu talpa de piele a pantofului pe pedala de frână, mută schimbătorul pe „Drive“.

Reacher ajunsese la jumătatea farfuriei cu micul dejun când își făcu apariția Peterson. Era îmbrăcat în echipament complet de iarnă. Se vedea limpede că Reacher ar fi trebuit să se arate impresionat de ușurința cu care îl găsise Peterson. Dar reacția lui Reacher depindea de numărul celorlalte locuri în care-l mai căutase polițistul.

Acesta din urmă puse mâna pe spătarul scaunului abia părăsit de Knox, și Reacher îl invită să ia loc cu un gest al furculiței încărcate cu mâncare. Peterson se așeză și spuse:

— Îmi cer scuze că nu ai luat micul dejun acasă.

— Nicio problemă, răspunse Reacher, după ce mai întâi mestecă și înghiți. Sunteți mai mult decât generoși și-așa.

— Kim suferă de singurătate, asta-i tot. Când eu și băieții plecăm din casă, nu-i tocmai cel mai plăcut moment pentru ea. De obicei, se ascunde în camera ei.

Reacher nu spuse nimic.

— Te-ai simțit vreodată singur? întrebă Peterson.

— Uneori, zise Reacher.

— Kim ți-ar spune că nu. Decât dacă ai sta zi după zi pe veranda casei tale din Dakota de Sud și, uitându-te de jur împrejur, n-ai vedea nimic cale de o sută de kilometri în orice direcție.

— Nu e de pe-aici?

— Ba da. Dar să fii obișnuit cu ceva nu înseamnă că trebuie să-ți și placă.

— Cred că nu.

— Am verificat barurile. Am găsit unul cu o podea foarte curată.

— Unde?

— În nord. Unde se duc gardienii să bea un pahar.

— Vreun martor cooperant?

— Nu, dar barmanul lipsește. Și-a luat tălpășița cu camioneta ieri.

— OK, spuse Reacher.

— Îți mulțumesc, spuse Peterson.

— Cu plăcere.

Reacher luă cu furculița o jumătate de felie de bacon și o jumătate din gălbenușul oului și le mâncă.

— Mai ai și alte idei? întrebă Peterson.

— Știu cum comunică omul pe care l-ați băgat la pușcărie.

— Cum?

— Și-a făcut un prieten înăuntru. Sau a constrâns pe cineva. Omul vostru îl instruiește pe al doilea, iar acesta îi transmite mai departe instrucțiunile avocatului său. Ca o pistă paralelă. Așa că nu ascultați pe cine trebuie.

— Zilnic sunt zeci de avocați care vin în vizită.

— Atunci ați face bine să începeți să-i triați.

Peterson rămase tăcut o vreme.

— Altceva?

Reacher încuviință cu o mișcare a capului și spuse:

— Trebuie să găsesc un magazin de haine. I-am cam promis soției tale. Ceva ieftin, fără pretenții. Știi ceva de genul ăsta?

Magazinul de îmbrăcăminte recomandat de Peterson era la un cvartal spre vest de piața publică. Haine zdravene pentru fermieri bine făcuți. Avea raioane de vară și de iarnă, fără diferențe evidente între cele două. Unele obiecte vestimentare erau complet anonime, altele erau branduri cunoscute, dar aveau defecte vizibile. Paleta coloristică era limitată la câteva nuanțe terne. Prețurile erau mici, chiar și la încălțăminte. Reacher începu de jos în sus, cu o pereche de bocanci rezistenți la umezeală. Apoi începu să-și aleagă hainele. Când se confrunta cu o alegere, regula lui era să cumpere fie verde-măslină, fie albastru. Verde-măslină pentru că făcuse cândva parte din armată. Albastru, pentru că o fată îi spusese cândva că îi scotea în evidență ochii. De data asta, preferă verdele-măslină, fiindcă aproape că se asorta cu haina lui de împrumut, care era maro-gălbui. Alese pantaloni cu căptușeală din flanel, un tricou, o cămașă din flanel și un pulover din bumbac gros. Adăugă chiloți albi, o pereche de mănuși negre și un fes kaki. Paguba totală: o sută treizeci de dolari. Proprietarul magazinului acceptă o sută douăzeci, fiind vorba de bani lichizi. Îmbrăcăminte pentru patru zile, probabil, adică un cost mediu de treizeci de dolari pe zi. Nota de plată anuală, numai pentru haine, se ridica la peste zece mii. O nebunie, ar fi spus unii. Dar lui Reacher îi plăcea acest târg. Știa că, în majoritate, oamenii cheltuiau mai puțin de zece mii pe an pentru haine. Aveau un număr mic de haine de bună calitate pe care le țineau în șifoniere și le spălau în subsoluri. Dar șifonierele și subsolurile erau parte din niște case, iar casele costau mult mai mult de zece mii pe an, cumpărate sau închiriate, la asta adăugându-se cheltuielile cu întreținerea, reparațiile și asigurările.

Deci, cine era nebun cu adevărat?

Se îmbrăcă în cabina de probă și își aruncă hainele vechi într-un tomberon aflat în spatele tejghelei. Își îndesă fesul pe cap, trăgându-l peste urechi. Îl acoperi cu gluga hainei. Trase fermoarul. Își puse mănușile. Ieși pe trotuar.

Și tot îi era frig.

Aerul era înghețat, ca-ntr-o incintă frigorifică pentru carne. Îl simțea în burtă, în coaste, în picioare, în fund, în ochi, în față, în plămâni. Ca în zilele cele mai geroase din Coreea, numai că în Coreea fusese mai tânăr, se aflase acolo la ordin și mai era și plătit. Acum lucrurile stăteau altfel. Ninsoarea dansa și se învolbura în jurul lui. Simțea un vânt înviorător împingându-l. Nasul începu să-i curgă. Vederea i se încețoșă. Făcu pauze în dreptul ușilor. Drumul de zece minute până la secția de poliție se transformă într-o odisee hibernală de douăzeci de minute.

Când ajunse, găsi o nebunie totală.

Cinci minute înainte de prânz.

Încă patruzeci de ore.

Ai fi zis că jumătate din telefoanele de acolo sunau. Bătrânul de la recepție avea câte-un telefon în fiecare mână și vorbea în amândouă. Peterson era singur în sala de operațiuni, în picioare, în spatele unui birou, cu un telefon prins între ureche și umăr, firul legănându-se și unduindu-se după cum se mișca el. Gesticula cu ambele mâini, mișcări scurte, tăioase, decisive, ca un general care-și mișcă trupele, ca și cum orașul Bolton se întindea în fața lui pe birou, ca o hartă.

Reacher privea și asculta. Situația deveni limpede. Nu era cine știe ce enigmă. Fusese comisă o infracțiune gravă și Peterson își trimitea oamenii să se ocupe de asta, asigurându-se totodată că-și îndeplineau obligațiile deja existente în mod adecvat. Locul crimei părea să fie pe marginea dreaptă a biroului, care era probabil limita estică a orașului Bolton. Obligațiile existente păreau să fie situate la sud și la vest de centrul orașului, acela fiind probabil locul unde-și avea domiciliul Janet Salter. Martorul vulnerabil. Peterson trimitea mai mulți oameni în jurul ei decât la locul crimei, ceea ce indica fie o prudență corespunzătoare, fie că victima atacului nu mai putea fi ajutată.

Sau ambele.

După un minut, Peterson încetă să mai vorbească și închise. Părea îngrijorat. *Destul de priceput când venea vorba de toate problemele locale, puțin cam depășit de orice altceva.*

— Avem un om împușcat într-o mașină, spuse el.

— Cine? întrebă Reacher.

— După plăcuțele de înmatriculare, ar fi vorba de un avocat din districtul învecinat. A avut cinci vizite la un client aflat în pușcărie. Toate începând cu data când l-am arestat pe motociclist. Așa cum ai spus. El e calea lor de comunicare paralelă. Iar acum și-au făcut planul. Așa că fac curățenie în casă și șterg toate urmele.

— Mai rău de-atât, spuse Reacher.

— Știu, spuse Peterson. Omul lor nu e pe drum. L-am ratat. E deja aici.

Capitolul 13

De două ori Peterson încercă să iasă din încăpere și de două ori se văzu nevoit să se întoarcă pentru a răspunde la telefon. În cele din urmă, ajunse pe hol. Se uită înapoi spre Reacher și-l întrebă:

— Vrei să mergi cu mine?

— Vrei să fiu cu tine acolo? întrebă la rândul lui Reacher.

— Dacă dorești.

— Chiar ar trebui să mă duc în altă parte.

— Unde?

— Ar trebui să merg să mă prezint doamnei Salter.

— De ce?

— Vreau să știu care-i starea lucrurilor. Pentru orice eventualitate.

— Doamna Salter e bine protejată, spuse Peterson. Am avut eu grijă de asta. Nu-ți face probleme.

Apoi se opri și spuse:

— Ce? Crezi c-or s-o atace azi? Crezi că uciderea avocatului e o diversiune?

— Nu, chiar cred că vor să-și șteargă urmele. Dar se pare că voi rămâne aici câteva zile. Din cauza zăpezii. Dacă sirena de la pușcărie se declanșează în perioada următoare, doar pe mine mă mai ai. Dar mai întâi trebuie să mă prezint doamnei.

Peterson nu spuse nimic.

— Încerc să fiu de folos, atâta tot, zise Reacher. Ca să-ți răsplătesc ospitalitatea.

Peterson rămase în continuare tăcut.

— Nu sunt omul pe care-l cauți, zise Reacher.

— Știu asta.

— Dar?

— Ai putea fi de folos la locul crimei.

— Las' că te descurci tu. Știi ce trebuie să faci, nu? Fă cât mai multe fotografii și fii atent la urmele de pneuri și de pași. Caută cartușele goale.

— OK.

— Dar mai întâi sună-ți subalternii din locuința doamnei Salter. Nu vreau să intre în panică atunci când apar pe alee.

— Nu știi unde locuiește.

— O s-o găsesc.

Vara, i-ar fi luat zece minute să găsească locuința doamnei Salter. Iarna, pe ninsoare, dură aproape treizeci de minute, pentru că mersul pe jos era dificil, iar câmpul vizual, limitat. Reacher o luă înapoi pe urmele lăsate de autobuzul de închisoare, luptându-se cu troienele, înotând prin zonele prin care nu trecuseră plugurile, alunecând pe șleaurile formate de vehicule. Ningea în continuare, puternic. Fulgi mari și albi cădeau peste el, veneau spre el, îl asaltau din toate părțile. Găsi drumul principal spre sud. Știa că în fața lui se afla restaurantul. Dincolo de el era parcată mașina de poliție. Merse mai departe. Îi era foarte frig, dar continua să se miște. Hainele noi își făceau treaba, dar nimic mai mult.

Pe drum erau mașini care mergeau spre nord și spre sud, cu luminile aprinse și ștergătoarele pornite. Nu erau multe, dar destule ca să-l facă să meargă pe acostament și să n-aibă acces la urmele lăsate de roți, pe unde ar fi mers mai ușor. Bănuia că drumul acoperit de zăpadă era destul de lat, dar în acel moment traficul era restrâns la două benzi înguste apropiate de linia centrală, definite de patru făgașe paralele. Fiecare mașină care trecea confirma decizia colectivă de a nu se abate de la calea dreaptă. Cu fiecare cauciuc care trecea, făgașele se adânceau puțin și pereții lor laterali creșteau puțin în înălțime. Zăpada era uscată și fermă. Pe fundul făgașelor se vedeau urmele reticulare întrerupte ale șanțurilor de pe pneuri, netede, uleioase și cu pete maronii pe alocuri.

Reacher trecu de restaurant. Ora prânzului era în plină desfășurare. Aburul încețoșase ferestrele. Reacher își văzu de drum. După alți patru sute de pași, văzu mașina de poliție parcată. Se abătuse de la făgașele orientate și făcuse șanțuri proprii, ca la un macaz de căi ferate. Era parcată paralel cu traficul și bloca în întregime strada laterală. Avea motorul oprit, dar luminile de acoperiș se roteau. Polițistul de la volan își ținea capul nemișcat. Privea fix prin parbriz, lăsând impresia că nu-i nici vigilent, nici entuziast. Reacher făcu un ocol larg și se apropie de el din stânga și din față, nedorind să-l ia prin surprindere.

Polițistul lăsă geamul jos și strigă:

— Tu ești Reacher?

Reacher încuviință mișcând din cap. Îi înghețase fața și nu se simțea în stare să vorbească în mod coerent. Pe ecusonul polițistului scria *Montgomery*. Era nebărbierit și gras. Până-n treizeci de ani. În armată, și-ar fi luat numai șuturi în fund până-n iad și-napoi de o sută de ori.

— Casa doamnei Salter e în față și pe stânga, zise polițistul. N-ai cum să n-o găsești.

Reacher continuă să meargă greoi prin zăpadă. Pe strada laterală nu se formaseră șanțuri prea mari. Doar două urme singuratice, o mașină care venise și una care plecase, care aproape că se umpluseră din nou cu zăpadă. Schimbul de ture, care avusese loc cu câteva ore în urmă. Polițistul din tura de noapte care plecase acasă, cel din tura de zi venind să-i ia locul. Polițistul din tura de zi accelerase puțin după cotitură. Cauciucurile făcuseră puțin slalom înainte de a se îndrepta.

Strada avea o curbură blândă și era mărginită pe ambele părți de case vechi și mari în curți întinse. Clădirile aveau un aspect victorian. Puteau să fie vechi de o sută de ani. Toate fuseseră prospere cândva și cele mai multe dintre ele încă erau. În mod clar, fuseseră construite în timpul unui boom economic anterior. Precedaseră cu un secol dolarii obținuți de pe urma închisorii federale. Detaliile construcțiilor erau ascunse de zăpadă, dar clădirile aveau greutate, rezistență și elemente decorative extravagante. Peterson spusese că Janet Salter era ca o bunicuță din cărțile de povești, iar Reacher se așteptase ca locuința unei astfel de bunicuțe să fie o mică vilă cu perdele în pătrățele. Mai ales ținând cont de faptul că bunicuța aceea fusese profesoară și bibliotecară. Poate că povestea lui Janet Salter era de un tip diferit. Reacher aștepta cu nerăbdare s-o întâlnească. Nu-și cunoscuse niciodată vreuna dintre bunici. Văzuse o fotografie alb-negru cu el, ca bebeluș, stând pe genunchii unei femei cu înfățișare severă. Mama tatălui său, i se spusese. Mama mamei sale murise când avea patru ani, înainte să apuce s-o cunoască.

A doua mașină de poliție era parcată mai în față. Fără lumini. Stătea cu fața spre el. Polițistul dinăuntru îl urmărea cu atenție. Reacher își continuă înaintarea anevoioasă și se opri cam la trei metri. Polițistul deschise portiera, coborî și veni spre el. Ghetele lui spulberau pudra albă și împrăștiau mici bulgări de zăpadă.

— Tu ești Reacher? întrebă el.

Reacher dădu din cap afirmativ.

— Trebuie să te percheziționez.

— Cine spune?

— Adjunctul șefului de poliție.

— Pentru ce să mă percheziționezi?

— Arme.

— Are peste șaptezeci de ani. N-aș avea nevoie de arme.

— E drept. Dar ai avea nevoie de arme ca să treci de polițistele din casă.

Ofițerul de poliție era un ins cu înfățișare ageră, aproape de vârsta mijlocie. Solid, musculos, competent. Un departament cu două jumătăți, una mai bună, una mai rea. Un angajat nou la capătul străzii, unul cu vechime în fața casei. Reacher își depărtă picioarele și-și desfăcu fermoarul hanoracului, stând cu brațele deschise larg. Aerul rece năvăli pe sub haină. Polițistul îl percheziționă bătând ușor cu palmele și strânse buzunarele hanoracului din ambele părți deodată.

— Poți să mergi, spuse el. Te așteaptă.

Aleea de acces era lungă, iar casa era ornamentată. Ai fi zis că aterizase pe calea aerului direct din Charleston sau San Francisco. Avea toate elementele decorative necesare. O verandă cu balansoare de jur împrejur, zeci de ferestre, pereții acoperiți cu șindrilă aranjată în solzi de pește. Avea turnulețe și mai multe vitralii decât o biserică.

Reacher urcă treptele spre verandă și bătu din picioare pe dușumeaua de scândură ca să-și curețe zăpada de pe bocanci. Ușa din față era alcătuită din panouri sculptate. Avea un lanț de clopoțel lângă ea, o greutate din fontă la capătul unui cablu care trecea peste scripeți și pătrundea în casă printr-un ochi mic din bronz. Probabil comandat prin poștă de la Sears Roebuck în urmă cu un secol, trimis cu poștalionul într-o ladă de lemn umplută cu paie și montat de un meseriaș mai obișnuit cu roțile de căruță și potcoavele de cai.

Reacher trase de mâner. Auzi un dangăt undeva în casă, cu o întârziere de o secundă, jos, politicos și sonor. După încă o secundă, o polițistă deschise ușa. Era măruntă, brunetă și tânără, fiind îmbrăcată în uniformă completă. Avea pistolul în toc, dar tocul era descheiat și tipa părea să fie vigilentă. *Polițiste în casă,* spusese Peterson, *cele mai bune pe care le-avem, minimum patru în orice moment, două stau de veghe, două dorm.*

— Tu ești Reacher? întrebă femeia.

Reacher confirmă cu o mișcare din cap.

— Intră.

Holul era întunecos, lambrisat și de-a dreptul magnific. Pe pereți, picturi în ulei. În față era o scară solidă, care se înălța ascunsă vederii. Peste tot în jur erau uși închise, probabil din lemn de castan, fiecare dintre ele fiind lustruită de un veac de utilizare. Un covor persan mare întins pe jos. Calorifere antice cu abur conectate cu țevi groase. Funcționau. În cameră era cald. Se vedea și un cuier din lemn încărcat cu patru hanorace noi de iarnă, lucrate special pentru poliție. Reacher își dezbrăcă haina și o atârnă de un cui liber. Arăta așa cum se simțea și el, un obiect bătrân și uzat înconjurat de modelele curente.

— Doamna Salter e în bibliotecă, spuse polițista. Te așteaptă.

— Care e biblioteca? întrebă Reacher.

— Vino după mine.

Polițista o luă înainte ca un majordom. Reacher o urmă până la o ușă de pe stânga. Femeia bătu și intră. Biblioteca era o cameră mare pătrată, cu tavan înalt. Avea un șemineu și uși din sticlă ce dădeau în grădină. În rest, mii de cărți așezate pe rafturi. În fața ușilor din sticlă era o altă polițistă. Stătea în poziție relaxată, cu mâinile la spate, privind afară. Nu se mișcă. Doar privi scurt în urmă, văzu încuviințarea din cap a colegei și continuă să privească afară.

Era și o femeie în vârstă într-un fotoliu. Doamna Salter, probabil. Profesoara pensionată. Bibliotecara. Martorul. Se uită la Reacher și zâmbi politicos.

— Tocmai mă pregăteam să mănânc ceva de prânz, spuse ea. Vrei să-mi ții companie?

Unu fără cinci după-amiaza.

Încă treizeci și nouă de ore.

Capitolul 14

Janet Salter pregăti singură prânzul. Reacher o urmări cu privirea. Stătea în bucătăria spațioasă în timp ce ea se mișca între frigider, blatul de bucătărie, aragaz și chiuvetă. Impresia pe care și-o formase din descrierea superficială a lui Peterson nu se potrivea cu realitatea. Avea peste șaptezeci de ani, cu siguranță, cu părul cărunt, nici înaltă, nici scundă, nici grasă, nici slabă, dar pe lângă toate astea avea ținuta dreaptă și o atitudine vag aristocratică. Arăta ca o persoană obișnuită cu respectul și supunerea, posibil din partea unui personal numeros și important. Iar Reacher se îndoia că era o bunică adevărată. Nu avea verighetă și casa arăta ca și cum niciun copil nu călcase pe-acolo de cel puțin o jumătate de secol.

— Ești unul dintre ghinioniștii din autocar, spuse ea.

— Cred că ceilalți au avut mai mult ghinion decât mine, răspunse Reacher.

— Mi-am pus casa la dispoziție, bineînțeles. E loc destul aici. Dar comandantul Holland nici n-a vrut s-audă. Nu în aceste circumstanțe.

— Cred c-a fost înțelept.

— Pentru că persoanele suplimentare din casă ar fi complicat acțiunile polițiștilor?

— Nu, pentru că persoanele suplimentare din casă ar fi putut deveni victime colaterale în eventualitatea unui atac.

— Ei bine, iată un răspuns sincer, măcar. Dar, pe de altă parte, mi-au spus că ești expert. Ai fost în armată. Comandant, parcă.

— O vreme.

— Al unei unități de elită.

— Așa ne plăcea să credem.

— Crezi că sunt înțeleaptă? întrebă ea. Sau fac o prostie?

— În ce privință, doamnă?

— A faptului că depun mărturie la proces.

— Depinde de ce ați văzut.

— Cum așa?

— Dacă ați văzut destul ca să-l căptușească pe individ, cred că faceți ceea ce trebuie. Dar dacă ceea ce ați văzut este neconcludent, atunci cred că vă asumați un risc inutil.

— Am văzut ceea ce am văzut. Și toate părțile interesate m-au asigurat că este suficient pentru obținerea unei condamnări. Sau ca să-l căptușească pe individ, cum ai zis dumneata. Am văzut conversația, am văzut inspectarea mărfii, am văzut numărarea și transferul banilor.

— De la ce distanță?

— Cam douăzeci de pași.

— Printr-o fereastră?

— Da, din interiorul restaurantului.

— Geamul era curat? Aburit?

— Da și nu.

— Vedere directă?

— Da.

— Cum era vremea?

— Rece și cer senin.

— Ora?

— Pe la mijlocul serii.

— Parcarea era luminată?

— Puternic.

— Stați bine cu vederea?

— Am o ușoară hipermetropie. Uneori îmi pun ochelari pentru citit. Dar niciodată când privesc la distanță.

— În ce consta marfa?

— O cărămidă de pudră albă ambalată etanș în hârtie cerată. Hârtia era ușor îngălbenită de vreme. Avea imprimat un însemn grafic, de forma unei coroane, o bandă cu trei vârfuri, fiecare vârf având pe el o bilă, probabil ca să reprezinte o bijuterie.

— Ați văzut asta de la douăzeci de pași?

— Avantajele hipermetropiei. Iar însemnul grafic era mare.

— Fără nicio îndoială? Nicio interpretare, nicio lacună, nicio presupunere?

— Niciuna.

— Cred că veți fi un martor excelent.

Bătrâna aduse prânzul la masă. Era o salată într-un castron de lemn. Trecerea timpului și uleiul închiseseră vasul la culoare, iar salata era făcută din frunze și legume diferite, plus ton dintr-o conservă și ouă fierte care încă mai erau călduțe. Janet Salter avea mâinile mici. Pielea palidă, subțire. Unghii îngrijite, fără nicio bijuterie.

— Câți oameni erau în restaurant în acel moment? întrebă Reacher.

— Cinci, plus chelnerița, spuse ea.

— A mai văzut cineva ce se-ntâmplă?

— Cred c-au văzut toți.

— Dar?

— După aceea, au pretins că n-au văzut. Cei care locuiesc în comunitatea aflată la vest de noi sunt bine cunoscuți aici. Îi sperie pe oameni. Prin simplul fapt că sunt acolo, cred, și prin felul diferit de-a fi. Ei sunt *ceilalți*. Ceea ce se pare că este implicit tulburător. În realitate, nu ne fac rău pe față. Coexistăm într-un echilibru precar. Dar nu pot să neg existența unei senzații de amenințare.

— Vă amintiți de perioada în care a fost construită acolo tabăra militară? întrebă Reacher.

Janet Salter clătină din cap.

— Comandantul Holland și adjunctul Peterson mi-au pus la nesfârșit aceeași întrebare. Dar nu știu mai multe decât știu și ei. Eram plecată la școală când a fost construită.

— Oamenii spun că a durat câteva luni construirea ei. Probabil, mai mult de un semestru. N-ați auzit nimic când v-ați întors în oraș?

— Am fost la școală peste Ocean. Călătoriile internaționale erau scumpe. Nu mă întorceam în vacanțe. De fapt, nu m-am întors timp de treizeci de ani.

— Unde peste Ocean?

— La Universitatea Oxford, în Anglia.

Reacher nu spuse nimic.

— Te surprinde asta? îl întrebă Janet Salter.

Reacher ridică din umeri.

— Peterson mi-a zis că ați fost profesoară și bibliotecară. Cred că m-am gândit la o școală locală.

— Domnul Peterson are o aversiune față de grandoare, specifică celor din acest stat. Și are dreptate, în orice caz. Am fost profesoară și bibliotecară. Am fost profesor de

Știința Bibliotecii la Oxford și apoi am ajutat la coordonarea Bibliotecii Bodleian de acolo, după care m-am întors în țară ca să conduc biblioteca de la Yale, iar pe urmă m-am pensionat și m-am întors acasă în Bolton.

— Care e cartea dumneavoastră preferată?

— Nu am una. A dumitale care este?

— Nici eu n-am una.

— Știu tot despre planul de criză de la închisoare, spuse Janet Salter.

— Mi-au spus că nu s-a apelat niciodată la el.

— Dar, la fel ca toate lucrurile, ne putem imagina că va fi o primă dată și că aceasta va veni, mai devreme sau mai târziu.

Plato sări peste masa de prânz, ceea ce era neobișnuit la el. În mod normal, îi plăceau ritualul și ceremonia celor trei mese zilnice. Personalul lui a pregătit la timp mâncarea, dar el n-a venit s-o mănânce. În schimb, s-a plimbat pe o potecă sinuoasă prin tufărișul de pe proprietatea lui, mișcându-se repede și vorbind la telefonul celular, pete întunecate de transpirație apărând pe cămașa lui. Omul său de la Administrația Antidrog americană făcuse o verificare de rutină a tuturor transcrierilor de convorbiri ascultate și sunase cu un avertisment. Lui Plato nu-i plăceau avertismentele. Îi plăceau soluțiile, nu problemele. Tipul de la DEA[3] știa asta și deja apelase la un coleg. Nu exista nicio posibilitate să oprească arestarea nefericitului de rusnac, dar lucrurile puteau fi întârziate până când se încheia afacerea, astfel încât banii să se poată evapora în siguranță, iar Plato să

[3] Acronim pentru Drug Enforcement Administration, Administrația Antidrog din SUA. *(N.t.)*

poată dispărea îmbogățit și nepătat. Nu avea să-l coste decât patru ani de taxe de colegiu. Colegul avea un băiat de șaisprezece ani și nu economisise niciun ban. Plato întrebase cât costă colegiul și fusese puțin cam șocat de răspuns. Cu banii ăia, puteai să cumperi o mașină decentă.

Plato mai avea o singură problemă. Locul din Dakota de Sud era o amenajare multifuncțională. În cea mai mare parte, conținutul ei putea fi vândut, dar nu în totalitate. Unele dintre elemente trebuiau să fie mai întâi mutate de-acolo. Ca atunci când vinzi o casă. Lași aragazul, iei canapeaua.

Nu avea încredere în nimeni. De cele mai multe ori, asta-i era de folos. Dar uneori îi crea dificultăți. Ca acum. Cui să ceară să împacheteze și să expedieze? Nu putea să sune la Allied Van Lines. Iar FedEx sau UPS nu erau potrivite pentru așa ceva.

Concluzia la care ajunse fără tragere de inimă era că, dacă voiai să faci ceva cum se cuvine, trebuie să te descurci singur.

Janet Salter îi făcu semn cu mâna lui Reacher să rămână pe scaun și începu să debaraseze masa.

— Ce știi despre metamfetamine? îl întrebă ea.

— Probabil că mai puțin decât dumneavoastră, spuse Reacher.

— Nu sunt genul ăla de fată.

— Dar sunteți genul ăla de bibliotecar. Sunt sigur că ați cercetat serios subiectul.

— Zi tu mai întâi.

— Am lucrat în armată.

— Iar asta presupune ce?

— Anumite situații și anumite operații cereau ceea ce manualele de instrucție descriu ca vigilență, concentrare, motivație și claritate mentală, pentru perioade prelungite. Doctorii au tot felul de pastile cu stimulente. Când am intrat în armată, metamfetamina era pe cale să fie abandonată, dar fusese folosită vreme de decenii, înainte de asta.

Janet Salter încuviință cu o mișcare a capului.

— Se numea Pervitin. Germanii au rafinat o descoperire a japonezilor. S-a folosit pe scară largă în cel de-al Doilea Război Mondial. Era preparat sub formă de batoane de ciocolată. *Fliegerschokolade,* care înseamnă ciocolata aviatorilor, și *Panzerschokolade,* ciocolata tanchiștilor. Și aliații au avut așa ceva. În aceeași măsură, de fapt. Poate chiar mai multă. I se spunea Desoxyn. Sunt surprinsă că a mai putut cineva să doarmă.

— Pentru somn aveau morfină.

— Dar acum e controlată. Pentru că provoacă probleme groaznice celor care abuzează de ea. Așa că trebuie fabricată ilegal. Ceea ce e relativ ușor de făcut, în mici laboratoare artizanale. Dar ca să fabrici orice, ai nevoie de materii prime. Pentru metamfetamină ai nevoie de efedrină și pseudoefedrină. Poți să le cumperi angro, dacă reușești să păcălești autoritățile. Sau le poți extrage din medicamentele decongestive, care se vând la liber. Pentru asta ai nevoie de fosfor roșu și iod. Sau litiu, din baterii de un anumit tip. Asta-i o metodă alternativă, denumită reducerea Birch.

— Se poate obține direct din arborii de salcâm, din vestul Texasului, spuse Reacher. Plus mescalină și nicotină. Un arbore minunat, salcâmul.

— Dar aici nu suntem în vestul Texasului, spuse Janet Salter. Suntem în Dakota de Sud. Ce vreau să spun e că nu poți să faci chirpici fără paie. Dacă expediază cantități mari de produs finit, trebuie să aducă materiile prime în cantități la fel de mari. Iar asta e o chestie care se vede. Trebuie să fie implicate camioane de marfă. De ce nu-i poate prinde astfel comandantul Holland, fără să mă implice pe mine?

— Nu știu.

— Cred că Holland s-a lenevit.

— Peterson spune că v-au oferit opțiunea de a face un pas înapoi.

— Dar nu pricepi? Asta nu-i deloc o opțiune. N-aș putea trăi cu mine însămi. E o chestiune de principiu.

— Peterson mai zice că vi s-a oferit protecție federală.

— Și poate c-ar fi trebuit s-o accept. Dar prefer să rămân în casa mea. Sistemul de justiție ar trebui să penalizeze infractorii, nu martorii. Și asta-i tot o chestiune de principiu.

Reacher privi spre ușa bucătăriei. O polițistă în hol, una la fereastra din spate, alte două care dormeau la etaj, gata pentru tura de noapte, o mașină afară, altă mașină care bloca la un cvartal distanță și a treia la capătul străzii. Plus vecini vigilenți și o secție de poliție paranoică. Plus zăpadă peste tot.

Toate bune, în afară de cazul în care suna sirena.

— Sunteți bunică? întrebă Reacher.

— N-am avut copii, spuse Jane Salter clătinând din cap. Am așteptat, iar apoi soțul meu a murit. Era englez și mult mai în vârstă ca mine. De ce întrebi?

— Peterson vorbea de credibilitatea pe care o aveți ca martor. Spunea că arătați ca o bunicuță din cartea de povești.

— Și așa arăt?

— Nu știu. Cred că eu n-am avut cărțile alea de povești.

— Unde-ai crescut?

— În baze ale Corpului de Marină.

— În care?

— Am avut senzația că în toate.

— Eu am crescut aici, în Dakota de Sud. Tatăl meu a fost ultimul dintr-un lung șir de magnați. Am făcut comerț, am cumpărat terenuri de la băștinași cu doisprezece cenți acrul, am cumpărat mii de obligațiuni emise de guvern prin companii-surogat, am avut exploatații aurifere, am investit în căi ferate. La prețuri preferențiale, firește.

— Așa a apărut casa asta, spuse Reacher.

Janet Salter zâmbi și zise:

— Nu, aici ne-am mutat când am trăit vremuri grele.

Clopoțelul din hol se auzi sunând o dată, liniștit și civilizat. Reacher se ridică și se duse la ușă, așteptând. Polițista de serviciu ședea pe treapta de jos a scării. Se ridică, traversă spațiul întunecat și deschise ușa din față. Comandantul Holland intră cu un vârtej mic de zăpadă și un nor de aer rece. Își bătu picioarele pe covoraș și avu un frison când îl lovi căldura. Își scoase haina. Polițista i-o agăță în cuier, peste haina de împrumut a lui Reacher.

Holland traversă holul, îl salută pe Reacher cu o mișcare a capului și trecu pe lângă el spre ușa bucătăriei. Îi spuse lui Janet Salter că nu avea vești importante pentru ea și că trecuse pe-acolo doar ca s-o salute. Ea îl rugă să aștepte în bibliotecă, zicându-i că-i va pregăti o cafea. Reacher o văzu cum umple un percolator vechi din aluminiu gros și mat. Cablul de alimentare era izolat cu material textil. Practic, era o antichitate. Posibil să fi fost turnat din materialul topit al unui avion B-24 Liberator după cel de-al Doilea Război Mondial. Reacher stătea gata s-o ajute, dar ea îl expedie cu un gest al mâinii și-i spuse:

— Du-te și așteaptă în bibliotecă, cu Holland.

Așa că Reacher se duse în camera plină cu cărți și-l întrebă pe Holland:

— Cum merg lucrurile?

— Care lucruri? i-o întoarse Holland.

— Mașina de la limita estică a orașului. Cu mortul în ea.

— Nu suntem siguri că supoziția noastră inițială a fost corectă. Mă refer la ștergerea urmelor. Se poate să fi fost un simplu jaf care s-a sfârșit prost.

— Cum așa?

— Tipul era avocat, dar în mașină nu s-a găsit nicio servietă. Ai mai auzit de-așa ceva? Un avocat fără servietă? Poate i-a luat-o cineva.

— Avea portofelul în buzunar?

— Da.

— Ceasul la mână?

— Da.

— Era așteptat la închisoare?

— Conform listei de vizitatori, nu. Clientul lui n-a făcut nicio solicitare. Dar cei de la biroul lui ne-au spus că a primit un telefon.

— Atunci n-a fost un jaf simplu. A fost ademenit acolo. N-avea servietă pentru că nu plănuia să scrie nimic. Nu în linia lui actuală de activitate.

— Posibil. O să ținem deschisă ancheta.

— Cine a dat telefon la biroul lui?

— O voce masculină. Aceeași ca în primele cinci rânduri. De pe un telefon celular pe care nu-l putem identifica.

— Cine era clientul cu care se vedea la închisoare?

— Un imbecil, vai de mama lui, de la care n-o să obținem niciodată nimic. L-am arestat acum două luni pentru c-a incendiat o casă. Încă mai așteptăm rezultatele evaluării psihologice. Pentru că nu vrea să vorbească cu nimeni, dacă n-are chef. Niciun cuvințel.

— Se pare că amicul motociclist a ales bine.

Percolatorul începu să gâlgâie în bucătărie. Era zgomotos. Reacher îl auzea foarte clar. Mirosul de cafea se strecură și umplu aerul. *Columbiană,* se gândi Reacher, *măcinată la granulație mare, rezonabil de proaspătă.*

— Am vorbit cu doamna Salter, spuse Reacher, despre aprovizionarea cu materii prime a laboratorului pe care v-ați gândit că-l au acolo.

— Crezi c-am fost neglijenți? Crezi că am fi pus-o într-o situație riscantă când am fi avut o alternativă viabilă?

— N-am spus asta.

— Am încercat, crede-mă. Nimic nu trece prin Bolton. Suntem cât se poate de siguri de asta. Prin urmare, sunt aprovizionați din vest. De autostradă răspunde Patrula Autostrăzii. Nu avem jurisdicție acolo. Tot ce controlăm este drumul districtual care trece pe la nord de tabără. Am postat mașini acolo, aleatoriu. În sensul propriu al cuvântului. Dau cu zarurile pe birou.

— Le-am văzut acolo, spuse Reacher.

Holland încuviință cu o mișcare din cap.

— Procedez așa pentru că nu ne putem permite ca modelul repetitiv să fie previzibil în vreun fel. Dar până acum n-am avut noroc. Se pare că ne supraveghează cu mare atenție.

— OK.

— Procesul o să rezolve problemele. Sau negocierea din seara de dinaintea procesului. N-o să aibă loc mai devreme de asta. Încă o lună, atât.

— Peterson mi-a spus că nu există nicio posibilitate de a evita planul de criză.

— Are dreptate. Am obiectat, firește, dar înțelegerea a fost încheiată de primar. Mulți bani, multe condiții. I-am avea pe inspectorii de la Departamentul de Justiție pe capul nostru o veșnicie.

— Un cal de dar.

— Mai mare daraua decât ocaua, spuse Holland. Dar, pe de altă parte, eu nu dețin un motel.

Complexul împrejmuit de ziduri al lui Plato se întindea pe o suprafață de patruzeci de hectare. Drumul său șerpuit prin tufăriș era lung de vreo cinci kilometri. Următoarea idee îi veni în minte pe când se afla în cel mai îndepărtat punct de casă. Caracteristic pentru el, era o idee cutezătoare. Cei de la Antidrog urmau să-l salte pe rusnac. Ăsta era un fapt stabilit deja. Plato n-avea să se pună de-a curmezișul. Agenții trebuiau să-l vadă pe individ intrând în posesia a ceva. Dar care era exact conținutul acelui lucru? Suficient ca să dea substanță acuzațiilor, cu siguranță. Dar nu neapărat tot ceea ce individul se pregătea să plătească. Ținând cont de circumstanțe, asta ar fi fost excesiv de generos. O marjă mică putea fi reținută. La drept vorbind, o marjă mai mare. Posibil, cea mai mare parte a cantității convenite. Pentru că ce mama dracului ar fi putut să facă rusnacul? Să tune și să fulgere într-o celulă de maximă securitate despre cât e de nedreaptă viața? Oricum avea să facă asta. Așa încât Plato putea să-i ia banii și apoi să vândă din nou marfa altcuiva. Ca atunci când vinzi o casă, doar că de data asta iei aragazul, becurile și geamurile de la ferestre.

Stratagema urma să-i crească de peste două ori cheltuielile de transport, dar putea să se-mpace cu ideea. Era sigur că o soluție avea să apară singură. Detaliile aveau să se clarifice.

Pentru că el era Plato, iar ei nu.

Janet Salter aduse cafeaua în bibliotecă pe o tavă de argint. Un ibric din porțelan, frișcă, zahăr, trei cești minuscule, trei farfurioare și trei lingurițe. Era clar că polițistele aflate la post nu fuseseră incluse. Probabil că se discutase în prealabil despre separarea obligațiilor profesionale de cele sociale. Probabil că polițistele erau mulțumite de rezultatul final. Reacher se aflase în situația lor de multe ori. Întotdeauna era mai bine să separi lucrurile și să te concentrezi.

Janet Salter turnă cafeaua. Ceșcuța era mult prea mică pentru mâinile lui Reacher, dar cafeaua era bună. Adulmecă aburul și luă o sorbitură. Apoi telefonul lui Holland sună. Holland ținu ceașca în echilibru și-și scoase telefonul din buzunar, verificând ecranul. Deschise telefonul cu o singură mână și răspunse. Ascultă timp de opt secunde. Apoi închise telefonul și zâmbi larg, recunoscător și fericit.

— Tocmai l-am prins pe individul care l-a împușcat pe avocat, spuse el.

Două fără cinci minute după-amiaza.

Încă treizeci și opt de ore.

Capitolul 15

Reacher se întoarse la secție împreună cu Holland. Mașina Crown Vic fără însemne părăsi străduța laterală și se alinie pe făgașele formate, înaintând lin și ușor. Peterson îi aștepta în sala de operațiuni. Zâmbea și el, la fel de larg, de recunoscător și de fericit ca Holland. Reacher nu zâmbea. Avea îndoieli serioase. Bazate pe o experiență amară. O rezolvare rapidă și ușoară la o problemă serioasă era ceva prea frumos ca să fie adevărat. Iar lucrurile care erau prea frumoase ca să fie adevărate de obicei nu erau. O lege fundamentală a naturii.

— Deci, cine a fost făptașul? întrebă el.

— Jay Knox, răspunse Peterson. Șoferul autocarului.

Reacher auzi istorisirea la mâna a doua, stând deoparte și ascultându-l pe Peterson punându-l pe Holland la curent cu ce se întâmplase. Cu patruzeci de minute în urmă, o mașină de patrulare văzuse un pieton care înainta cu greu prin zăpada de pe marginea unui drum rural la un kilometru și jumătate de oraș. Peterson preciză numele polițistului din mașină, zicând că e „de-ai noștri". Un angajat vechi, probabil. Din jumătatea bună a departamentului. Poate cineva pe care Holland chiar îl cunoștea bine. Conform ordinelor, polițistul din mașină acționa la un nivel de alertă maximă, dar chiar și așa, s-a gândit că tipul era mai degrabă un șofer care dăduse de necaz decât un criminal. A oprit și s-a oferit să-l ia cu mașina. Răspunsul individului a fost cumva în neregulă. Omul era morocănos, necooperant și evaziv. Prin urmare, polițistul i-a pus cătușele și l-a percheziționat.

Și a găsit în buzunar un pistol Glock 17 de nouă milimetri. Mirosea ca și cum se trăsese de curând cu el, iar din încărcător lipsea un cartuș.

Polițistul l-a arestat și l-a adus l-a secție. La registratură a fost recunoscut ca fiind șoferul autocarului. S-au luat probe de pe mâini și haine pentru depistarea reziduurilor de la împușcătură. Testele au ieșit pozitive. Jay Knox trăsese cu un pistol cândva în ultimele ore. Pistolul era plin de amprentele lui. I s-au citit drepturile. Acum era în arest într-o celulă. Nu ceruse un avocat. Dar nici nu voia să vorbească.

Holland se duse să se uite la Knox în celulă. Era un imbold cu care Reacher se mai întâlnise. Era ceva similar cu mersul la grădina zoologică. După o captură importantă, oamenii vin să se zgâiască la individ. Stau în fața zăbrelelor un moment și absorb imaginea. După aceea vor spune că citiseră pe chipul individului ceva despre care știuseră că e ceva necurat. Dacă nu, vor vorbi despre banalitatea răului. Despre faptul că nu există semne pe care să te poți bizui.

Peterson rămase în sala de operații. Încerca să lege în minte firele răzlețe. Un alt imbold pe care Reacher îl cunoștea. Un imbold periculos. Dacă o iei înapoi pe firul evenimentelor, ajungi să vezi ceea ce vrei să vezi.

— Câte gloanțe s-au găsit în victimă? întrebă Reacher.
— Unul, răspunse Peterson. În cap.
— Nouă milimetri?
— Aproape sigur.
— E un glonț răspândit.
— Știu.
— Geografia corespunde?
— Knox a fost săltat cam la șase kilometri de locul crimei.
— Pe jos? E prea departe, în mod cert.
— Trebuie să fi fost implicat un vehicul.
— De ce?
— Așteaptă până vezi fotografiile.

Fotografiile sosiră după o jumătate de oră. Erau în același tip de dosar pe care Reacher îl văzuse în biroul lui Holland, cu o seară înainte. Același tip de fotografii. Lucioase, douăzeci pe douăzeci și cinci de centimetri, cu etichete imprimate lipite pe colțurile de jos. Erau foarte multe. Erau imagini color, dar dominau nuanțele de gri și de alb. Zăpadă pe jos, zăpadă în aer. Obturatorul camerei surprinsese căderea fulgilor în forme suspendate stranii și întunecate, precum cenușa de la un vulcan, ca pete și impurități.

Prima era o imagine de ansamblu, luată de la distanță, pe direcția vest-est. Arăta drumul acoperit de zăpadă cu două perechi de făgașe grupate aproape de creasta carosabilului. O mașină singuratică stătea fix în centrul făgașelor orientate spre vest. Avea farurile aprinse. Nu cotise, nu derapase. Se oprise din rulare, ca un tren pe șine.

A doua imagine fusese obținută de la o distanță mai mică cu vreo treizeci de metri. Trei lucruri săreau în ochi.

Mai întâi, în spatele volanului se zărea o siluetă. Un bărbat, ținut drept în scaun de centura de siguranță, cu capul căzut în față. Al doilea, geamul din dreapta-spate era împroșcat cu o pată roz întinsă. Și al treilea, nu se vedea absolut nimic pe drum, în afară de zăpada virgină și patru făgașe formate de roțile mașinilor. Nimic altceva în plus.

A treia fotografie confirma acest lucru. Pentru a treia imagine, camera ignorase complet mașina. Obiectivul fusese îndreptat direct de la vest la est, de-a lungul drumului, chiar deasupra locului în care banda galbenă stătea îngropată sub zăpadă. Era o imagine lipsită de trăsături caracteristice. Nu era nimic de văzut. Mașinile care trecuseră săpaseră niște șanțuri, baza făgașelor fusese presată în jos, mici pereți laterali fuseseră aruncați în sus, avalanșe minuscule se rostogoliseră spre exterior de pe vârfurile pereților laterali, iar acele mici fragmente căzute fuseseră netezite de o crustă de omăt proaspăt.

Nimic altceva.

— Bune imagini, remarcă Reacher.

— M-am străduit, spuse Peterson.

— Frumos lucrat.

— Mulțumesc.

— Nu se văd urme de pași, spuse Reacher.

— De acord, confirmă Peterson.

A patra fotografie era un prim-plan al unuia dintre făgașele ce mergeau spre est. Nici aici nu era nimic de văzut, în afară de fragmente desprinse și amestecate din urmele de cauciucuri, aceleași vafe și structuri reticulare pe care Reacher le văzuse peste tot în oraș. Nicio șansă să reconstitui ceva care să merite să fie trimis la un laborator.

A cincea imagine era un prim-plan al mașinii, luată din dreapta-față. Era un Sedan mic și cochet, o marcă pe care Reacher nu o recunoscu.

— Infiniti, spuse Peterson. E japoneză. Divizia de lux a firmei Nissan. Modelul ăla are un motor V-6 și tracțiune permanentă pe patru roți. Toate cele patru pneuri sunt de iarnă. Este o mașină practică și e suficient de arătoasă pentru un avocat din Dakota de Sud.

Vopseaua era argintiu-deschis. În esență, era curată, dar murdară de la călătoriile recent efectuate pe timp de iarnă. Felul în care lumina era reflectată de zăpadă și de vopseaua mașinii o făcea să pară fantomatică, lipsită de substanță. Geamul șoferului era complet deschis. Mortul era prins de scaun cu centura de siguranță. Vântul suflase ceva zăpadă spre el. Avea bărbia proptită în piept. Ai fi zis că ațipise, dacă făceai abstracție de gaura din cap.

Gaura era subiectul celei de-a cincea fotografii. Se afla chiar în centrul frunții. Ca un al treilea ochi. Era clar că individul se uitase pe fereastră, cu capul întors la jumătatea distanței dintre lateral și drept înainte. Fusese împușcat drept de-a lungul axei câmpului său vizual. Privise către armă. Rana de ieșire împrăștiase resturi pe toată suprafața geamului aflat pe diagonală în spatele lui. După aceea, capul i se lăsase în jos și se rotise înapoi la o poziție centrală.

Restul imaginilor prezentau cadavrul și interiorul mașinii din toate unghiurile posibile. *Fă cât mai multe fotografii*, spusese Reacher, iar Peterson se conformase întru totul. În spațiul pentru picioare din dreapta șoferului se găsea o pereche de galoși așezați ordonat. În centrul bordului era montat un mic ciocan cromat, multifuncțional. Reacher văzuse produsul în broșurile de reclamă din avioane. Cu ele puteai să spargi geamurile dacă portierele rămâneau blocate în urma unui accident rutier. Un accesoriu ideal pentru oamenii prudenți, meticuloși și organizați, interesați de mașini. Dar Reacher se întreba dacă un astfel de obiect fusese vreodată folosit în mod serios în întreaga istorie a transporturilor rutiere. Bănuia că nu.

Schimbătorul mașinii era în poziția Parcare. Cheia de igniție era întoarsă în poziția de funcționare. Tahometrul arăta un ralanti de 800 de rotații pe minut. Kilometrajul arăta mai puțin de 16 000 de kilometri. Temperatura de interior era fixată la 20 de grade. Radioul era acordat pe un post local de unde medii. Indicatorul butonului de volum era dat la minimum. Indicatorul nivelului de carburant arăta că rezervorul era aproape plin.

— Spune-mi povestea, zise Reacher.

— OK, spuse Peterson, Knox e într-un vehicul pe care-l conduce. Se îndreaptă spre est. Avocatul merge spre vest. Amândoi circulă cu viteză mică, condițiile de deplasare fiind rele. Knox îl vede pe avocat apropiindu-se. Își coboară geamul portierei. Scoate brațul afară și-i face semn avocatului să oprească. Avocatul reduce viteza și oprește. Coboară și el geamul. Se gândește, poate, că Knox vrea să-l avertizeze cu privire la un pericol aflat în față. Ca de la șofer la șofer, cum fac oamenii în condiții meteo adverse. În loc de asta, Knox îl împușcă și-și continuă drumul cu mașina.

— Cine-a găsit cadavrul?

— Un alt tip care mergea spre est. Cred că la cinci sau zece minute după ce s-a întâmplat. A încetinit, s-a uitat și ne-a sunat de la o benzinărie aflată la trei kilometri distanță. Nu avea telefon celular.

— Knox e dreptaci?

— Nu știu. Dar cei mai mulți oameni sunt.

— Ați găsit cartușul gol?

— Nu.

— Dacă Knox e dreptaci, înseamnă că a tras pe diagonală, cu brațul petrecut peste corp. Avea nevoie de o alungire rezonabilă a brațului. Probabil că vârful țevii ieșea doar puțin pe geam. Portul de ejecție al Glockului e pe partea dreaptă. Așa că trebuia să-și aleagă cu mare atenție poziția. Trebuia să țină portul de ejecție în interiorul mașinii. Cam înghesuit. Nu ai cum să iei linia de ochire de-a lungul țevii. Și totuși glonțul l-a lovit pe mort drept între ochi. Nu-i așa ușor. E chiar așa de bun trăgător Knox ăsta?

— Nu știu.

— Ar trebui să încerci să afli.

— Mă gândesc că, poate, cartușul gol s-a lovit de cadrul ușii sau de parbriz, pieziș, și a ricoșat în interiorul vehiculului lui Knox.

— Zi-mi despre vehiculul lui Knox.

— Aranjat dinainte. A ajuns în oraș ieri și s-a întâlnit cu cineva azi. Poate cu un motociclist, care i-a dat o mașină, probabil o camionetă. Knox și-a îndeplini misiunea, a returnat vehiculul și se ducea pe jos acasă când l-am arestat.

Reacher nu spuse nimic, așa că Peterson continuă:

— Cei la care l-am cazat aseară mi-au spus că a ținut morțiș să spună că avea să fie plecat în oraș toată ziua. Au mai zis că n-a fost o companie plăcută. De parcă l-ar fi frământat niște gânduri.

— M-am întâlnit cu el azi-dimineață la cafenea.

— Și cum ți s-a părut?

— N-a fost o companie plăcută. Mi-a zis că urma să nu fie plătit începând de ieri. Poate că se temea că-și va pierde slujba.

— Era agitat din pricina misiunii sale.

— De unde știa că avocatul vine cu mașina?

— I-a spus cel care i-a dat mașina.

— De unde știa că avocatul avea să fie pe acel drum și la acea oră?

— Aritmetică simplă. Întâlnirea falsă era pentru la prânz. Destul de ușor să calculezi retrospectiv în materie de timp. La fel de simplu și în privința poziției, dat fiind că toată lumea știa că autostrada e închisă.

— Nu mă-mpac cu felul în care a ajuns aici, din capul locului. A fost mult prea complicat. Și a spus că o mașină se îndrepta direct spre el. Nu putea să aranjeze asta dinainte. Nici nu putea să o inventeze. Avea douăzeci și unu de martori potențiali la bord.

— Niciunul dintre ei n-a văzut-o.

— Nu putea să știe asta în avans.

— Să zicem că într-adevăr o mașină venea spre el, spuse Peterson. Poate că a luat instantaneu decizia de a o exploata în loc să simuleze o defecțiune aproape de intersecție. A avut vreo întârziere în reacție?

— Nu știu, dormeam, spuse Reacher.

Peterson nu spuse nimic.

— Cred că ați arestat pe cine nu trebuia, fu de părere Reacher.

— Polițiștilor nu le place să audă așa ceva.

— Știu. Și eu am fost polițist. Ceea ce nu face să fie mai puțin adevărat.

— I-am găsit în buzunar un pistol cu care a tras.

— Caz rezolvat? întrebă Reacher.

— Ăsta-i un pas mare.

— Dar?

— În acest moment, da, cred că-i rezolvat.

— Atunci fii consecvent și cheamă polițiștii de la casa lui Janet Salter.

— Nu eu iau decizia asta, spuse Peterson.

— Și dacă ai lua-o, ce-ai face?

— Nu știu.

— Holland o va lua?

— Trebuie să vedem.

Trei fără cinci după-amiaza.

Încă treizeci și șapte de ore.

Capitolul 16

Holland n-a luat decizia. Nu pentru că l-ar fi crezut pe Knox nevinovat, cel puțin așa susținea. Ci pentru că miza era îndeajuns de mare ca răufăcătorii să aibă justificare pentru o a doua tentativă, apoi pentru a treia și, dacă era necesar, a patra și a cincea. Prin urmare, protecția pentru Janet Salter avea să rămână în vigoare până la terminarea procesului.

Și, deodată, Jay Knox a început să vorbească, iar lucrurile s-au schimbat din nou.

Knox a spus că purta asupra lui un pistol pentru protecție personală și că așa făcuse întotdeauna. A spus că era abătut, deprimat și frustrat din cauza incidentului cu autocarul, temându-se că patronii lui aveau să-l fenteze la plată. Nu-i plăceau ciudații la care fusese cazat. Zăbovise cât putuse de mult la micul dejun din cafenea, dar Reacher îl deranjase, așa că, de nervi, plecase într-o plimbare lungă. Încerca astfel să-și domolească sentimentele. Dar a ajuns la un mic pod sprijinit pe capre de lemn peste un pârâu înghețat și a văzut un indicator rutier: *Podul îngheață înainte de drum.* Și-a pierdut cumpătul, a scos pistolul și a tras în indicator. Faptă pentru care era gata să-și ceară scuze, adăugând că mai toate indicatoarele rutiere pe care le văzuse în zonă erau ciuruite de gloanțe sau alice.

Își amintea unde era podul. Își amintea poziția în care se aflase. A fost destul de exact în privința asta. Putea chiar să aprecieze binișor unde trebuie să fi căzut cartușul gol.

Evident, Peterson știa unde se afla podul. Poziția lui era logică din punct de vedere geografic, dat fiind locul în care fusese arestat Knox. Se gândi că, dacă Knox fusese într-adevăr acolo, urmele pașilor lui puteau fi văzute încă vag, sub acumularea nouă de zăpadă. Cu siguranță că nimeni altcineva nu se plimbase pe-acolo. Localnicii aveau mai multă minte. Trimise o mașină de patrulare să verifice. În portbagajul vehiculului era un detector de metale. Echipament standard în jurisdicțiile cu delicte armate și zăpadă.

După zece minute, polițistul trimis în recunoaștere sună de la pod. Găsise urme de pași. Și cartușul gol. Era îngropat în zăpadă la capătul unui șănțuleț lung de-un deget. Glonțul ajunsese acolo sfârâind și topind zăpada. Fulgii căzuți între timp acoperiseră parțial șanțul, care era încă vizibil, dacă știai ce cauți. Iar polițistul a confirmat că în indicatorul de avertizare era o gaură nouă, provocată aproape sigur de un glonț de nouă milimetri, în spațiul dintre h-ul de la „îngheață" și d-ul de la „drum".

Peterson se sfătui cu Holland și conveniră că omul pe care-l căutau rămânea neidentificat și se afla deja în vecinătate.

Și nu-și terminase treaba decât pe jumătate.

*

Cinci minute mai târziu, Jay Knox era eliberat. Dar i se spuse că pistolul avea să rămână la secția de poliție, pentru orice eventualitate, până când putea să plece din oraș. Knox acceptă cu dragă inimă înțelegerea. Reacher îl văzu ieșind din hol în zăpadă, grațiat, dar tot înfrânt, ușurat, dar tot frustrat. După o nouă rundă de consultări, Peterson și Holland puseră departamentul în stare de alertă maximă. Chiar și Kapler și Lowell reveniră la sarcini active.

Întregul personal primi ordin să se urce în mașini și să patruleze străzile în căutare de fețe ciudate, vehicule nelalocul lor, comportamente bizare, o expresie mobilă a temerii primare a oricărui departament de poliție: *e cineva în preajmă.*

Peterson prindea în piuneze pozele de la noul loc al crimei pe panourile din micul birou de pe coridorul de lângă sala de operațiuni. Le așeza pe peretele opus celui cu fotografiile cu tipul în negru descoperit mort în zăpadă. Reacher îl găsi acolo. Peterson spuse:

— Tocmai ne-am făcut de baftă și am irosit o grămadă de timp.

— Nu chiar o grămadă de timp, zise Reacher.

— Ce-ar face unitatea ta de elită în continuare?

— Ar face speculații legate de transmisiile automobilelor și oamenii precauți.

— Ce înseamnă asta?

— În afară de faptul că Knox n-a fost omul căutat, cred că ai intuit corect cum s-au întâmplat lucrurile. Absența urmelor în zăpadă o dovedește. Două mașini s-au oprit una lângă cealaltă, aproape la nivel. Ucigașul i-a făcut semn cu mâna avocatului. Acesta a oprit. Întrebarea este, de ce a oprit?

— Este lucrul evident de făcut.

— De acord, spuse Reacher, pe un astfel de drum. Vara, la viteze normale, nu s-ar întâmpla. Dar pe zăpadă, sigur. Înaintezi greu, te gândești că celălalt ori are nevoie de ajutor, ori deține informații care-ți sunt necesare. Așa că te oprești. Dar dacă ești un tip îndeajuns de prudent ca să-ți iei la tine galoșii și să-ți montezi pe bord un ciocan de urgență și asculți radioul local ca să auzi buletinul meteo și îți ții rezervorul plin mai tot timpul, atunci întreaga poveste nu prea-ți inspiră încredere. Așa că păstrezi transmisia în viteză și ții piciorul pe frână. Ca să poți, la nevoie, s-o iei rapid din loc. Poate c-ai deschide geamul un pic. Dar avocatul vostru n-a făcut asta. Și-a pus maneta pe Parcare și și-a deschis geamul până jos.

— Și ce înseamnă asta?

— Înseamnă că era pregătit pentru o tranzacție în toată regula. O conversație, o discuție, tot tacâmul. A dat volumul radioului la minimum, pregătindu-se. De unde reiese că poate-l cunoștea pe cel care l-a oprit. Lucru ce pare plauzibil, ținând cont de genul de oameni cu care pare să fi avut de-a face.

— Voi ce-ați fi făcut acum?

— Până acum, i-am fi întors deja viața cu susul în jos.

— E mai greu să facem asta. Locuiește în districtul învecinat. Nu intră-n jurisdicția noastră.

— Trebuie să pui mâna pe telefon și să cooperezi.

— Cum făceai tu cu agenții federali?

— Nu tocmai, spuse Reacher.

Plato își încheie plimbarea de după-amiază cu o vizită la prizonierul său. Tipul era prins cu un lanț de gleznă, în aer liber, fixat de un stâlp metalic ancorat adânc în pământ.

Era un hoț. Se lăcomise. În mod evident, operațiunile lui Plato erau tranzacții cu bani lichizi, astfel că importante cantități de bancnote trebuiau depozitate pe perioade lungi, în pământ, în pivnițe, ascunse ici și colo, până la punctul la care daunele provocate de umezeală și rozătoare se ridicau la aproximativ zece la sută din venituri. O sută de mii din fiecare milion pur și simplu erau distruse și dispăreau. Doar că divizia acestui individ susținea că pierderile fuseseră de doisprezece la sută. Ceea ce era o anomalie. La o cercetare atentă, a reieșit că individul obișnuia să dea cu jula, un sfert de milion ici, un sfert de milion colo. Până la un punct, Plato era tolerant cu greșelile, dar nu și cu lipsa de loialitate.

Acesta fiind motivul pentru care individul fusese legat cu lanțul de un stâlp.

Pe timpul iernii, la o sută șaizeci de kilometri de Ciudad de Mexico, vremea nu era teribil de caldă. Nu erau insecte periculoase în aer sau pe pământ, șerpii erau adormiți, iar micile mamifere nocturne erau în general sfioase. Așa încât individul avea să moară fie de sete, fie de foame, în funcție de precipitații.

În afară de cazul în care alegea alternativa. O secure se afla la îndemână. Lama era ascuțită și tibia individului, aproape. Încă n-o folosise. Dar Plato credea că avea s-o facă. De obicei, șansele erau de cincizeci la sută. Dovada acestei afirmații era peste tot în regiune, exprimată într-un număr de femei rămase văduve și un număr egal de bărbați care se deplasau în cârje.

*

În sala de operațiuni din Dakota de Sud ceasul arăta patru fără cinci după-amiaza. Încă treizeci și șase de ore.

— Patru fără cinci aici înseamnă cinci fără cinci pe Coasta de Est, spuse Peterson. Ora închiderii. E timpul să suni la vechea ta unitate. Încă avem nevoie de informația aia.

Reacher se duse la biroul din colțul sălii. Se așeză, dar nu formă numărul. Ora închiderii în Virginia era cinci, nu cinci fără cinci. Precizia era importantă. Conta pentru el și nu avea nicio îndoială că și pentru actualul lui succesor era la fel.

— Ce părere ți-ai făcut despre doamna Salter? întrebă Peterson.

— Probabil că e o persoană care a citit mult.

— Ca martor?

— Excelent.

— Va rezista?

— E speriată.

— N-o putem învinui.

— Care-i treaba cu aprovizionarea cu materii prime a laboratorului? Și, că veni vorba, de ce nu interceptați produsul finit când îl expediază?

— Încercăm. Dar ca să putem garanta ceva, ar trebui să fim pe drumul acela zi și noapte, șapte zile din șapte.

— Și cu oamenii potriviți, spuse Reacher. Unii dintre oamenii voștri par cam adormiți la schimbul de tură. Dar, în orice caz, trebuie să-i spui doamnei Salter că faceți tot ce vă stă în putință. În momentul ăsta are senzația că toată povara e pe umerii ei.

— I-am spus că nu e obligată să facă nimic.

— Unii oameni au modul lor propriu de a înțelege obligativitatea.

Reacher luă telefonul și apăsă tasta nouă. Formă numărul pe care și-l amintea și așteptă să înceapă mesajul înregistrat. *Dacă știți interiorul serviciului căutat, puteți să-l formați în orice moment.* Tastă 110. Îi răspunse aceeași voce masculină. Căpitanul, din Sud. Aceeași întâmpinare dintr-un singur cuvânt.

— Da?

— Cu Amanda, te rog, spuse Reacher.

Urmă un clic și un tors ca de pisică și un al doilea ton de apel, după care se auzi glasul. Cald, răgușit, murmurat, intim.

— Ești o mare belea, rosti vocea.

— Sunt? spuse Reacher.

— De parcă n-aveam destule pe cap.

— Care-i problema?

— Locul tău aflat la opt kilometri vest de Bolton nu ocupă un loc central în arhive. În registrul unităților nu apare nicio mențiune.

— Nici n-are cum. E abandonat. Poate că nici n-a fost folosit vreodată.

— A fost vândut?

— Nu știu. Poate doar retrocedat. Se află pe ceea ce polițiștii de-aici numesc teren public.

— Am căutat pe o perioadă de cincizeci de ani în urmă în registrul titlurilor de proprietate și n-am găsit niciun transfer.

— Atunci poate că încă e al nostru.

— Caz în care am avea niște costuri. Inspecții bianuale și ceva cheltuieli de întreținere, măcar. Dar nu sunt consemnate nicăieri astfel de cheltuieli.

— Trebuie să fie ceva. Nici măcar armata nu construiește lucruri ca să uite cu totul de ele apoi.

— E împrejmuit cu gard?

— Nu știu. Sunt la opt kilometri de el. De ce?

— Pentru că nici măcar armata nu construiește lucruri ca să uite cu totul de ele apoi. Prin urmare, absența înregistrărilor ar putea să însemne că e pe altă listă. Se poate să fi fost o unitate secretă.

— Toate erau, spuse Reacher.

— Unele mai mult decât altele.

— Bătrânii de-aici își amintesc de un cordon de securitate.

— Întotdeauna au existat cordoane de securitate.

— Cât de secret poate să fie? Au adus lucrători de construcții aici.

— Secretă atunci, abandonată acum. Poate pentru că era foarte bizară. Ceea ce ar putea fi important pentru tine. Dar dacă vrei într-adevăr să știi, va trebui să mai fac niște săpături.

— Poți?

— O să te coste.

— Ce?

Cald, răgușit, murmurat, intim.

— Vreau să știu povestea din spatele îndoiturii din birou.

— Nu ai timp. Ai destule de făcut.

— În momentul ăsta, ard gazul, așteptând un telefon.

— Ceva interesant?

— Destul.

— Povestește-mi despre asta.

— Nu așa era înțelegerea. Tu trebuie să-mi povestești.

— Nu vreau să vorbesc prin centrală.

— Nu ai de ce să-ți faci griji. E evident că treaba cu capul colonelului a fost îndreptățită, altfel te-ar fi arestat pe loc atunci. Iar dauna produsă unei proprietăți a guvernului s-a prescris de mult.

— Cât de mult te vei strădui cu săpăturile alea?

— Atât de mult cât vei dori tu.

— Când urmează să primești telefonul ăla?

— Curând, sper.

— Vezi? N-avem timp pentru poveste. Află lucrul de care am nevoie până mâine și-o să-ți spun atunci.

— Greu se mai negociază cu tine.

— Speram să obțin ceva gratis.

— Măcar dă-mi un indiciu.

— OK, spuse Reacher. N-a fost vorba de un colonel. Era general cu o stea.

Plato se hotărî să ia cina devreme, pentru că sărise peste prânz și acum îi era foame. Așa că-și făcu apariția în bucătărie. Era un lucru pe care-i plăcea să-l facă din când în când. Credea că astfel își demonstrează solidaritatea cu oamenii care lucrau pentru el. Simțea că e un gest cuprinzător și democratic. Dar întotdeauna se transforma într-o chestie de tip feudal. Oamenii lui lăsau capetele-n jos, se foiau, se agitau, roșeau și se fâstâceau. Probabil fiindcă se temeau de el. Dar n-aveau niciun motiv. Nu făcuse niciodată victime în rândul personalului domestic. Niciunul dintre ei nu avusese vreodată de suferit. În orice caz, nu cei din actuala generație. Doi dintre predecesorii lor fuseseră îngropați pe proprietate, dar nimeni dintre actualii săi angajați nu știa nimic despre asta.

Comandă un aperitiv rece și un antreu fierbinte și-și luă o bere din frigider, după care se duse să aștepte în sufrageria mai mică de afară. Luă telefonul celular și formă numărul de la vila protejată cu ziduri aflată în oraș, la peste o sută șaizeci de kilometri distanță. Întrebă:

— Cum merge treaba în Dakota de Sud?

Omul din vilă răspunse:

— Avocatul a fost rezolvat încă de-acum șase ore.

— Și martorul?
— Încă nu.
— Deci, când?
— Curând.
— Cât de curând?
— Foarte curând.

Plato simți cum îi crește tensiunea și i se umflă venele de la tâmple. Văzu cu ochii minții următoarele douăzeci și patru de ore. Îi plăcea să gândească vizual. Îi plăcea să vadă intervalele cronologice aranjate liniar, ca gradațiile de pe o riglă. Le inspectă îndeaproape, ca o pasăre care se lasă jos în zbor deasupra mării, pe unele le completă, iar pe altele le lăsă goale.

— Sună-ți omul și spune-i că treaba cu martorul nu mai poate să aștepte.

— O să-l sun, spuse omul din vilă.

Plato închise și formă din nou un număr. La aerodrom. Ceru să i se pună avionul în așteptare. Trebuia alimentat cu carburant și gata de decolare în orice moment. Planul de zbor trebuia să arate Canada, dar aia era o rută falsă. În realitate, avea să fie un drum de două mii șapte sute de kilometri dus și două mii șapte sute de kilometri întors. Trebuia să se asigure combustibil la punctul intermediar pentru cursa de întoarcere.

Apoi dădu un al treilea telefon. Avea nevoie de șase oameni care să meargă cu el. Oameni buni, dar nu atât de buni încât să nu-și permită să-i abandoneze acolo. Dacă se ajungea la asta.

Ceea ce, spera el, avea să se-ntâmple.

Reacher încetă să se gândească la femeia cu glasul interesant când auzi strigăte în holul de la intrarea în secție.

Strigăte dintr-o singură parte. O convorbire telefonică. Începuse pe un ton oficial, devenind politicoasă, apoi uşor defensivă şi, în final, exasperată. Se sfârşi cu ţipete. Urmară câteva mişcări: bătrânul de la recepţie merse în biroul lui Holland, Peterson veni şi el la Holland, bătrânul se întoarse în hol, Peterson se întoarse în sala de operaţiuni.

— Probleme cu motocicliştii, spuse Peterson. Unul dintre ei tocmai a sunat. Spune că trei dintre oamenii lor lipsesc şi de ce nu facem nimic în privinţa asta.

— Ce le-aţi spus?

— Că ne ocupăm de povestea asta.

— Şi?

— Au spus că să facem bine să ne dăm silinţa mai mult, altfel vin în oraş şi rezolvă singuri problema. Ne-au dat termen până mâine.

Cinci fără cinci după-amiaza.

Încă treizeci şi cinci de ore.

Capitolul 17

Peterson plecă din nou și Reacher rămase singur în sala de operațiuni, privind pe fereastră. Continua să ningă. Fulgii cădeau prin conurile de lumină gălbuie ale lămpilor cu sodiu. Cerul era întunecat. Ziua era pe terminate. Douăsprezece mii de suflete din apropiere se adăposteau în case, la căldură, uitându-se la televizor, pregătindu-se de masa de seară. La nord, închisoarea dădea-n foc. La vest, motocicliștii făceau numai ei știau ce. Și undeva un ucigaș necunoscut își pregătea a doua lovitură.

Peterson se întoarse și spuse:

— Comandantul Holland crede că indivizii blufează. Că toată strategia lor de până acum a fost să rămână în limitele legii ca să nu ne dea un motiv de acțiune împotriva lor.

Reacher nu spuse nimic.

— Tu ce crezi? întrebă Peterson.

— Nu putem afla decât într-un singur mod.

— Și care-ar fi acela?

— Recunoaștere.

— Vrei să ne ducem acolo?

— Nu, mă duc eu, spuse Reacher. Oricum trebuie să văd locul. Ca să aflu ce e.

— Ai oameni care lucrează la asta.

— Nimic nu poate înlocui ceea ce vezi cu ochii tăi.

— Pur și simplu te duci acolo?

— Am să spun că sunt de la armată. O inspecție bianuală a proprietății noastre.

— De unul singur?

— De ce nu?

— N-o să meargă. Vor vrea să-ți vadă legitimația.

— Nu. Ăștia nu sunt cetățeni obișnuiți.

— Când vrei să te duci? întrebă Peterson.

— Cât de curând posibil, spuse Reacher. N-are niciun rost să merg pe întuneric. Să zicem, de cum se luminează de ziuă.

Peterson îi spuse că departamentul avea o mașină nemarcată de rezervă, pe care Reacher o putea folosi. Momentul în care avea să se lumineze de ziuă depindea de vreme, dar avea să fie undeva între orele șapte și opt.

— Acum te duc acasă, spuse în concluzie Peterson. Trebuie să te odihnești.

Reacher clătină din cap și spuse:

— Ar trebui să mă duci acasă la Jane Salter. Are camere libere. Mi-a spus că le-a pus la dispoziția voastră după accidentul cu autocarul. Apoi mi-a zis că știe totul despre planul de criză al închisorii. A fost ca un mesaj codificat. Vrea să fie acolo cineva care să nu plece când sună sirena. Imaginează-ți cum s-ar simți într-o astfel de situație.

Peterson se gândi la asta o secundă și încuviință cu o mișcare a capului. Dădu să spună ceva și se opri.

— Am vrut să-ți zic că-ți aduc eu bagajele acolo, dar n-ai așa ceva.

— Spune-i lui Kim că mi-am luat haine noi. Că m-ai văzut îmbrăcat cu ele. Cred că era puțin îngrijorată. Și mai spune-i c-o să am grijă de haina tatălui ei. Și că-i mulțumesc din nou pentru ospitalitate.

Ninsoarea nu se oprise, dar pe drumurile dintre secția de poliție și locuința lui Janet Salter încă se mai putea circula. Plugurile trecuseră pe-acolo cel puțin o dată în timpul zilei. Lamele strânseseră zăpada în maluri abrupte pe părțile laterale, astfel încât făgașele formate de roți erau acum patru șanțuri mici în interiorul unui șanț gigantic. Sunetele erau înăbușite. Lumea era tăcută. Fulgii cădeau invizibili până când intrau în fasciculele farurilor. Se așterneau vertical și implacabil înaintea mașinii care înainta lent.

Felul în care plugurile îngustaseră drumurile însemna că Peterson nu putea să întoarcă pe strada lui Janet Salter. Mașina de poliție parcată ocupa în întregime lățimea acesteia. Luminile roșii ale mașinii se roteau leneș și dădeau fulgilor o nuanță roz, ca de granate sau ca de sânge împroșcat. Reacher coborî din mașina lui Peterson și se înghesui stângaci printre fundul vehiculului parcat și nămetele de zăpadă din spatele său. Polițistul din mașină nu-i dădu nicio atenție. Reacher merse singur pe mijlocul străzii. Urmele de la schimbul de tură din dimineața aceea dispăruseră de mult sub zăpadă. Aerul era rece. O zi răcoroasă era pe terminate și o noapte aprigă venea să-i ia locul.

Reacher urcă treptele de la veranda casei lui Jane Salter și trase de lanțul clopoțelului. Și-o imagină pe polițista dinăuntru ridicându-se de pe prima treaptă a scării și traversând covorul persan. Ușa se deschise. Polițistele schimbaseră între ele posturile. Asta era cea de la fereastra bibliotecii. Era înaltă și avea părul blond prins într-o coadă ca de sportivă. Își ținea mâna pe mânerul pistolului. Era vigilentă, dar nu încordată. Prudentă, din motive profesionale, dar bucuroasă de mica întrerupere a rutinei.

Reacher își atârnă haina de împrumut și căciula în cuier și se îndreptă spre bibliotecă. Janet Salter ședea în același fotoliu ca mai devreme. Nu citea. Doar stătea acolo. Cealaltă polițistă se afla în spatele ei. Cea care mai devreme fusese în hol. Cea mică și brunetă. Privea afară pe fereastră. Draperiile erau larg deschise.

— A trebuit să pleci în grabă mai devreme și nu ți-ai terminat cafeaua, spuse Janet Salter. Vrei să-ți mai fac una?

— Întotdeauna, spuse Reacher.

O urmă în bucătărie și o privi cum umple percolatorul antic. Robinetele chiuvetei erau la fel de vechi. Dar nimic în acea cameră nu arăta decrepit sau neîngrijit. Lucrurile de calitate rămâneau lucruri de calitate, indiferent cât de mult trecuse de la punerea lor în funcțiune.

— Am înțeles c-o să înnoptezi aici, spuse femeia.

— Doar dacă nu vă deranjează, spuse el.

— Nu te-ai simțit în largul tău acasă la Peterson?

— A fost foarte bine. Dar nu-mi place să stau prea mult pe capul oamenilor.

— O noapte a fost prea mult?

— Au și-așa destule pe cap.

— Văd că nu ai bagaje.

— N-am nimic de ascuns.

— Domnul Peterson mi-a spus.

— V-a spus sau v-a avertizat?

— Este o fobie? Sau o „filie"? Ori o decizie existențială conștientă?

— Nu cred că am mers atât de departe cu cercetarea problemei.

— Fobia ar fi o teamă, desigur, poate că de angajament sau de încurcături. *Filia* ar implica dragoste, poate de libertate sau de oportunitate. Deși, strict vorbind, filia înclină spre probleme de apetit anormal, în cazul tău fiind vorba, poate, de secretomanie. Trebuie să ne întrebăm cu privire la oamenii care zboară sub linia radarului, de ce, exact? Este radarul în sine inacceptabil sau terenul de jos exercită o atracție unică?

— Poate că există o a treia variantă, spuse Reacher. Cea existențială.

— Străşnicia cu care dezavuezi posesiunile e puțin cam extremă. Istoria ne-nvață că ascetismul poate fi foarte atrăgător, dar chiar și-așa, cei mai mulți dintre asceți au avut măcar niște haine. Cămăși, în orice caz, chiar dacă erau făcute numai din fire de păr.

— Mă luați peste picior?

— Cred că puteai să-ți permiți să ai măcar o geantă mică. Asta nu te-ar face să fii alt om.

— Ba mă tem că da. În afară de cazul în care-ar fi fost goală, ceea ce n-ar mai fi avut nicio logică. Să umpli o geantă mică înseamnă să selectezi, să alegi și să evaluezi. Este un proces care n-are nicio noimă. În scurt timp aș avea nevoie de o geantă mare, apoi de două sau trei. După o lună, aș fi ca restul lumii.

— Și asta te îngrozește?

— Nu, cred că să fii ca toți ceilalți este confortabil și liniștitor. Dar unele lucruri pur și simplu nu pot fi făcute. M-am născut altfel.

— Ăsta-i răspunsul tău? Că te-ai născut altfel?

— Cred că e clar că nu ne-am născut toți la fel.

Janet Salter turnă cafeaua, de data asta direct în căni mari de porțelan, ca și cum ar fi găsit de cuviință că pentru un ascet erau nepotrivite tăvile de argint și ceremonialul și, pe de altă parte, ar fi observat că mai devreme Reacher nu prea se împăcase cu ceșcuțele ei minuscule.

— Ei bine, oricare ar fi diagnosticul tău exact, mă bucur că ești aici, spuse ea. Ești binevenit să rămâi atât cât dorești.

Șase fără cinci seara.

Încă treizeci și patru de ore.

După ce băură cafeaua, Janet Salter începu să pregătească cina. Reacher se oferi să meargă în oraș să mănânce, dar ea îi spuse că-i era la fel de ușor să gătească pentru șase în loc de cinci, de unde el înțelese că cele două polițiste din schimbul de noapte aveau să se trezească și să formeze un cvartet pentru cea mai mare parte a serii. Iar ăsta era un aspect liniștitor.

Cu permisiunea ei, folosi timpul de pregătire a mesei ca să inspecteze locuința. Nu-l interesa nici parterul, nici etajul. Voia să vadă în schimb subsolul. Dakota de Sud era un stat măturat din când în când de tornade și Reacher era sigur că orice casă construită cu simț de răspundere ar fi avut o zonă de siguranță subterană. Coborî un șir de trepte din micul hol de la ieșirea din bucătărie și găsi o situație mulțumitoare. Solul de prerie era prea adânc pentru ca excavația să ajungă la stratul de stâncă așa încât întregul spațiu era în esență o imensă ladă de lemn cu șase pereți, construită din bușteni masivi întăriți cu șine de fier. Pereții și podeaua erau groase ca să asigure stabilitate, iar tavanul era și el gros ca să prevină prăbușirea restului casei după ce ar fi primit o lovitură directă. Era acolo un adevărat desiș de stâlpi înalți din podea până-n tavan și răspândiți în tot spațiul, la distanțe de nici doi metri între ei, fiecare fiind cioplit și rindeluit dintr-un trunchi de arbore. Patru dintre ei erau uniți prin panouri din fibră, alcătuind o mică sală a centralei termice. Centrala era o instalație vopsită în verde. Era alimentată cu combustibil printr-o țeavă subțire, probabil de la un rezervor de petrol îngropat în curte. Avea o pompă și o rețea complicată de țevi groase din fier ieșea prin tavan. O instalație veche. Poate prima din oraș. Dar funcționa excelent. Arzătorul duduia, pompa huruia și țevile șuierau. Făcea cald în tot subsolul.

Scara care ducea sus putea fi închisă la bază cu o ușă solidă care se deschidea în afară. Se putea bloca din interior cu un drug de fier proptit pe niște furci metalice. Fără doar și poate era un excelent adăpost pentru tornade. Probabil că un bun adăpot antiatomic. Ar fi rezistat aproape cert la orice tir de arme de calibru mic. Reacher văzuse cum gloanțele trase cu mitraliere de calibrul 50 puteau să ciuruiască majoritatea obiectelor, dar stâlpii groși de treizeci de centimetri, din lemn de esență tare și vechi de o sută de ani ar fi rezistat probabil până când țevile mitralierelor s-ar fi supraîncălzit și s-ar fi deformat.

Încurajat de ceea ce decoperise, urcă înapoi scările și le găsi pe polițistele din tura de noapte treze și gata de datorie. Erau în bucătărie, împreună cu partenerele din tura de zi. Janet Salter se fâțâia în interiorul cordonului alcătuit de cele patru polițiste. Domnea o atmosferă de familiaritate și confort. Era limpede că mica și neobișnuita comunitate se obișnuise să trăiască împreună. Mașina de gătit era pornită și încălzea încăperea. Umezeala aburise geamurile. Reacher se duse în bibliotecă și verifică priveliștea din spate. Nimic de văzut. Doar senzația vagă de teren plat care se pierdea într-o depărtare înghețată. Ninsoarea se domolea. Până și fulgii care cădeau păreau înmărmuriți de ger.

Reacher se întoarse de la fereastră și o văzut pe Janet Salter intrând chiar atunci pe ușă.

— Putem vorbi? întrebă ea.

— Desigur, răspunse Reacher.

— Știu motivul adevărat pentru care ești aici, bineînțeles. Știu de ce ai inspectat casa. Te-ai oferit voluntar ca să mă aperi, dacă se-ntâmplă să sune sirena, și vrei să te familiarizezi cu terenul. Și-ți sunt foarte recunoscătoare pentru bunătatea ta. Cu toate că imperativele tale psihologice ar putea să-ți impună să nu zăbovești îndeajuns de mult. S-ar putea ca procesul să nu aibă loc decât peste o lună. Câte cămăși noi ar însemna asta?

— Opt, spuse Reacher.

Ea nu zise nimic.

— Să știți că n-ar fi nicio rușine să vă retrageți, o asigură Reacher. Nimeni n-ar putea să vă acuze pentru asta. Și, mai devreme sau mai târziu, indivizii ăia vor fi arestați pentru altceva.

— Un asemenea gest ar aduce cu sine o rușine considerabilă, replică ea. Și n-am să-l fac.

— Atunci nu-mi mai vorbiți de imperative psihologice, spuse Reacher.

Ea zâmbi și-l întrebă:

— Ești înarmat?

— Nu.

— De ce?

— Oare instalatorii pensionați cară după ei trusa de scule toată viața?

Ea arătă către un raft jos.

— Uite o carte care s-ar putea să te intereseze. O lucrare de istorie. Volumul ăla mare, legat în piele.

Era un obiect impozant, înalt de aproape cincizeci de centimetri și gros de zece. Pe cotorul din piele se vedeau niște nervuri orizontale și un titlu neobișnuit, scris cu litere aurite: *O istorie ilustrată și riguroasă a pistoalelor produse de dl. Smith și dl. Wesson.* Era un titlu cu sonoritate victoriană, dar ceva nu se potrivea. Domnii Smith și Wesson produseseră o mulțime de pistoale la sfârșitul secolului al XIX-lea și începutul secolului al XX-lea, dar nici pe departe atât de multe încât să umple o carte groasă de zece centimetri.

— Aruncă o privire, îl îndemnă Janet Salter.

Reacher scoase cartea din raft. Era grea.

— Cred c-ar trebui s-o citești în pat la noapte, spuse femeia.

Era atât de grea pentru că nu era o carte. Reacher deschise coperta legată în piele așteptându-se să vadă pagini îngălbenite cu gravuri în semitonuri sau desene lucrate cu penița, poate alternând cu file de hârtie de calc care să protejeze grafica. De fapt, coperta era un capac care ascundea în interior o cutie cu două cavități îmbrăcate în catifea maro. Cuibărite în cele două cavități erau două revolvere Smith & Wesson identice, în poziții reciproc inverse, cu vârful unuia în dreptul patului celuilalt. Revolverele erau modele realizate pentru poliție și armată, cu țevi de zece centimetri. Puteau fi vechi de o sută de ani sau poate de cincizeci. Mecanisme simple din oțel, cu paturi striate din lemn de nuc, concepute pentru gloanțe de calibru 38 Special, ochi pentru șnur la baza patului, prevăzut pentru ofițeri, fie ei militari sau civili.

— I-au aparținut bunicului meu, spuse Janet Salter.

— A fost militar? întrebă Reacher.

— A fost comisar onorific, pe vremea când în Bolton s-a înființat departamentul de poliție. Pistoalele i-au fost oferite cadou. Crezi că mai funcționează?

Reacher încuviință cu o mișcare din cap. De obicei, revolverele rămâneau funcționale o veșnicie. Ca să se strice, trebuiau lovite zdravăn sau să ruginească serios.

— Au fost folosite vreodată? întrebă el.

— Nu cred.

— Aveți niște ulei în casă?

— Am uleiul de la mașina de cusut.

— E bun.

— Mai avem nevoie de altceva?

— Niște gloanțe ar fi de folos.

— Am câteva.

— De când sunt?

— De o săptămână.

— V-ați făcut lecțiile.

— Așa mi s-a părut că trebuie.

— Câte gloanțe?

— O cutie de o sută.

— Bravo!

— Acum pune te rog cartea la loc, spuse ea. Nu trebuie să știe și polițistele. Din experiența mea, profesioniștii se simt deranjați de planurile amatorilor.

După cină, sună telefonul. Era Peterson, de la secția de poliție. Îi spuse lui Janet Salter că telefonul de pe biroul din spate sunase. De la Unitatea 110 de poliție militară. Femeia n-a vrut să discute cu el. Voia ca Reacher s-o sune.

Telefonul lui Janet Salter era în hol. Era mai nou decât casa, dar nu fusese instalat de curând. Numerele se formau prin apăsarea butoanelor, dar avea fir și era cam de mărimea unei mașini de scris portabile. Era așezat pe o măsuță cu un fotoliu lângă ea. Așa cum erau telefoanele pe vremea când un aparat era de-ajuns pentru toată familia și folosirea lui era un fel de ceremonie.

Reacher formă numărul pe care-l păstrase în memorie. Așteptă mesajul înregistrat și formă 110.

— Da?

— Cu Amanda, te rog.

Urmă un clic. Apoi vocea. Fără ton de apel. Ea aștepta deja cu telefonul în mână.

— Ori tu ești nebun, ori ceilalți! zise ea.

— Sau ambele variante, spuse Reacher.

— Oricum ar fi, nu mai am mult și te las baltă.

— De ce?

— Pentru că locul despre care mă tot bați la cap nu există.

Șapte fără cinci seara.

Încă treizeci și trei de ore.

Capitolul 18

Foindu-se în fotoliul de pe hol, Reacher spuse:

— Locul există. Cu siguranță. Am mai multă încredere în piatră și în relatările martorilor oculari decât în documentele armatei.

— Dar încă n-ai văzut cu ochii tăi piatra, răspunse glasul.

— Nu încă. Dar de ce ar inventa cineva o poveste ca asta?

— Atunci locul trebuie să fi fost incredibil de secret. L-au construit, dar nu l-au înregistrat niciodată nicăieri.

— Și apoi au lăsat să se construiască o tabără de construcții chiar deasupra ei? Cum se poate una ca asta?

— Pentru că totul se schimbă, de-aia se poate. A fost o unitate ultrasecretă cu cincizeci de ani în urmă și până acum cinci ani era totalmente defunctă. Un scenariu tipic pentru Războiul Rece. Probabil c-a fost declasificată la începutul anilor nouăzeci.

— Nu mă interesează când a fost declasificată. Vreau doar să știu ce este.

— Aș putea să mă urc într-un avion, dar tu ești mai aproape.

— Cum merge cazul tău? întrebă Reacher.

— Mai așteaptă. Ceea ce nu e încurajator. Probabil că se va nărui până dimineață.

— Lucrezi toată noaptea?

— Știi cum este.

— Atunci folosește-ți timpii morți. Verifică, te rog, pentru mine, alocările de fonduri ale Congresului. Scopul va fi șters din documente, desigur, dar sumele de bani vor fi acolo. Întotdeauna sunt. În felul ăsta, putem începe de undeva.

— Știi cât era de mare bugetul pentru apărare în urmă cu cincizeci de ani? Știi cât de multe erau elementele listate?

— Ai la dispoziție toată noaptea. Caută documentele în care era vorba despre Dakota de Sud, la Camera Reprezentanților sau la Senat. Nu văd nicio valoare strategică aici, așa că s-ar putea să fie vorba de niște sume cheltuite în scopuri politice.

— Verificarea acelor documente înseamnă o grămadă de muncă.

— Te așteptai cumva să duci o viață de huzur? Mai bine te înrolai la marina militară.

— Avem o înțelegere, Reacher, mai ții minte? Povestește-mi de generalul tău.

— Îți irosești timpul.

— Am timp de irosit. Se pare că tu ești cel care n-are.

E o poveste lungă.

— Așa sunt poveștile cele mai reușite. Fă un rezumat, dacă vrei, dar ai grijă să atingi toate aspectele principale.

— Vorbesc de la telefonul altcuiva aici. Nu vreau să-i măresc factura.

— Așteaptă puțin, spuse glasul.

Se auzi un clic și o secundă de liniște, după care glasul reveni.

— Acum vorbești pe banii guvernului.

— Ai putea să lucrezi pentru mine de banii ăștia.

— Lucrez. Am pus deja pe cineva să verifice acum treizeci și cinci de minute. Crede-mă, mențin niște standarde ridicate aici. Oricât ai fi fost de bun, eu sunt mai bună.

— Sper sincer să fie așa.

— Deci, odată ca niciodată, ce s-a-ntâmplat?

— Am fost în Rusia, spuse Reacher după o scurtă pauză. La ceva timp după căderea regimului comunist. Am primit o invitație bizară să le inspectăm închisorile militare. Nimeni n-avea nici cea mai vagă idee de ce. Dar sentimentul general era „de ce nu?“ Așa că am luat avionul până la Moscova și apoi un tren cu o destinație îndepărtată spre est. Era o măgăoaie veche din era sovietică, cu cușete și un vagon restaurant. Călătoria a durat zile-n șir. Mâncarea era groaznică. Dar groaznică într-un mod pe care-l simțeam familiar. Așa că într-o noapte m-am dus să mă plimb prin tren și m-am oprit la bucătărie. Indivizii ne serveau la masă rații militare semipreparate de proveniență americană.

— Rații ale armatei americane? Într-un tren sovietic?

— Strict vorbind, atunci era un tren rusesc. În vagonul-cantină aveau mașini de gătit cu cărbuni. Samovare și toate cele. Încălzeau apă în cratițe, rupeau pungile cu rații și le amestecau. Aveau lăzi peste lăzi de rații.

— Au încercat să le ascundă?

— Bucătarii nu știau ce erau. Nu știau să citească în engleză. Probabil că nu știau să citească deloc.

— Deci, cum au ajuns rațiile noastre militare acolo?

— Ăsta-i episodul de mâine. Trebuie să te-ntorci la muncă.

— Aștept un telefon.

— De unde?
— Nu pot să-ți spun.
— Știi că vrei să-mi spui.
— Fort Hood.
— În legătură cu ce?
— Un căpitan de infanterie și-a omorât nevasta. Se mai întâmplă. Dar nu era o nevastă oarecare. Lucra la Homeland Security. E posibil ca individul să aibă legături în străinătate. Și mai e posibil să fi furat documente de la ea și s-o fi ucis ca să-și acopere fapta.
— Unde în străinătate?
— E vorba de ceea ce numim actori nestatali.
— Teroriști?
— În orice caz, organizații teroriste.
— Drăguț. Te așteaptă o Stea de Bronz.
— Dacă-l prind pe individ. Acum e dat dispărut.
— Să-mi spui dacă vine spre Dakota de Sud.
Ea râse și-l întrebă:
— Câți ani ai, apropo?
— Mai puțini decât biroul tău.

*

La opt kilometri distanță, în cantina închisorii, toate urmele mesei de seară fuseseră curățate. Dar peste cincizeci de bărbați rămăseseră așezați pe băncile lungi. Unii erau albi, alții tuciurii și alții negri. Toți purtau uniforme portocalii. Ședeau în trei grupuri separate, departe unii de ceilalți, ca trei națiuni insulare într-un ocean de linoleum.

Până când un alb se ridică de la masă, traversă sala și-i vorbi unui negru.

Albul era alb doar cu numele. Pielea lui era în cea mai mare parte albastră de la câte tatuaje avea. Era clădit ca o casă. Avea părul până la brâu și barba-i cobora până la piept. Bărbatul de culoare era ceva mai scund, dar probabil mai solid. Avea bicepșii de mărimea unor mingi de rugby și scalpul perfect ras îi lucea.

— Mexicanii ne datorează două cartușe de țigări, spuse albul.

Negrul nu reacționă în niciun fel. De ce-ar fi făcut-o? Albii și tuciuriii nu aveau nicio legătură cu el.

— Mexicanii spun că voi le datorați două cartușe de țigări.

Nicio reacție.

— Așa că le vom lua direct de la voi. Cumperi, vinzi, negustor te numești.

Ceea ce, tehnic vorbind, era o propunere acceptabilă. Închisoarea e un sistem economic în care moneda de schimb sunt țigările. Așa cum dolarii dobândiți din vânzarea unei mașini în New York pot fi folosiți pentru cumpărarea unui televizor în Los Angeles. Dar cooperarea economică presupunea existența unor legi, a unor tratate și unei atitudini relaxate, toate trei lipsind, practic, între albi și negri.

Apoi bărbatul alb spuse:

— O să le luăm sub formă de buci. Ceva gingaș. Cele mai tinere și mai plăcute la pipăit pe care le-aveți. Două nopți, și pe urmă le primiți înapoi.

În casa lui Janet Salter, cele patru polițiste predau tura. Schimbul de zi lua pauză, iar schimbul de noapte intra în pâine. Una dintre polițistele din tura de noapte ieși din bucătărie și-și ocupă postul din hol. Cealaltă se îndreptă spre biblioetcă. Cele din schimbul de zi urcară la etaj. Janet Salter anunță că se duce în salon. Reacher se gândi că voia să petreacă ceva timp singură. Asigurarea unei protecții permanente era ceva epuizant din punct de vedere social pentru toate părțile implicate. Dar bătrâna îl invită să i se alăture.

Salonul nu era diferit de bibliotecă prin nimic semnificativ. Mobilier similar, decor similar, rafturi similare, alte mii de cărți. Fereastra oferea vedere spre partea din față a casei, peste verandă. Ninsoarea aproape că încetase. Polițistul din mașina de pe stradă ieșise din când în când să-și curețe geamurile. Pe acoperiș, pe capotă și pe portbagaj se formase un strat zdravăn de zăpadă groasă de treizeci de centimetri, dar geamurile erau curate. Polițistul era încă treaz și vigilent. Reacher îl vedea întorcând capul. Se uita înainte, în oglindă, jumătate la stânga, jumătate la dreapta. Deloc rău, pentru ceea ce trebuie să fi fost a douăsprezecea oră din douăsprezece. Jumătatea bună a departamentului de poliție din Bolton forma o unitate merituoasă.

Janet Salter era îmbrăcată cu un cardigan. Era lung pentru ea și buzunarele erau umflate. A reieșit că avea în ele o cârpă și o cutie cu ulei. Le puse pe o măsuță laterală. Cârpa era albă, iar cutia era mică, verde și avea imprimat pe ea numele *Singer.*

— Du-te și-adu cartea pe care ți am arătat-o, spuse ea.

Polițista din bibliotecă se întoarse spre Reacher când acesta își făcu apariția. Era o persoană scundă, drăguță, cu umeri rotunjiți, pe care echipamentul de la centură o făcea să pară mai lată. Mișcă ochii în sus, în jos, într-o parte. *Niciun pericol.* Se întoarse din nou spre fereastră. În spatele ei, Reacher luă cartea falsă de pe raft și o puse la subsuoară. O duse în salon. Janet Salter închise ușa în urma lui. El deschise cutia îmbrăcată în piele pe podea și luă primul revolver.

Modelul Smith & Wesson pentru armată și poliție fusese produs prima dată în 1899 și modificat ultima oară după trei ani, în 1902. Pe atunci, înălțimea medie a bărbaților americani era de un metru șaptezeci, iar mâinile lor aveau dimensiuni direct proporționale. Reacher era înalt de un metru nouăzeci și cinci, așa încât arma era mică pentru el. Dar degetul arătător intra lejer în garda trăgaciului și asta era tot ceea ce conta. Apăsă siguranța cu degetul mare și rabată în exterior butoiul pentru cartușe. Era gol. Îl fixă la loc și trase în gol. Totul funcționa. Dar simți hârjâitul microscopic și zgomotul de oțel care fusese uns în fabrică în urmă cu multe decenii și de-atunci nu mai fusese atins. Așa încât se apucă să-l aranjeze cu cârpa și uleiul din cutie și încercă din nou după cinci minute, de data asta fiind mult mai mulțumit de rezultat. Repetă procesul și cu al doilea pistol. Strânse capacul cutiei și împături cârpa.

— Unde-i muniția? întrebă el.

— La etaj, în dulăpiorul cu medicamente, răspunse Janet Salter.

— Nu e locul cel mai logic, ținând cont că pistoalele erau în bibliotecă.

— M-am gândit că voi avea timp, dacă se ajunge la asta.

— O mulțime de oameni au murit pentru că au crezut asta.

— Vorbești serios, nu-i așa?

— Asta-i o treabă serioasă.

Fără să-i răspundă, femeia se ridică și ieși din cameră. Reacher auzi treptele scârțâind. Se întoarse cu o cutie nouă cu o sută de cartușe Federal .38 Specials, cu vârful bont și scobit. O alegere bună. Primise de la cineva sfaturi competente. Încărcătura de 158 grain[4] nu era cea mai puternică din lume, dar efectul de împrăștiere al vârfurilor scobite compensa pe deplin acest neajuns.

Reacher încărcă șase gloanțe în primul pistol, lăsându-l pe-al doilea neîncărcat. Apoi spuse:

— Priviți într-o parte și apoi priviți din nou la mine și îndreptați degetul direct spre mine.

— Poftim? zise Janet Salter.

— Faceți cum vă spun. Ca și cum aș fi un elev care vorbește în timpul orei.

— N-am fost genul ăla de profesor.

— Prefaceți-vă că sunteți.

Femeia făcu așa cum i se spusese și se descurcă bine. Poate că studenții de la Universitatea Oxford nu erau exact așa cum și-i imagina lumea. Degetul ei arăta fix spre un punct situat între ochii lui.

— Bun, spuse el. Acum, repetați gestul, dar cu degetul îndreptat spre pieptul meu.

Femeia făcu din nou mișcarea, îndreptând de data asta degetul spre centrul lui de masă.

— OK, spuse el. Așa se trage. Țeava pistolului este degetul dumneavoastră. Nu încercați să ochiți. Nici măcar nu vă gândiți la asta. Faceți-o, pur și simplu, instinctiv. Țintiți spre piept, pentru că e ținta cea mai mare. Chiar dacă nu-l ucideți, o să-i stricați ziua.

Janet Salter nu spuse nimic. Reacher îi dădu pistolul neîncărcat.

— Încercați trăgaciul, o îndemnă el.

---

[4] Unitate de măsură pentru greutate din sistemul anglo-saxon, egală cu aprox. 64.8 mg. Se folosește la definirea greutății gloanțelor. *(N.t.)*

Femeia apăsă pe trăgaci, percutorul se ridică, butoiul se roti, percutorul căzu. Frumos și ușor.

— Presupun că o să fie un oarecare recul, zise ea.

Reacher încuviință cu o mișcare din cap și spuse:

— Doar dacă nu cumva legile fizicii s-au schimbat peste noapte.

— O să fie rău?

Reacher clătină din cap.

— Modelul .38 Special este un glonț destul de prietenos. Pentru cel care trage, ca să fim exacți. Nici zgomotul nu e prea mare, nici reculul prea puternic.

Femeia încercă din nou trăgaciul. Percutorul se ridică, butoiașul se roti, percutorul căzu.

— Acum, trebuie s-o faceți de mai multe ori, îi zise Reacher.

Ceea ce Janet Salter și făcu. De patru, de cinci, de șase ori.

— E obositor, spuse ea.

— N-o să fie, dacă se ajunge la asta. E ceea ce aveți de făcut. Să trageți șase gloanțe în tipul ăla. Nu vă opriți până când arma nu e complet descărcată.

— E îngrozitor, spuse bătrâna.

— N-o să fie, dacă se-ajunge la asta. Veți fi care pe care. Veți fi surprinsă să vedeți ce repede îți schimbă perspectiva acest detaliu.

Janet Salter îi înapoie pistolul.

— Unde-o să-l țineți? o întrebă Reacher.

— În carte, cred.

— Răspuns greșit. O să-l țineți în buzunar. Iar noaptea, o să-l țineți sub pernă.

Încărcă șase gloanțe în pistol. Blocă siguranța cilindrului și i-l dădu înapoi, spunând:

— Nu atingeți trăgaciul până când nu sunteți pregătită să-l omorâți pe individ.

— N-o să pot.

— Ba eu cred c-o să puteți.

— Pe celălalt, îl ții la tine? întrebă ea.

— O să am grijă să-l înapoiez la plecare, răspunse el, confirmând cu o mișcare a capului.

Opt fără cinci seara.

Încă treizeci și două de ore.

Sirena închisorii începu să urle.

Capitolul 19

Deși se afla la opt kilometri spre nord, sunetul sirenei se auzi foarte clar în noaptea înghețată. Era undeva între sonoră și distantă, undeva între jalnică și urgentă, undeva între banal și straniu. Țipa și urla, creștea și scădea, zbiera și șoptea. Se rostogolea peste terenul întins și de-a lungul străzilor înzăpezite și învăluite în tăcere, sfărâmând aerul de cristal prin care trecea.

Polițistele din casă reacționară instantaneu. Făcuseră repetiții, probabil fizice, cu siguranță mentale. Se pregătiseră pentru această variantă dură. Femeia din hol băgă capul pe ușa salonului. Pe față i se citea starea conflictuală. De la etaj, se auzeau zgomote de pași. Schimbul de zi se pregătea în grabă. Femeia din bibliotecă alergă să-și ia haina și căciula din cuier. Afară, pe stradă, mașina de poliție cea mai apropiată întorcea deja. Troiene de zăpadă alunecau de pe acoperiș și de pe portbagaj. Mașina de la capătul străzii dădea repede înapoi. Pași grăbiți pe trepte.

Femeia din hol spuse:

— Îmi pare rău!

După care dispăru. Își luă haina și o zbughi pe ușă, fiind ultima plecată. Mașinile de poliție aveau portierele deschise. Reacher auzea comunicațiile radio furioase. Polițistele din casă se aruncară în mașini, care porniră în mare grabă, răscolind zăpada de pe drum. Reacher le privi plecând. Apoi se duse să închidă ușa de la intrare. Haina lui de împrumut căzuse la podea în agitația plecării. O agăță la loc în cârlig. Acum stătea singură în cuier.

Sirena continua să urle.

Dar în casă se așternu o liniște absolută.

Casa rămase tăcută mai puțin de un minut. Apoi, peste sunetul sirenei, Reacher auzi zgomotul de lanțuri pe zăpadă și huruitul unui motor puternic turat într-o treaptă de viteză mică. Se uită pe fereastra salonului. Faruri puternice. Un Crown Vic. Fără însemne. Negru sau bleumarin. Greu de spus, în lumina lunii. Se opri la capătul aleii și din ea coborî șeful de poliție Holland. Haină groasă, căciulă, bocanci. Reacher își vârî revolverul la spate, în betelia pantalonilor, și îl acoperi cu puloverul. Ieși în hol și deschise ușa tocmai când Holland ajunsese pe verandă.

Polițistul se arătă surprins.

— Nu știam că ești aici, spuse el.

— A fost mai logic așa, zise Reacher. Sunt paturi libere aici și Kim Peterson n-are nevoie de protecție.

— A fost ideea lui Andrew sau a ta?

— A mea.

— Doamna Salter e bine?

— E bine.

— Lasă-mă s-o văd.

Reacher se dădu la o parte și Holland intră, apoi închise ușa. Janet Salter ieși din salon.

— Sunteți bine? o întrebă Holland.

Ea confirmă cu o mișcare din cap și spuse:

— Sunt foarte bine. Și-ți sunt recunoscătoare c-ai venit. Apreciez asta foarte mult. Dar, serios, cred c-ar trebui să fii în drum spre închisoare.

— Acolo mă duceam, zise Holland, dând din cap, dar n-am vrut să rămâneți singură.

— Regulile sunt reguli.

— Chiar și așa.

— O să fiu bine. Sunt sigură că domnul Reacher se va dovedi mai mult decât capabil.

Holland aruncă o privire spre Reacher. Pe chip i se citea o stare conflictuală jalnică, la fel ca în cazul polițistei din hol.

— Ce se-ntâmplă acolo? îl întrebă Reacher.

— Negrii și albii s-au încăierat, răspunse Holland. O răzmeriță obișnuită în închisoare.

— Prima care-a izbucnit până acum?

— Corect.

— Momentul a picat la țanc.

— Mie-mi spui?

— În concluzie, ce se-ntâmplă dacă nu te duci?

— Departamentul se face de rușine, iar eu voi fi concediat. După asta, nimeni nu știe exact.

— Atunci, du-te.

— Nu vreau.

O declarație simplă. Modul în care o rostise Holland și felul în care rămăsese acolo după aceea îl făcură pe Reacher să creadă că avea în minte mai multe lucruri decât grija față de doamna Salter. Voia să rămână în casă, comod, la căldurică, într-un loc lipsit de riscuri.

Holland era speriat.

— Ai avut de-a face vreodată cu o pușcărie? îl întrebă Reacher.

— Nu.

— Nu-i nicio scofală. O să fiți lângă ziduri și în turnurile de pază. Oricine încearcă să tragă îl împuști. Simplu ca bună ziua. Deținuții știu regulile. Și oricum n-or să încerce. Nu pe nepregătite și nu pe vremea asta. Vor rămâne înăuntru, ocupați cu încăierarea. În cele din urmă, se vor potoli. Întotdeauna se-ntâmplă așa. O să-nghețì de frig și-o să te plictisești, dar atât.

— Tu ai avut de-a face cu pușcăriile?

— Am avut de-a face cu de toate. Inclusiv cu protecția persoanelor. Și, cu tot respectul cuvenit, mă descurc cel puțin la fel de bine ca tine. Așa că ar trebui să mă lași pe mine aici. În felul ăsta, toată lumea câștigă.

— Nu știu ce să zic.

— Eu pot să mă ocup de situația de-aici, tu poți să ai grijă de oamenii tăi acolo.

— Ar putea să dureze ore. Chiar zile.

— De fapt, ar putea să dureze săptămâni. Dar, dacă așa pare să se-ntâmple, te poți regrupa.

— Crezi?

Reacher încuviință cu o mișcare a capului.

— Nu puteți lucra non-stop, zile-n șir. Nu cu tot efectivul. Nimeni nu se poate aștepta la așa ceva. După ce se termină prima stare de panică, poți să stabilești un grad de flexibilitate.

Holland nu-i răspunse. Afară sirena tăcu deodată. Se întrerupse la mijlocul vaietului și liniștea absolută se prăvăli brusc peste întreaga așezare. O absență desăvârșită a sunetelor, ca și cum aerul însuși se congelase.

— Asta-nseamnă probabil că în momentul ăsta ar trebui să fiți toți acolo, zise Reacher.

Holland încuviință dând din cap, lent și nesigur, o dată, apoi a doua oară. Se uită la Janet Salter și spuse:

— Măcar veniți cu mine în mașină. Trebuie să știu că sunteți în siguranță.

— Asta nu-i permis, domnule Holland. Regulile sunt reguli. Dar nu-ți face griji. O să fiu în siguranță aici, cu domnul Reacher.

Holland rămase nemișcat încă un moment. Apoi dădu din cap a treia oară, mai hotărât. Luase o decizie. Se întoarse brusc și ieși din casă. Mașina avea motorul pornit. Un nor firav de gaze se acumulase în spatele portbagajului. Se urcă în mașină, făcu o întoarcere din trei mișcări și dispăru. Vapori albi zăboviră în urma lui, dispersându-se lent. Sunetul plăpând al lanțurilor pe zăpada bătătorită amuți.

Reacher închise ușa.

Liniștea domnea din nou în casă.

Din punct de vedere tactic, mișcarea cea mai bună ar fi fost s-o încuie pe Janet Salter în subsol. Dar ea refuză să se ducă acolo. Stătea în hol, cu mâna pe mânerul pistolului din buzunar. Se uita în jur, spre un punct al busolei, apoi spre următorul, ca și cum înțelesese dintr-odată că cei patru pereți care ar fi trebuit să o protejeze erau de fapt patru căi diferite de a pătrunde înăuntru. Erau uși și ferestre peste tot. Oricare dintre ele putea fi spartă sau forțată într-o clipită.

A doua variantă ar fi fost s-o adăpostească în dormitor. Pătrunderile în casă pe la etaj erau mult mai puțin răspândite decât cele de la parter. Dar nici la etaj nu voia să se ducă, motivând că ar fi avut senzația că nu mai are unde să fugă.

— Dar n-o să fugiți, încercă s-o convingă Reacher. O să trageți cu pistolul.

— Nu cât tu ești aici, în mod sigur.

— Douăsprezece găuri într-un individ sunt mai bune decât șase.

Ea rămase tăcută o clipă. Se uita la el ca la un extraterestru.

— N-ar trebui să patrulezi pe-afară? îl întrebă ea.

— Nu.

— De ce?

— Mi-ar lua prea mult să ajung din față în spate, dacă ar fi nevoie. Iar degetul nu mi-ar încăpea în garda trăgaciului dacă aș avea mănușile puse. Și e prea frig ca să ies fără mănuși.

— Și-atunci așteptăm aici?

— Întocmai. Așteptăm aici, spuse Reacher.

Așteptară în salon. Reacher socotea că e cea mai bună alegere. Avea vedere în partea din față a casei și, dată fiind zăpada căzută, abordarea frontală era cea mai probabilă. Și chiar dacă nu se încerca o apropiere frontală, salonul rămânea camera cea mai bună. Felul în care dădea spre exterior pe sub acoperișul verandei și peste întreaga ei adâncime însemna că un trăgător potențial ar fi trebuit să se posteze în față și în centru ca să poată lua o linie de ochire. Ar fi fost depistat cu douăzeci de pași înainte s-apuce să ducă arma la ochi.

Erau multe alte pericole posibile. Bombele normale sau incendiare erau în capul listei. Dar dacă erau atacați cu astfel de chestii, nu prea mai conta în ce cameră se aflau.

Ceasul trecu de nouă și marcă sfârșitul primei ore petrecute împreună, singuri. Strada era părăsită. Reacher făcu o verificare scurtă a perimetrului interior. Ușa din față, încuiată. Ferestrele de la parter, toate închise. Ferestrele înalte din bibliotecă, închise. Ușa din spate, închisă. Ferestrele de la etaj, toate în regulă. Majoritatea erau inaccesibile fără o scară. Singura posibilitate viabilă era fereastra unui dormitor din față, care avea marginea din spate a acoperișului verandei chiar sub pervaz. Dar acolo se strânsese multă zăpadă. Acoperișul verandei era alunecos și înșelător. Așa că nu exista niciun pericol.

Vremea se schimba. Un vânt ușor începea să bată. Cerul nopții se însenina. Luna strălucea cu putere și stelele erau vizibile. Temperatura era în scădere. Toate ferestrele verificate de Reacher aveau în fața lor un strat de aer care pulsa de răceală. Vântul nu era deloc binevoitor. Găsea fisuri imperceptibile și forma curenți invizibili, furând căldura din întreaga construcție.

Vântul nu era de folos nici în privința siguranței. Scotea sunete stranii. Foșnete, scârțâituri, pârâituri, frecarea sfărâmicioasă a frunzelor înghețate, trosnetele găunoase ale cioturilor înghețate de arbori, jelania vagă a formelor bizare de pe liniile de electricitate. În termeni absoluți, sunetele erau slabe, dar Reacher s-ar fi bucurat să lipsească. Trebuia să audă zgomotele estompate ale pașilor pe zăpadă, iar șansele de a putea face asta se micșorau. Janet Salter vorbea din când în când, ceea ce înrăutățea lucrurile, dar nu voia să-i spună să tacă. Era neliniștită, ceea ce era explicabil, și vorbitul părea s-o ajute. Când se întoarse dintr-un circuit prin casă, ea îl întrebă:

— De câte ori ai mai făcut până acum genul ăsta de lucruri?

— O dată sau de două ori, spuse el, ținându-și ochii pe geam.

— Și ai supraviețuit, în mod clar.
— Până acum, spuse el.
— Care-i secretul succesului tău?
— Nu-mi place să fiu înfrânt. E mai bine pentru toate părțile implicate că lucrul ăsta nu se-ntâmplă.
— Psihologic vorbind, asta-i o povară greu de purtat. Nevoia arzătoare de dominație, la asta mă refer.
— Există oameni cărora să le placă să fie înfrânți?
— Nu putem judeca în alb și negru. Nu trebuie să-ți placă. Dar poți să te-mpaci cu ce îți aduce soarta. Știi, mai pierzi, mai câștigi.
— Treaba nu merge așa. Nu în profesia mea. Uneori câștigi și o dată pierzi. Și-atunci jocul se sfârșește.
— Ești încă în armată, nu-i așa?
— Nu, am plecat de câțiva ani.
— În mintea ta, la asta mă refer.
— Nu chiar.
— Îți lipsește?
— Nu chiar.
— Te-am auzit vorbind la telefon cu femeia din Virginia. Păreai plin de viață.
— Datorită ei. Nu armatei. Are o voce grozavă.
— Ești singur.
— Dumneata nu ești?
Femeia nu-i răspunse. Ceasul ticăia necontenit. Nimeni nu se apropia de casă.

După o oră și jumătate, Reacher făcuse patru inspecții de securitate și ajunse să cunoască destul de bine casa. Fusese clădită pentru o generație din alte vremuri, care în unele privințe fusese mai tare, iar în altele, mai blândă. Ferestrele aveau foraibăre, iar ușile, broaște, toate fiind elemente solide și bine lucrate din bronz, dar n-aveau nimic din blindajul care se găsea de vânzare în orice magazin modern de feronerie. Ceea ce însemna că existau patruzeci și trei de posibile căi de intrare, dintre care cincisprezece erau practice în mod realist, opt dintre ele puteau fi anticipate de un adversar singur dotat cu inteligență normală, iar dintre acestea șase erau ușor de trecut. Cele două rămase aveau să fie greu de trecut, dar posibil, situația fiind îngreunată de prezența mobilă a lui Janet Salter. Liniile de foc erau întotdeauna complicate. Se gândi din nou să insiste ca ea să se-ncuie în subsol, dar ea îl văzu îngândurat și începu să vorbească din nou, vrând parcă să-i abată gândurile. Reacher era la fereastra salonului, înclinat spre dreapta, când ea îl întrebă:

— Cine-a fost pușcaș marin, mama sau tatăl tău?

— Poftim? zise el.

— Mi-ai spus că ai crescut în baze ale Corpului de Marină. Mă întrebam care dintre părinții tăi a făcut necesar acest lucru. Deși presupun că puteau fi amândoi. Era permis? Să fie și soțul, și soția în armată?

— Nu cred.

— Atunci, care-a fost?

— Tata.

— Vorbește-mi despre el.

— Nu-s multe de spus. Un tip de treabă, dar ocupat.

— Distant?

— El credea, probabil, că eu sunt. Erau sute de copii în fiecare bază. Alergam cât era ziulica de lungă. Trăiam în lumea noastră.

— Mai trăiește?

— A murit de mult. Ca și maică-mea, de altfel.

— La fel și eu, spuse Janet Salter. M-am făcut distantă. Citeam întruna.

El nu-i răspunse și ea tăcu din nou. Reacher supraveghea strada. Nu se-ntâmpla nimic. Se mută în bibliotecă și controlă curtea. Nu se-ntâmpla nimic. Ultimul rest de nor se îndepărtă și luna rămase strălucitoare. Afară era o lume albastră, rece și pustie.

Atât că nu era pustie.

Dar nimeni nu venea.

De-a v-ați ascunselea. Poate cel mai vechi joc din lume. Din cauza emoțiilor și temerilor ancestrale îngropate adânc în partea din spate a creierului fiecărei ființe omenești. Prădător și pradă. Fiorul irezistibil de plăcere, când stai ghemuit în întuneric și auzi pașii trecând pe lângă tine. Cum te inundă plăcerea când tragi de ușa șifonierului și descoperi victima. Traducerea instantanee a terorii primitive în râsul din zilele noastre.

Acum era ceva diferit.

Nimeni n-avea să râdă. Urmau să fie câteva clipe de focuri de armă furioase și duhoarea de fum și de sânge, apoi subita liniște asurzitoare și pauza în care întreaga lume stă pe loc și te controlezi să vezi dacă n-ai pățit ceva. Apoi altă pauză ca să vezi care-i starea oamenilor tăi. Urmează tremurul, înghițitul în sec și nevoia de a voma.

Fără râsete.

Și aici nu era de-a v-ați ascunselea. Nimeni nu se ascundea cu adevărat și nimeni nu căuta cu adevărat pe cineva. Cel care era acolo, afară, știa foarte bine unde era Janet Salter. Cu siguranță că primise o adresă exactă. Poate că i se dăduseră instrucțiuni pas cu pas sau coordonatele

GPS. Iar ea stătea chiar acolo, așteptându-l. Niciun fel de artă. Doar brutalitate. Ceea ce-l făcea pe Reacher să se simtă ușor dezamăgit. Era bun la jocul de-a v-ați ascunselea. Versiunea din viața reală, nu jocul de copii. Bun la ascuns, mai bun la găsit. Fostele lui obligații profesionale îl conduseseră în acea direcție. Fusese un bun vânător de oameni. De fugari, mai ales. Învățase că empatia era esențială. Să le înțelegi motivele, circumstanțele, obiectivele, scopurile, temerile, nevoile. Să gândești ca ei. Să vezi ce văd ei. *Să fii* ca ei. Ajunsese la punctul în care ar fi putut să petreacă o oră cu dosarul de caz, o a doua oră gândind, a treia cu hărți și cărți de telefoane, pentru ca apoi să prezică aproape cu precizie clădirea în care se găsea individul.

Verifică vederea spre partea din față a casei.

Nimeni acolo.

Doar o lume albă și pustie, ce părea înghețată de-a binelea.

Se uită la Janet Salter și spuse:

— Vreau să supravegheați partea din față pentru mine.

— Bine.

— O să stau în hol o vreme. Oricine vine prin bucătărie sau bibliotecă îl iau ca din oală în coridor.

— OK.

— Rămâneți în umbră, dar fiți cu ochii-n patru.

— OK.

— Dacă vedeți ceva, mă strigați, tare și clar, cu informații concise. Numere, poziție, direcție și descriere.

— OK.

— Și faceți asta stând în picioare.

— De ce?

— Dacă adormiți în timpul misiunii, o să v-aud căzând.

Janet Salter ocupă o poziție bună, înspre mijlocul camerei, invizibilă din afară, dar cu un unghi de vedere bun. Își ținea mâna tot pe pistolul din buzunar. Reacher ieși în hol și mută scaunul în cealaltă parte a măsuței de telefon, ca să poată sta cu fața spre spatele casei. Puse pistolul în poală. Luă telefonul. Formă numărul pe care-l avea în memorie.

— Da?

— Cu Amanda, te rog.

O pauză. Un clic. Apoi vocea.

— Eu cred că glumești. Acum două ore mi-ai dat o sarcină cam pentru două săptămâni și deja mă suni după rezultate?

— Nu, nu te sun pentru asta, dar oricum nu pot să-ți dau două săptămâni. Am nevoie de ceva până mâine cel târziu.

— Tu chiar ești într-o ureche?

— Ai spus că ești mai bună decât mine, iar eu puteam să fac asta într-o singură zi. Așa că o noapte ar trebui să fie de-ajuns pentru tine.

— Asta ce mai e, psihologie inversă? Ai urmat cursuri motivaționale la West Point?

Reacher ținea mâna pe pistol și ochii pe ușa bucătăriei.

— L-ați prins pe omul vostru? întrebă el.

— Nu, nu ți-ai dat seama?

— Unde-l căutați?

— Toate aeroporturile, plus ambarcațiunile de pe Coasta Golfului între Corpus Christi și New Orleans.

— E într-un motel ceva mai la nord de Austin. Aproape sigur în Georgetown. Aproape sigur al doilea motel la nord de autogară.

— Dar care-i povestea, poartă la gleznă o brățară secretă de urmărire de care eu nu știu nimic?

— Nu, e speriat și singur. Are nevoie de ajutor. Și nu-l poate obține decât de la oamenii din străinătate cu care s-a înhăitat. Dar așteaptă să-i sune. Îl vor ajuta dacă e curat, însă, dacă e compromis, îl lasă baltă. S-ar putea chiar să-i facă de petrecanie. Iar el știe asta. Dacă e unul care fuge de lege, ei n-au nicio problemă. Dacă motivul fugii e politic, situația se schimbă. S-ar teme că noi ne-am ține de urmele lui până ajunge acasă, oriunde-ar fi acea casă. Așa că trebuie să afle știrile. Are nevoie de o piață media care să se ocupe de problemele din Fort Hood. Dacă rămâne o crimă conjugală simplă, va da telefon. Dacă nu, o să sfârșească punându-și pistolul în gură.

— Încă n-am dat publicității informațiile.

— Atunci o s-aștepte o zi sau două ca să fie sigur, după care-i va suna.

— Dar putea să se ducă oriunde pentru asta. Waco, Dallas, Abilene chiar.

— Nu, a ales cu atenție. Abilene e prea departe și un oraș prea mic. Iar Waco și Dallas sunt prea patriotice. Se gândește că radioul și televiziunea de-acolo ar avea ezitări să vorbească despre partea cu spionajul. De unde e el, Divizia a Patra de Infanterie? Publicul din Waco și Dallas nu vrea să audă că un căpitan din a Patra de Infanterie a călcat strâmb. Iar el știe asta. Însă Austin e o așezare mult mai liberală. Și este capitala statului, așa că posturile de știri sunt ceva mai slobode la gură. Are nevoie să știe care-i situația reală și știe că în Austin are șanse să afle adevărul.

— Ai spus Georgetown.

— Se teme de orașul propriu-zis. Prea mulți polițiști, prea multe lucruri care se-ntâmplă. Nu a plecat cu mașina, nu? I-a fost frică de polițiștii de pe autostradă. Mașina lui e încă la post, așa-i?

— Da, este.

— Așadar a luat autobuzul din Hood și s-a oprit după puțin timp. Georgetown e chiar acolo, aproape de Austin, dar nu prea aproape. Tot drumul a privit pe geam. Un motel după altul. Le-a înregistrat în minte. S-a dat jos la autogară și a făcut cale întoarsă pe jos. Nu voia un teren nefamiliar. Nici prea departe nu voia să meargă pe jos. Prea mare expunerea. Îl făcea prea vulnerabil. Dar chiar și așa nu i-a plăcut locul cel mai apropiat de autogară. I s-a părut prea evident. Așa că a ales al doilea motel. În momentul ăsta e acolo, în camera lui, cu lanțul de la ușă tras, uitându-se la toate canalele de televiziune locale.

Glasul nu-i răspunse.

— Stai puțin, spuse Reacher.

Lăsă receptorul ușor pe masă și se ridică. Verifică bucătăria, apoi biblioteca. Nimic demn de semnalat. Verifică și salonul. Janet Salter era încă în picioare, solidă ca o stâncă, ascunsă în întuneric.

Nimic de văzut pe stradă.

Nimeni nu venea.

Reacher se întoarse în hol, se așeză din nou în fotoliu și luă telefonul. Glasul întrebă:

— Altceva?

— Nu că asta ar conta, dar a stat în treimea din față a autobuzului.

— Ești plin de gogoși.

— A fost ca un gen de camuflaj. N-a vrut să se trădeze că ar fi un fugar. Crede că băieții răi stau în spate. E căpitan în Divizia a Patra de Infanterie. Probabil că e un tip cu convingeri morale rigide. Își amintește de autobuzul școlii. Golanii stăteau în spate. El nu.

Niciun răspuns.

— Georgetown, spuse Reacher. Al doilea motel la nord de autogară. Verifică.

Niciun răspuns.

— Unde sunt oamenii tăi cei mai apropiați? întrebă Reacher.

— Am oameni în Hood.

— Atunci, trimite-i acolo. Sunt vreo optzeci de kilometri. Ce poate să te coste?

Niciun răspuns.

— Și nu uita, adăugă Reacher, am nevoie de informații până mâine.

Închise telefonul. Așeză fotoliul la locul lui și se duse în salon. Verifică fereastra.

Nimic de văzut.

Nimeni nu venea.

Zece fără cinci seara.

Încă treizeci de ore.

Capitolul 20

Ceasul continua să ticăie. Reacher lua fiecare minut trecut drept o mică victorie. O revoltă la pușcărie nu putea să dureze veșnic. Faza ei inițială ar fi trebuit să fie relativ scurtă. Se luau ostatici, teritoriul era preluat sub control, urma un fel de remiză între părți. Se făceau ajustări tactice. Ofițerii corecționali se regrupau. Polițiștii erau eliberați de sarcini. Reacher știa asta.

Prin urmare, și individul știa asta.

Reacher nu înțelegea de ce nu venise. Ținta lui era o bătrână într-o casă. Ce aștepta?

La zece și jumătate, Janet Salter se oferi să pună de cafea. Reacher nu o lăsă. Poate că asta aștepta individul. Percolatorul avea nevoie de apă. Apa venea de la robinet. Robinetul era deasupra chiuvetei. Chiuveta era sub fereastră. Un cap cărunt preocupat aflat dincolo de geam la o jumătate de metru ar fi putut fi o țintă tentantă. Așa că pregăti cafeaua singur, după ce inspectă cu prudență vecinătatea. O inspecție deloc necesară, după cum se dovedi. Ieși pe ușa din spate fără haină, mănuși sau căciulă. Gerul îl izbi cu forța unui pumn. Era un frig turbat, iscoditor. Îl încremeni. Mult sub zero. Prea jos ca să încerce măcar să ghicească numărul de grade.

Se întoarse. Nimeni nu aștepta acolo apariția unei ținte. Era imposibil. După un minut tremurai prea tare ca să mai vezi ceva, darămite să tragi. După o oră, intrai în comă. După două, erai mort.

Gânduri care lămuriră puțin lucrurile. Nu avea să fie o lungă apropiere pe ascuns prin zăpadă. Pericolul avea să vină din față. Individul trebuia să vină cu mașina până acolo, să iasă și să se miște repede. Așa că, după ce percolatorul termină de șuierat și de gâlgâit, Reacher umplu două căni și le duse în salon, unde-i spuse lui Janet Salter că aveau să stea cu rândul de veghe la geam, la intervale de zece minute, pe durata orei următoare.

O oră care se scurse cu încetineală. Nimeni nu se apropie de casă. Lumea de afară era moartă. Înghețată până la măduvă. Nimic nu se mișca, cu excepția vântului. Sufla cu hotărâre dinspre vest. Sufla pulberea albă din nămeții pipernicițí și expunea creste de gheață ce scânteiau în nuanțe albastre în lumina lunii. Un peisaj spectral al elementelor naturii. Janet Salter făcu ceva la un buton din perete și mări temperatura. În opinia lui Reacher, nu era bine ce făcuse. Căldura îi face pe oameni somnoroși. Dar nu voia ca femeia să înghețe. Citise despre bătrâni morți în casele lor, victime ale hipotermiei.

— Ai mai fost vreodată iarna pe-aici? îl întrebă ea.

— N-am fost niciodată aici, în niciun anotimp.

— Poate în Dakota de Nord?

— Am fost în Clădirea Dakota din New York.

— Care și-a primit numele după locurile astea, spuse ea. Când a fost construită, orașul nu se întindea prea mult dincolo de Strada 34. Părea o nebunie să construiești apartamente elegante tocmai până la Strada 72 și, pe deasupra, în West Side. Lumea zicea că puteai la fel de bine să le construiești în Teritoriul Dakota. Și numele a rămas. Omul care a construit clădirea deținea o parte din Compania de mașini de cusut Singer, ceea ce completează cercul, nu-i așa, pentru că am ajuns la cutia cu ulei.

Vorbea de dragul de-a vorbi. Reacher o lăsă. Își ținea ochii ațintiți pe stradă și elimina prin filtrare cea mai mare parte a discursului. Femeia se lansă într-o lungă expunere privind istoria statului. Exploratori și comercianți, Lewis și Clark, populația sioux, Fort Pierre, fermieri și pionieri, goana după aur, Crazy Horse, Sitting Bull, Custer, Black Hills, Wounded Knee, Dust Bowl, un tip pe care-l chema Brokaw despre care susținea că fusese la o rețea de televiziune.

Unsprezece fără cinci seara.

Încă douăzeci și nouă de ore.

Reacher termină al optulea circuit al perimetrului interior. Nu văzu nimic îngrijorător. Nimic de zărit de la vreo fereastră în afară de pustietatea înghețată luminată de lună. Nimic de auzit în afară de curgerea apei prin țevile de încălzire și un scârțâit estompat provocat de răcirea gheții de-afară. Gerul prindea pământul ca-ntr-un clește. Se gândi la fermierii și pionierii despre care vorbise Janet Salter. De ce dracu' rămăseseră aici?

Tocmai se-ntorcea pe scări în jos când femeia strigă:

— Vine cineva.

Vorbise tare și clar, dar fără să adauge vreo informație. Niciun număr, nicio poziție, nicio direcție și nicio descriere. Reacher păși în salon și trecu pe lângă ea ca s-ajungă la fereastră. Văzu un ins care se apropia mergând pe mijlocul drumului, dinspre stânga. Era mic de statură, dar înfășurat într-o haină enormă cu glugă. Avea pe față o mască de schi. Plus un fular, plus mănuși, plus bocanci. N-avea nimic în mâini. Își ținea brațele desfăcute, ca să-și mențină echilibru, iar mâinile erau goale.

Individul își continua înaintarea lentă și șovăielnică, cu pași nesiguri. Se opri vizavi de capătul aleii lui Janet Salter. Rămase acolo.

— Știți cine e? întrebă Reacher.

— Stai, spuse ea.

Tipul se-ntoarse, într-un semicerc țeapăn și anevoios, și se uită în cealaltă parte. Un câine alerga spre el. O chestie mare și albă. Multă blană. Tipul se întoarse din nou și-și continuă plimbarea, însoțit de câine.

— E o vecină, spuse Janet Salter. Doamna Lowell. Dar, așa cum era îmbrăcată, mi-a fost greu să-mi dau seama.

Reacher răsuflă ușurat și spuse:

— E cumva soția polițistului?

— Fosta soție. Ofițerul Lowell s-a mutat de-aici acum un an. Au fost ceva situații neplăcute.

— De ce fel?

— Nu știu.

— L-am văzut azi pe Lowell. Peterson l-a numit ciudat. Spunea că citește cărți.

— Da, așa e. Mai vine pe la mine când și când și împrumută din cărțile mele. Familiile noastre se cunosc de mult.

— Pe partenerul lui îl știți?

— Pe ofițerul Kapler? Ne-am cunoscut, desigur.

— Și?

— S-a mutat aici din Florida. Ceea ce mi s-a părut ciudat.

— Și mie, spuse Reacher.

Rămase la fereastră și-o urmări pe doamna Lowell și câinele ei dând colțul și dispărând din vedere.

Nu mai vorbiră timp de treizeci de minute. Ceasul din capul lui Reacher se apropia de miezul nopții.

— Sunteți obosită? întrebă el.

— Nu prea m-am gândit la asta, zise Jane Salter.

— Puteți să vă duceți la culcare, dacă vreți. Am eu grijă aici.

— Și-o să ai grijă stând în picioare? Ca, dacă te ia somnul, să te aud când cazi?

— N-o să adorm, spuse Reacher zâmbind.

— Nici eu n-o să merg la culcare. Asta-i responsabilitatea mea. N-ar fi trebuit să te implic deloc.

— O problemă împărtășită e o problemă înjumătățită.

— Ai putea fi ucis.

— Puțin probabil.

— Ești căsătorit? întrebă ea.

— Nu, zise Reacher, rămânând cu privirea fixată pe fereastră.

— Ai fost vreodată?

— Nu.

— Ai fost copil singur la părinți?

— Am avut un frate cu doi ani mai mare. Lucra la Departamentul Trezoreriei. A fost ucis la datorie.

— Îmi pare rău.

— Nu-i vina dumneavoastră.

— Întotdeauna deviezi în felul ăsta compasiunea?

— De obicei.

— Deci, ești ultimul din linia ta ereditară.

— Cred că da. Dar n-a fost cine știe ce linie, la drept vorbind.

— La fel ca și mine. Toți niște haimanale.

— Unde erau minele voastre de aur?

— În Black Hills. De ce?

— Peterson crede că locul acela al armatei aflat la vest de-aici ar putea fi în cea mai mare parte subteran. Mă întrebam dacă au existat lucrări mai vechi pe care să le fi folosit.

— Nu sunt mine aici. Doar solul de prerie și teren stâncos.

— Părinții dumneavoastră mai trăiau când ați plecat la colegiu?

— De ce?

— Pentru că, dacă trăiau, probabil că v-au ținut la curent cu veștile locale în scrisori. Poate și ceva zvonuri și bârfe. Trebuie să vă fi spus ceva despre locul ăla. Poate nu suficient ca mintea dumneavoastră instruită să ia în considerare lucrul acela ca pe un fapt relevant, dar trebuie să fi auzit măcar ceva.

— Nimic care să merite repetat.

— Puneți-mă la încercare.

— Tot ce știu e c-a fost construit și n-a fost folosit niciodată. Se pare că scopul era prea revoltător. A fost și un scandal mărunt legat de asta.

— Care era acel scop?

— Nu știu. Nimeni nu mi-a vorbit despre el.

Cinci minute până la miezul nopții.

Încă douăzeci și opt de ore.

Nimeni nu venise.

La o mie șase sute de kilometri distanță, în Texas, două mașini rapide parcurseră cei optzeci de kilometri spre sud de Hood în mai puțin de patruzeci de minute.

Șase oameni în mașini, toți subofițeri din cadrul Unității Speciale 110, toți având în prezent gradul W3, toți dorind să ajungă la W4, toți fiind cât se poate de conștienți că genul acela de misiune putea să le aducă înaintarea în grad. Se abătură de la drumul principal către sud, trecură prin centrul orașului Georgetown și găsiră autogara. Era liniște ca la fiecare miez de noapte. Aer răcoros, gunoaie, miros greu de motorină scursă pe jos. Nimic nu sosea, nimic nu pleca. Parcară mașinile la următoarea intersecție, lângă magazine de amanet și birouri de probațiune, și se grăbiră să se întoarcă pe drumul pe care veniseră. Numărară motelurile. Primul era o clădire din cărămidă în spatele unui loc de parcare acoperit cu asfalt crăpat. Al doilea era chiar lângă primul, orientat cu un capăt înspre stradă, construit din lemn roșcat de sequoia, cu douăsprezece camere, un indicator pe un stâlp care anunța cablu tv gratuit, mic dejun gratuit și faptul că nu erau locuri libere.

O recepție, prima ușă pe stânga.

Un recepționer în birou, pe jumătate adormit.

O cheie universală, în sertar.

Cei șase subofițeri se împărțiră, trei în spate, trei în față. Unul dintre cei din față, rămase în urmă, gata pentru orice s-ar fi întâmplat. Ceilalți doi intrară în fiecare cameră, cutezători, cu armele pregătite, ca să-i cerceteze cu lanternele vârâte-n față pe clienții somnolenți găsiți acolo.

Toate cele douăsprezece camere.

Omul lor nu era acolo.

Reacher făcu încă un tur de control prin casa lui Janet Salter. De-acum, se familiarizase întru totul cu sunetele locuinței. Scârțâitul scândurilor, al treptelor scării, o îmbinare în unghi drept a unei țevi de abur care șuiera mai tare decât celelalte, o cercevea de fereastră pe care vântul înviorător o zgâlțâia ușor în ramă. Mirosul aerului se schimba. Curenții de aer minusculi și turbulenți extrăgeau mirosurile din covoare și din draperii. Nu erau neplăcute. Doar bătrânești. Lână vopsită, catifea prăfuită, bile de naftalină, ceară de albine pentru lustruirea mobilei, fum de trabuc, tutun de pipă. Arome vechi, profunde, ca un portret olfactiv al vieții prospere pe care o duseseră familiile de frontieră. Reacher le simțea dincolo de mirosul mineral local provenit de la uleiul recent aplicat pe pistolul pe care-l purta acum cu el pretutindeni.

Se întoarse în salon. Janet Salter își ținea mâna tot pe mânerul pistolului din buzunar.

— Sunteți bine? o întrebă Reacher.

— Am ajuns la concluzia că sunt un om privilegiat, îi răspunse ea pe un ton cât se poate de pedant.

— În ce privință?

— Am șansa să-mi pun în aplicare principiile. Cred că cetățenii obișnuiți trebuie să se opună ticăloșiei. Dar cred și în necesitatea unui tratament corespunzător. Cred în dreptul acuzatului de a avea parte de un proces corect și cred în dreptul lui de a se confrunta cu martorii aduși împotriva lui. Dar e atât de ușor să faci teorii, nu-i așa? Nu oricine are prilejul să aplice teoria în practică. Dar eu acum am această oportunitate.

— Vă descurcați de minune, o asigură Reacher și se duse la fereastră.

Văzu dansul deșănțat al fasciculelor de faruri pe stradă. O mașină se apropia în viteză.

Capitolul 21

Era Peterson, mergând în fruntea a ceea ce părea să fie cea mai mare parte a departamentului de poliție din Bolton. Șase, șapte, opt mașini. Apoi și a noua. Frânând și derapând, mașinile se opriră pe tot drumul. Doisprezece polițiști coborâră din vehicule, apoi treisprezece, paisprezece, cincisprezece. Își scoaseră pistoalele și se apropiară de casă animați parțial de o grabă disperată și parțial de o prudență extremă. Pentru că habar n-aveau ce-i aștepta acolo.

Ori liniște, ori o crimă dublă.

Reacher ieși în hol și se alinie la partea cu balamale a ușii de la intrare. O deschise larg și rămase ascuns vederii. Nu voia să fie împușcat din greșeală. Cincisprezece polițiști agitați puteau să genereze o situație imprevizibilă. Strigă:

— Peterson? Sunt Reacher. Totul e în regulă.

Niciun răspuns.

— Peterson? încercă din nou.

Aerul înghețat năvălea înăuntru, aducând cu el și vocea lui Peterson.

— Reacher?

— Totul în regulă aici, răspunse Reacher. Puneți-vă armele în toc și veniți în casă.

Intrară în fugă, toți cincisprezece. Mai întâi Peterson, apoi cele patru femei, apoi cei trei polițiști din mașinile de supraveghere și încă șapte inși pe care Reacher nu-i cunoștea. Aduseră cu ei rafale de aer arctic. Toți aveau fețele roșii și crăpate de ger. Căldura din casă îi lovi și începură să-și desfacă gecile, să-și scoată mănușile și să-și dea jos căciulile.

Cele patru femei formară un cordon în jurul lui Janet Salter și o duseră în bucătărie. Peterson ordonă celor trei mașini din schimbul de noapte să-și ocupe pozițiile și îi trimise pe restul de șapte înapoi la secție. De la fereastra salonului, Reacher urmărea cum se restabilește normalitatea. În cinci minute, totul era așa cum fusese cu cinci ore în urmă.

— Deci, ce s-a-ntâmplat aici? întrebă Peterson.

— Absolut nimic, răspunse Reacher. Acolo ce s-a-ntâmplat?

— O revoltă. N-am văzut mai nimic. Au domolit-o rapid.

— Pentru că a fost falsă. A fost o diversiune.

Peterson confirmă cu o mișcare din cap și spuse:

— Dar omul lor n-a venit aici.

— Și marea întrebare e de ce?

— Pentru că te-a văzut pe tine.

— Dar eu nu l-am văzut pe el. Ceea ce ne aduce la o altă întrebare importantă. Dacă e atât de bun ca să mă vadă fără ca eu să-l văd, de ce n-a acționat?

— Habar n-am.

— Am văzut o femeie cu un câine alb mare.

— Când?

— La puțin după unsprezece.

— Doamna Lowell. Stă în vecinătate. Își plimbă câinele în fiecare seară.

— Trebuia să-mi fi spus. Puteam s-o împușc.

— Îmi pare rău.

Peterson își puse palmele peste nas. Cu siguranță că-l durea. Temperatura pielii lui suportase un salt de peste treizeci de grade în șaizeci de secunde. Apoi își trecu degetele prin păr.

— Cred că nu-i cel mai potrivit lucru de spus acum, dar aproape c-aș fi vrut ca individul să fi venit în noaptea asta. Nu sunt sigur că mai rezistăm o lună în felul ăsta.

— Nu cred că va mai fi nevoie, îl liniști Reacher. Am impresia că și-au cam epuizat diversiunile.

— Pot să stârnească o nouă revoltă oricând vrea mușchiul lor.

— Nu pot, tocmai asta-i ideea. Revoltele din pușcării au nevoie de o masă critică. Aproximativ o treime din populația de-acolo s-ar răscula în fiecare zi a săptămânii, dac-ar avea prilejul. O altă treime n-ar face-o niciodată. Treimea din mijloc e cea care contează. Voturile indecișilor. Ca la alegeri. Și acum sunt epuizați. Patima le-a dispărut. O să treacă un an până să le vină iar bâzdâcul.

Peterson nu spuse nimic.

— Iar motociclistul tău nu poate să organizeze o evadare îndeajuns de repede. Așa că ai scăpat acum. Ești în siguranță.

— Crezi?

— S-ar putea să nu mai auziți niciodată sirena aia.

Unu fără cinci noaptea.

Încă douăzeci și șapte de ore.

La unu și un sfert telefonul din hol sună. Janet Salter ieși din bucătărie ca să răspundă. Îi dădu telefonul lui

Peterson. Acesta ascultă o secundă și se duse să-l caute pe Reacher în salon.

— E femeia de la 110, spuse el. De unde știe numărul ăsta?

— Are un sistem de identificare a apelantului, spuse Reacher. Cu coordonate. Probabil că în clipa asta supraveghează casa asta, pe Google Earth.

— Dar e întuneric.

— Nu mă-ntreba cum funcționează.

Ieși pe hol și se așeză în fotoliu. Luă receptorul și întrebă:

— Ai obținut răspunsurile care mă interesează?

— Nu încă, răspunse glasul.

— Atunci de ce suni așa de târziu? Puteam să dorm buștean.

— Voiam doar să-ți spun că l-am prins pe omul meu.

— Am avut dreptate?

— N-o să răspund la această întrebare. Nu vreau să-ți dau satisfacție.

— Deci, am avut dreptate.

— De fapt, nu în totalitate. Era în al treilea hotel la nord de autogară.

— Pentru că primele două erau prea apropiate? A trebuit să se ducă ceva mai departe, la al treilea?

— Ești bun.

— Pe vremuri, din asta-mi câștigam existența.

— Sunt profund impresionată.

— Cum era tipul?

— Spune-mi tu.

— Era treaz, spuse Reacher. Avea un pistol încărcat și pantofii în picioare. Bagajele pregătite și haina pe spătarul scaunului. S-a zbătut mai puțin de zece secunde și apoi s-a dat bătut.

— Ești foarte bun.

— Nu îndeajuns de bun ca să supraviețuiesc capului generalului.

— Tot mai vreau s-aud povestea aia.

— Atunci fă rost de răspunsurile alea. Un schimb corect nu e un jaf.

— Suntem aproape. Am descoperit că banii au plecat de la Congres. Dar nu-i vedem ajungând la Departamentul Armatei. Undeva, pe drum, dispar din vedere. Ne apropiem. O s-ajungem acolo.

— Când?

— Dă-mi restul acestei nopți. Sună-mă la opt dimineața.

— Și tu ești bună.

— Mă străduiesc.

— Pe-aici circulă un zvon despre un scandal, spuse Reacher. Prin oraș se vorbește că locul acela n-a fost folosit niciodată, pentru că scopul lui era prea revoltător.

— Prin oraș?

— Mă rog, în salonul unei doamne în vârstă.

— OK. Dar doamnele în vârstă se revoltă pentru tot felul de lucruri.

— Cred că da.

— Altceva?

— Poți să dai o căutare cu chestia aia de la Google, da?

— Pentru asta e făcută.

— Verifică, te rog, un polițist din Florida, pe nume Kapler. A plecat din statul acela acum doi ani. Vreau să știu de ce.

— De ce?

— Vreau să știu două lucruri. S-a mutat din Florida în Dakota de Sud. Cine face așa ceva?

— Numele mic?

— Nu-l știu.

— Mă ajuți foarte mult.

— Câți polițiști cu numele de Kapler pot să fie în Florida?

— Probabil că mai mult de zece și mai puțin de o sută.

— Cu probleme la serviciu acum doi ani?

— Altceva mai vrei?

— Cum ești îmbrăcată? întrebă Reacher.

— Am trecut cumva la linia fierbinte?

Reacher zâmbi.

— Nu, încerc doar să-mi imaginez scena. De dragul vremurilor de demult. Cunosc biroul la care stai. Aceeași încăpere?

— Cred că da. La etaj, a treia pe stânga.

— Aia e.

Reacher vedea totul în minte. Trepte din piatră, balustradă metalică, coridor îngust cu linoleum pe jos, șiruri de uși cu geamuri mate pe dreapta și pe stânga, cu birouri în spatele fiecăreia, fiecare birou fiind echipat potrivit unui protocol complex de la Departamentul Apărării. Al lui avea biroul metalic, două telefoane cu un total de trei linii, un fotoliu cu role îmbrăcat în vinilin, fișete pentru dosare și două scaune pentru vizitatori cu picioare din tubulatură flexibilă. Plus o lustră în formă de castron și atârnată de tavan cu trei lanțuri metalice. Plus o hartă neactualizată a Statelor Unite ale Americii pe perete, făcută după ce Hawaii și Alaska se alăturaseră uniunii, dar înainte ca sistemul de autostrăzi interstatale să fi fost terminat.

De fapt, fusese realizată cam în aceeași perioadă în care se lucra la unitatea ciudată din apropiere de Bolton, Dakota de Sud.

— Port uniforma de luptă și un tricou, spuse glasul. Am pe mine vestonul, pentru că e frig în noaptea asta.

— Ești în Virginia. Nu știi ce-nseamnă frigul.

— Nu te mai văita. Tot valori formate din două cifre ai acolo. Negative, dar ce contează. Minus douăzeci și trei. Dar radarul arată că un front de aer mai rece vine dinspre vest.

— Cum poate să se facă mai frig?

— O s-aveți parte de temperatura pe care-au avut-o cei din Wyoming.

— Vorbești cu meteorologii?

— Nu, mă uit pe Weather Channel.

— Și ce temperatură a fost în Wyoming?

— Minus treizeci și patru.

— Grozav!

— Las' că rezişti. Eşti ditamai omul. După cum arăţi, probabil că ai avut strămoşi scandinavi.

— Ce, acum Google Earth vede și prin țiglele acoperișului?

— Nu, dar e o fotografie în dosarul tău.

— Dar tu?

— Da, și în dosarul meu există o fotografie.

— Nu la asta m-am referit, deșteapto. Nu am la mine dosarul tău.

— Sunt cocoșată, chioară și am cincizeci de ani.

— Așa mă gândeam și eu, judecând după voce.

— Măgarule!

— Mă gândesc la un metru șaizeci și șapte sau un metru șaptezeci, dar slabă. Toată vocea ta e în gât.

— Vrei să zici că nu prea am sâni?

— Porți cel mult 75B la sutien.

— Fir-ar să fie!

— Păr blond, probabil scurt. Ochi albaștri. Din nordul Californiei.

— Vârsta? întrebă ea.

Prima oară când se așezase la acel birou uzat, Reacher avea treizeci și doi de ani. O vârstă în același timp mică și mare pentru un post de comandă atât de important. Mică, pentru că fusese un fel de vedetă, dar și mare totodată, pentru că ajunsese acolo ceva mai târziu decât ar fi fost normal pentru o vedetă, fiindcă nu era un om de organizație și nu se bucura de încrederea tuturor. Așa că spuse:

— Ai treizeci sau treizeci și unu de ani.

Știa că, atunci când venea vorba de vârsta unei femei, era întotdeauna mai bine să te păstrezi de partea prudenței.

— Cu lingușeala poți să ajungi departe, spuse ea. Trebuie să-nchid. Sună-mă mai târziu.

*

În casă se instală din nou rutina obișnuită. Peterson plecă, iar cele două femei din tura de zi se duseră la culcare. Janet Salter îl conduse pe Reacher la etaj, în camera din față. În principiu, era cea mai vulnerabilă, dar el nu-și făcea griji. Furia avea să învingă orice dezavantaj tactic teoretic. Detesta să fie trezit noaptea. Dacă vreun intrus pătrundea prin fereastra aceea, ar fi fost proiectat imediat în afară ca o suliță.

Două fără cinci noaptea.

Încă douăzeci și șase de ore.

Capitolul 22

Reacher plănuise să doarmă până la opt, dar Peterson îl trezi la șase și jumătate. Omul intrase în dormitor și de bună seamă că un instinct primar îl făcuse să se oprească și să dea cu piciorul în cadrul patului, după care făcuse cu inteligență un pas înapoi. Probabil că se gândise că era mai sigur așa. Dacă s-ar fi aplecat să-l scuture ușor de umăr pe Reacher, s-ar fi putut alege cu umărul rupt.

Și e posibil să fi gândit corect.

— Ce e? întrebă Reacher.

— Peste mai puțin de-o oră se luminează de ziuă, spuse Peterson.

— Și?

— Trebuie să pleci.

— Unde?

— La tabăra motocicliștilor. Nu mai ții minte? Te-ai oferit.

Janet Salter era deja în bucătărie. Reacher o găsi acolo, gata îmbrăcată de zi. Pusese de cafea. Vechiul percolator gâlgâia și zdrăngănea.

— Trebuie să plec, o anunță el.

— Domnul Peterson mi-a spus. O să fii în siguranță?

— Sper.

— Nu prea văd cum. Sunt o sută de oameni acolo, iar tu ai la tine doar un pistol cu șase gloanțe.

— Avem nevoie de informații.

— Chiar și-așa.

— Am de partea mea al Patrulea Amendament. Asta-i toată protecția de care am nevoie. Dacă sunt rănit sau nu mă mai întorc, polițiștii vor avea un motiv suficient pentru o percheziție. Iar motocicliștii nu vor asta. Mă vor trata cu mănuși de copii.

— Mi-e greu să-mi imaginez asta.

— Dumneavoastră o să fiți în siguranță aici?

— Sper.

— Dacă polițiștii vor fi nevoiți să plece iar, luați-vă pistolul și încuiați-vă în subsol. Nu deschideți ușa nimănui, în afară de mine.

— N-ar trebui să stabilim o parolă?

— Puteți să mă întrebați care-i cartea mea preferată.

— Păi mi-ai zis că n-ai niciuna.

— Exact. Asta va fi și răspunsul.

Percolatorul termină de gâlgâit și Reacher își turnă o porție generoasă de cafea în una dintre cele șase căni albe așezate pe blatul din bucătărie.

— O să plece din nou polițiștii? întrebă Janet Salter.

— Probabil că nu.

— Ar putea să izbucnească o nouă răzmeriță.

— Nu prea cred. Răzmerițele din închisori sunt rare. Ca revoluțiile din istoria unei națiuni. Trebuie să se întrunească mai multe condiții precise.

— Atunci, o evadare.

— Și mai puțin probabil. Evadările sunt dificile. Angajații pușcăriilor au grijă de asta.

— Vrei să spui că problemele mele s-au terminat?

— E posibil.
— Deci, te mai întorci aici sau nu?
— Cred că autostrada e tot închisă.
— Când se deschide din nou, unde-o să pleci?
— Nu știu.
— Cred c-o să te duci în Virginia, spuse Janet Salter.
— Ar putea fi căsătorită.
— Ar fi bine s-o întrebi.
Reacher zâmbi și spuse:
— Poate c-o s-o-ntreb.

Peterson îl puse la punct cu toate detaliile pe hol. Îi spuse că afară îl aștepta mașina fără însemne, încălzită și cu motorul pornit. Că se putea baza pe ea, căci fusese de curând dusă la service. Rezervorul era plin, avea lanțuri la roțile din spate și cauciucuri de iarnă în față. Nu exista o rută directă spre tabără. Trebuia s-o ia la sud spre autostradă și, cam la un kilometru și jumătate de intersecție, să cotească pe drumul vechi care mergea paralel.
— Drumul pe care a fost ucis avocatul, spuse Reacher.
— Ăla mergea până la capăt spre est, spuse Peterson. Dar totuși, poate că n-ar trebui să oprești dacă cineva îți face semne cu mâna.
— N-o să opresc, spuse Reacher. Poți fi sigur de asta.
Urma să rămână pe vechiul drum cale de opt kilometri, după care să facă la dreapta și să se-ntoarcă spre nord pe un drum districtual cu două benzi, care șerpuia puțin pe o distanță de vreo treisprezece kilometri înainte să ajungă la porțiunea dreaptă pe care inginerii militari o construiseră cu cincizeci de ani în urmă. Acea porțiune era lungă de trei kilometri și ducea direct la tabără, unde avea să dea peste cincisprezece barăci din lemn și vechea

clădire din piatră, aranjate în două șiruri ordonate de câte opt, orientate precis de la est la vest.

— Clădirea din piatră e în colțul din stânga, în spate, spuse Peterson.

Șapte fără cinci dimineața.

Încă douăzeci și una de ore.

La două mii șapte sute de kilometri spre sud era opt fără cinci dimineața. Plato își terminase micul dejun și se pregătea să-și încalce un obicei de-o viață. Urma să sară peste intermediarul lui din vila de la oraș și să-l sune direct pe omul din State.

Formă numărul.

I se răspunse.

— Martorul e mort? întrebă el.

Urmă o pauză pe fir. Individul spuse:

— Știi că urma să fie un decalaj între cele două.

— Cât a durat până acum acest decalaj?

Omul lui știu ce să-i răspundă:

— Prea mult.

— Corect, spuse Plato. Am aranjat o revoltă la închisoare astă-noapte.

— Știu.

— Evident, nu ai valorificat-o.

— Era un om în casă.

— Și?

— N-am avut instrucțiuni.

— Ăsta-i răspunsul tău? Aveai nevoie de instrucțiuni?

— Am crezut că sunt la mijloc niște chestii complexe pe care nu le înțeleg.

Plato oftă zgomotos.

— Cum pot să te rănesc?

Omul lui știu ce să-i răspundă:

— În moduri în care nu vreau să fiu rănit.

— Corect, spuse Plato. Dar vreau să fii mai exact. Vreau să te concentrezi pe miza acestei situații.

— O vei ucide pe persoana cea mai apropiată și cea mai dragă mie.

— Da, o voi ucide, în cele din urmă. Dar mai întâi va fi un decalaj, un concept cu care se pare că ești foarte familiarizat. O s-o las invalidă și-o s-o mutilez și o s-o las să trăiască așa cam un an. Abia pe urmă o s-o omor. M-ai înțeles?

— Da, te-am înțeles.

— Atunci, pentru binele tău, termină-ți treaba. Nu-mi pasă de cei de pe margine. Lichidează tot orașul ăla nenorocit dacă e nevoie. În ceea ce mă privește, poți să lichidezi întregul stat. Chiar, câți locuitori sunt în Dakota de Sud?

— Cam opt sute de mii.

— OK. Asta-i limita ta superioară pentru daune colaterale. Fă-ți treaba!

— O s-o fac. Promit.

Plato închise și-și turnă încă o ceașcă de cafea.

Mașina fără însemne era tot un Crown Vic închis la culoare. Înăuntru mirosea a praf și avea un aspect obosit. Încălzirea era fixată la douăzeci și unu de grade și ventilatorul sufla cât putea de tare în încercarea disperată de a ajunge acolo. Vremea plonjase adânc, într-o dimensiune cu totul nouă. Temperatura scădea rapid. Pământul era dur ca granitul și aerul era solid din cauza cioturilor microscopice ale fulgilor de zăpadă purtate de vânt. Aceștia fuseseră răciți și comprimați în niște fragmente ascuțite.

Se aruncau asupra parbrizului și formau trasee complexe înghețate. Ștergătoarele nu reușeau să le miște. Lamelele de cauciuc treceau doar peste ele. Reacher comută încălzirea pe degivrare și așteptă până când aerul cald topi două găuri ovale prin care avea puțină vizibilitate.

Apoi plecă.

Întoarse din trei mișcări pe strada lui Janet Salter. Făgașele de pe șosea se solidificaseră. Cauciucurile mașinii ricoșau peste hopuri. Mașina de supraveghere aflată la capătul drumului dădu înapoi ca să-l lase să treacă. Coti la dreapta și o luă pe drumul de ieșire din oraș. Șanțurile formate de roți care în urmă cu o zi erau moi acum se întăriseră de parcă ar fi fost din beton. Era ca și cum ai fi condus un tren pe șine. Nu trebuia să miște volanul. Lanțurile de pe roțile din spate ronțăiau gheața, iar cauciucurile din față se loveau de pereții șanțurilor și mențineau mașina pe o direcție dreaptă. Lumea de afară era întru totul albă. Pe cer se vedea o lumină palidă, dar nu și soarele. Aerul era prea plin de gheață. Era ca o pulbere. Ca o ceață. Vântul sufla în fața lui de la dreapta la stânga. Mici troiene aerodinamice se acumulaseră și înghețaseră proptite de stâlpii de gard și cei de iluminat. Formele bizare de pe cablurile de curent electric se orientaseră spre est, ca și cum întreaga lume se înclinase într-o parte.

Reacher găsi cotitura la un kilometru și jumătate de intersecția cu autostrada. Ieșirea de pe șanțurile înghețate se dovedi dificilă. Trebui să încetinească până la viteza mersului pe jos și să tragă mult de volan, croindu-și drum pe rând cu roțile, patru urcușuri separate, urmate de patru coborâșuri separate. Găsi noile făgașe care mergeau spre vest și se angajă pe următorii opt kilometri de mers pe pilot automat. La următoarea cotitură repetă manevra de ieșire și o luă spre nord, către tabără. Noul drum era diferit. Nu avusese parte de prea mult trafic. Nu erau urme de mașini care să fi trecut pe-acolo. Era doar o panglică îngustă de zăpadă înghețată. Roțile din față patinau și alunecau ușor. Particulele de gheață băteau de la stânga la dreapta, izbind în geamul șoferului. Drumul era accidentat și șerpuia la stânga și la dreapta fără vreun motiv aparent. Creasta drumului se înclina când într-o parte, când în alta. Nu era o lucrare prea grozavă de inginerie civilă. Reacher încetini și se concentră cât putu de bine. Derapajul într-un șanț i-ar fi fost fatal. Nicio șansă să fie tractat înainte de a îngheța. Chiar și o pană ar fi fost un dezastru. Șuruburile roților probabil că erau înghețate bocnă.

Opt kilometri parcurși cu atenție, apoi zece, apoi unsprezece. Deodată, orizontul se schimbă. În fața lui, drumul se lărgea, se îndrepta și se aplatiza. Dramatic. Radical. În depărtarea încețoșată, părea la fel de lat și de plat ca o autostradă. Poate chiar mai larg și mai plat. Arăta ca o superautostradă cu șaisprezece benzi de circulație. Era un fragment de drum magnific, parcă din altă lume. Construit ușor supraînălțat față de terenul din jur, era absolut plat și era absolut drept cale de cel puțin trei kilometri.

Și fusese curățat cu plugurile.

Nu vedeai nici urmă de zăpadă pe el. Doar betonul neted și cenușiu, curățat, măturat și dat cu sare. Grămezi înalte de zăpadă fuseseră împinse înspre margini, apoi netezite și modelate astfel încât vântul înghețat de prerie care se lansa de pe marginea vestică să nu atingă din nou drumul până când nu trecea de marginea estică. Fragmentele minuscule de gheață treceau vâjâind prin aer la un metru și jumătate de sol. Suprafața drumului rămânea curată și uscată, ca în toiul verii.

Reacher încetini și intră pe drum. Lanțurile începură să clănțăne. Roțile din față mergeau drept și tractau cu forță. Menținu o viteză constantă de cincizeci la oră și privi înainte. Putea să deslușească niște pete gălbui la orizont. Barăcile din lemn, frumos aliniate. La trei kilometri distanță. Mașina hurducăia zdravăn. Lanțurile nu erau de niciun folos pe beton uscat.

Își continuă înaintarea.

Când ajunse la opt sute de metri, văzu în fața lui ceva mișcare. Când ajunse la o sută de metri, înțelese despre ce era vorba. Camionete cu lame de plug lăsate se mișcau încoace și-ncolo. Erau o mulțime. Vreo treizeci sau patruzeci. Dincolo de ele, siluete bine înfofolite lucrau de zor cu lopețile, în șir. Alte siluete înfofolite mergeau înapoi, aruncând în arcuri lungi ceva din palmele făcute căuș, ca niște lucrători la fermă care aruncă grăunțe la găini. Sare, probabil. Sau pietriș fin, nisip ori vreo substanță chimică pentru dezghețat. Sau toate cele de mai sus. Făceau curat pe toată suprafața taberei. Voiau ca locul să fie imaculat. La fel de ca și drumul.

Barăcile erau din cherestea neprelucrată, albită și decolorată puțin de intemperii, dar nu foarte mult. Nici prea noi, dar nici foarte vechi. Pe stânga, în spatele primului șir de barăci, Reacher văzu acoperișul vechii clădiri din piatră. Era înalt, ascuțit, construit din ardezie. Stratul de zăpadă de pe el atingea treizeci de centimetri. Avea două hornuri ornate. Barăcile erau acoperite cu carton gudronat. Din ele ieșeau burlane de sobă. Cablurile electrice erau întinse de la un fronton la altul. Alei din beton duceau de la o ușă la alta. Toate erau curățate de zăpadă.

Ceea ce nu fusese îndepărtat complet era strâns ordonat în stânga și în dreapta. În fața barăcilor era un șir lung de forme ascunse sub prelate, una lângă alta, ca niște piese de domino. Probabil, motociclete. Erau mari. Cam treizeci la număr. Motociclete Harley, probabil, adăpostite pe timpul iernii.

Reacher încetini și opri mașina cam la cincizeci de metri. Oamenii se opriseră din munca lor și se uitau la mașină. Mâinile înmănușate erau sprijinite în cozile lopeților. Bărbiile se rezemau pe mâini. Cei ce aruncau sarea se opriseră și ei. Pe rând, camionetele se opriră și ele. Gazele de eșapament erau luate de vânt.

Reacher ridică piciorul de pe frână și înaintă puțin. Nimeni nu schiță nicio mișcare. Reacher mai merse zece metri, apoi douăzeci. Se opri din nou. Era suficient de aproape. Nu opri motorul. Indicatorul de bord al vehiculului arăta o temperatură exterioară de minus douăzeci și patru de grade. Dacă oprea motorul, risca să nu-l mai poată reporni. Citise într-o carte despre niște locuri de dincolo de Cercul Polar Arctic unde trebuia să dezgheți blocul motor cu lămpi de gaz.

Își îndesă căciula pe urechi și ridică gluga. Trase fermoarul gecii până la gât. Își puse mănușile, mai întâi stânga, apoi dreapta.

Coborî din mașină.

La douăzeci de metri în față, mulțimea crescuse numeric. Bărbați, femei și copii. Cam o sută de oameni în total. Conform estimărilor. Toți erau mogâldețe fără formă ascunși în hainele groase, căciuli și fulare. Respirațiile li se condensau în jurul capetelor într-un nor compact care plutea nemișcat și apoi se înălța și dispărea în vânt. Gerul era năucitor. Și se înrăutățea. Părea să atace dinspre interior. Reacher tremura după cinci secunde de expunere. După zece secunde, fața îi amorțise. Făcu zece pași și se opri. Pantaloni de culoare verde-măsliniu, haină cafenie, în spatele lui o mașină care era evident de poliție, cu plăcuțe de înmatriculare din Dakota de Sud. Nici pe departe convingător.

La douăzeci de metri în față, un ins își făcea loc prin mulțime. Pășind lateral, târșâind din picioare, înaintând cu umărul stâng, apoi cu umărul drept. Haină, căciulă și mănuși negre. Limbajul lui nonverbal semăna cu al oricărui muncitor din lume întrerupt din treabă. Iritat, dar curios. Își trecu antebrațul peste frunte, se opri, se gândi, apoi înaintă iar. Ieși din mulțime și se opri la un pas în fața mulțimii.

— Tu cine dracu' ești? zise Reacher.

— Plimbă ursu'! i-o întoarse individul.

Reacher păși înainte: un pas, doi, trei.

— Nu ești prea politicos, spuse el.

— Arată-mi unde scrie că trebuie să fiu.

— Păi, te plimbi pe proprietatea mea.

— Cum așa?

— Sunt de la armată. Am venit să verific ceva care ne aparține. O inspecție bienală. Aici sunt banii dumneavoastră, cetățeni.

— Asta-i o glumă.

— Crezi ce vrei, trebuie să arunc o privire pe-aici.

— Ți-am spus să plimbi ursul.

— Știu. Dar care sunt șansele ca eu să te iau în serios?

— Nu poți să te bați cu o sută de oameni.

— N-o să fie nevoie. Se pare că două treimi dintre voi sunt femei și copii. Mai rămân cam treizeci de inși. Sau, hai să zicem patruzeci. Dar jumătate dintre ei par să fie prea grași ca să se miște. La orice acțiune mai energică, riscă să se-aleagă cu vreo criză cardiacă. Ceilalți, cam jumătate dintre ei, sunt niște papă-lapte. O să dea bir cu fugiții. În felul ăsta, mai rămân opt inși, cel mult zece. Și unul ca mine face cât opt sau zece de-ai voștri, lejer.

Niciun răspuns.

— În plus, sunt de la armată. Faci pe șmecherul cu mine, următorul ins pe care-o să-l vezi vine călare pe un tanc.

Pentru câteva secunde se lăsă tăcerea. Nu se auzea decât vuietul înfiorător al vântului și răpăitul cristalelor de gheață pe lemn. Tipul din față se uită la Reacher, la hainele lui, la mașină, și ajunse la un fel de decizie.

— Ce vrei să vezi? întrebă el.

— Clădirea din piatră, răspunse Reacher.

— Aia nu-i a noastră.

— Nimic din ce-i aici nu-i al vostru.

— Adică, n-o folosim.

— N-ar trebui să folosiți nimic.

— Dreptul de uzucapiune. E o construcție abandonată. Cunoaștem legile.

Reacher nu spuse nimic. Păși spre stânga și ocoli mulțimea. Toți rămaseră nemișcați și-l lăsară să treacă. Nicio încercare de a-l opri. O decizie politică. Se uită la baraca din colț. Era o construcție simplă, utilitară. Lungă de vreo cincisprezece metri, cu peretele lateral din lemn străpuns doar de două ferestre pătrate mici. Pe latura îngustă avea o ușă. De jur împrejurul ei, zăpada fusese curățată cu meticulozitate. Direct în spatele ei se afla clădirea din piatră. Nici în jurul acesteia nu era pic de zăpadă. Doar alei curățate.

Reacher se întoarse spre ceilalți și întrebă:

— Dacă n-o folosiți, de ce ați curățat zăpada?

Același individ ieși din nou din mulțime.

— Pentru satisfacția unui lucru bine făcut.

Clădirea din piatră era o construcție stranie. Ai fi zis că-i copiată după planurile unei căsuțe vechi și frumos decorate din suburbii. Avea tot felul de detalii, mulaje, înflorituri, frontoane, jgheaburi de scurgere și cornișe. Ca o bazaconie gotică pe care un bogătaș ar ridica-o în grădină pentru deliciul musafirilor.

Dar erau și diferențe esențiale. Acolo unde o casă de oaspeți dintr-o grădină ar fi avut ferestre, clădirea din piatră avea doar niște firide. Ca-ntr-o iluzie optică. De dimensiuni și forme corespunzătoare, dar fără a fi umplute de sticlă. În schimb, suprafețele erau din piatră, aceleași cărămizi tencuite cu mortar ca și restul pereților. Era și un portic, dar ușa de sub el nici măcar nu încerca să creeze o iluzie. Era doar o suprafață solidă din oțel, de o simplitate desăvârșită. Avea balamale uriașe. Se deschidea spre exterior, ca o ușă blindată. O undă de presiune dinspre exterior n-ar fi deschis-o, ci dimpotrivă, ar fi menținut-o închisă. Avea o clanță și o gaură de cheie. Reacher încercă clanța. Nu se mișcă. Gaura cheii era mare. Mai mică decât gaura pentru o cheie de biserică, dar mai mare decât una de la o casă obișnuită. Oțelul din jurul ei era tivit cu promoroacă. Reacher îndepărtă glazura cu degetul înmănușat, dar nu văzu nicio zgârietură în metal. Broasca nu era folosită în mod regulat. Nicio cheie nu fusese introdusă și scoasă în ea, zi după zi.

— Știi ce e locul ăsta? întrebă el.

Tipul care-l urmase spuse:

— Tu nu știi?

— Bineînțeles că știu. Dar vreau să aflu cât de eficiente sunt măsurile noastre de securitate.

— Am auzit lucruri, spuse individul.

— De la cine?

— De la constructorii care au stat aici înaintea noastră.

— Ce lucruri?

— Despre bombe atomice.

— Și au spus ei că aici ar fi arme nucleare?

— Nu. Au spus că era o clinică.

— Ce fel de clinică?

— Ziceau că, dac-am fi atacați pe timp de iarnă, într-un oraș ca New York sau Chicago, oamenii ar fi îmbrăcați gros, cu paltoane și mănuși, așa că doar fețele le-ar fi arse. Știi, la kilometri de centru. Că mai aproape ai fi vaporizat. Dar, dacă supraviețuiești, poți să vii aici și să primești o față nouă.

— Ca la chirurgie plastică?

— Nu, ca niște proteze. Ca niște măști. Ziceau că așa ceva ar fi înăuntru, mii și mii de fețe din plastic.

Reacher dădu ocol micii structuri stranii. Era la fel pe toate cele patru laturi. Piatră solidă, ferestre false, detalii, ciubucărie. O parodie bizară. Distractivă, dar deloc instructivă fără să pătrunzi în interior. Ceea ce nu avea să se întâmple.

Se îndepărtă de construcție. Deodată, împins parcă de o toană de moment, se opri la cea mai apropiată baracă. Prima de pe șirul din spate, care se afla în linie cu a doua din rândul din față. Mulțimea îl urmase într-un șir lung și dezordonat, care se întindea până în locul din care începuse. Ca un semn de întrebare care șerpuia printre spații și culoare. Aburul se înălța deasupra lor. Cel mai aproape de Reacher se afla tipul care vorbise. Era la nici doi metri distanță.

Reacher împinse ușa barăcii, care se deschise pe jumătate.

— Aia nu-i a ta, îl atenționă tipul apropiat de el.

— Este fixată pe betonul armatei. Pentru mine e de-ajuns.

— Nu ai mandat.

Reacher nu-i răspunse. Terminase cu vorbitul. Era prea frig. Fața-i amorțise și dinții îl dureau. Se mulțumi să deschidă ușa până la capăt și să arunce o privire înăuntru.

În baracă era întuneric. Și cald. În soba cu parafină ardea focul. Reacher simțea mirosul dulceag de kerosen. În cameră erau douăsprezece paturi, câte șase pe fiecare latură, și o secțiune delimitată la capătul îndepărtat, care putea să fie o baie. Pături cenușii simple pe paturi, cutii de carton pline cu haine împăturite, draperii din pânză groasă de sac la ferestrele mici și pătrate.

O femeie tânără ședea pe patul cel mai îndepărtat de pe dreapta. N-avea haină pe ea, pentru că era cald. Nici căciulă. Avea cam optsprezece sau douăzeci de ani. Arăta ușor mohorâtă și murdară, dar se vedea că e frumoasă. Păr blond și lung, trăsături puternice și pline de viață. Înaltă și suplă. Pentru o secundă, Reacher avu impresia că o mai văzuse. Dar nu era așa. Era un tip de femeie, atâta tot. Asemenea lui Kim Peterson. O femeie din Dakota de Sud. Indiferent de unde provenea gașca asta de motocicliști, recrutaseră și localnici.

Reacher ieși și închise ușa în urma lui. Se întoarse spre tipul aflat la doi metri de el și spuse:

— Vrei să-mi arăți și celelalte barăci?

— Cum vrei.

Fără împotrivire. Tipul își puse în mișcare membrele pe sub îmbrăcămintea groasă și o luă pe alei, deschizând ușă după ușă. Paisprezece dintre cele cincisprezece barăci erau la fel. Șiruri de paturi, draperii grosolane, sobe cu parafină, pături cenușii, cutii din carton, haine împăturite. Fără băncuțe, fără mese de lucru, fără vase din sticlă, fără instalații de gaz, fără niciun fel de echipament de laborator. Nici oameni. Fata din prima baracă era singura care nu ieșise la muncă. Poate că era bolnavă.

Ultima baracă de pe rândul din spate era o bucătărie. Avea două mașini de gătit casnice — aranjate una lângă alta —, mese simple lipite de perete de folosit ca suprafețe de lucru și niște rafturi lucrate grosolan cu farfurii, castroane și căni, alături de alte rafturi pe care se găseau provizii sărăcăcioase. Borcane aproape goale cu făină, zahăr și cafea, cutii cu cereale și paste singuratice în niște spații în care ar fi încăput cu zecile.

Niciun fel de echipament de laborator.

Reacher se cocoșă pe sub haină și ieși printre două barăci. Mașina era tot acolo, torcând credincioasă în ralanti. Dincolo de ea, drumul curățat se îngusta în depărtare, înalt, lat și frumos. Neted ca sticla. Cele cincizeci de veri și cincizeci de ierni care trecuseră peste el nu reușiseră să-l deterioreze. Glasul din Virgina întrebase: *Știi cât era de mare bugetul pentru apărare în urmă cu cincizeci de ani?* Turnaseră zeci de hectare de beton și uitaseră cu totul de ele.

— S-aveți o zi plăcută, le spuse Reacher și se îndreptă spre mașină.

Nouă fără cinci dimineața.

Încă nouăsprezece ore.

Capitolul 23

La întoarcere, drumul a fost la fel ca la venire, în afara unei stranii ciocniri derulate parcă cu încetinitorul și care era cât pe ce să se producă la prima cotitură. Reacher condusese repede pe drumul lat și curățat de zăpadă și mai lent pe următoarea porțiune de 13 kilometri de drum îngust și acoperit de zăpadă, apoi derapase și încercase să se înscrie pe o traiectorie ca să poată coti la stânga, pe făgașele ce duceau spre est, pe vechiul drum paralel cu autostrada. Dar, în același timp, o cisternă de combustibil încerca să părăsească aceleași făgașe și să cotească la stânga pentru a ajunge la tabără. Era un vehicul jos, cu numele unei companii scris cu vopsea pe lateral. Parafină pentru sobe, probabil, sau benzină pentru camionete, ori motorină pentru un generator. Camionul trecu într-o treaptă de viteză joasă și luă curba foarte devreme, trecând direct peste banda pe care se afla Reacher. Acesta frână brusc, sperând ca lanțurile din spate să muște zăpada înghețată, dar electronica de la bordul mașinii nu permitea blocarea roților. Mașina își continuă înaintarea cu tot felul de zgomote generate de pistoanele frânelor. Cisterna continua să se apropie. Reacher trase de volan.

Cauciucurile din față pierdură aderența și derapară. Colțul din stânga-față al Crown Vic-ului trecu la câțiva centimetri pe lângă spatele camionului, care-și văzu nepăsător de drum. Reacher îl văzu în oglindă îndepărtându-se. Rămăsese oprit perpendicular pe vechiul drum, cu roțile din față proptite într-unul dintre făgașele ce duceau spre est și roțile din spate în unul dintre cele ce duceau spre vest. Se văzu nevoit să balanseze mașina înainte și înapoi și să apese tare pe accelerație ca să se deblocheze.

Dar după aceea drumul decurse fără probleme.

Polițistul din mașina de supraveghere de la capătul străzii lui Janet Salter era Kapler. Mai bun decât Montgomery, din ziua precedentă. Kapler îl cercetă din priviri cu atenție pe Reacher și abia apoi dădu mașina înapoi ca să-l lase să treacă. Reacher parcă în spatele celei de-a doua mașini de supraveghere și o luă grăbit pe alee. Polițista din tura de zi din hol îl lăsă să intre.

— Totul e în regulă? întrebă el.

— Pân-acum, da, spuse ea.

— Doamna Salter e bine?

— Da, e bine.

— Aș vrea s-o văd.

La fel ca Holland noaptea trecută și la fel de inutil. Dacă ceva rău s-ar fi întâmplat, polițistele n-ar fi stat pe-acolo liniștite, fără să facă nimic.

— E în bibliotecă, spuse femeia.

Reacher o găsi acolo, în fotoliul ei, ca de obicei. De data asta citea o carte veche fără supracopertă și un titlu scris cu litere prea mici ca să poată fi deslușit de la distanță. Avea pistolul tot în buzunar. Reacher îi distingea forma. Bătrâna se uită la el și spuse:

— Te-au tratat cu mănuși?

— Cu o ușoară răceală, nu cu foarte mult stil. Dar nimic de care să mă plâng.

— Ai aflat ceva?

— O mulțime.

Se urcă din nou în mașină și se duse la secția de poliție. Îl găsi pe Peterson în sala de operațiuni.

— Holland a avut dreptate, spuse Reacher. Nu aveau de gând să vină aici. Jucau la cacealma. Sau cineva juca în numele lor. Habar n-avem cine-a sunat, de fapt. Poate c-a fost chiar ucigașul, încercând să-și creeze timp și spațiu, căutând să vă îndrepte într-o direcție greșită.

— Oricine-o fi fost a dat greș. Iar acum o să-i arestăm pe toți.

— Atunci va trebui să vă grăbiți. Se pregătesc să plece.

— Ți-au spus ei asta?

— Adu-ți aminte de telefonul ăla de la Antidrog. Ai vândut vreodată o casă?

— O dată.

— Ai făcut curățenie, da? S-o faci s-arate cât mai bine.

— I-am vopsit pereții la exterior.

— Au curățat toată zăpada cu plugurile. Totul este imaculat. Și-au strâns lucrurile în cutii de carton. Și-au consumat proviziile aproape în totalitate. Oricine deține locul acela îl vinde de sub picioarele lor.

— Și când pleacă?

— Curând.

— Ți-au făcut probleme?

— Nu chiar.

— Te-au crezut că ești de la armată?

— Nicio secundă. Dar li s-a spus să nu creeze probleme, de-acum încolo. Zona trebuie să fie lipsită de controverse.

Cel care deține locul ăla nu vrea ca titlul să fie prejudiciat. Așa că nu mi-au dat de furcă.

— Nimeni nu deține locul ăla. E un teren public.

— Cineva scoate profit de-acolo. Prin urmare, cineva crede că e al lui. Motocicliștii sunt angajații lui, atât. Albine lucrătoare. Iar acum au primit ordin de deplasare. Se mută la următorul proiect.

— Plato mexicanul.

— Oricine-o fi.

— Ai găsit vreun laborator? îl întrebă Peterson.

— Vreau să văd produsul din parcarea restaurantului, spuse Reacher.

— De ce?

— Pentru că așa funcționează mintea mea. Pas cu pas.

Ridicând din umeri, Peterson îl conduse până la coridorul din spate, pe după un colț, la camera cu probe. În fața camerei, un pupitru scurt, neocupat. Peterson trecu pe lângă el, scoase din buzunar un mănunchi de chei și descuie ușa.

— Așteaptă aici, spuse el.

Intră și ieși după zece secunde cu o pungă mare din plastic, transparentă. Avea prinsă de ea cu capse un formular de custodie, cu patru date, ore și locuri separate și semnăturile corespunzătoare. În pungă se afla pachetul pe care-l descrisese Janet Salter. Cărămida de pudră albă, dură și netedă sub ambalajul din hârtie cerată. Imaginea imprimată pe aceasta, coroana, banda de cap, cele trei vârfuri, cele trei bile reprezentând niște giuvaiere.

— Ai testat-o? întrebă Reacher.

— Desigur, spuse Peterson. E metamfetamină, fără doar și poate. Ceva mai puțin de un kilogram, puritate foarte mare, aproape clinică. Marfă bună, dacă-ți plac chestiile de genul ăsta.

— În valoare de două sute de miare, chiar aici.

— Un milion pe străzile din Chicago, după dozare și vânzare cu amănuntul.

— Vreo idee de ce-ar putea să-nsemne imaginea?

— Nu. Întotdeauna își pun un fel de logo pe marfă. E o piață care respectă brandurile.

— Ai și banii acolo, cei plătiți de tipul din Chicago?

— Bineînțeles.

— Pot să-i văd?

— Nu mă crezi?

— Pur și simplu îmi place să mă uit la chestii din astea.

Așa că Peterson intră din nou și veni cu altă pungă pentru dovezi. De aceeași mărime. Același tip de formular prins cu capse. Plin de teancuri de bancnote, strânse laolaltă cu benzi de hârtie.

— OK? întrebă Peterson.

— În cât timp ai câștiga cinstit suma asta?

— După impozitare? Nici nu vreau să mă gândesc.

— Drogurile chiar sunt ambalate în hârtie cerată?

— Nu, e un fel de celofan sau hârtie de pergament. E puțin îngălbenită, pentru că e dintr-un stoc mai vechi. Dar are o calitate farmaceutică bună. Vorbim de o operațiune de nivel înalt.

— OK.

— Deci, le-ai găsit laboratorul?

— Nu.

— Ai văzut clădirea de piatră?

— Doar pe dinafară.

— Știi ce este?

— Nu, dar știu ce nu este.

Reacher se duse în sala de operațiuni, la biroul din spate. Luă telefonul, formă nouă pentru ton și apoi numărul pe care și-l amintea.

— Da?

— Cu Amanda, te rog.

Un clic. Un tors ca de pisică. Glasul. Părea obosit. Puțin frustrat. Spuse:

— Aș putea să fiu în Afganistan în clipa asta. De fapt, dacă nu încetezi să mă mai suni, s-ar putea să mă înscriu pe o listă de transferuri.

— Mâncarea s-ar putea să fie mai bună, zise Reacher. Nimic mai nimerit decât niște ochi de capră în iaurt.

— Ai fost vreodată acolo?

— Nu, dar am cunoscut pe cineva care-a fost.

— N-am nicio veste pentru tine.

— Știu. Nu vezi cum au ajuns banii la Departamentul Armatei.

— Am încercat și n-am reușit.

— Nici n-aveai cum, pentru că banii nu s-au dus niciodată la armată.

— Cum așa?

— Gunoi bagi, gunoi iese.

— Ce înseamnă asta?

— Am pornit de la o supoziție falsă. Mi s-a vorbit despre o construcție a armatei. O clădire mică din piatră cu un drum de trei kilometri. Tocmai m-am întors de-acolo. Nu e un drum. E ditamai pista de decolare. Locul e al forțelor aeriene, nu al armatei.

Capitolul 24

Glasul din Virginia spuse:

— Ei bine, asta schimbă puțin lucrurile.

— Mai circulă un zvon despre niște fețe umane protetice, spuse Reacher.

— Da, am văzut o notă despre asta. E într-un dosar. Se pare că la Pentagon s-au primit telefoane de la cetățeni din Dakota de Sud. De la autoritățile districtuale și de la cele ale statului. Dar e o prostie. Locurile cu fețe de plastic erau întotdeauna aproape de zonele metropolitane. De ce să pui un asemenea loc la dracu-n praznic?

— Dar de ce să ai așa ceva? Dacă toți vom fi arși la fel, ce mai contează?

Niciun răspuns.

— Știi pe cineva la forțele aeriene? întrebă Reacher.

— Nu pentru secrete.

— S-ar putea să nu fie un secret. Doar ceva de rutină. În ceea ce privește supozițiile, ne-ntoarcem de unde-am plecat.

— Fie, o să dau niște telefoane. Dar mai întâi, o să trag un pui de somn.

— Ai timp să dormi după ce mori. E urgent. Pista de decolare a fost curățată cu plugurile. Cale de trei kilometri.

Nimeni nu face asta doar ca să-și omoare timpul. Prin urmare, cineva sau ceva e pe cale să apară. Și am văzut și o cisternă cu combustibil. Poate pentru drumul de întoarcere. Poate cineva are de gând să facă un transport de greutate mare.

— Altceva? zise glasul după o tăcere scurtă.

— Ești căsătorită?

— Tu ești?

— Nu.

— De ce nu sunt surprinsă?

Închise telefonul.

Zece fără cinci, dimineața.

Încă optsprezece ore.

Aflat la două birouri mai încolo, Peterson tocmai încheiase o convorbire particulară.

— Cei de la Antidrog m-au trimis la plimbare. Omul lor nu e interesat.

— De ce? întrebă Reacher.

— Cică nu e niciun laborator acolo.

— De unde știe?

— Au sateliți și imagistică termică. Au analizat datele și nu se vede nicio sursă de căldură. Prin urmare, din punctul lor de vedere, e doar o tranzacție imobiliară. Până la proba contrarie.

— Laboratorul e subteran.

— Cei de la Antidrog zic că nu e. Aparatura lor de imagistică poate să vadă și în subsoluri. Spun că nu e nimic acolo.

— Se înșală.

— Nici tu n-ai văzut un laborator.

— Au metamfetamină, deci trebuie să aibă și laborator.

— Nu știm dacă există ceva sub pământ. Nu în mod sigur.

— Ba da, spuse Reacher. Nimeni nu construiește degeaba o pistă de trei kilometri. E suficient de lungă ca să aterizeze orice tip de avion pe ea. Orice tip de bombardier, orice transportor. Și nimeni nu aterizează cu un bombardier sau un transportor lângă o clădire mai mică decât o casă. Ai avut dreptate. Clădirea e un cap de scară. Ceea ce-nseamnă că sub ea e ceva. Probabil foarte întins și foarte adânc.

— Dar ce anume?

Reacher arătă spre telefon.

— Vei ști când voi afla și eu.

După o jumătate de oră, Peterson primi un telefon prin care era anunțat că se redeschisese autostrada. Radarul meteo arăta că nimic nu mai venea dinspre vest în afară de frontul de aer superrece, și pe tot cuprinsul statului plugurile de zăpadă și utilajele de împrăștiat sarea își terminaseră munca, astfel încât Patrula Autostrăzii se sfătuise cu Departamentul Transporturilor, iar traficul fusese restabilit. Apoi Jay Knox îi anunță că autobuzul de schimb era cam la trei ore de mers. Așa că Peterson dădu telefoanele necesare și convocă o întâlnire cu toți cei douăzeci de pasageri ai autocarului la ora două, în holul stației de poliție. Doamnele cu fracturi de oase erau apte de drum. Dacă plecau la ora două, membrii grupului de vilegiaturiști urmau să ajungă la Mount Rushmore cu o întârziere de nici două zile. Ceea ce nu era deloc rău pentru Dakota de Sud, pe timp de iarnă.

Apoi se uită la Reacher și-l întrebă:

— Pleci și tu cu ei?

— Mi-am plătit deja călătoria, spuse Reacher.

— Deci, te duci?

— Sunt un om fără odihnă.

— Da sau nu?

— Depinde de ce se-ntâmplă până la două, cred.

Ce s-a întâmplat până la ora două a fost că Janet Salter a hotărât să iasă la plimbare.

Una dintre polițistele din casă l-a sunat pe Peterson. Doamna Salter o luase razna din cauza șederii prelungite în casă. Se simțea ca la pușcărie. Era obișnuită cu plimbările la băcănie, la farmacie, la restaurant, uneori pur și simplu ca să se destindă. Devenise prizonieră în propria sa casă timp de aproape o săptămână. Își lua în serios responsabilitățile civice, dar acestea veneau la pachet și cu niște drepturi, iar ieșitul din casă ca orice femeie liberă era unul dintre ele.

— E nebună, spuse Reacher. E un ger de crapă pietrele.

— E localnică, spuse Peterson. Asta nu contează pentru ea.

— Trebuie să fie aproape minus treizeci de grade afară.

Peterson zâmbi, ca un cunoscător față de un neinițiat.

— Cea mai mică temperatură înregistrată vreodată aici a fost de minus cincizeci de grade. În 1936, în februarie. Apoi, după nici cinci luni, în iulie, am avut cea mai fierbinte zi, cu o temperatură de patruzeci și nouă de grade.

— În tot cazul, tot nebună e.

— Vrei să-ncerci s-o convingi să se răzgândească?

Reacher încercă. Se duse acasă la ea cu Peterson, cu mașina. Janet Salter era în bucătărie împreună cu polițistele din tura de zi. Percolatorul era pornit. Reacher simțea mirosul de cafea proaspătă și aluminiu încins. Femeia îi turnă o cană și spuse:

— Doamnele polițiste mi-au spus că i-ai zis domnului Peterson că motocicliștii se pregătesc de plecare.

— Așa mi s-a părut, zise Reacher încuviințând cu o mișcare din cap.

— Prin urmare, o mică plimbare n-ar fi așa de riscantă.

— Omul cu arma nu e motociclist. N-a fost nicio clipă.

— Dar oricine-ar fi, n-o să stea să aștepte afară. Chiar tu ai spus-o, noaptea trecută. E prea frig.

— Totodată, e prea frig și pentru plimbare.

— Prostii. Dacă mergem în pas vioi, o să ne placă.

— „Ne“?

— Păi nici nu mă gândesc să nu vii cu mine.

Unsprezece fără cinci dimineața.

Încă șaptesprezece ore.

Peterson improviză un plan care semăna foarte mult cu aranjamentele celor de la Secret Service când îl scoteau pe președinte la plimbare. A amplasat cele trei mașini de supraveghere la intrările dinspre sud, vest și est, instruindu-i să stea în așteptare și, dacă era necesar, să se miște ca un cordon rulant. El și cele două polițiste din schimbul de zi urmau să meargă pe jos, înconjurând-o pe doamna Salter la o distanță potrivită din punct de vedere tactic. Reacher urma să o însoțească, având grijă să se posteze în orice moment între ea și mașinile care circulau. Un fel de scut uman, deși Peterson nu folosi chiar aceste cuvinte.

Se înfofoliră în hainele pe care le aveau la dispoziție și ieșiră pe ușă. Vântul bătea temeinic dinspre vest. Tocmai din Wyoming. Era extrem de tăios. Reacher fusese în Wyoming iarna și supraviețuise. Făcuse un legământ cu sine însuși să nu mai riște niciodată astfel. Peterson mergea în față, una dintre polițiste în spatele lor, iar cealaltă ținea pasul cu ei pe trotuarul celălalt. Reacher se ținea în dreptul umărului bătrânei. Janet Salter avea partea de jos a feței înfășurată cu o eșarfă. Reacher nu avea așa ceva. Cât timp vântul bătea din spate, situația era tolerabilă. Dar când întoarseră și o luară spre nordul orașului, nasul, obrajii și bărbia îi amorțiră și începură să-i curgă ochii. Își trase gluga mai bine și-și adăposti fața atât cât era prudent. Simțea că are nevoie de ceva vedere periferică. Trotuarul era denivelat și acoperit de zăpadă înghețată. Mersul era dificil.

— La ce te gândești? îl întrebă Janet Salter.

Avea glasul înăbușit de eșarfă. Cuvintele ieșeau îngroșate și înmuiate, după care înghețau și erau luate de vânt.

— Mă gândesc la luna februarie a anului 1936, spuse Reacher. Minus cincizeci de grade, apogeul Marii Depresiuni, furtunile de praf, seceta, viscolele, de ce naiba nu v-ați mutat cu toții în California?

— Mulți au făcut-o atunci. Ceilalți n-au avut de ales decât să rămână. Și oricum, în anul acela a fost o vară caldă.

— Mi-a spus Peterson. Un salt de aproape o sută de grade.

— Ți-a spus și despre vânturile Chinook?

— Nu.

— Sunt vânturi fierbinți care bat dinspre Black Hills. Într-o zi a lui ianuarie din 1943 erau minus douăzeci de grade pentru ca efectiv după două minute temperatura să crească la șapte grade. Un salt de aproape treizeci de grade în o sută douăzeci de secunde. Cel mai spectaculos salt înregistrat vreodată în America. Toată lumea s-a ales cu geamuri sparte din pricina șocului termic.

— Vreme de război, spuse Reacher.

— Roata destinului, spuse Janet Salter. Exact în acea zi, germanii au pierdut controlul asupra aerodromurilor de la Stalingrad, la multe mii de kilometri distanță. Pentru ei, a fost începutul sfârșitului. Poate că vântul știa.

Își continuară înaintarea anevoioasă. Peterson mergea în față, una dintre polițiste îi urma la o oarecare distanță, iar cealaltă se deplasa în dreptul lor pe cealaltă parte a străzii. Ajunseră în dreptul parcării restaurantului. Era plin de oameni care intrau sau ieșeau. Cei mai mulți erau îmbrăcați inadecvat și toți păreau teribil de nefericiți.

— Vizitatori la închisoare, spuse Janet Salter. Se pare că avem acum cel mai înfloritor comerț de tranzit din stat, exceptând Mount Rushmore.

Ceea ce-l făcu pe Reacher să se gândească la autobuzul de rezervă din Minneapolis, care urma să plece din oraș la ora două. Nu-l interesau cine știe ce sculpturile supradimensionate, dar știa că e acolo un drum care ducea spre sud. Iar sudul însemna Nebraska, apoi Kansas, apoi Oklahoma și, în sfârșit, Texas, unde era cald. Sau, ca alternativă, puteai s-o iei la stânga în Kansas, apoi să străbați Missouri, vârful sudic al statului Illinois, să treci de Kentucky și să ajungi în Virginia.

— Te gândești la ea, așa-i? îl întrebă Janet Salter.

— Nu, zise Reacher.

Se întoarse spre stânga și spre dreapta din mijloc. Scană locul de jur împrejur. În față erau mai mulți oameni decât văzuse în ultima vreme. Și mai multe mașini. Se deplasau cu viteza melcului pe drumurile înghețate. Straturi uriașe de gheață pârâiau și crăpau sub greutatea lor. Amenințări multiple, dar pe toate vremea le ținea prizonierele unei mișcări lente și greoaie. Și printre ele erau și mașini de poliție. Fiecare al zecelea sau al doisprezecelea vehicul era o mașină a poliției, deplasându-se încet pe o buclă fără sfârșit, prudente și vigilente.

— Unde mergem? întrebă Reacher.

— Unde-ai vrea să mergi? întrebă Janet Salter.

— E plimbarea dumneavoastră.

— Bolton e un orășel relativ plicticos. Ne lipsesc destinațiile interesante.

— Am putea să luăm prânzul.

— E prea devreme.

— Atunci un brunch.

— Brunch este o combinație între mic dejun și prânz, iar eu mi-am luat deja micul dejun. Prin urmare, brunch nu mai e o opțiune pentru astăzi.

— O cafea?

— Peste tot e plin. E mai greu în zilele de vizită. N-am reuși să găsim o masă pentru cinci persoane.

— Atunci să ne-ntoarcem.

— Deja?

Reacher nu răspunse. Pentru o clipă, ai fi zis că ea va merge înainte, poate la nesfârșit, dar deodată se opri și aprobă cu o mișcare a capului. Reacher încercă să-l fluiere pe Peterson, dar avea buzele prea înghețate și crăpate ca să scoată vreun sunet. Așa că așteptară unul lângă celălalt până când Peterson se întoarse ca să verifice. Reacher îi făcu semn cu mâna, toată lumea se întoarse și mica procesiune se deplasă în sens invers, cu polițista în frunte și Peterson în spate.

Douăsprezece fără cinci.

Încă șaisprezece ore.

La două mii șapte sute de kilometri spre sud era ora prânzului. Pentru a doua zi la rând, Plato nu mânca. Și, pentru a doua zi la rând, își trăda un obicei de-o viață. Îl sună pe omul lui din Dakota de Sud. Iar acesta îi răspunse. Ceea ce avu darul să-l irite teribil pe Plato, fiindcă asta însemna că omul lui avea telefonul pornit, de unde reieșea că omul lui nu se afla în acel moment în actul uciderii nenorocitului de martor.

— N-a fost în casă, spuse omul lui.

— Găsește-o! zise Plato.

Schimbarea sensului de mers adusese vântul de vest pe celălalt obraz al lui Reacher, ceea ce, în privința confortului, nu aducea nicio schimbare. Altfel, în comparație cu plecarea de acasă, drumul de întoarcere era și mai bun, și mai rău. Mai bun, pentru că se îndepărtau de zonele populate, un număr redus de oameni însemnând mai puține pericole. Mai rău, pentru că pericolele rămase se aflau în spatele lui Reacher. Nu se putea uita cu ușurință peste umăr. Jumătate de sus a corpului tindea să se miște independent în interiorul gecii lui masive. O privire aruncată înapoi nu făcea decât să-i ascundă cu totul fața în glugă. Așa încât era obligat să se bazeze pe vigilența lui Peterson, care se afla în spatele lui. Merse mai departe, privind fiecare pas completat în siguranță ca pe un mic triumf separat.

— Îmi pare rău, spuse Janet Salter.

— De ce?

— Am fost nesăbuită. V-am creat tuturor o mulțime de probleme.

— Toate fac parte dintr-o zi obișnuită de muncă. Nu există niciun motiv să nu ieșiți din casă din când în când.

Înaintară mai departe, alunecând din loc în loc, mergând unul în spatele celuilalt acolo unde poteca se îngusta la trecerea pe lângă obstacole. Între Reacher și partea carosabilă a drumului era grămada înaltă de zăpadă împinsă de pluguri. După majoritatea pașilor, piciorul lui stâng ajungea pe panta descendentă. Era ca și cum ar fi șchiopătat. Nu pierdea din ochi mașinile care veneau. Nu erau prea multe. Câteva camionete, câteva modele vechi de SUV, câteva autoturisme mânjite cu soluția salină de pe jos. Nimic îngrijorător. Apoi Lowell trecu pe lângă ei cu mașina de patrulare și încetini surprins, făcându-le cu mâna. Janet Salter îi răspunse la fel. Lowell acceleră din nou. Apoi o vreme nu mai veni nicio mașină și deodată apăru un Sedan mare și închis la culoare, îndreptându-se spre nord, către ei. Un Ford Crown Victoria. Bleumarin. În lumina puternică, era ușor de distins. Mașina comandantului Holland. Omul opri pe banda lui de trafic și coborî geamul. Îl ignoră pe Reacher cu desăvârșire. Se uită direct la Janet Salter, cu un soi de îngrijorare pe față. Ea se opri și se întoarse cu fața la el, spunând:

— Am ieșit la o plimbare. Atâta tot. Nimic de care să-ți faci griji. Domnul Peterson se descurcă de minune.

— Mergeți acasă acum? întrebă Holland.

— Într-acolo mergem.

— Vreți să vă duc cu mașina?

— Mulțumesc, dar prefer să merg pe jos. Rostul acestei aventuri a fost să fac puțină mișcare și să iau o gură de aer proaspăt.

— Bine.

— Dar, te rog, vino și tu să ne ții companie la o cafea, dacă vrei.

— Bine, spuse din nou Holland.

Se uită în oglinzi și întoarse la o sută optzeci de grade pe lățimea drumului. Făgașele înghețate se sfărâmară sub greutatea mașinii. Se alinie pe banda orientată spre sud, dar n-o luă înainte. Mergea cu viteză redusă, menținând o linie dreaptă între el, scaunul pasagerului, troianul de zăpadă, apoi Reacher și în sfârșit Janet Salter. Cauciucurile din față erau dintr-un material dur, special pentru temperaturi scăzute, și scrâșneau la contactul cu zăpada. Pe cauciucurile din spate avea lanțuri. Fiecare legătură ajungea pe poziție și scotea propriul sunet distinct. Aprinse girofarul, ca să-i avertizeze pe cei din urma lui că se deplasează cu viteză mică. Avea stroboscoapele ascunse pe polița din spate și altele asemănătoare în spatele grilei radiatorului. Reacher bănuia că-și vor face treaba. De la distanță, mașina fără însemne arăta ca o mașină de poliție normală.

— E ridicol! protestă Janet Salter.

— Face ceea ce trebuie să facă, o liniști Reacher.

— Nu-mi place toată atenția asta.

— Sunteți importantă pentru el.

— Doar pentru că se poate folosi de mine.

— Sunteți un cetățean de vază. Sunteți genul de persoană pentru care șeful poliției își face griji.

— Singurii cetățeni de vază din orașul ăsta sunt angajații închisorii, spuse ea. Crede-mă. Așa merg lucrurile acum.

Își continuară drumul, flancați de mașina lui Holland. Când nu aveau clădiri în dreptul lor, vântul bătea cu putere și neîntrerupt, o masă de aer înghețat șuierând neostoit peste câmpia întinsă, neieșindu-i în cale nimic care să creeze turbulențe. Aducea în continuare spiculi minusculi de gheață. Veneau orizontal și răpăiau pe partea laterală a glugii lui Reacher. Poate călătoriseră pe calea aerului sute de kilometri, venind tocmai de la Munții Stâncoși.

— Ți-e frig? îl întrebă Janet Salter.

Reacher zâmbi, atât cât îi permitea fața amorțită.

— Știu, spuse el. Asta nu-i nimic.

Ajunseră în casă și se descotorosiră de straturile de haine, îndurând apoi durerile dezghețului. Lui Reacher îi ardeau urechile și simțea mâncărimi și înțepături pe nas și pe bărbie. Peterson și cele două polițiste trebuie să fi avut aceleași senzații, dar nu trădau niciun pic de suferință. Probabil că era ceva care ținea de mândria localnicilor. Comandantul Holland n-avea nicio problemă de felul ăsta. Venise într-o mașină încălzită, la adăpost de vânt. Dar tot se înfioră teatral de îndată ce ajunse în hol. Reacher se gândi că omul se simțea ușurat acum că Janet Salter nu mai era expusă pericolului și trecuseră cu bine peste acest episod.

Polițistele își ocupară posturile prestabilite. Janet Salter se duse să pună de cafea. Reacher, Peterson și Holland o urmăreau din hol. Deodată, telefonul sună. Janet Salter le spuse să răspundă careva la apel. Peterson ridică receptorul și, după ce ascultă o secundă, i-l întinse lui Reacher.

— E pentru tine, spuse el. E tipa aia de la Unitatea 110.

Reacher luă telefonul. Peterson și Holland plecară în bucătărie și-l lăsară singur. Politețe instinctivă. Reacher duse receptorul la ureche și glasul din Virginia spuse:

— Am sunat pe cineva de la forțele aeriene.

— Și?

— Ajungem acolo. Încet, dar nu pentru c-ar fi vreun secret. Ba dimpotrivă. Pentru că locul a fost abandonat și uitat cu ani în urmă. A picat de pe lista activă încă de pe vremea lui Pazvante Chioru'. Nimeni nu-și mai amintește nimic despre el.

— Nici măcar ce-a fost?

— Toate detaliile sunt arhivate. Tot ce-a văzut omul meu până acum este un raport despre cât de greu a fost să-l construiască. Proiectul a fost compromis de câteva ori în timpul construcției din cauza unui anumit tip de teren. Un fel de șist. Știi ce-i aia?

— Cred că e o rocă de bază, spuse Reacher. Probabil că e dură, dacă a creat probleme.

— Dovedește că s-au făcut excavații subterane.

— Asta-i sigur. Rezultatul nu-i așa de rău, pentru primele două ore.

— O oră, răspunse glasul. Mai întâi am ațipit puțin.

— Ești o persoană rea.

— Ultima dată când am verificat, tu nu erai șeful meu.

— Altceva?

— Am obținut ceva și despre un polițist din Florida pe nume Kapler. Departamentul de poliție din Miami, născut acolo în urmă cu treizeci și șase de ani, a demisionat acum doi ani, fără vreun motiv anume. Nu avea probleme de sănătate și nici datorii. O să aflu mai multe când o să intru în arhivele departamentului de poliție din Miami.

— Poți să faci asta cu Google?

— Nu, folosesc alte câteva resurse. Îți dau de știre.

— Mulțumesc, spuse Reacher. Altceva?

— Omul meu nu vorbește, spuse glasul după o scurtă pauză.

— Cel din Fort Hood?

— Nicio vorbă nu scoate.

— Unde e acum?

— Înapoi în cazarmă, închis în celulă.

— Înainte locuia în cazarmă sau în afară?

— În afară.

— Deci acum îl așteaptă legea din Texas pentru omucidere sau Codul Uniformei pentru trădare. E între ciocan și nicovală. Și într-un caz, și-n celălalt, va fi prăjit pe scaunul electric. Nu-l stimulează nimic să vorbească.

— Tu ce-ai face?

— Pe tine ce te interesează?

— Actorii nestatali. Cu cine vorbește, cum și de ce.

— „De ce“-ul e ușor. Probabil că a luptat în Irak sau Afganistan și s-a lăsat sedus de toată vorbăria umanitară, și-a făcut prieteni și l-au ademenit ușor. „Cum“ va fi prin telefonie celulară, e-mail sau un site de internet criptat. Sunt de acord că va fi interesant să aflăm cu cine.

— Deci, cum îl fac să vorbească?

— Ordonă-i. Ai grad mai mare. E antrenat să respecte ordinele.

— N-o să fie suficient. Niciodată nu e.

— Părinții lui trăiesc?

— Da.

— Frați, surori?

— Un frate mai mic, se pregătește cu cei de la SEAL.

— Asta-i bine. De fapt, e aproape perfect. Trebuie să-l aduci pe băiatul tău în Nord, să-i spui să stea jos și să-i oferi varianta unui târg.

— Nu pot să fac asta.

— Ba poți, în termeni de publicitate. Spune-i că, fără doar și poate, îl așteaptă scaunul electric. Dar depinde de el pentru care motiv. Violența domestică în rândurile ofițerilor întorși acasă a ajuns la cât? O mie la sută? Nimeni nu o tolerează, dar cei mai mulți o înțeleg. Prin urmare, spune-i că, dacă e cooperant, asta-i tot ce va afla lumea despre el. Dar, dacă nu cooperează, o să faci public actul lui de trădare. Părinții lui vor fi acoperiți de rușine, fratele lui va trebui să plece de la SEAL, vechiul lui liceu îl va repudia.

— O să țină chestia asta?

— Nu i-a mai rămas decât numele. Face parte din Divizia a Patra de Infanterie. Treaba asta contează acolo.

Niciun răspuns.

— Crede-mă, spuse Reacher. Lasă-l să scape cu onoarea nepătată.

— Violența domestică e ceva onorabil?

— În comparație cu alternativa.

— OK, o să-ncerc.

— Și nu mă uita, spuse Reacher. Trebuie să știu ce-au construit acolo cei de la forțele aeriene. Amploarea, scopul și arhitectura, așa cum am cerut întotdeauna. Și cât mai curând posibil.

— Altceva?

— Ești căsătorită?

Ea închise fără să-i răspundă.

Toți cei șase oameni treji aflați în casă primiră cafea. Janet Salter însăși, Holland, Peterson Reacher și cele două polițiste. Probabil că veniseră și ele, pentru că simțeau nevoia să se încălzească. Abia ajunseră la jumătatea primei cești că telefonul lui Holland sună. Ținu cana în echilibru și deschise telefonul cu o singură mână, apoi ascultă un minut. După care închise telefonul și-l băgă în buzunar.

— Patrula Autostrăzii, spuse el. Motocicliștii pleacă. Chiar acum. Treizeci și șase de camionete tocmai au intrat pe autostradă.

Unu fără cinci după-amiaza.

Încă cincisprezece ore.

Capitolul 25

Reacher se întoarse împreună cu Holland la secția de poliție și află povestea pe drum. Cei de la Patrula Autostrăzii ieșiseră în număr mare pe magistrală ca să verifice dacă toate problemele create de vreme fuseseră rezolvate. Una dintre mașinile lor parcase pe acostamentul sensului de mers spre est. Urmărea desfășurarea traficului, dar deodată văzu cu coada ochiului stâng un convoi lung care se deplasa rapid pe panglica acoperită de zăpadă ce venea dinspre tabăra de construcții. Era o imagine impresionantă. Între treizeci și patruzeci de camionete aliniate, fiecare cu câte trei oameni în cabină și o motocicletă acoperită cu prelată și stive de cutii prinse de platformă cu curele. Convoiul a încetinit, a întors, a șerpuit pe banda de racord, după care mașinile au intrat pe autostradă și au accelerat spre vest. Ca un tren, spusese polițistul. Ai fi zis că-i Northern Pacific, lung de vreo patru sute de metri și având nevoie de cam douăzeci de secunde ca să treacă pe lângă orice punct dat.

Sergentul de serviciu confirmă vestea. Mașinile de la Patrula Autostrăzii sunau una după alta ca să raporteze. Convoiul ajunsese la cincisprezece kilometri de Bolton și se deplasa repede. Dar nu îndeajuns de repede ca să fie amendați pentru depășirea vitezei legale. Se mențineau lejer la circa 105 kilometri pe oră, înaintând direct către țintă, evitând cu strășnicie să intre în conflict cu legea.

Se duseră în biroul cu pozele de la locul crimei. Patru birouri adunate laolaltă, patru scaune. Holland și Peterson stăteau unul lângă celălalt, iar Reacher față în față cu Holland, cu spatele spre imaginile cu mortul îmbrăcat în negru.

— Te mulțumești să-i lași să plece? întrebă Reacher.

— De ce nu? zise Holland.

— Vindeau droguri.

— Bolton e un oraș mic, în esență. Funcționăm după regulile orașelor mici. Dacă o problemă își ia tălpășița, atunci e o problemă rezolvată.

— Și cu asta basta, adăugă Peterson.

— Nu-i chiar așa, zise Reacher. Au făcut curat și au plecat, pentru că tranzacția imobiliară e pe cale să aibă loc. Și o astfel de tranzacție are nevoie de un titlu de proprietate valabil. Janet Salter e ultima pată pe acel titlu. Acum pericolul care o pândește e mai mare ca oricând. Este singurul lucru care stă între cineva și un purcoi de bani.

— Plato mexicanul.

— Oricine-ar fi.

— Facem tot ceea ce putem, zise Holland. Avem șapte ofițeri la fața locului, care rămân acolo. O să ne descurcăm.

— În afară de cazul în care sirena se declanșează iar.

— Ai spus că n-o să se-ntâmple.

— O presupunere avizată rămâne o presupunere, spuse Reacher. Doar să ții minte că acum e momentul să începi să-ți faci griji, nu să te oprești.

— Când o să mă vezi relaxat, zise Holland, îți dau permisiunea să-mi tragi un șut în cur. Om avea noi problemele noastre și n-om fi noi Armata SUA, dar până acum ne-am străduit și ne-am descurcat. Ar fi bine să nu uiți asta.

— Știu, zise Reacher încuviințând cu o mișcare a capului. Îmi cer scuze. Nu e vina ta. E vina primarului. Cine și-ar pune semnătura pe un plan ca ăla?

— Oricine, spuse Holland. Vorbim de slujbe care nu pot fi transferate în străinătate. Pentru că așa se fac jocurile chiar acum.

În cameră se lăsă liniștea un moment.

— Motelurile sunt toate pline, zise Peterson.

— Știu asta, replică Reacher.

— Atunci, unde doarme omul cel rău?

— În mașină. Sau în districtul învecinat.

— Unde mănâncă?

— Același răspuns.

— Ar fi bine să punem bariere pe drum? Sunt doar trei căi de intrare în oraș.

— Nu, spuse Holland. Premisă falsă. Dacă organizăm un perimetru static, s-ar putea ca individul să fie deja în spatele nostru. Trebuie să rămânem mobili.

Apoi tăcu din nou, ca și cum ar fi trecut în revistă o agendă mentală și ar fi verificat toate punctele de pe listă. Și se părea că așa stăteau lucrurile, pentru că imediat după aceea se ridică și ieși din încăpere fără să mai zică nimic. Reacher auzi pașii lui pe linoleum și apoi o ușă trântită. De la biroul lui, probabil. Avea treburi de făcut.

— Ar fi bine să mâncăm de prânz. Ai putea să vii la noi acasă, să-i ții companie lui Kim. S-ar bucura, să știi.

— Pentru că se simte singură?

— Da.

— Atunci noi doi n-ar trebui să fim singurele specimene umane pe care le vede toată ziua. Du-te și adu-o și luăm masa în oraș, toți trei.

— Greu de găsit o masă.

— O să stau la coadă cât timp ești tu pe drum.

— Unde?

— La cafeneaua unde m-ai găsit ieri. Dincolo de piață.

— Dar..., zise Peterson, după care tăcu.

— Știu, spuse Reacher. De acolo pot să văd secția de poliție. Pot să văd când e gata de plecare autobuzul.

Traversarea pieței până la cafenea a durat puțin, dar a avut loc direct în bătaia vântului. La primii pași, Reacher simți durerea provocată de particulele de gheață aduse de vânt, dar apoi fața i-a amorțit și nu le-a mai sesizat. Coada pentru o masă liberă era în fața ușii. Reacher își ocupă locul în spatele unei femei cu un copil înfășurat în pături împrumutate probabil de pe paturile de motel. Dacă un ins comite un delict federal în Florida sau Arizona și ajunge într-o pușcărie din Dakota de Sud, familia trebuie să vină după el. În primul și al doilea an, în orice caz. După aceea, mai puțin. Multe de pierdut.

Coada se mișca încet, dar sigur și Reacher ajunse în dreptul ferestrei aburite. Înăuntru deslușea siluete vagi care se agitau de colo-colo. Două chelnerițe. Salarii constante, poate nu prea multe bacșișuri. Rudele deținuților nu se scaldă în bani. Dacă au, nu sunt rude ale deținuților. Sau, în cel mai rău caz, omul lor era într-o închisoare cu regim mai blând, unde avea de lucrat timp de un an la atelierul de tâmplărie sau citea cărți.

Mama și copilul se strecurară cu pături cu tot pe ușă. Reacher își așteptă rândul pe trotuar. Stătea lipit de clădire și la adăpost de vânt. Deodată, o femeie cu trei copii ieși din local și Reacher se grăbi să intre. Așteptă la casă până când o chelneriță îi aruncă o privire. Articulă pe mutește cuvântul *trei* și ridică trei degete. Chelnerița încuviință cu o mișcare a capului, șterse cu cârpa o masă și-l chemă cu un gest. Reacher își lăsă haina pe spătarul unui scaun și-și scoase căciula și mănușile. Ocupă un loc și văzu mașina lui Peterson oprindu-se lângă bordură, o formă lungă, albă și neagră, abia deslușită prin geamul aburit. Îl văzu pe polițist traversând. Soția lui nu era cu el. Peterson merse direct la capătul cozii și intră pe ușă. Nimeni nu protestă. Peterson era îmbrăcat în uniformă.

Reacher rămase pe scaun și Peterson își dezbrăcă haina și se așeză într-o tăcere jenată, întreruptă doar de sosirea chelneriței cu un dispozitiv pentru preluarea comenzilor. Nu era genul de local care să ofere clienților minute suplimentare pentru studierea meniului. Peterson comandă un hamburger și apă, iar Reacher alese brânză la grill și cafea. Reacher stătea cu fața la fereastră, iar Peterson se întoarse să se uite la ea, după care se întoarse la loc cu un zâmbet satisfăcut.

— Știu, spuse Reacher. E aburit tot. Dar un autobuz e o chestie destul de mare. O să reușesc să-l disting.

— N-o să pleci.

— Încă nu m-am hotărât.

Kim n-a vrut să vină. Nu prea se dă în vânt nici după mulțimi.

— Mulțimi, în general, sau genul ăsta de mulțime?

— Ambele.

Erau doi oameni așezați la o masă de patru, coada ieșea încă afară din local, dar nimeni nu voia să stea lângă ei. Oamenii veneau, priveau către ei, poate schițau gestul de a se apropia, după care renunțau și se uitau în altă parte. Lumea era împărțită în două: oameni cărora le plac polițiștii și oameni cărora nu le plac. Și în privința militarilor, lucrurile stăteau la fel. Reacher mâncase de foarte multe ori lângă scaune goale.

— Ce-ai face dac-ai fi în locul meu? îl întrebă Peterson.

— În legătură cu ce?

— Cu departamentul.

— Nu-i al tău.

— Eu urmez la rând.

— Aș începe să fac antrenamente serioase. Pe urmă, aș renegocia contractul cu închisoarea. Planul lor de criză este complet nerealist.

— Noaptea trecută a fost în regulă, în afară de povestea cu doamna Salter.

— Asta-i ideea. E ca și cum ai spune c-a fost OK, atât doar că n-a fost. Trebuie să faci planuri pentru situații neprevăzute.

— Nu prea sunt bun de politician.

— Te rog, spune-mi că este prevăzută în contract o perioadă de revizuire.

— Există. Dar vor spune că se-ntâmplă rar să aibă nevoie de ajutorul nostru. Și dacă trecem de luna asta cu doamna Salter, n-o să mai avem ce să le arătăm la capitolul exemple negative.

Conversația se încheie. Peterson rămase tăcut, iar Reacher nu mai avea nimic de spus. Fără Kim acolo, întreaga întrevedere lâncezea. Dar mâncarea era bună. Cafeaua, proaspătă. Nu prea aveai alternativă, dată fiind dinamica clienților. Erau trei cafetiere în spatele tejghelei și toate trei funcționau la capacitate maximă. Sendvișul era bine preparat, iar Reacher era pregătit să-și înghită caloriile. Ca și cum ai alimenta cuptorul cu cărbuni. Când te confrunți cu frigul, e ca și cum ai ține dietă. Înțelegea acum de ce toți localnicii pe care-i întâlnise arătau în esență la fel, toți slabi, blonzi și zvelți. Blonzi, ca urmare a moștenirii genetice. Slabi și zvelți pentru că jumătate de an era un frig de crăpau pietrele.

Reacher termină primul de mâncat, apoi Peterson, și imediat simțiră privirile jinduitoare ale oamenilor aflați la coadă în local. Așa că Reacher achită consumația și lăsă un bacșiș generos, ceea ce-i aduse un zâmbet ostenit de la chelneriță. Apoi ieși cu Peterson pe trotuar, la timp ca să vadă un autobuz mare și galben oprind în parcarea secției de poliție.

Două fără cinci după-amiaza.

Încă paisprezece ore.

Autobuzul era de aceeași mărime, formă și stil ca vehiculul care avusese accidentul cu două zile în urmă. Aceleași facilități. Avea geamurile opace în spate, unde era toaleta. Același număr de scaune. Același tip de ușă. Intrase în parcare venind dinspre nord, astfel încât ușa era pe partea opusă celei dinspre holul secției de poliție. Reacher stătea cu Peterson în piață, cu vântul bătându-i în spate, și privea șirul firav de bătrânei înfofoliți ieșind din secție și mergând spre autobuz. Își luau rămas-bun recunoscători de la localnici, se îmbrățișau, își strângeau mâinile, făceau schimb de adrese și de numere de telefon. O văzu pe doamna cu clavicula ruptă. Era îmbrăcată într-o haină cu o mânecă goală. O văzu pe femeia cu încheietura mâinii fracturată. Își ferea mâna rănită și altcineva îi căra valiza. Cei mai mulți dintre ceilalți nu mai avuseseră nevoie de plasturi, după ce tăieturile li se vindecaseră. Noul șofer stătea aplecat și aranja valizele în compartimentul de sub podea. Bătrânii îl ocoleau pe rând și, ținându-se cu grijă de balustradă, urcau încetișor treptele. Reacher îi văzu în mașină prin geamuri, capete încărunțite mișcându-se pe culoar, oprindu-se, alegându-și locurile, așezându-se.

Ultimul urcă Jay Knox, cândva șofer, acum un simplu pasager. Înaintă pe culoar și ocupă un loc la geam cu trei rânduri în spatele ultimului dintre seniori. Locul lui Reacher. Aproape de roțile din spate, unde condițiile de deplasare erau cele mai aspre. La ce bun să călătorești dacă nu simți drumul?

Șoferul cel nou încuie cala autocarului și urcă treapta de acces. După o secundă, ușa se închise în urma lui. Motorul porni. Reacher auzi duduitul greu de diesel. Apoi auzi fâsâitul frânei pe aer și zgomotul cutiei de viteze. Motorul hurui și autocarul se puse în mișcare, ieșind din parcare și intrând pe drum. Vântul înghețat îl izbea cu tărie. Vehiculul o luă spre sud, spre autostradă. Reacher îl urmări cu privirea până când nu se mai văzu.

Peterson îl bătu pe spate.

— Un mijloc de transport viabil tocmai a plecat din oraș fără mine. Tocmai mi-am încălcat un obicei vechi de-o viață.

Plato îl sună din nou pe omul lui. Direct. Un risc, dar era un analist îndeajuns de subtil ca să știe că uneori trebuie să lași deoparte prudența. Și că nu te pui cu cronologia. Pentru că sincronizarea e totul. Ceasul bate mai departe, oricine-ai fi. Chiar dacă ești Plato.

Omul lui răspunse.

— Ai vești pentru mine? întrebă Plato.

— Încă nu. Îmi pare rău.

Plato făcu o pauză.

— Aș zice că-i mai ușor pentru tine să-ți faci treaba decât să tot găsești motive s-o întârzii.

— Nu-i chiar așa.

— Am impresia că te străduiești din greu să salvezi viața cui nu trebuie.

— Nici vorbă.

— Concentrează-te pe viața pe care vrei de fapt s-o salvezi.

— Așa o să fac. Asta fac.

— Ai un termen-limită. Te rog să nu mă dezamăgești.

Reacher se întoarse pe jos la secție. Peterson duse mașina în parcare. Se întâlniră în holul tăcut și rămaseră acolo o secundă. Nu aveau nimic de făcut și amândoi știau asta. Deodată, Holland ieși din birou și spuse:

— Ar fi bine să mergem la tabără. Să vedem ce-i pe-acolo, acum că a rămas pustie. Cât încă nu s-a terminat ziua.

Capitolul 26

Plecară cu mașina lui Holland. Era mai potrivită pentru trei oameni decât mașina lui Peterson, deoarece nu avea paravanul de siguranță dintre scaunele din față și partea din spate. Reacher se tolăni pe banchetă, întins comod, privind la drumurile pe care mersese la volanul mașinii de dimineață. Condițiile erau rele în continuare. Vântul sufla cu putere. Zăpada devenise atât de tare înghețată, încât ai fi zis că face parte din pământ și era modelată în creste și canale lungi și ascuțite. Totul era de un alb orbitor în lumina palidă a soarelui de după-amiază. Ca în Epoca de Gheață.

Cotiră pe drumul vechi paralel cu autostrada și apoi pe drumul șerpuitor cu două benzi ce ducea la tabără. Primii treisprezece kilometri se arătară la fel de dificili ca mai devreme. Hârtoape și șănțulețe, înclinații ale drumului inversate, abateri constante de la linia dreaptă. Apoi, ca și mai devreme, orizontul se schimbă. Betonul cenușiu și curat, impresionant de lat, infinit de lung, vârtejurile de zăpadă cu forme aerodinamice, vântul vizibil suflând la o oarecare înălțime față de suprafață.

Holland încetini și urcă pe noua suprafață, oprind mașina cu piciorul pe pedala frânei, ca un avion care așteaptă lansarea.

— Vezi ceea ce vrei să vezi, nu-i așa? spuse el. Am fost aici de peste zece ori în viața mea și am crezut că e vorba doar de-un drum. Poate cam extravagant, dar mi-am zis, ce naiba, așa se lucrează în armată. — Era mai îngust, spuse Peterson. De-aia era mai greu să-ți dai seama. Vântul l-a acoperit cu pământ. Doar partea de mijloc a fost folosită mereu. Oamenii ăștia l-au curățat pentru prima oară în cincizeci de ani. Nu doar de zăpadă. Au împins și pământul în părți.

— E o lucrare ca lumea, zise Holland. Asta-i sigur.

— Al dracului de sigur, spuse Reacher. Trebuie să aibă un metru grosime. Judecând după volum, probabil că este cea mai mare lucrare făcută de mâna omului în Dakota de Sud.

Se mai uitară la întinderea de beton un minut, apoi Holland ridică piciorul de pe frână și lanțurile de zăpadă începură să clănțăne, iar mașina se puse în mișcare cale de peste trei kilometri. Formele maronii ale barăcilor își făcură apariția, cu acoperișul din ardezie al clădirii din piatră înălțându-se în spatele lor, sub cușma de zăpadă. Holland parcă în același loc în care se oprise și Reacher. Scena din fața lor era diferită. Fără oameni. Fără camionete. Fără motociclete. Doar spațiile goale din care zăpada fusese îndepărtată și, între ele, barăcile din lemn lăsate în părăsire.

Coborâră cu toții din mașină. Își puseră căciulile, mănușile, își traseră fermoarele gecilor. Temperatura continua să scadă. Mult sub zero grade, iar vântul înrăutățea senzația. Frigul lovea de jos în sus, prin tălpile bocancilor lui Reacher. Fața îi amorți în câteva secunde. Holland și Peterson făceau pe eroii, prefăcându-se că nu le pasă, dar Reacher știa că și ei suferă. Aveau amândoi fețele pline de pete albe și roșii, clipeau des, tușeau și gâfâiau puțin.

Merseră direct spre clădirea din piatră. Nu părea să arate diferit față de cum arătase de dimineață. În parte inaccesibilă, în parte de-a dreptul bizară. Peterson încercă ușa. Nu se clinti. Frecă cu degetul promoroaca adunată între timp pe șild, așa cum făcuse și Reacher.

— Nu sunt zgârieturi aici. Broasca asta n-a fost folosită în mod curent.

— Nici nu era nevoie să fie, spuse Reacher. Au descuiat-o cu un an în urmă și a încuiat-o din nou azi-dimineață.

— Atunci unde-i cheia?

— Asta-i o întrebare bună.

— Au luat-o cu ei, fu de părere Holland.

— Nu cred, spuse Reacher.

— De ce n-ar fi făcut-o?

— Pentru că locul ăsta se vinde. De bună seamă că li s-a spus să lase cheia pentru noul proprietar.

— Atunci unde e?

— Sub preș, probabil.

— Nu e niciun preș.

— Poate sub ghiveciul de flori.

— Ce ghiveci?

— Era o figură de stil, spuse Reacher. Oamenii lasă cheile în locuri prestabilite.

Toți trei se întoarseră lent într-un cerc, uitându-se la tot ce-ar fi fost de văzut. Și nu erau multe. Doar zăpadă, beton, barăci și clădirea însăși.

— Cum ar trebui să arate? întrebă Peterson. Ca orice cheie?

— Mare, spuse Reacher. E o ușă blindată, rezistentă la explozii, deci încuietoarea trebuie să fie complexă. Multe componente, greu de rotit. Deci, cheia trebuie să fie mare și solidă. Probabil în formă de T, ca o cheiță de ceas, făcută probabil dintr-o marcă de oțel aparte. Probabil că Pentagonul a plătit numai pentru cheie o mie de dolari.

— Poate-au îngropat-o în zăpadă. Avem un detector de metale în mașină.

— Dar cred că rusnacul din Brooklyn n-are așa ceva. Ceea ce-nseamnă că nu-i în zăpadă. Nu așa te porți cu clienții. Nu poți să-i ceri cuiva să caute o oră într-un morman de zăpadă.

— Atunci unde e?

Pe toată clădirea erau pervazuri din piatră, muluri sculptate și ornamente gotice. La nivelul ochiului și mai jos era prea la vedere. Reacher făcu ocolul clădirii și își plimbă mâna pe toate denivelările aflate până la o înălțime de doi metri și jumătate față de sol. Nu găsi nimic. Iar orice altceva s-ar fi aflat mai sus ar fi fost inaccesibil, în afară de cazul în care rusul s-ar fi gândit să-și aducă o scară extensibilă.

Reacher se opri în loc și se uită în jurul lui din nou, zicând:

— Trebuie să fie într-un loc bine definit. Ca, de exemplu, sub al treilea lucru de la stânga sau al patrulea lucru de la dreapta.

— Ce fel de lucru? întrebă Peterson.

— Baracă, pat, orice.

— N-am putea să forțăm ușa cu levierul?

— E o ușă blindată. Proiectată să reziste la o undă de presiune serioasă.

— Dar noi am trage-o în afară, n-am împinge-o spre interior.

— Undele de presiune sunt urmate de vid. Mai întâi compresie, apoi rarefiere. Compresia împinge spre interior, vidul o trage spre exterior, cu aceeași foră. O ușă puternică trebuie să reziste în ambele sensuri.

— Păi atunci să-ncepem s-o căutăm, spuse Peterson.

— Care-i numărul tău norocos?

— Trei.

— Începi atunci cu a treia baracă, sub a treia saltea.

— Începând de unde?

Reacher făcu o pauză.

— Asta-i altă întrebare bună. Rândul din față, de la stânga, probabil. Dar în ultimă instanță orice sistem de numărare poate fi considerat subiectiv. Și, prin urmare, potențial generator de confuzie. Singurul mod obiectiv ar fi să spui cea mai apropiată sau cea mai depărtată.

— De unde?

— De aici. De la ușa încuiată.

— Asta presupunând că e într-o baracă.

— Nu e în zăpadă și nu poate fi în clădire. Unde altundeva ar mai putea să fie?

Peterson se duse la cea mai apropiată baracă. Prima de pe rândul din spate, vizavi de a doua de pe rândul din față. Prima pe care Reacher o verificase de dimineață. Ușa era descuiată. Peterson o deschise și intră, urmat de Reacher și Holland. Draperiile din pânză de sac rămăseseră la ferestre. Toate celelalte lucruri portabile dispăruseră. Nu era nimic de văzut în afară de douăsprezece paturi, acum fără așternuturi, lăsând la vedere doar saltelele în dungi albastre și cadrele din metal mat. Locul arăta trist, abandonat și gol.

Dar era cald.

Soba cu parafină avea arzătorul în poziția oprit, însă continua să emane căldură remanentă din belșug. Era minunată. Reacher își scoase mănușile și-și ținu mâinile aproape de sobă. Fizica simplă spunea că trebuie să se răcească încontinuu și poate că în vreo trei ore avea să fie călduță, pentru ca după alte trei ore să fie rece ca gheața, dar deocamdată era complet magnifică. De fapt, încă prea fierbinte pentru a fi atinsă. Combinația dintre fontă și recenta ardere a hidrocarburilor era un lucru minunat. Reacher spuse:

— Voi mergeți să căutați în alte locuri. Eu rămân aici.

— Cu puțin noroc, toate vor fi la fel, spuse Peterson.

Și așa erau. Toți trei se grăbiră să verifice baraca cea mai îndepărtată și găsiră aceeași situație. Încăperea goală, paturile fără așternuturi, soba caldă. Începură să caute serios chiar acolo. Căldura îi făcea să fie răbdători și meticuloși. Verificară fiecare saltea, fiecare cadru de pat, fiecare ungher, fiecare cotlon. Controlară rezervorul toaletei din zona delimitată pentru baie. Căutară scânduri slăbite, ascultară după goluri în pereți și deschiseră fiecare abajur din tavan.

Nu găsiră nimic.

Trei fără cinci după-amiaza.

Încă treisprezece ore.

După aceea, căutară în bucătărie. Reacher se gândea că ar fi fost șanse mai mari să găsească acolo cheia. Bucătăria e un loc lipsit de ambiguități. O singularitate. Nu exista decât una. Chiar mai bine definită decât prima sau ultima baracă. Dar cheia nu era acolo. Borcanele cu făină, zahăr sau cafea erau încă acolo, dar erau prea goale ca să ascundă un obiect metalic, chiar dacă erau supuse la o scuturare neglijentă. Nu era ascunsă în partea din spate a rafturilor, nici lipită de tăblia mesei, nici în pungile de cereale ca o jucărie, nu era pitită într-un teanc de castroane.

După ce terminară în bucătărie, o luară înapoi spre clădirea de piatră, baracă după baracă. Cu fiecare pas, deveneau mai buni și mai iuți la căutat, prin practică și repetiție, fiindcă fiecare baracă era asemănătoare cu toate celelalte. Ajunseră la punctul la care ar fi putut să caute legați la ochi sau adormiți. Dar chiar și așa, rezultatul a fost același peste tot. Adică, niciun rezultat.

Reveniră în locul din care începuseră, în baraca cea mai apropiată de clădirea din piatră. Nu-i trăgea inima să înceapă căutarea, fiind siguri că vor fi dezamăgiți, iar lipsa de rezultate în ultimele cincisprezece căutări adusese cu ea un fel de final. Reacher merse prin spațiul din interior, oprindu-se la sobă și ajungând la ultimul pat de pe dreapta.

— Azi-dimineață aici stătea o fată, spuse el.

— Ce fată? întrebă Holland, care venise lângă el.

— O motociclistă, cam de nouăsprezece–douăzeci de ani. Singura pe care-am văzut-o înăuntru. Ceilalți erau cu toții afară, ocupați cu zăpada.

— Era bolnavă?

— Mi s-a părut că era bine.

— Era încuiată?

— Nu, ușa era deschisă.

— Poate că păzea cheia. Poate că asta era sarcina ei.

— Posibil. Dar unde-a lăsat-o?

— Cum arăta?

— Înaltă, slabă și blondă, așa cum sunteți voi toți.

— Crezi că era localnică?

— Metamfetamina e o chestie cu specific rural, spuse Reacher. Deodată se gândi: *Înaltă, slabă și blondă.*

— Ai semnal de celular aici? îl întrebă el pe Holland.

— Desigur, răspunse acesta. De jur împrejur e numai câmpie. Vânt, praf și microunde, toate sunt la fel pentru noi.

— Dă-mi telefonul tău.

Holland îi dădu aparatul și Reacher formă numărul pe care și-l amintea.

— Da?

— Cu Amanda, te rog.

Un clic. Un tors ca de pisică.

— Unde naiba ești?

— Ce s-a-ntâmplat? zise Reacher. Acum ești maică-mea?

— Am tot încercat să dau de tine.

— Sunt la clădirea forțelor aeriene. Încerc să intru. Caut cheia. Am nevoie să-mi spui cele mai ingenioase douăzeci de locuri în care ai găsit vreodată un mic obiect ascuns.

— Fanta videocasetofonului, ceainic, pantof, în interiorul unui televizor, compartimentul pentru baterii al unui aparat radio, o carte scobită la interior, în buretele scaunului de la mașină, într-un săpun, într-o cutie de brânză cu smântână.

— Sunt doar nouă locuri. Ce mă fac eu cu tine?

— Am nevoie de timp.

— Nimic din ce-ai zis nu se găsește pe-aici.

— Păi ce ai acolo?

Reacher se plimbă prin baracă descriind tot ce vedea.

— Vasul toaletei, spuse glasul.

— Le-am verificat pe toate.

— Vreo saltea ruptă?

— Nu.

— Scânduri slăbite?

— Nu.

— Atunci dă foc la toată șandramaua și caută în cenușă. O cheie de la forțele aeriene probabil că e făcută din același material ca focoasele de rachete. În mod cert o să supraviețuiască incendiului.

— De ce încercai să dai de mine?

— Pentru că știu ce e locul ăla.

Capitolul 27

Peterson și Holland auziseră chițăitul vorbelor ei emis de difuzor. Veniră mai aproape. Reacher se așeză pe pat, în locul în care fusese fata de dimineață. Glasul din telefon spuse:

— Locul ăla a fost construit ca orfelinat.

— Sub pământ? întrebă Reacher.

— Se-ntâmpla cu cincizeci de ani în urmă, la apogeul Războiului Rece. Toată lumea o luase razna. Omul meu mi-a trimis dosarul prin fax. Previziunile privind numărul victimelor erau apocaliptice. Se presupunea că sovieticii aveau sute de rachete pe care să le expedieze. Dacă le-ar fi lansat pe toate, le-ar fi fost greu să găsească suficiente ținte. Am simulat diverse scenarii și totul s-a redus la ziua din săptămână și la perioada din an. Sâmbătă sau duminică ori în timpul vacanțelor școlare, se presupunea că toți vor suferi la fel. Dar în zilele de lucru ale săptămânii din timpul semestrelor se preconiza o separare semnificativă între populația adultă și cea juvenilă, în ceea ce privește poziția fizică. Părinții aveau să fie într-un loc, iar copiii altundeva, poate într-un adăpost la subsolul școlii.

— Sau sub pupitre, spuse Reacher.

— Nu contează, spuse glasul. Ideea e că ratele de supraviețuire la două săptămâni după lansare erau foarte inegale. Ar fi supraviețuit mult mai mulți copii decât adulți. Cineva de la Comisia de Alocare a Fondurilor a Camerei Reprezentanților a făcut o obsesie pe tema asta. Voia să se construiască locuri în care copiii să fie adăpostiți. S-a gândit că aceștia ar putea cumva să ajungă la aeroporturile regionale rămase neatinse și să fie duși cu avioanele în regiuni izolate. Voia să se construiască o combinație între adăposturi contra radiațiilor și cămine de cazare. A vorbit cu cei de la forțele aeriene. Și-au făcut favoruri reciproc. Individul era din Dakota de Sud, așa că acolo au început.

— Pe-aici circulă zvonuri despre un scandal, spuse Reacher. Construirea unui orfelinat nu mi se pare ceva teribil de scandalos.

— Nu înțelegi. S-a pornit de la supoziția că nu vor mai fi rămas adulți în viață. Poate un pilot sau doi, bolnavi și pe moarte, atât. Vreun birocrat cu agendă, hărțuit. Ideea era ca acești copii să fie aduși cu avioanele și lăsați singuri să se încuie sub pământ, unde să se descurce cum or putea. De capul lor. Ca niște animale sălbatice. Nu era o imagine prea drăguță. Au primit rapoarte de la psihologi în care se spunea că urmau să aibă loc scene de tribalism, lupte, ucideri, poate chiar canibalism. Iar vârsta medie a supraviețuitorilor se presupunea că ar fi fost șapte ani. Apoi psihologii au stat de vorbă cu adulții și a reieșit că teama lor cea mai mare era că ei aveau să moară și copiii lor vor continua să trăiască fără ei. Aveau nevoie să audă că lucrurile vor fi OK, știi, cu doctori și infirmiere și cearșafuri curate pe paturi. Nu voiau să audă despre cum aveau să se desfășoare lucrurile în realitate. Așa că, după toată agitația, ideea a fost abandonată, ca o chestiune care ar fi afectat moralul populației civile.

— Deci locul ăsta a rămas pur și simplu aici timp de cincizeci de ani?

— Ceva legat de compromisurile din timpul construirii lui l-au făcut de nefolosit în alte scopuri.

— Știm care au fost acele compromisuri?

— Nu. Planurile de execuție lipsesc.

— Așadar, locul e gol?

— L-au umplut cu deșeurile pe care aveau nevoie să le depoziteze și apoi au uitat cu totul de el.

— Și deșeurile alea sunt tot înăuntru?

— Bănuiesc că da.

— Despre ce e vorba?

— Încă nu știu. E într-un alt dosar. Dar nu poate fi ceva foarte interesant. E ceva care era deja un surplus față de nevoile din urmă cu cincizeci de ani.

— O să afli?

— Omul meu a cerut dosarul.

— Cum e vremea la mine?

— Scoate capul pe ușă să vezi!

— Ce urmează, la asta mă refeream.

— Mâine o să ningă din nou, spuse glasul după o scurtă pauză. Până atunci, senin și rece.

— Unde-ar fi putut să ascundă cheia o gașcă de motocicliști?

— Nu știu. N-am cum să te ajut.

Patru fără cinci după-amiază.

Încă douăsprezece ore.

Reacher îi înapoie telefonul lui Holland. Lumina de la fereastră scădea. Soarele se deplasase mult spre vest și clădirea din piatră arunca o umbră lungă. Începură să caute prin baracă. Ultima lor șansă. Fiecare saltea, fiecare cadru de pat, vasul de toaletă, scândurile dușumelei, pereții, abajururile din tavan. Căutară încet și meticulos și, pe măsură ce se apropiau de capătul încăperii, căutarea devenea și mai înceată și mai meticuloasă, pentru că opțiunile erau pe terminate.

Nu găsiră nimic.

— Am putea s-aducem un lăcătuș, poate din Pierre, spuse Peterson.

— Un spărgător de seifuri ar fi mai bun, zise Reacher. Unul care se pricepe la așa ceva. S-ar putea să fie unul la pușcărie.

— Nu-mi vine să cred că n-au folosit niciodată locul. Trebuie să fi costat o avere.

— Pe atunci, bugetul apărării era practic nelimitat.

— Nu-mi vine să cred că n-au putut să-i găsească o utilizare alternativă.

— Proiectul a fost cumva compromis.

— Chiar și așa. Cineva ar fi putut s-o folosească.

— Prea mult uscat de jur împrejur ca să poată fi folosit de marina militară. Suntem aproape de centrul geografic al Statelor Unite ale Americii. Sau cel puțin așa se spunea în autocar.

— Cei de la marină puteau să-l folosească pentru ântrenamentul de iarnă.

— Nu într-un stat care are în denumire cuvântul „sud". Prea laș pentru ei. Sunt sigur că ar fi insistat pentru Dakota de Nord. Sau pentru Polul Nord.

— Poate că n-au vrut să doarmă sub pământ.

— Cei de la marină dorm unde li se spune. Și când.

— La drept vorbind, am auzit că-și fac pregătirea de iarnă aproape de San Diego.

— Am lucrat în armată, spuse Reacher. Antrenamentele pușcașilor marini n-au nicio logică pentru mine.

*

Înfruntară din nou frigul și aruncară o ultimă privire la clădirea din piatră și la ușa ei îndărătnică. Apoi se întoarseră la mașină și plecară. Trei kilometri pe pista de aterizare unde avioanele rablagite ar fi urmat să-i aducă pe copiii oropsiți. Apoi treisprezece kilometri pe vechiul drum cu două benzi, pe care niciun adult nu venise să-i salveze pe copii. Războiul Rece. O perioadă urâtă. În retrospectivă, probabil mai puțin periculoasă decât își imaginaseră oamenii. Unele rachete sovietice erau doar ficțiuni, unele erau copaci vopsiți, altele erau defecte. Iar sovieticii avuseseră și ei psihologi, care scriau rapoarte în alfabetul chirilic despre copiii lor în vârstă de șapte ani și despre tribalism, lupte, ucideri și canibalism. Dar în acele vremuri, lucrurile păreau cât se poate de reale. Reacher avea doi ani în timpul crizei rachetelor din Cuba. Se afla în Pacific. N-a știut nimic despre asta. Dar mai târziu mama lui i-a spus că ea și tatăl lui calculaseră deplasarea spre sud a vântului otrăvit. Credeau că avea să ajungă în două săptămâni. Aveau pistoale în casă. Iar pe teritoriul bazei erau sanitari care aveau pilule.

— Cât de exacte sunt buletinele voastre meteo? întrebă Reacher.

— De obicei, sunt destul de bune, răspunse Peterson.

— Pentru mâine e anunțată iar ninsoare.

— Pare corect.

— Atunci cineva o să-și facă apariția în curând. Doar n-au curățat pista de pomană.

*

Departe spre est și ceva mai la sud, un avion ateriza pe o altă pistă lungă, la Baza Andrews a Forțelor Aeriene din statul Maryland. Nu era un avion mare, ci unul din clasa business, închiriat de armată, repartizat unei companii de escortă a deținuților din custodia poliției militare. Avea la bord șase oameni. Pilotul, copilotul, deținutul și trei oameni din escortă. Prizonierul era căpitanul din Divizia a 4-a de Infanterie de la Fort Hood. Era îmbrăcat în haine civile și avea lanțuri standard prinse la încheieturi, la mijloc și la glezne, toate legate între ele. Avionul opri, scara fu coborâtă și cei din escortă îl duseră pe deținut la o mașină parcată în apropiere, împingându-l pe bancheta din spate. Acolo îl aștepta o doamnă ofițer îmbrăcată în uniformă de armată Clasa A, având gradul de maior în poliția militară. Era o femeie zveltă, de înălțime ușor peste medie. Avea părul lung, legat la spate. Pielea bronzată, ochi căprui-închis. Pe chipul ei se citeau simultan inteligență, autoritate, tinerețe și o răutate jucăușă. Purta decorațiile Steaua de Argint și două Inimi Purpurii.

Șoferul lipsea de la volanul mașinii.

— Bună ziua, domnule căpitan, spuse femeia.

Căpitanul nu răspunse.

— Sunt maior Susan Turner, comandantul Unității 110 de poliție militară și mă ocup de cazul tău. Noi doi vom purta o discuție de un minut, după care te vei întoarce în avion și vei ajunge ori înapoi în Texas, ori direct la Fort Leavenworth. Una sau alta. Ai înțeles?

Glasul ei era cald. Ușor răgușit, ușor murmurat, ușor intim. Totul pornea din gât. Era genul de voce care putea să scoată de la interlocutor tot felul de mărturisiri.

Căpitanul de infanterie știa asta.

— Vreau un avocat, spuse el.

Susan Turner încuviință cu o mișcare a capului.

— O să primești unul, spuse ea. O să primești pe săturate. Crede-mă, în scurt timp o să fii năpădit de avocați. O să fie ca și cum te-ai fi rătăcit la o convenție a Baroului Avocaților cu o bancnotă de o sută de dolari prinsă de gât.

— Nu poți să vorbești cu mine în absența unui avocat.

— Nu-i chiar așa. Tu nu ești obligat să-mi spui nimic fără să ai un avocat. Dar eu pot să vorbesc cu tine cât vreau. Vezi diferența?

Bărbatul nu spuse nimic.

— Am o veste proastă pentru tine, spuse Susan Turner. O să mori. Știi asta, da? Ești terminat. Ești mai terminat decât cel mai terminat individ care-a trăit vreodată. Este absolut imposibil să te poată salva cineva. Este exact lucrul pe care-o să-l auzi de la avocați. Indiferent câți o să ai. Toți îți vor spune același lucru. Vei fi executat și probabil că foarte curând. Nu vreau să-ți dau speranțe false. Ești un mort ambulant.

Bărbatul nu spuse nimic.

— De fapt, ești un mort care stă jos, în acest moment. Stă pe bancheta mașinii și mă ascultă. Ceea ce și trebuie, pentru că vei avea de făcut două alegeri foarte importante. A doua este ceea ce vei mânca la ultima ta masă. Friptură și înghețată sunt alegerile cele mai populare. Nu știu de ce. Nu că aș da doi bani pe aspectele dietetice. Pe mine mă interesează prima ta alegere. Vrei să ghicești care e?

Bărbatul nu spuse nimic.

— Prima ta alegere se referă la motivul pentru care vei fi executat. Ori statul Texas te va ucide pentru că ți-ai omorât nevasta, ori cei de la Leavenworth te vor ucide pentru că ți-ai trădat țara. O să fiu sinceră cu tine și-o să-ți spun că, în opinia mea, niciuna dintre variante nu-ți face cinste. Dar, dacă alegi varianta Texas, poate că oamenii vor da dovadă de oarecare înțelegere. Stresul războiului, misiuni de luptă multiple, genul ăsta de lucruri. Toate chestiile alea posttraumatice. Unii oameni s-ar putea să te considere un fel de victimă.

Bărbatul nu spuse nimic.

— Dar, în privința trădării, lucrurile stau altfel. N-ai nicio scuză pentru asta. Mama și tatăl tău vor trebui să-și vândă casa și să se mute. Poate chiar să-și schimbe numele. Poate nici nu vor reuși să vândă și atunci o să se spânzure în pivniță.

Bărbatul nu spuse nimic.

— Iar în pivniță tavanul nu-i prea înalt. Moartea o să fie lentă. Ca o strangulare. Poate vor muri ținându-se de mână.

Omul nu spuse nimic.

Turner își schimbă poziția în scaun. Picioare lungi, în ciorapi subțiri negri.

— Și gândește-te la frățiorul tău. Toți anii ăia în care s-a uitat la tine ca la un exemplu? S-au dus. Va trebui să plece din marina militară. Cine din echipa lui ar mai putea avea încredere în el? Fratele unui trădător? Și pentru el ar fi ca o condamnare pe viață. Va ajunge să lucreze în construcții. O să se-apuce de băut. Îți va blestema numele nenorocit în fiecare zi pe care o va mai avea de trăit. Poate c-o să-și ia și el zilele. Cu un foc de armă, probabil. În gură sau în spatele urechii.

Bărbatul nu spuse nimic.

— Deci, uite ce-ți propun. Vorbești cu mine acum, îmi răspunzi la toate întrebările, faci dezvăluiri complete, cu toate detaliile, și vom ține ascunsă treaba cu trădarea.

Bărbatul nu spuse nimic.

— Dar, dacă nu vorbești cu mine, vom face publică ancheta. Totul la vedere. Le vom spune celor de la CNN unde locuiesc părinții tăi și vom suna la marina militară ca să le spunem de fratele tău. Nu ofițerilor. Îi vom suna mai întâi pe camarazii lui.

Urmă un lung moment de tăcere. Apoi bărbatul spuse:

— OK.

— OK, ce?

— OK, o să vorbesc cu dumneavoastră.

— OK, o să vorbești cu mine și mai cum?

— OK, o să vorbesc cu dumneavoastră, doamnă maior.

Turner coborî geamul mașinii și strigă:

— Spuneți-i pilotului să meargă să-și ia cina.

Plato îi trânti telefonul în nas pilotului său. Individul sunase să-i spună că vremea în Nord urma să se înrăutățească în următoarele douăzeci și patru de ore. Mai multă zăpadă. Lucru pe care Plato îl știa deja. Avea televiziune prin satelit. Pe un postament de beton din apropierea casei era înălțată o antenă parabolică uriașă. Antena era conectată la o cutie, iar cutia era conectată la un ecran LCD Sony enorm pe peretele din spate al livingului. Televizorul era deschis pe Weather Channel.

Ecranul Sony nu era singurul lucru de pe peretele din spate. Lângă el erau optsprezece picturi în ulei, toate concurând pentru spațiu. Pe cei doi pereți lungi mai erau alte patruzeci și trei de tablouri. Și încă douăzeci pe ultimul perete. În total, optzeci și una de opere de artă. În majoritate, lucrări de mâna a doua ale unor pictori de mâna a patra. Sau lucrări de mâna a treia ale unor pictori de mâna a treia. Sau lucrări de mâna a patra ale unor pictori de mâna a doua. Una dintre ele era semnată de Monet, chipurile, dar Plato știa că trebuie să fie un fals. Monet fusese un artist prolific. Larg distribuit, adesea copiat. Cineva îi spusese odată că dintre cele două mii de picturi pe care Monet le realizase în timpul vieții, șase mii erau numai în Statele Unite ale Americii. Plato nu era prost. Știa ce are. Și știa de ce are. Nu prea se dădea în vânt după operele de artă. Nu erau pasiunea lui. Fiecare pânză era un suvenir al unei vieți distruse, atâta tot.

În spațiile dintre picturi bătuse ace cu gămălie subțiri din alamă, în formă de potcoavă întoarsă. Erau zeci de asemenea formații, poate chiar sute. Nu le mai numărase de multă vreme. Peste fiecare formație erau atârnate brățări și coliere atâtea câte încăpuseră. Erau acolo diamante, smaralde, rubine și safire. Lanțuri din aur, din argint sau din platină. Avea cercei agățați câte unul pe ac. Avea inele puse la fel pe câte un ac. Verighete, inele de logodnă, inele cu sigiliu, inele de absolvire a clasei, inele cu câte-un diamant mare.

Sute și sute de bijuterii.

Poate chiar mii.

Totul era o chestiune de timp.

Era un subiect care-l interesa. Era dominat de clasă. Cât puteau să reziste oamenii, după ce rămâneau fără bani, până să-nceapă să-și vândă trupurile? Câte straturi aveau oamenii între înfrângere și capitulare, între problemă și ruină? Pentru oamenii săraci, nu rămânea nici timp, nici straturi. Aveau nevoie de produsul lui, așa că de îndată ce amărâtele lor de salarii se terminau, lucru care de regulă se întâmpla în ziua în care primeau leafa, începeau să se bată, să fure și să înșele, după care ieșeau în stradă și făceau ceea ce trebuiau să facă. De la ei nu obținea decât bani.

Oamenii bogați erau altfel. Salarii mai mari, care durau mai mult, dar nu la nesfârșit. Apoi începeau să-și epuizeze lent conturile de economii, acțiunile, obligațiunile, investițiile de toate felurile. După care mâinile începeau a scotoci cu înfrigurare prin sertare și casete cu bijuterii. Mai întâi veneau piesele care fuseseră uitate, care nu le erau pe plac sau pe care le moșteniseră. Obiectele acelea ajungeau la el după călătorii lungi și lente, pornite din suburbiile elegante ale unor orașe precum Chicago, Minneapolis, Milwaukee, Des Moines și Indianapolis. Erau urmate de picturi smulse de pe pereți, inele trase de pe degete, lanțuri desfăcute de la gât. Urma un al doilea val, după ce părinții erau jefuiți, apoi al treilea, după vizite la bunici. Când nu mai rămânea nimic, și bogații sucombau. Poate mai întâi în hoteluri, păcălindu-se, dar în final întotdeauna ajungeau pe străzi, în frig, îngenunchind pe alei murdare, bărbați și femei deopotrivă, făcând ceea ce era nevoie să facă.

Totul era o chestiune de timp.

Holland lăsă mașina în parcare și se duse în biroul lui. Peterson și Reacher se îndreptară spre sala de operațiuni. Era goală, ca de obicei. Niciun mesaj pe biroul din colțul din spate, nimic în mesageria vocală. Reacher ridică telefonul și-l puse la loc. Bătu bara de spațiu a tastaturii și pe ecran apăru imaginea unui ecuson de poliție pe care scria *Departamentul de Poliție Bolton*. Imaginea grafică era mare și avea contururile zimțate. Ușor digitalizată. O unitate-turn aflată la niciun metru distanță începu să zumzăie și să huruie. Un hard-disc trezit din amorțire.

— Aveți baze de date aici? întrebă Reacher.

— De ce? întrebă Peterson.

— Am putea să vedem ce-i cu Plato ăsta. Pare să fie actorul principal aici, oricine-ar fi el.

Peterson se așeză la biroul învecinat și bătu în tastatură. Un clic ici, un clic colo, apoi introduse o parolă. Apoi pe ecran apăru probabil o fereastră de căutare, pentru că Reacher îl văzu folosindu-și arătătorul stâng pe tasta Shift, apoi arătătorul drept pe litera P majusculă, apoi pe literele mici l, a, t și o.

Plato.

— Nimic, spuse Peterson. Doar o redirecționare către Google, care spune că e un filosof grec.

— Ai o listă cu poreclele?

Peterson bătu alte nouă taste. Probabil *aka*, apoi un spațiu și în sfârșit *Plato*.

— Sud-american, spuse el. Cetățenie necunoscută. Numele real necunoscut. Vârstă necunoscută. Se crede că locuiește în Mexic. Se crede că deține magazine de amanet în cinci orașe mari din SUA, suspectat de trafic de droguri, suspectat de implicare în prostituție.

— Un tip simpatic.

— Fără cazier judiciar. Nici în Mexic nu are nimic.

— Asta-i tot?

— Bazele de date federale ar putea avea mai multe informații. Dar nu le pot accesa.

Reacher luă din nou telefonul, apoi îl puse la loc. Rock Creek avea și alte lucruri pe cap în afară de problema lui banală. Se întrebă dacă nu cumva începea să devină o bătaie de cap. Sau plictisitor. Asemenea subofițerilor bătrâni și cărunți care continuau să trăiască în preajma unităților militare și își petreceau nopțile prin barurile frecventate de soldați, plictisindu-i pe ceilalți cu vorbărie goală și alte stupizenii de pe vremea lui tataie. Sau ca polițiștii de la oraș pensionați, cei care nu economisiseră destul ca să se mute în Sud și continuau să umble prin aceleași cârciumi, băgându-se neinvitați în orice conversație.

— Am putea merge la pușcărie, spuse Peterson. Face parte din sistemul federal. Au computere. Îi știu pe câțiva dintre cei de-acolo.

Cinci fără cinci după-amiaza.

Încă unsprezece ore.

Capitolul 28

Închisoarea era la opt kilometri spre nord, la capătul aceluiași drum care venea dinspre autostradă în oraș. Drumul era drept, ca și cum proiectantul l-ar fi trasat cu rigla pe o hartă. Plugurile și utilajele de împrăștiat sarea, precum și utilizarea constantă îl făcuseră să fie foarte curat. Era zi de vizită. Autobuzele de navetă fuseseră ocupate.

Drumul dură opt minute. În primele șapte minute, Reacher nu văzu nimic în față în afară de cerul mohorât și de gheața din aer. Apoi zări închisoarea. Pe orizontul îndepărtat apăru mai întâi o lumină difuză, care apoi se transformă în sute de globuri pufoase și separate de o lumină alb-albastră mult deasupra unui gard scânteietor din sârmă ghimpată. Gardul era lung și înalt de peste trei metri și jumătate. Și cam tot atât de gros. La interior și la exterior avea paravane din sârmă întinsă pe stâlpi. Spațiul dintre paravane era umplut până sus cu colaci de sârmă desfăcuți. Alți colaci desfăcuți erau fixați la partea de sus a gardului. Se mișcau și se unduiau în bătaia vântului, sclipind și licărind în lumină. Lumina venea de la reflectoare ca de stadion fixate pe stâlpi înalți din nouă în nouă metri. Boluri metalice imense, întoarse cu susul în jos, în grupuri de câte patru, cu becuri puternice montate în ele. La fiecare treizeci de metri erau instalate turnuri de pază, structuri înalte cu piloni înclinați, ce susțineau cabine din sticlă iluminate și pasarele exterioare. Pe pasarele erau montate reflectoare de căutare. Luminile de pe stâlpi erau orbitoare, iar zăpada neatinsă reflecta razele dublând strălucirea becurilor. În spatele gardului se vedea întinderea de trei sute de metri a curții iluminate și acoperite de zăpadă, iar apoi, cuibărit în centrul dreptunghiului gigantic, se afla un grup de clădiri noi din beton. Acopereau o suprafață de mărimea unui sat mare. Sau a unui oraș mic. Clădirile erau toate iluminate, înăuntru și afară. Ferestrele mici de pe fațadele masive și anoste semănau cu hublourile de pe partea laterală a unei nave. Acoperișurile erau toate acoperite cu zăpadă, ca o pătură groasă și uniformă.

— Calul de dar, spuse Peterson. Vaca bună de muls.

— Impresionant, spuse Reacher.

Și era. În ansamblu, locul era uriaș. Sute de hectare. Uriașa pată de lumină pe fondul întunecat al preriei o făcea să arate ca o navă spațială extraterestră, care plutea acolo, nesigură dacă să aterizeze sau să plece din nou spre locuri mai primitoare.

La capătul îndepărtat, drumul se lărgea într-o piață lată de formă pătrată în fața porții principale. Piața era mărginită de bănci de așteptare pentru autobuze și tomberoane de gunoi. Peterson traversă zona. Poarta era de fapt un tunel, cu pereții și acoperișul din sârmă, suficient de înalt pentru autobuzele de închisoare, suficient de lat pentru a cuprinde două benzi separate, una de intrare și alta de ieșire. Fiecare bandă avea trei porți care formau două țarcuri. Peterson intră în primul țarc și se văzu blocat pentru moment, cu o poartă închisă în spate și altă poartă închisă în față. Un gardian echipat de iarnă ieși pe o ușă, îi cercetă din priviri, apoi se întoarse înăuntru, și poarta din față se deschise. Peterson rulă mașina nouă metri înainte. Întreaga procedură se repetă. Apoi ultima poartă se deschise și Peterson se îndreptă spre clădiri pe un drum pe care roțile vehiculelor formaseră făgașe bătătorite apoi de pașii trecătorilor. Era clar că autobuzele de navetă îi lăsau pe pasageri în fața porții. Reacher și-i imagină pe femeia și pe copilul pe care-i văzuse la cafenea, înfășurați în păturile împrumutate de la motel, pășind prin zăpadă spre clădire și apoi întorcându-se.

Peterson opri mașina cât mai aproape de ușa de intrare a vizitatorilor. În spatele ușii era un hol pustiu, trist și instituțional, cu linoleum ud pe podea, vopsea vernil pe pereți și tuburi fluorescente pe tavan. Acolo erau o instalație cu raze X și un detector de metale, păzite de trei gardieni care ardeau gazul cam de pomană. Peterson îi cunoștea. Și ei îl cunoșteau pe el. După un minut, el și Reacher intrară pe o ușă laterală într-o cameră de așteptare. Deși nouă, construcția purta deja semnele unei uzuri premature. Era foarte cald. Mirosea a cafea veche, a transpirație nouă, a haine din lână ude și uniforme ieftine din poliester. Erau cinci scaune joase în sală și un birou cu un computer. Un gardian îl porni, tastă o parolă și apoi ieși din încăpere.

— Închisoare federală, baze de date federale, spuse Peterson.

Era evident că acele baze de date îi erau puțin cam nefamiliare, pentru că avu nevoie de multe clicuri și tastări înainte să ajungă undeva. Țuguie buzele și respiră adânc de câteva ori până când, în sfârșit, se lăsă pe spate ca să citească ce apăruse pe ecran.

— Cam aceleași lucruri la prima vedere, spuse el. Sud-american, origine exactă necunoscută, identitate reală necunoscută, vârsta exactă necunoscută, dar se crede că ar avea peste patruzeci de ani, se crede că locuiește în Mexic, magazine de amanet în Chicago, Minneapolis, Milwaukee, Des Moines și Indianapolis, suspectat de trafic de droguri în aceleași cinci orașe, suspectat de prostituție în aceleași cinci orașe.

— Ceva nou? întrebă Reacher.

— Înainte n-aveam numele celor cinci orașe.

— În afară de asta.

— Nimic dovedit. Apare avertismentul standard legat de cât dur e tipul. A ajuns în fruntea listei și nu reușești asta fiind cuminte ca un băiat din corul bisericii. În opinia lor, probabil că a ucis sute de oameni. Asta pare să fie o cerință de nivel elementar. Des Moines nu impresionează pe nimeni, dar Chicago sigur da. Nu e un amator.

Apoi Peterson începu să dea clicuri și să deruleze imaginea pe ecran. Alte buze țuguiate, alte oftaturi.

— Individul are avion personal, spuse el.

— La fel ca mulți alții.

— Este un Boeing 737. Un avion de linie transformat pentru uz privat. Se presupune că l-a cumpărat de la o companie aviatică mexicană care a dat faliment.

Reacher nu spuse nimic.

Peterson continuă să caute.

— E foarte scund, spuse el. Un metru cincizeci.

— Serios?

— Tu cât ai?

— Un metru nouăzeci și cinci.

— Ești cu patruzeci și cinci de centimetri mai înalt decât el.

— Practic, e un pitic, spuse Reacher.

— Cineva l-a făcut cândva pitic și s-a trezit a doua zi la spital cu picioarele tăiate, spuse Peterson.

Susan Turner se întoarse în biroul ei din Rock Creek după un drum lung și încet prin traficul de la ora de vârf. Parcă în spațiul rezervat și intră pe ușa din față și pe scara din piatră. Balustrada era tot din metal. Coridorul de la etaj era la fel de îngust. Podeaua era tot acoperită cu linoleum. Aceleași șiruri de uși cu geamuri mate pe stânga și pe dreapta, îndărătul cărora se aflau birouri. Totul rămăsese neschimbat, își zise ea, de pe vremea lui Reacher. Revopsit, probabil, dar fără alte modificări fundamentale. Fiecare birou era echipat în continuare conform protocolului actual al Departamentului Apărării. Al ei avea și el celebrul birou metalic, cu trei telefoane și cu un total de treizeci de linii, un scaun ergonomic pe rotile, fișete pentru dosare și pentru vizitatori două scaune cu picioare din tubulatură elastică. Abajurul pentru iluminat era făcut din sticlă, avea formă de castron și era atârnat de tavan cu trei lanțuri metalice. Sursa de lumină era un bec economic. Avea un computer de tip desktop, cu o conexiune rapidă și sigură de intranet guvernamental. Mai avea și un laptop conectat wireless la o rețea separată. Pe perete era atârnată o hartă a lumii adusă la zi.

Se așeză. Niciun mesaj. Nimic de la forțele aeriene. Reacher n-o mai sunase. Conectă aparatul de înregistrare digitală de voce la hub-ul USB. Conversația ei cu deținutul era încărcată într-un fișier audio. Softul de recunoaștere vocală avea să-l transforme într-un document scris. Ambele fișiere aveau să fie expediate la destinațiile corespunzătoare. Urmau arestări în Texas, Florida și New York City. Și după toate astea, o citare prin ordin de zi a unității, plus o recomandare pentru Steaua de Bronz pentru ea, așa cum noaptea urmează după zi.

Reacher fusese decorat cu Steaua de Bronz atunci, demult. Știa asta, pentru că avea pe birou dosarul lui personal. Era o chestie veche și groasă, abia ținută-n frâu de coperta din carton. Îl răsfoise de multe ori. Jack-nimic-Reacher, născut pe 29 octombrie. Familie de militari, dar cariera nu fusese moștenită, pentru că tatăl lui fusese pușcaș marin. Mama lui fusese franțuzoaică. Absolvise Academia Militară West Point. Petrecuse treisprezece ani în serviciul militar. Fusese polițist militar de la bun început, ceea ce, din perspectiva lui Susan, îl așeza în rândul îngerilor, dar chiar și-așa intrase și ieșise din situații delicate tot timpul. Spunea ceea ce trebuia spus și nu-i păsa cine auzea. Făcea ceea ce trebuia făcut și nu-i păsa cui îi făcea. Folosise scurtături pentru rezolvarea problemelor și luase câteva capete. Fusese degradat de la maior la căpitan pentru că-i rupsese piciorul unui civil. Retrogradarea fusese întotdeauna un mesaj codificat. *E timpul să pleci, amice.* Dar el rămăsese în armată. Rămăsese și se bătuse ca să ajungă din nou maior. Aceasta fiind, de bună seamă, cea mai mare revenire din toate timpurile. Pe urmă condusese Unitatea 110. Primul ei comandant. Fondatorul ei, de fapt.

Predecesorul ei, dar nici pe departe un model de urmat.

Totuși, în cei treisprezece ani, la diferite intervale, dobândise o Stea de Argint, o Medalie pentru Servicii Superioare aduse Apărării, Legiunea de Merit, Medalia Soldatului, o Inimă Purpurie și Steaua de Bronz. Era clar că avea talent din belșug. Iar asta însemna că, dacă ar fi avut o atitudine mai corporatistă, cu un tată din cadrul armatei și o mamă americancă, acum ar fi putut să ajungă șef al statului major.

O carieră bizară.

Steaua de Argint și Inima Purpurie proveneau din Beirut. Reacher fusese ofițer de legătură al armatei lucrând în cadrul Corpului de Marină în momentul când a fost bombardată cazarma. Fusese rănit grav în timpul atacului și imediat după aceea dăduse dovadă de eroism. Toate celelalte ordine de zi referitoare la medalii fuseseră șterse, ceea ce însemna că implicau secrete.

Fusese spitalizat în Beirut și apoi transportat cu avionul în Germania pentru convalescență. Fișa lui medicală se afla în dosar. Era un om sănătos. Rana se vindecase repede și complet. Lăsase ceea ce armata numise o cicatrice „desfigurantă", asta însemnând că fusese gravă de tot. Era înalt de un metru nouăzeci și cinci și, la data raportului din Germania, cântărea o sută nouă kilograme. Nu fusese descoperită nicio afecțiune internă. Vederea era considerată excelentă.

Avea multe calificări oficiale. Era considerat expert în toate armele mici. Câștigase o competiție interservicii de tir cu arma la o mie de metri cu un scor-record. Anecdotic, rapoartele privind condiția fizică îl situau mult peste media clasei sale, excelent pe teren, vorbitor fluent de engleză și franceză, acceptabil în spaniolă, excepțional în toate tipurile de armament portabil și dincolo de excepțional în lupta om la om. Susan știa ce putea să însemne această ultimă apreciere. Era ca și cum cineva ar fi aruncat spre tine un ferăstrău mecanic în funcțiune.

Un om dur, dar inteligent.

Fotografia lui era prinsă în capse pe coperta interioară a dosarului. Era o poză color, puțin ștearsă de la trecerea anilor. Avea părul scurt și ciufulit. Ochi albaștri, luminoși, ușor ascunși de pleoapele grele. Privirea era directă și neclintită. Avea două cicatrici vizibile. Una era la colțul ochiului stâng. Cealaltă, pe buza de sus. Chipul lui părea cioplit din piatră de un sculptor priceput, dar care nu avusese prea mult timp la dispoziție. Numai planuri drepte și dure. Avea un gât. Gros, desigur, dar era acolo. Umerii erau lați. Brațe lungi și mâini mari.

Pe chip avea un zâmbet ambiguu, la jumătatea distanței între răbdător și exasperat. Ca și cum știa că trebuie să-și facă această fotografie, dar tocmai îi spusese fotografului că mai are la dispoziție trei secunde până să-i fie îndesat pe gât aparatul foto.

Jack-nimic-Reacher.

Una peste alta, Susan simțea că ar fi interesant să-l cunoască, fiind probabil avantajos să-l ai prieten, dar cu siguranță periculos ca inamic.

Luă telefonul și-l sună pe omul ei de la forțele aeriene. Îl întrebă dacă avea vești. Nu avea. Îl întrebă când aveau să apară. Omul îi spuse că în curând. Ea îi spuse că în curând nu era suficient de curând.

— Încerci să impresionezi pe cineva? întrebă tipul.

— Nu, zise ea și închise.

Ultima pagină a dosarului lui Reacher era ocupată de un index standard de referințe încrucișate care lista mențiunile conexe din alte dosare. Erau șaptezeci și trei de puncte. Toate erau clasificate, ceea ce nu însemna mare lucru. Practic, toate documentele militare erau clasificate. Primele șaptezeci și două de puncte erau datate în diferite momente ale serviciului său de treisprezece ani și erau clasificate la un nivel peste care i-ar fi fost greu să treacă. Rapoarte operaționale, desigur. A șaptezeci și treia mențiune era clasificată la un nivel mai scăzut, dar era foarte veche. Datată cu mult timp în urmă. Atât de veche, de fapt, încât la acea dată Jack-nimic-Reacher ar fi avut doar șase ani. Un băiețel. Ceea ce era ciudat. Un raport contemporan despre probleme familiale ar fi trebuit să se afle în arhivele Corpului de Marină, nu în cele ale armatei. Datorită tatălui său.

Atunci de ce armata deținea un document despre un băiețel de șase ani?

Trimise prin e-mail o cerere către Comandamentul de Resurse Umane pentru o parolă de folosință unică, permițându-i astfel accesul temporar la dosar.

Plecarea din închisoare presupunea aceleași manevre în sens invers, la care se adăugă o inspecție fizică meticuloasă a vehiculului care pleca. Peterson opri în prima cușcă încuiată și doi gardieni ieșiră cu lanternele, iar unul dintre ei controlă portbagajul, și celălalt, bancheta din spate. Apoi cei doi schimbară responsabilitățile și repetară verificarea. Poarta din mijloc se deschise și Peterson se mută în a doua cușcă. Un al treilea gardian le verifică documentele de identitate și le făcu semn cu mâna să plece.

— Ce părere ai? întrebă Peterson.

— Despre? întrebă Reacher.

— Despre securitatea lor.

— Adecvată.

— Doar atât?

— Atât trebuie să fie.

— Eu cred că e foarte bună.

— Natura umană își va face în final simțită prezența. A trecut doar un an și ceva de când lucrează aici. Nu va fi nevoie decât ca pe doi dintre gardieni să-i lovească lenea în același timp. E menit să se întâmple, mai devreme sau mai târziu. Întotdeauna se-ntâmplă.

— Pesimist.

— Realist.

Peterson zâmbi și conduse mașina prin zăpadă spre oraș.

La două mii șapte sute de kilometri spre sud un mic convoi alcătuit din trei mașini Range Rover rula prin arșiță spre complexul lui Plato. Camionetele aveau toate mai puțin de o lună vechime, toate cu geamurile fumurii și toate erau modelul Sport, care era de fapt un Land Rover LR3 recarosat, având sub capotă un motor Jaguar cu supercompresie. Minunate vehicule pentru drumuri accidentate, dar nu foarte dificile, așa cum erau în porțiunea din statul Michoacán deținută de Plato. În fiecare mașină se aflau câte doi bărbați. Toți șase erau localnici trecuți de treizeci de ani, cu experiență de douăzeci, toți îmbrăcați în costume negre și toți înarmați până-n dinți.

Toți mai lucraseră înainte pentru Plato.

Ceea ce însemna că tuturor le era puțin teamă.

Cele trei mașini trecură de ultima curbă și începură să parcurgă ultima bucată de drum prăfuită până la poartă. Toți cei trei șoferi știau că erau deja urmăriți cu binoclurile. Trecuseră de punctul de la care ar mai fi existat cale de întoarcere. Mențineau o viteză constantă de optzeci la oră, în formație strânsă, și încetiniră de la o distanță suficient de mare ca să nu pară amenințătoare. Lumea spunea că oamenii lui Plato care păzeau poarta aveau rachete antitanc. Sau grenade propulsate cu rachete, cel puțin. Plus rachete sol-aer pentru elicopterele guvernamentale.

Adevărat sau nu, nimeni nu avea dispoziția necesară ca să afle cu certitudine.

Cele trei mașini opriră la o distanță sigură de poartă și cei șase bărbați coborâră de la adăpostul geamurilor fumurii și rămaseră nemișcați în arșița începutului de seară. Nimeni nu se apropie de ei. Știau că erau identificați de la distanță. În afară de asta, nu avea să mai fie nicio intervenție. Știau că buna lor conduită nu era garantată de o percheziție fizică, ci de faptul că toți aveau surori, mame, bunici și verișoare la care se putea ajunge ușor. Nu era deloc plăcut să vezi cum e jupuită pielea de pe fața unei rude. Dar să trăiești după aceea cu acea rudă era și mai rău.

Un motor cu benzină porni și acționă poarta care se dădu la o parte. După un minut, ultima dintre mașini ajungea în interiorul complexului, iar poarta se închidea la loc.

Peterson îl lăsă pe Reacher acasă la Janet Salter. Era noua lui destinație implicită, noapte și zi. Străbătu aleea înzăpezită și polițista din hol îi deschise ușa. Janet Salter era în bibliotecă, în fotoliul ei, ca de obicei, citind la lumina unei veioze. Cealaltă polițistă stătea la fereastră, cu spatele la încăpere. Situație normală. Totul era liniștit.

Janet Salter ținu cartea ridicată și spuse:

— Citesc un Sherlock Holmes.

— Câinele care n-a lătrat noaptea?[5] întrebă Reacher.

— Întocmai.

— M-am gândit deja la asta. Vecina dumneavoastră locuiește în direcția din care bate vântul. E drept, câinele

[5] Povestirea se numește de fapt „Silver Blaze" („Stea de Argint"), făcând parte din volumul de 12 povestiri apărute sub titlul *Memoriile lui Sherlock Holmes*, de Sir Arthur Conan Doyle. *(N.t.)*

ei n-a simțit niciun miros, dar asta nu-nseamnă că n-a fost nimeni aici.

— Există un volum însoțitor al acestei cărți, pe care-ar trebui să-l vezi, în salon, spuse Janet Salter.

Puse cartea jos și se ridică din fotoliu. Reacher o urmă în camera din față. După ce închise ușa, ea nu-i arătă nicio carte, spunându-i în schimb:

— Chiar au plecat motocicliștii?

— Da, răspunse Reacher.

— Se mai întorc?

— Nu cred.

— Deci, acum sunt în siguranță?

— Nu chiar.

— De ce i-a lăsat Holland să plece?

— Regulile orașelor mici, spuse Reacher.

— Asta-nseamnă că acum, dacă eu mă duc și depun mărturie, așa cum am plănuit, un singur om va fi căptușit, cum ai spus tu.

— Adevărat.

— Păi înțelegerea n-a fost nici pe departe așa. Ideea era să-i căptușim pe toți. Acum indivizii vor deveni problema altui oraș.

— Și-al următorului, și-al următorului.

— Nu e corect.

— Așa merg lucrurile.

— Adică nu-i corect să mă supui la un risc atât de mare pentru o recompensă atât de măruntă.

— Vreți să vă retrageți?

— Da, cred că da.

Șase fără cinci seara.

Încă zece ore.

Capitolul 29

Janet Salter ședea într-un fotoliu din salon. Reacher verifică vederea de la fereastră. Nu era nimic acolo. Doar polițistul în mașina lui, unul bun, care-și mișca la stânga și la dreapta capul, după care se uita în oglinda retrovizoare.

— Cred că e prea târziu ca lucrurile să se schimbe în sens practic, spuse Reacher.

— De ce? întrebă Janet Salter.

— Puteți să vorbiți cu Holland chiar acum, dar Holland nu poate vorbi cu procurorul decât mâine, iar procurorul nu poate depune hârtiile necesare decât a doua zi și s-ar putea să mai treacă o zi până când vestea va ajunge unde trebuie. Dar răufăcătorii sunt în mare grabă. Locul ăla le aduce bani. Nu-și pot permite timpi morți.

— Prin urmare, am intrat, dar nu mai pot să ies? zise Janet Salter.

— Nu vă descurajați, spuse Reacher. O să fie bine.

— Dacă nu erai tu, noaptea trecută n-aș fi fost deloc bine. Și tu n-o să rămâi aici o veșnicie.

— Nici n-o să fie nevoie, spuse Reacher. Răufăcătorii nu vor aștepta atâta.

*

Janet Salter se duse să pregătească cina. Spunea că gătitul o relaxează. Polițistele din tura de noapte se treziră și coborâră la parter. În casă domnea o stare de siguranță. Întuneric și frig afară, lumină și căldură înăuntru. Oalele și cratițele de pe plita mașinii de gătit aburiseră ferestrele bucătăriei, așa că Reacher patrulă între bibliotecă, salon și hol. Nu văzu nimic de la ferestre în afară de zăpadă, gheață și umbre mișcătoare. Vântul continua să bată. Nu erau condiții pentru o supraveghere atentă, dar Reacher simțea că situația era acceptabilă. Șapte polițiști alocați cazului, cu el însuși ca rezervă. Îndeajuns de sigur.

Deodată sună telefonul. Reacher era în hol în acel moment și Janet Salter strigă din bucătărie cu rugămintea să răspundă cineva. Era Peterson, care spuse:

— Am ceva ce trebuie neapărat să vezi.

— Unde?

— La secție, pe un computer.

— Nu poți să-l aduci aici?

— Nu.

— Nu pot să plec de-aici.

— Ai spus că s-ar putea să nu mai auzim niciodată sirena aia. Că nu vor mai fi evadări sau răzmerițe.

— O presupunere avizată rămâne o presupunere.

— Vin să te iau și te aduc imediat înapoi.

— Nu poți să promiți asta. Dacă sună sirena când sunt eu acolo?

— Tot te-aduc înapoi. Îți jur pe viața copiilor mei.

— O să dai de necaz.

— O să mă lupt și-o să înving.

— Trebuie să obții departamentul, știi asta? spuse Reacher. Cu cât mai repede, cu-atât mai bine.

Peterson sosi după cinci minute. Vorbi cu oamenii săi și apoi o găsi pe Janet Salter și-i spuse că-l împrumută pe Reacher pentru un sfert de oră. O privi drept în ochi și-i promise că niciunul dintre polițiștii lui nu avea să părăsească locuința ei până la întoarcerea lui Reacher. Deși neliniștită, femeia păru să-i dea crezare. Reacher își puse haina pe el și se urcă în mașina lui Peterson. Cinci minute mai târziu, erau amândoi în sala de operațiuni.

Peterson se așeză la un birou cu computer și începu să dea clicuri pe ecran, țuguindu-și buzele și inspirând și expirând apăsat. În mijlocul ecranului apăru un pătrat cenușiu, care avea în porțiunea centrală o săgeată pentru „play".

— Supraveghere video, spuse Peterson. Din vorbitorul închisorii. E un fișier digital. Ni l-au trimis prin e-mail.

— OK.

— E motociclistul și avocatul lui. Din după-amiaza asta. N-am anulat niciodată supravegherea. Știi de ce?

— De ce?

— Ineficiență.

Peterson mută cursorul și dădu clic pe săgeata de play. Pătratul gri se schimbă într-o imagine color granulară a vorbitorului filmat de sus. Camera era ascunsă probabil într-un abajur din tavan, în partea dinspre avocat a geamului despărțitor. În imagine se vedea un bărbat în costum gri stând aplecat pe scaun cu coatele pe pervazul din beton și fața la treizeci de centimetri de sticlă. În fața lui, de cealaltă parte a geamului, era un individ în salopetă portocalie. Era înalt și clădit solid. Avea părul negru lung și o barbă încărunțită. Poziția lui o reflecta pe a avocatului. Coatele pe pervaz, fața la treizeci de centimetri de sticlă.

Conspirativ.

— Acum ascultă, spuse Peterson.

Avocatul spuse ceva în șoaptă. Reacher nu auzi nimic.

— Unde-i microfonul? întrebă el.

— În abajur, cu camera video.

Peterson apăsă pe o tastă și volumul computerului crescu la maxim. Apoi trase de un punct roșu o fracțiune înapoi și segmentul se derulă din nou. Reacher se dădu mai aproape. Calitatea audio era foarte slabă, dar de data asta propoziția avocatului era inteligibilă.

Avocatul spunea: „Știi, grecii antici ne spun că o așteptare de șase ore ne rezolvă toate problemele".

Peterson opri redarea filmului.

— Vasăzică, greci antici? Ca filosofii greci din Antichitate? Ai spus că Plato a fost un filosof grec din Antichitate. E un cod. E un mesaj.

Reacher încuviință cu o mișcare din cap.

— Când a fost asta? întrebă el.

— La ora două după-amiază. Deci, o așteptare de șase ore ne duce la ora opt seara. Acum e șase. Ceea ce le mai dă două ore. Deja au irosit două treimi din timp.

Reacher privi lung la ecran.

— Dă filmul de la început, spuse el.

Peterson trase de punctul roșu înapoi. Dădu clic pe play. Capul avocatului, mișcându-se puțin în față. Sunetul scrâșnit, cuvintele rostite-n șoaptă. *Grecii antici ne spun că o așteptare de șase ore ne rezolvă toate problemele.*

— Eu înțeleg asta altfel. Nu spune că am avea o perioadă de șase ore în care, la un moment aleatoriu, toate problemele noastre ar putea fi rezolvate. Cred că spune că peste șase ore începând din acel moment ceva anume o să se întâmple, ceva care o să le rezolve.

— Așa crezi?

— E doar părerea mea.

— Ce fel de lucru se va întâmpla?

— Sirena va suna. E singura modalitate prin care ar putea ajunge la doamna Salter.

— Cum poate un avocat să facă sirena să sune?

— Nu poate. Dar poate că împreună pot.

— Cum?

— Ce se întâmplă acolo la ora opt? Iau masa de seară? Ora mesei la zoo e întotdeauna un moment potrivit pentru o revoltă.

— Mănâncă mai devreme.

— Se uită la televizor? O ceartă pe canale, CBS sau NBC?

— Ai spus că nu va avea loc o altă revoltă.

— Ceva o să se-ntâmple. Avocatul ăla vorbește cu convingere despre un eveniment viitor.

Peterson se albi la față. Ca hârtia, sub pielea înroșită de iarnă.

— Dumnezeule! spuse el. La opt se face apelul de seară. Îi încuie în celule pentru noapte și îi verifică. Să zicem că individul a evadat în după-amiaza asta și ei nu știu încă? O să le iasă un om în minus. La opt și un minut vor acționa butonul de panică.

*

Se întoarseră imediat acasă la Janet Salter. Cina era aproape gata. Mai dura zece minute. Spaghetti cu sos și brânză, cu salată în castronul vechi din lemn. Janet Salter se oferi să pună un scaun în plus pentru Peterson, care acceptă. Dar nimic mai mult. Acceptă invitația și apoi îl luă pe Reacher de cot și-l duse în salon.

— O să rămân chiar aici când se declanșează sirena, spuse el.

— Bine, zise Reacher.

— E mai bine să fim doi decât unul singur.

— Întotdeauna e mai bine.

— Ești înarmat?

— Da. Și doamna Salter e la fel.

— Pe unde-o să vină individul?

— Prin față, într-o mașină. E prea frig pentru orice altă manevră.

— Putem face ceva în prealabil?

— Nu, zise Reacher.

— Am putea să-i avertizăm pe cei de la închisoare, cred, spuse Peterson. Dacă sirena s-ar declanșa chiar acum, s-ar putea ca individul să fie prins pe picior greșit.

— Nu vrem să fie prins pe picior greșit, spuse Reacher. Vrem să vină pe alee la opt și două minute. Exact când și unde îl așteptăm. Cum ai spus și tu, vrem ca povestea asta să se termine.

La două mii șapte sute de kilometri spre sud, Plato ieși din casă și găsi trei camionete Range Rover parcate într-un șir frumos aliniat, cu motoarele în ralanti. Cei șase bărbați care veniseră cu ele stăteau relaxați în perechi, cu capetele ridicate, ochelari de soare la ochi, mâinile la spate. Plato îi cercetă cu atenție din priviri. Îi cunoștea. Îi mai folosise înainte. Erau executanți solizi, dar nespectaculoși. Competenți, dar lipsiți de inspirație. Nu erau cei mai buni din lume. De mâna a doua, elevi de nota B, adecvați. Termenii cu care puteau fi descriși erau numeroși.

Se uită la camionete. Trei la număr, identice. Britanice. Fiecare costa cât patru ani de colegiu. Poate nu la Harvard. Le numără din față în spate, unu, doi, trei. Apoi de la spate, trei, doi, unu. Trebuia să aleagă. Nu ocupa niciodată aceeași poziție relativă într-un convoi de două ori la rând. Previzibil din cale-afară. Prea periculos. Voia să aibă două șanse din trei de supraviețuire după primul proiectil tras în direcția lui, dacă era să fie unul. Se gândea că al doilea glonț avea să-și rateze ținta. Motoarele cu supracompresie aveau o accelerație excelentă. Mai bună decât motoarele cu turbocompresie. Nu aveau întârziere.

Alese mașina numărul trei. Într-un fel, era o cacealma dublă. Ușor contraintuitivă. Dacă numărul unu sau numărul doi erau aruncate în aer, numărul trei putea fi prins în capcana carcaselor cuprinse de flăcări. Era previzibil ca el să se aștepte la asta. Tocmai din acest motiv, se va presupune că va fi în mașina numărul unu. Ceea ce dădea un pic de lustru șanselor sale de două din trei. Convoaiele se deschid la creșterea vitezei. Sistem de direcție cu cremalieră și roată dințată, reacții rapide, șoferul de pe mașina numărul trei putea să le ocolească din timp.

Își înclină capul spre cea de-a treia mașină. Unul dintre bărbații de lângă ea se mișcă repede și deschise ușa din spate. Plato se urcă. Mașina avea o treaptă. Care era necesară, ținând cont de statura lui. Se așeză pe banchetă. Piele crem, mărginită cu negru. O cotieră pe portiera din dreapta lui, o altă cotieră trasă în jos în centrul banchetei Aer condiționat, discret. Foarte confortabil.

Cei doi bărbați se urcară în față. Portierele închise, motorul băgat în viteză. Convoiul se puse în mișcare. Poarta culisă într-o parte când se apropiară. Mașinile încetiniră, trecură de poartă, accelerară. Parcurseră cu viteză moderată prima milă prăfuită.

Plato se uită la oamenii din fața lui.

Puteau fi descriși cu numeroși termeni.

Cea mai bună descriere: dispensabili.

Cu șapte oameni în ea, bucătăria lui Janet Salter era ticsită. Peterson și cele patru femei aveau pistoalele la șolduri, ceea ce-i făcea să fie lați. Reacher însuși nu era îngust, privit de la un cot la celălalt. Dar, poate tocmai de-aceea, atmosfera era plăcută. La început, Janet Salter se arătă încordată, așa cum erau și Reacher și Peterson, din alte motive. Cele patru femei erau fericite că puteau vorbi. Apoi Janet Salter începu să se relaxeze, iar Reacher și Peterson luară tacit decizia de a păstra vestea pentru când avea să conteze. Se alăturară discuției. Toată lumea spunea povești. Janet Salter predase cu mult timp în urmă la o școală elementară locală. Copiii fermierilor aveau lenjeria intimă cusută pe ei pentru iarnă în noiembrie și erau eliberați de ea abia în martie. În ianuarie, mirosul era groaznic. În februarie, era insuportabil.

Experiența lui Peterson fusese diferită. Avea jumătate din vârsta lui Janet Salter. Școala lui era exact la fel ca cele pe care le văzuse în toate emisiunile de televiziune pe care le urmărise. Simțea că face parte din America până când s-a uitat la o hartă. O mie o sută de kilometri până la cea mai apropiată echipă din Major League. Departe de orice. Ceva timid i-a spus în minte că nu avea să plece niciodată de acolo. Făcu mărturisirea fără rețineri.

Două dintre polițiste erau din Dakota de Nord. Veniseră în Sud pentru slujbe. Și pentru o vreme mai caldă, spuse una dintre ele zâmbind. Educația lor fusese similară cu a lui Peterson. Reacher nu spuse prea mult. Dar știa despre ce vorbeau. Vestiare, sala de sport, cancelaria. Fusese în șapte școli elementare, toate pe teritoriul bazelor militare din străinătate, dar importate direct din SUA, ca ansambluri standardizate de învățământ. În străinătate, fusese în căldura înăbușitoare din Manila sau Leyte, ori în frigul umed din Germania sau Belgia, dar în țară ar fi putut să fie în Dakota de Nord sau Dakota de Sud, ori în Maine sau în Florida. Au fost și perioade când s-a aflat la nouăsprezece mii de kilometri distanță de cea mai apropiată echipă din Major League. Ceva în minte îi spusese că nu avea să stea niciodată prea mult într-un loc.

La desert mâncară fructe și, după cafea, curățară masa și spălară vasele, cu toții împreună, parte din profesionalism, parte din colegialitate. Femeile din tura de zi ieșiră din schimb și se duseră la etaj. Femeile din tura de noapte ocupară posturile din hol și din bibliotecă. Janet Salter își luă cartea. Reacher și Peterson se duseră în salon să aștepte.

Șapte fără cinci seara.

Încă nouă ore.

Capitolul 30

Peterson se tot uita la ceas. Reacher socotea în minte scurgerea timpului. Ora șapte. Șapte și cinci. Șapte și zece. Șapte și un sfert. Nicio activitate pe stradă. Imaginea văzută de sub streașina verandei rămânea neschimbată. Zăpadă, gheață, vânt, mașina parcată a lui Peterson, mașina de supraveghere cu polițistul vigilent la volan. Peterson scoase Glock-ul din toc, îl verifică și-l puse la loc. Reacher avea pistolul Smith & Wesson în buzunarul pantalonilor. Nu avea nevoie să verifice că e acolo. Îi simțea greutatea.

Peterson era la fereastră. Reacher ședea în fotoliul lui Janet Salter. Se gândea la pista de aterizare, la vechea clădire din piatră și la barăcile din lemn.

Mai exact, la prima baracă.

— Kim are o soră? întrebă el.

— Nu, răspunse Peterson.

— Vreo nepoată sau verișoară?

— Nu are nepoate. Are câțiva veri. De ce?

— Fata pe care-am văzut-o în baracă, stând pe pat. Mi s-a părut familiară. La început am crezut c-am mai văzut-o înainte. Dar nu văd cum. Așa că încerc acum să mă lămuresc. Ori era doar o reprezentantă a tipului fizionomic local, ori semăna cu altă persoană pe care-am văzut-o.

— Nu există un tip fizionomic local.

— Crezi? Tu și Holland arătați la fel.

— El e mai bătrân.

— În afară de asta.

— Poate semănăm puțin. Dar nu există un tip local.

— Atunci fata arăta ca o persoană pe care-am văzut-o. În prima mea seară aici, cred. Și singura femeie pe care-am văzut-o în prima seară aici a fost Kim.

— Și bătrânele din autocar.

— Nicio asemănare.

— Chelnerița de la restaurant?

— Nu.

— Kim nu are surori. Nici nepoate. Și cred că toți verii ei sunt băieți.

— OK, spuse Reacher.

— Poate c-ai văzut un bărbat. Frații și surorile pot să semene între ei. Lowell are o soră care seamănă cu el. Îl mai ții minte? Ofițerul pe care l-ai întâlnit.

— Greu de ea, spuse Reacher.

— Dar cum arăta fata asta misterioasă până la urmă?

— Înaltă, slabă și blondă.

— Păi noi toți suntem înalți, slabi și blonzi.

— Exact ce spuneam.

— Dar poți să ne deosebești.

— Dacă mă concentrez, spuse Reacher.

Peterson zâmbi scurt și se întoarse cu fața la geam. Reacher veni lângă el. Șapte și douăzeci. Liniște totală.

Departe spre est și puțin mai la sud, Susan Turner formă iar un număr pe telefon. Omul ei de la forțele aeriene răspunse de la primul apel. Îi spuse că tocmai se pregătea să o sune și el. Pentru că avea noutăți. Tocmai îi sosise dosarul relevant.

— Deci, ce-i acolo sub pământ? întrebă Susan.

Individul îi spuse.

— E vag, zise ea. Există vreo posibilitate să afli mai multe detalii?

— Mi-ai spus că treaba asta e privată și neoficială.

— Așa este.

— Lași impresia că promovarea ta depinde de asta.

— Încerc să ajut pe cineva, atâta tot. Și informațiile vagi nu ajută.

— Pe cine încerci s-ajuți?

— Un prieten, spuse Susan Turner, după o scurtă ezitare.

— Cât de bun prieten îți este?

— Încă nu știu.

— Cât de bun vrei să-ți fie?

— Îndeajuns de bun ca să merite să mai verifici.

— OK, spuse tipul. O să mai verific. Revin eu c-un telefon.

La șapte și jumătate, Janet Salter începu să se agite prin casă. Reacher o auzi în hol. O auzi pe polițista de la baza scării spunându-i că cina a fost excelentă. O auzi pe Janet Salter răspunzându-i politicos. Apoi femeia veni în salon. Reacher voia s-o ascundă în subsol, dar hotărî să aștepte până când suna sirena. Se gândi că acela avea să fie momentul când ar fi fost cel mai probabil să se supună, când va auzi din nou vaietul sirenei.

— Ce e pe cale să se-ntâmple? întrebă ea.

— De ce credeți că e pe cale să se-ntâmple ceva? o întrebă Peterson.

— Pentru că tu ești aici, domnule Peterson, în loc să fii acasă, cu doamna Peterson și copiii tăi. Și pentru că domnul Reacher a fost și mai tăcut decât e de obicei.

— N-o să se-ntâmple nimic, o asigură Peterson.

— La opt, se face apelul de seară la pușcărie, zise Reacher. Credem că vor ieși cu un om lipsă. Vor acționa butonul de panică.

— La ora opt?

— Poate la și un minut.

— O evadare?

— Credem că deja a avut loc, spuse Peterson. Vor afla când vor face numărătoarea.

— Înțeleg.

— N-o să plec de-aici, spuse Peterson.

— Îți sunt recunoscătoare pentru grijă. Dar te voi face să pleci. Tu ești următorul șef de poliție. Pentru binele orașului, nimic nu trebuie să stea în calea acestui lucru.

— E o nebunie.

— Nu, așa se iau deciziile bune. Trebuie să te scoți pe tine din ecuație.

— Nu pot s-o fac.

— O înțelegere e o înțelegere, chiar dacă domnul Holland nu s-a ținut de cuvânt față de mine.

— N-o să plec.

— Ba o să pleci.

Forțele de Securitate ale Forțelor Aeriene ale SUA aveau cartierul general la Baza Aeriană Lackland din Texas. Nu aveau un echivalent direct al Unității Speciale 110 a Corpului de Poliție Militară al armatei. Cel mai apropiat de așa ceva era Programul Phoenix Raven, care era un set integrat de echipe specializate. Una dintre acele echipe era condusă de un tip care tocmai terminase de vorbit la telefon cu Susan Turner din Virginia și îl sunase din nou pe un funcționar de la arhivă aflat la o distanță de peste o mie cinci sute de kilometri, într-un depozit al arhivelor.

— Ce ți-am dat e tot ce am, spuse funcționarul.

— Prea vag.

— Asta e.

— Trebuie să mai fie ceva.

— Nu este.

— Cât de atent te-ai uitat?

— Poți să te holbezi cât vrei la o foaie de hârtie, că n-o să apară cuvinte pe ea.

— Care a fost originea livrării?

— Vrei să urmăresc un anumit transport aerian de-acum cincizeci de ani?

— Poți?

— Nicio speranță. Îmi pare rău, domnule maior. Dar aici e vorba de istorie antică. Ați putea la fel de bine să mă întrebați ce a mâncat la prânz omul din Neanderthal într-o zi de joi, acum un milion de ani.

La opt fără zece, în casa lui Janet Salter era o liniște absolută. Un fel de puls al groazei trecuse de la un locatar la următorul. Polițista din hol se ridicase de pe treapta de jos a scării și stătea acum în spatele ușii. Polițista din bibliotecă se dăduse mai aproape de fereastră. Peterson supraveghea strada. Janet Salter îndrepta cărțile de pe rafturile din salon. Le aranja cotoarele în linie. Mișcări mici, neliniștite, dar precise, cu nodurile degetelor de la mâna dreaptă.

Reacher lenevea într-un fotoliu. Cu ochii închiși. Nimic nu se putea întâmpla înainte să sune sirena.

Ceasul ticăia neabătut.

Opt fără cinci seara.

Încă opt ore.

Capitolul 31

Ceasul din capul lui Reacher ajunse la opt fix. Nu se întâmplă nimic. Lumea de afară rămase înghețată și liniștită. Nu se auzea nimic în afară de sunetul vântului, de hârjâitul și răpăiala coniferelor înghețate, de pârâitul și agitația crengilor de copaci și de cutremurările tectonice primare ale pământului care se răcea și mai mult.

Opt și un minut.

Nu se întâmplă nimic.

Opt și două minute.

Nu se întâmplă nimic.

Niciun sunet.

Nicio sirenă.

Nu veni nimeni.

Peterson se uită la Reacher, care ridică din umeri. Janet Salter se uită pe fereastră. Nicio mișcare pe stradă. Polițista din hol se foi. Reacher auzi scândurile scârțâind sub pașii ei.

Opt și trei minute.

Nu se întâmplă nimic.

Opt și patru minute.

Și cinci.
Și șase.
Și șapte.
Nu se întâmplă nimic.
Niciun sunet, nicio sirenă.
Absolut nimic.

La opt și-un sfert renunțară să-și mai facă griji. Peterson era sigur că numărătoarea efectivelor nu putea fi întârziată atât. Închisorile funcționează pe baza unor rutine fixe. Dacă celulele nu erau încuiate pentru noapte la opt fix, trebuiau făcute mențiuni în registrele operaționale, rapoartele să fie îndosariate în triplu exemplar și supraveghetorii chemați să dea explicații. Mult prea mult deranj pentru orice alt motiv în afară de o revoltă în desfășurare, iar dacă ar fi avut loc o revoltă, sirena ar fi sunat oricum. Prin urmare, tentativa eșuase. Sau avocatul aruncase pur și simplu niște vorbe-n vânt.

Totul era în regulă.

— Ești sigur? întrebă Reacher.

— Absolut, spuse Peterson.

— Atunci, dovedește-o. Pune-n practică ceea ce ai spus.

— Cum?

— Du-te acasă.

Ceea ce Peterson făcu. Mai trase de timp până la opt și douăzeci și apoi își puse haina și o luă în jos pe alee, se urcă în mașină și plecă. Janet Salter terminase de îndreptat cărțile și acum citea. Polițista de pe hol se întoarse la poziția ei de pe treapta de jos a scării. Polițista din bibliotecă se dădu înapoi de la fereastră. Reacher ședea în bucătărie și încerca să se hotărască dacă să o deranjeze pe Janet Salter cerându-i permisiunea sau să se-apuce să-și facă singur cafea. Știa cum funcționează un percolator. Mama lui avusese unul, chiar dacă era franțuzoaică. În final, se duse și-l porni nepoftit. Ascultă cum gâlgâie și șuieră și, când se liniști, își turnă o cană. O ridică în semn de salut ironic către reflecția lui din fereastră și luă o gură.

*

La opt și jumătate sună telefonul din hol. Polițista de la baza scării se ridică și răspunse. Era pentru Reacher. Glasul din Virginia. Polițista duse două degete sub ochi și apoi le îndreptă spre ușă. *Fii atent la intrare și te las să vorbești liniștit.* Reacher încuviință cu o mișcare a capului și luă receptorul. Glasul spuse:

— Patruzeci de tone de surplus de efecte militare rămase din al Doilea Război Mondial.

— E vag.

— Mie-mi spui? Omul meu a făcut tot ce-a putut, dar mai mult de-atât nu știe.

— Ce fel de surplusuri au avut după al Doilea Război Mondial?

— Glumești? Tot felul de lucruri. Bomba atomică a schimbat totul. Au trecut de la multe avioane care cărau bombe mici la câteva avioane care transportau bombe mari. Numai chiloți și maiouri se poate să fi avut în plus vreo patruzeci de tone. Plus că au trecut de la avioanele cu elice la cele cu reacție. Aveau căști. Ar putea să fie patruzeci de tone de căști din acelea de pe vremuri, din piele.

— Ce bine mi-ar fi prins una de-aia chiar acum.

— Nu te mai văicări.

— Care-i temperatura aici?

O pauză.

— Minus douăzeci și cinci de grade.

— Se simte mai rău de-atât.

— Și-o să fie și mai rău. Radarul de pe Weather Channel arată groaznic.

— Mulțumesc pentru veștile bune.

— Hei, tu m-ai întrebat.

— Deci, căști și chiloți?

— Trebuie să fie ceva legat de schimbarea de echipament între generații sau de reducerea numărului de aviatori. Sau ambele.

— Ceva despre mărimea sau arhitectura locului?

— Chestia asta a dispărut cu mult timp în urmă.

— OK, spuse Reacher. Mulțumesc.

— Omul meu a vorbit. Cel de la Fort Hood. Așa cum ai spus.

— Mă bucur.

— Îți rămân datoare.

— Nu, suntem chit.

— Ba nu. A fost prima mea reușită importantă.

— Serios? De cât timp ești în acest post?

— De două săptămâni.

— Nu mi-am închipuit. Pari să fii acolo de-o veșnicie.

— Nu sunt sigură că e un compliment.

— Așa am vrut să fie, spuse Reacher.

— Atunci, mulțumesc.

— Ar trebui să fii în oraș, să sărbătorești.

— Mi-am trimis oamenii în oraș.

— Bună mișcare. Dă-le lor tot creditul. Ei vor aprecia, dar șefii vor ști mereu cine-a făcut de fapt treaba. Vei câștiga pe ambele fronturi.

— Așa ai procedat și tu?

— Întotdeauna. Am dat de înțeles că n-am făcut mare lucru. De multe ori era adevărat, bineînțeles.

— Nu așa sugerează dosarul tău.

— Tot te mai uiți la vechitura aia?

— E o adevărată saga.

— Nu-i corect. Este o relație foarte asimetrică din perspectiva informațiilor.

— Băiete, viața-i nașpa.

— Cum mi-ai zis?

— Încercam să vorbesc ca o blondă din California.

— Înțeleg.

— Chiar înțelegi?

— Nu ești nici blondă, nici din California.

— Și e bine?

— Dac-ai fi brunetă, s-ar putea să-mi placă. Ochi căprui?

— Te-ai prins.

— Părul lung, așa-i?

— Mai lung decât ar trebui.

— Excelent.

— Vrei să reluăm și chestia cu numărul de la sutien?

— Trebuie să fiu sincer. Pur și simplu nu aud ce spui.

— OK, spuse ea râzând. Mărturisesc. Ai dreptate.

— Înălțimea?

— Un metru șaptezeci.

— Tenul deschis sau închis?

— Nici așa, nici așa. Dar mă bronzez frumos.

— Vrei să vezi Dakota de Sud iarna?

— Prefer plaja, spuse ea râzând din nou.

— Și eu. De unde ești?

— Montana. Un orășel de care n-ai mai auzit.

— Pune-mă la încercare. Am fost în Montana.

— Hungry Horse?

— N-am auzit în viața mea de el.

— Ți-am zis eu, spuse ea. E aproape de Whitefish.

— Îți place armata?

— Ție ți-a plăcut?

— Ai dosarul meu, spuse Reacher.

— Și jumătate din timp mă gândesc, Doamne, dacă ai urât-o atât de mult, ar fi trebuit să pleci când treaba mergea bine.

— N-am urât-o niciodată. Nicio clipă. Am vrut doar să repar ce nu era în regulă.

— Ți-ai depășit treapta de salarizare.

— Mi-am dat seama de asta.

Reacher se uită în jurul lui, în hol. Ușa închisă, lambriurile închise la culoare, picturile în ulei, covorul persan. Esențele rare de lemn, ceara, luciul, patina. Primise toate informațiile pe care avea să le primească vreodată de la sau prin Unitatea 110. N-avea niciun motiv întemeiat să continue să vorbească.

Glasul îl întrebă:

— Apropo, ce faci tu în Dakota de Sud?

— M-am aflat într-un autobuz care a fost implicat într-un accident. Am rămas blocat aici.

— Viața e un joc de noroc.

— Dar cărțile sunt măsluite. Niciun autobuz în care-am fost eu vreodată nu s-a defectat într-un loc cald.

— Te porți frumos acolo?

— De ce m-aș purta altfel?

— Dosarele astea sunt marcate dacă cineva de-afară cere să arunce o privire la ele. Știi, FBI-ul sau un departament de poliție local, ceva de genul. Iar al tău este marcat din plin. S-au tot interesat oamenii de tine în ultimii doisprezece ani.

— Ceva de-aici în ultimele două zile?

— O copie a plecat la cineva numit Thomas Holland, de la Departamentul de Poliție Bolton.

— E șeful poliției de-aici. Probabil ceva de rutină. A vrut să știe dacă sunt calificat, fiindcă mi-a cerut să-l ajut. Pe vremea când credea că acea clădire din piatră ar fi a armatei. Și, vreo urmare?

— Nu.

— Asta pentru că m-am purtat frumos.

O pauză lungă.

Era timpul să încheie.

— Cum te cheamă?

— Contează?

— Aș putea să aflu. Așa cum stau lucrurile acum în armată, probabil că apari undeva pe internet.

— Glumești? 110? Nicio șansă. Nu existăm.

— Deci, cum te cheamă.

— Susan.

— Drăguț nume.

— Și eu cred la fel.

Altă pauză lungă.

Era timpul să încheie.

— Omul tău de la forțele aeriene e la Lackland? întrebă el.

— Da. Vorbește cu omul lor de la arhiva din Colorado.

— Roagă-l să mai facă o încercare. Este evident că marfa aia a fost adusă aici cu avionul. Trebuie să existe pe undeva un document de transport.

— O să-ncerc.

— Mă suni? întrebă el.

— Desigur, spuse ea.

Reacher se întoarse în bucătărie și-și umplu din nou cana cu cafea. În casă era liniște. Niciun sunet semnificativ din afară. Nici dinăuntru nu venea vreun sunet semnificativ, cu excepția vibrației subliminale a oamenilor calmi și vigilenți care se concentrau intens pe ceea ce aveau de făcut. Era genul de liniște pe care Reacher o auzise de sute de ori înainte. Își duse cana în salon și o găsi pe Janet Salter citind acolo. Ea ridică privirea din carte și spuse:

— Bei cafea.

— Sper că nu vă deranjează, spuse Reacher.

— Absolut deloc. Dar nu te ține treaz?

— Până când o să vreau să dorm, zise el.

— Cum a fost?

— Cine?

— Femeia din Virginia.

— A fost în regulă.

Reacher se apropie de fereastră și aruncă o privire la stradă. Zăpadă, gheață, mașina de poliție parcată, frunzișul înghețat mișcându-se țeapăn în bătaia vântului. Ceva lumină de la lună, ceva nori înalți, o lumină oranj îndepărtată de la lămpile cu vapori de pe străzile aflate la nord și la est.

— Liniște peste tot, spuse el.

— Crezi că penitenciarul de stat și închisoarea federală au aceeași oră a stingerii ca și pușcăria districtuală?

— Așa-mi imaginez.

— Atunci o vreme suntem în siguranță, nu-i așa? Efectivele au fost numărate și nu mai există vreun prilej de turbulențe în masă până dimineață.

— În principiu.

— Dar?

— Speră că va fi bine, pregătește-te de ce-i mai rău.

— Ăsta-i motoul tău?

— Unul dintre multe altele.

— Care ar fi altele?

— Niciodată să nu uiți, niciodată să nu ierți. Fă-o o dată și fă-o bine. Culegi ce-ai semănat. Planurile se duc pe copcă de îndată ce s-a tras primul foc. Apără și slujește. Mereu la datorie.

— Ești la fel de dur cu tine cum ești și cu ceilalți.

— Crud, dar drept.

— Nu mai pot să suport genul ăsta de tensiune.

— Sper că nu veți mai fi nevoită.

— E pentru prima oară în viață când mi-e frică. Este o chestie fundamentală, nu-i așa?

— E o alegere, spuse Reacher. Atâta tot.

— Cu siguranță că toată lumea se teme de moarte.

— Ăsta era un alt moto: Nu mi-e frică de moarte. Moartea se teme de mine.

— Parcă ai încerca să te convingi pe tine însuți.

— Cu toții încercăm, tot timpul. Credeți-mă.

— Deci, ți-e frică de moarte.

— Cu o moarte toți suntem datori. Depinde ce formă ia, cred.

Janet Salter rămase tăcută un moment. Apoi spuse:

— Acum doi ani l-am cunoscut pe cel care m-a succedat la Yale. La o conferință a bibliotecilor. A fost o experiență interesantă. Îmi închipui că și tu simți la fel când vorbești cu femeia din Virginia.

— Nu e succesoarea mea. Nu direct. Se poate să fi fost șase sau șapte oameni între mine și ea. Poate mai mulți. E o legătură îndepărtată. Aproape arheologică.

— E mai bună decât tine?

— Probabil.

— Așa am simțit și eu. La început, asta m-a deprimat. Pe urmă, mi-am dat seama că ar trebui să mă simt încurajată de acest lucru. Progresul este menținut. Lumea continuă să meargă înainte.

— Cât a trecut de când v-ați pensionat?

— Ceva mai mult de zece ani.

— Deci v-ați întors aici înainte ca închisoarea să se fi construit.

— Cu câțiva ani mai devreme. Pe atunci era un oraș diferit. Dar cred că nu foarte diferit. Adevărata schimbare urmează să se producă. Încă suntem într-o fază de tranziție. Adevărata schimbare se va produce când ne vom obișnui cu situația. Deocamdată, suntem un oraș cu o închisoare în el. În curând o să fie un oraș-închisoare.

— Și cum era înainte?

— Blând, spuse Janet Salter. Liniștit. Jumătate ca mărime. Fără localuri fast-food, un singur motel. Comandantul Holland era un bărbat tânăr cu familie. Așa cum e Andrew Peterson acum. Nu știu de ce, dar asta simbolizează schimbarea pentru mine. Totul era plin de tinerețe, vesel și lipsit de griji. Nu era îmbătrânit, obosit și plin de amărăciune, cum e acum.

— Ce s-a întâmplat cu soția lui Holland?

— Cancer. Dar, din fericire, s-a dus repede. Fiica lor, Liz, avea cincisprezece ani atunci. Ceea ce ar fi putut să fie tare dureros, dar se pare că a depășit cu bine momentul. A avut același nume ca mama sa. Mamei i se spunea Betty, iar fiicei, Liz. Semănau în toate privințele. Ceea ce se poate să fi fost dureros și pentru domnul Holland, dar și el a depășit momentul. Pe atunci era deja implicat în primele faze ale planificării închisorii și asta i-a ținut mintea ocupată.

— Și care-a fost povestea cu divorțul soților Lowell?

— Ți-am spus că nu știu. Dar faptul că niciunul dintre ei nu vorbește despre asta te face să-ți imaginezi tot felul de lucruri, nu-i așa?

— Vina lui sau a ei?

— Oh, a lui, cred.

— Peterson zicea că are o soră care seamănă mult cu el.

— Într-un fel. Dar e mult mai tânără decât el. Mai mult ca o nepoată.

— Aveți de gând să rămâneți aici, chiar și când o să fie un oraș-închisoare?

— Eu? Sunt prea bătrână ca s-o iau de la zero în altă parte. Dar tu?

— Eu n-aș putea să stau aici. E prea frig.

— În cele din urmă, o să vrei să te așezi undeva.

— Până acum, nu s-a-ntâmplat.

— Vezi ce-o să simți peste treizeci de ani.

— E un orizont îndepărtat.

— O să vină mai repede decât te-aștepți.

Reacher puse cana goală pe o măsuță joasă. Nu era sigur dacă să rămână în cameră sau s-o lase să citească singură. Nu știa ce-ar fi preferat.

— Stai, spuse ea. O să am timp din belșug pentru citit după ce-o să se termine agitația asta.

Reacher rămase.

— Ți-e destul de cald? îl întrebă ea.

— Mă simt bine, spuse el.

Și așa și era. Radiatorul vechi de sub fereastră făcea căldură din belșug. Apa fierbinte din conducte se plimba neobosit prin casă. O auzea. Auzea cum îmbinarea în unghi drept ascunsă din capul scării șuiera ceva mai tare decât celelalte. Își imagină arzătorul din subsol huruind și pompa trăgând din greu. Căldură nelimitată, disponibilă în permanență. Mult mai bine decât aranjamentul din casa lui Andrew Peterson. Vechea sobă metalică cu lemne, cu tirajul oprit și răcindu-se în timpul nopții, abia călduță dimineața.

Se uită în gol o secundă.

— Prostule! spuse el.

— Cine? întrebă Janet Salter.

— Eu.

— De ce?

— Trebuie să dau un telefon.

Se ridică și ieși în hol. Vorbi cu polițista așezată pe prima treaptă a scării:

— Îmi trebuie numărul de-acasă al lui Andrew Peterson.

— Nu sunt sigură că am permisiunea să ți-l dau, spuse aceasta.

— Atunci formează-l pentru mine. Nu mă uit.

Femeia formă numărul. Ascultă să vadă dacă primise ton de apel, apoi îi întinse receptorul. Răspunse Kim Peterson. Reacher se prezentă și spuse:

— Îmi cer scuze că vă deranjez, dar trebuie să vorbesc cu Andrew.

— Abia a ajuns acasă.

— Știu. Îmi pare rău, dar e important.

Urmă o pauză lungă. Probabil că femeia trebui să-l scoată pe Peterson din bârlog. Dar, până la urmă, acesta răspunse.

— Probleme? întrebă el.

— Din contră, spuse Reacher. Știu unde e cheia de la clădirea din piatră.

Nouă fără cinci seara.

Încă șapte ore.

Capitolul 32

Reacher rămase la telefon și, preț de un minut, îl ascultă pe Peterson vorbind cu el însuși despre ce să facă în continuare. Ca și cum ar fi gândit cu glas tare.

— La închisoare s-a dat stingerea acum o oră, așa că sirena n-o să sune. Este imposibil, nu? N-are cum să se-ntâmple. Individul ar putea să vină și fără să sune sirena, cred, dar în acest caz i-ar sta în cale o mulțime de oameni. Patru în casă, trei în stradă. Toți, oameni bine pregătiți. M-am asigurat de asta. Deci în momentul ăsta nu contează cu adevărat dacă ești acolo sau nu, așa-i? Ești în plus. Într-un sens temporar. Așa că nu e niciun risc să pleci. Ești de acord?

— Da, confirmă Reacher.

— Vin să te iau în zece minute.

Reacher se întoarse în salon. Janet Salter se uită la el. Reacher îi spuse că trebuie să plece, precizând și motivul, și locul.

— Dacă polițiștii trebuie să plece, ce faceți? o întrebă el.

— Mă încui în subsol.

— Cu?

— Cu pistolul.

— Când?

— Imediat, cred.

— Corect, spuse Reacher. Imediat, instantaneu, fără nicio întârziere, înainte chiar ca polițiștii să iasă pe ușă. Vă încuiați și rămâneți acolo până mă întorc.

— Cu parola.

— Corect, spuse din nou Reacher. Și chiar dacă polițiștii nu pleacă, vă duceți acolo dacă simțiți vreo agitație oarecare. Orice fel de neliniște, orice fel de nervozitate suplimentară, orice fel de alertă mărită, bine?

— Crezi că omul ăla ar putea să vină când polițiștii sunt încă în casă?

— Speră că va fi bine, pregătește-te pentru ce-i mai rău. Dacă polițiștii simt ceva în neregulă, nu vă vor spune imediat. Nu vor vrea să pară penibili după aia, dacă se va dovedi că n-a fost nimic. Așa că depinde de dumnevoastră să vă dați seama. Aveți încredere în instinct. Orice îndoială ați avea, vă ascundeți acolo, repede. Un glonț rătăcit vă poate ucide la fel ca unul trimis special.

— Cât o să fii plecat?

— Cam două ore.

— O să fiu bine.

— O să fiți dacă faceți ce v-am spus.

— O să fac, îți promit. Mă duc jos, încui ușa și aștept parola.

Reacher încuviință din cap, fără să spună nimic.

Suficient de sigur.

Reacher ieși în hol și-și puse haina uriașă. Verifică în buzunare căciula, mănușile și pistolul. Toate erau prezente și funcționau. Telefonul sună. Femeia de la baza scării răspunse. Îi întinse telefonul lui Reacher fără să spună nimic.

— Da? spuse el așteptându-se să fie Peterson.

Glasul din Virginia spuse:

— Avem un document parțial de însoțire a transportului.

— Și?

— Și o să-mi petrec restul vieții mele plătind acest favor. Știi cât de greu trebuie să fi fost de găsit? O hârtie lipsită de relevanță de acum cincizeci de ani?

— Au funcționari, așa cum aveam și noi. Ce altceva au de făcut?

— Ei spun că multe.

— Nu-i crede. Ce scrie în document?

— Patruzeci de tone de surplus de la vechile baze ale Diviziei a 8-a a Forțelor Aeriene din Marea Britanie. De la terenurile pentru bombardiere din estul Angliei, din cel de-al Doilea Război Mondial. Pe la mijlocul anilor cincizeci au fost închise multe din astea. Pistele nu mai erau îndeajuns de lungi.

— Se specifică ce fel de surplus?

— Da și nu. La modul general se spune că e vorba de materiale necesare pentru echipaje, iar în mod specific apare un nume de producător de care nu-și mai amintește nimeni și un cod pe care nimeni nu-l mai înțelege.

— Nici măcar băieții de la Lackland?

— Nici măcar ei. Avem de-a face aici cu elemente de istorie antică.

— Așa cum îmi amintesc eu istoria antică, n-am adus înapoi din Europa surplusul din timpul războiului. Ori le-am aruncat, ori le-am vândut. Am păstrat banii în valuta locală și i-am folosit pentru burse Fulbright. Doi iepuri dintr-un foc. Ne-am descotorosit de o grămadă de chestii vechi și am răspândit în același timp pacea, frăția și înțelegerea. Prin schimburi educaționale.

— Ce vremuri!

— Care era codul?

— N06BA03.

— Nu-mi spune absolut nimic.

— Nu spune nimic nimănui. Ar putea fi chiloți. Sau căciuli.

— Nu cred c-am fi adus înapoi cu avioanele patruzeci de tone de chiloți sau de căciuli. N-ar fi avut nicio logică. E mai ieftin să le dai de pomană sau să le dai foc.

— Atunci poate că era ceva ce nu puteam da de pomană. Sau vinde. Sau arde. Din motive de securitate. Pistoale, poate. Cred că piloții din timpul războiului aveau așa ceva la ei. În caz că erau doborâți pe teritoriul inamic.

— Care era numele producătorului?

— O firmă numită Crown Laboratories.

— Cum ai zis?

— Crown Laboratories.

— Of, dar-ar dracii!

— Ce e?

— Patruzeci de *tone*? Trebuie să fie o glumă.

— Reacher, ce e?

— Trebuie să plec.

De îndată ce văzu lumina farurilor mașinii lui Peterson pe stradă, ieși, traversă veranda și se grăbi pe alee. Gerul îl izbi cu forța unui baros. Cauciucurile vehiculului lui Peterson pârâiau pe zăpada înghețată. Reacher se urcă în mașină. Aeroterma sufla aer călduț. Reacher nu-și dădu jos mănușile și căciula. Peterson efectuă o întoarcere din trei manevre pe drumul cu făgașele înghețate și o luă înapoi spre șoseaua principală. Coti la dreapta și merse spre sud, mai lent decât ar fi făcut-o vara, mai repede decât dacă ar fi fost în trafic. Pe șosea nu se vedea nicio altă mașină. Chiar dacă era doar nouă seara, părea că se dăduse ora închiderii în tot statul. Oamenii se adăpostiseră în case și mașina lui Peterson era singurul obiect în mișcare în toată zona.

După șaisprezece kilometri, cotiră pe drumul paralel cu magistrala. Norul era subțire și la înălțime și luna lumina din plin. Vântul continua să aducă gheață dinspre vest. Pe parbriz se depunea o crustă subțire și abrazivă, pe care ștergătoarele nu reușeau s-o îndepărteze. Ca o pulbere de diamante. Peterson trecu instalația de încălzire pe degivrare și se aplecă să vadă prin cercurile încălzite care se micșorau cu fiecare kilometru parcurs.

Cotiră din nou la dreapta pe drumul șerpuitor cu două benzi. Acum vântul venea din stânga și parbrizul se curăță din nou. Vechea pistă de aterizare se profila în față, cenușie și masivă în noapte. Era la fel de curată. Intrară pe suprafața ei și lanțurile de pe roți începură să clănțăne.

Parcurseră rapid mai bine de trei kilometri.

În față văzură lumini de poziție.

O mașină parcată. Era cu spatele la ei și dincolo de silueta întunecată se vedea lumina albă a farurilor. Gazele de eșapament ieșeau pe la capetele țevilor, acumulându-se, învolburându-se, fiind apoi împrăștiate de vânt.

Peterson încetini și aprinse faza lungă a farurilor. Mașina parcată era goală. Era un Ford Crown Victoria, fără însemne. Ori bleumarin, ori neagră. Greu de spus în lumina puternică.

— E mașina comandantului Holland, spuse Peterson.

Parcară lângă celălalt vehicul și coborâră în frigul năprasnic, găsindu-l pe Holland la ușa primei barăci. Căciulă de blană, hanoracul cu fermoarul tras, mănuși groase, bocanci grei, mișcându-se țeapăn și stângaci în hainele alea groase, respirația adunându-se într-un norișor în fața lui.

Holland nu se arătă încântat că-i vede.

— Ce dracu' căutați aici? spuse el pe un ton mânios.

— Reacher și-a dat seama unde e cheia, răspunse Peterson.

— Nu-mi pasă cine și-a dat seama și de ce anume și-a dat seama. Nu trebuia să veniți. Niciunul dintre voi. Sunteți iresponsabili. Dacă sună sirena?

— N-o să sune.

— Așa crezi?

— N-are cum. Celulele sunt încuiate și apelul de seară s-a făcut.

— Ai încredere în procedurile lor?

— Desigur.

— Ești un prost, Andrew. Încetează să mai fii atât de naiv. Locul ăla e un dezastru. Mai ales pușcăria districtuală, care ne interesează pe noi în clipa asta. Dacă-ți închipui că ăia fac în fiecare seară apelul de seară ca la carte, atunci eu am un teren pe plajă de vânzare. Ți-l dau cu 100 de dolari hectarul, cam la doi kilometri de-aici.

— Locul ăla e nou-nouț.

— Metalul și betonul sunt nou-nouțe. Dar aceiași oameni vechi lucrează acolo.

— Și ce vrei să spui? Că apelul nu s-a făcut așa cum trebuie?

— Spun că pariez pe ce vrei tu că apelul nu s-a făcut deloc. Că la opt fără cinci au sunat din trâmbiță așteptându-se ca toată lumea să se-ntoarcă acasă și la opt ușile celulelor s-au închis automat.

— Chiar de-ar fi adevărat, nu-i niciun pericol până dimineață.

— Băiete, se fac patrule de noapte. Câte una pe oră, zece în total. Bănuiesc că sar peste nouă dintre ele. Dar la un moment dat vin cu lanternele, verifică paturile și fac ceea ce-ar fi trebuit să facă la opt.

— Vorbești serios?

— Natura umană, Andrew. Obișnuiește-te cu ideea.

— Și-ar trebui să ne-ntoarcem acum?

Holland făcu o pauză.

— Nu, oricum va trebui să ne întoarcem. În cazul cel mai rău, doamna Salter va rămâne singură cinci minute. Poate zece. E un risc. Ni-l asumăm. Dar era bine să nu fi venit deloc.

— Tu de ce ești aici? întrebă Reacher.

Holland se uită la el.

— Pentru că mi-am dat seama unde-i cheia.

— Bravo.

— Nu-i mare brânză. Oricine are un creier ar putea să-și dea seama într-o noapte ca asta.

— Unde e? întrebă Peterson.

Era în soba cu parafină din prima baracă. O ascunzătoare excelentă, cu acces întârziat încorporat. Prea fierbinte ca să te gândești să cauți acolo mai devreme, acum era prea rece la atingere. Ca soba cu lemne a lui Peterson. Glasul din Virginia spusese: *Dă foc la toată șandramaua și caută în cenușă. O cheie de la forțele aeriene probabil că e făcută din același material ca și focoasele de rachete. În mod cert o să supraviețuiască incendiului.* Și avusese dreptate. Cheia supraviețuise. Era în stare foarte bună. Fusese lăsată să cadă în mijlocul arzătorului și fusese încălzită și răcită fără consecințe negative. Era mare, în formă de T, lată cam de șapte centimetri. Amprenta cheii era complexă și obiectul avea luciul mat al unui material exotic. Titan, probabil. De pe vremea când paranoia nu lăsa loc unor întrebări sceptice privind costurile.

Reacher o scoase din sobă și i-o dădu lui Holland. Acesta o duse la ușa clădirii din piatră. O băgă în încuietoare. O întoarse. Broasca se descuie.

Capitolul 33

Reacher apăsă clanța, care coborî cu șaizeci de grade cu o mișcare robustă, la jumătatea drumului dintre precizie și fizică. Ca la un seif bancar de pe vremuri. Ușa însăși era foarte grea. Părea să cântărească o tonă. Stratul exterior era o placă din oțel groasă de cinci centimetri. Pe partea din spate, la cinci centimetri de toate marginile, se găsea o protuberanță dreptunghiulară adâncă de douăzeci și cinci de centimetri, care intra la fix în locașul format de buiandrug, ușori și prag. Protuberanța era ca o cutie din oțel sudată. Probabil îndesată cu material ceramic. Când era închis, întregul ansamblu alcătuia o parte groasă de treizeci de centimetri îmbinată perfect cu zidul. Balamalele erau masive. Dar trecuse ceva timp de când fuseseră unse. Scrâșniră, scârțâiră și protestară, dar până la urmă ușa se deschise. Reacher o împinse pe raza unui arc de șaizeci de centimetri și, strecurându-se în spatele ei, o împinse până la capăt. Ca și cum ai fi împins un camion defect.

În interiorul clădirii din piatră era doar întuneric.

— Lanterne, spuse Holland.

Peterson se duse repede la cele două mașini și se-ntoarse cu trei lanterne. Le aprinseră pe rând și plimbară fasciculele în jur. Văzură un buncăr gol din beton, lat cam de nouă metri și adânc de vreo șase. Înalt cât o casă cu etaj. Piatra era doar decorația exterioară. Pentru aparențe. Sub ea, construcția era brutală și utilitară, simplă și la obiect. În centrul spațiului se vedea capul unei scări în spirală care cobora direct sub podea într-un puț vertical rotund. Aerul care ieșea pe-acolo era stătut, uscat și străvechi. Ca un mormânt. Ca sala faraonului dintr-o piramidă. Gaura pentru casa scării era perfect circulară. Podeaua era din beton armat și avea o grosime de șaizeci de centimetri. Scara era asamblată prin sudare din profile de oțel simple, care se răsuceau în jos în întunecimea îndepărtată.

— Nu e niciun lift, remarcă Peterson.

— Consumă prea multă energie, spuse Reacher.

Se lupta cu partea pedantă a creierului său care se tot căznea să semnaleze că spirala era o figură plană, având doar două dimensiuni. Astfel, o scară în spirală era o contradicție în termeni. De fapt, scara era elicoidală. Un elicoid este o figură tridimensională. Dar se abținu să spună ceva. Învățase să tacă. Poate că Susan din Virginia ar fi înțeles. Sau poate că nu.

— Vă puteți imagina? spuse Holland, în tăcerea înconjurătoare. Ai șapte ani, te uiți în groapa aia și știi că n-o să mai ieși de acolo decât când o să fii mare?

— Asta dacă ajungeai aici, spuse Reacher. Ceea ce nu s-ar fi întâmplat. Întreaga idee a fost nebunească. De fapt, au construit cel mai scump depozit din lume.

Aproape de casa scării ieșeau prin podea două conducte metalice mari de ventilație. Cu diametrul cam de șaizeci de centimetri. Se ridicau până la un metru și apoi se opreau, ca niște hornuri mari pe un acoperiș orizontal.

Direct deasupra lor se vedeau două găuri în tavanul din beton. O conductă ar fi fost proiectată pentru aducție, conectată la unul dintre hornurile false ale clădirii, având instalate ventilatoare, filtre și epuratoare pentru purificarea aerului otrăvit. Cealaltă ar fi fost destinată evacuării, prin cel de-al doilea horn fals. O instalație incompletă. Niciodată terminată. Probabil că hornurile false fuseseră astupate din interior. Un remediu temporar care durase cincizeci de ani. În buncăr nu se vedea nici urmă de ploaie sau zăpadă.

Reacher se duse la una dintre conducte și lumină cu lanterna în interiorul ei. Ca și cum s-ar fi uitat într-un puț. Nu vedea fundul. La interior, conducta avea o manta din oțel inoxidabil. Netedă și lucioasă. Mișcare eficientă a aerului. Fără turbulențe. Neavând abraziuni, nu se acumula mizeria. Curățarea regulată nu era inclusă în program. N-ar mai fi rămas nimeni în viață ca să o facă.

Reacher se dădu înapoi și se aplecă peste balustradă, luminând cu lanterna în josul puțului scării. Nu văzu nimic în afară de treptele care se răsuceau la nesfârșit în jurul unei țevi simple din oțel. Fără balustradă pe circumferință. Spațiul era prea strâmt.

— Locul ăsta e foarte adânc, spuse el, auzindu-și apoi ecoul propriei voci.

— Probabil că era nevoie să fie, spuse Holland.

Treptele fuseseră vopsite cândva în negru, dar pașii numeroși tociseră vopseaua pe muchii, lăsând să se vadă metalul mat. Balustrada de siguranță din jurul deschiderii era zgâriată și murdară.

— Eu cobor primul, anunță Peterson.

Zece fără cinci, seara.

Încă șase ore.

Reacher așteptă până când capul lui Peterson coborî cu doi metri și începu să coboare și el. Treptele erau într-un puț vertical perfect rotund, din beton sclivisit. Spațiul era înghesuit. Constructorii întâmpinaseră dificultăți. Glasul din Virginia îi citise însemnări din dosarul primit prin fax: *Proiectul a fost compromis de câteva ori în timpul construcției din cauza unui anumit tip de teren.* Era clar că din cauza terenului forajul nu depășise minimul necesar. Diametrul era mic. Umerii lui Reacher se frecau de beton într-o parte și de țeava centrală în cealaltă. Dar problema principală era legată de picioarele sale. Erau prea mari. Treptele scării elicoidale se îngustează de la exterior spre interior. Reacher nu putea să pășească decât pe călcâie. La întoarcere, avea să meargă pe vârfuri.

Continuară să coboare tot mai adânc, Peterson primul, urmat de Reacher și de Holland. Cincisprezece metri, apoi douăzeci, apoi treizeci. Fasciculele lanternelor se mișcau spasmodic și sfâșiau întunericul. Oțelul de sub tălpi clănțănea și bubuia. Aerul era nemișcat și lipsit de umiditate. Și cald. Ca într-o mină, izolat de extremele de la suprafață.

— Se vede ceva? întrebă Reacher.

— Nu, răspunse Peterson.

Continuară să coboare pe traiectoria elicoidală, jos, tot mai jos, fasciculele lanternelor întorcându-se încontinuu în sensul acelor de ceasornic, măturând peretele din beton netezit cu mistria. Trecură prin noduri acustice stranii unde întregul puț rezona asemenea coloanei interioare a unui oboi, iar sunetul tălpilor pe metal genera acorduri armonice bizare, ca și cum nucleul pământului le cânta.

Șaizeci de metri.

Apoi și mai mult.

Deodată, Peterson strigă:

— Am ajuns, cred.

Reacher se grăbi să-l prindă din urmă, încă două ture.

Deodată se opri în loc, adânc sub pământ.

Se așeză pe penultima treaptă.

Lumină cu lanterna în stânga, în dreapta, sus și jos.

Nu era bine.

Auzi în gând din nou glasul din Virginia: *Ceva legat de compromisurile din construcție l-au făcut de nefolosit în alte scopuri.*

Și exact așa se întâmplase.

Puțul scării se sfârșea într-o cameră subterană construită din beton. Era perfect circulară. Ca un ax central. Cu diametrul cam de șase metri. De mărimea unei sufragerii. Dar rotundă. Ca o sufragerie dintr-un film despre viitor. Avea opt cadre de uși ce duceau la opt coridoare orizontale, câte unul pentru fiecare punct cardinal, ca spițele unei biciclete. Coridoarele erau întunecate. Adâncite în umbră. Cadrele de uși erau drepte, pătrate și precis executate. Podeaua camerei era dură, plată, uscată și netedă. Pereții erau duri, plați, uscați și netezi. Tavanul era dur, plat, uscat și neted. În ansamblu, întregul loc era o lucrare îngrijită și precisă. Bine proiectată, bine executată. Ideală pentru destinația plănuită.

Care fusese un orfelinat.

Pentru copii.

Ceea ce-l făcea inutil pentru orice altceva era faptul că tavanul se afla la doar un metru și șaizeci și șapte de centimetri de podea. Atât. Terenul impropriu. Camera rotundă și coridoarele aranjate ca niște spițe de roată fuseseră săpate lateral într-un strat subțire și deloc generos aflat între două plăci de rocă dură, care nu ceda ușor. Tavanul jos era o concesie necesară făcută realității. Și o dezamăgire profesională, probabil. Dar teoretic adecvată pentru o turmă de copii neînsoțiți, piperniciți și înfometați. Reacher și-i putea imagina pe inginerii confruntați cu problema neașteptată, cercetând cu atenție prospecțiuni geologice, tabele cu înălțimea medie în funcție de vârstă, ridicând din umeri, revizuind planurile, cedând în fața inevitabilului. Acceptabil din punct de vedere tehnic, au spus, de bună seamă, acesta fiind singurul standard pe care îl înțelegeau inginerii militari.

Dar locul nu era acceptabil pentru nimic altceva, tehnic sau altcumva. Nici pe departe. Nu era acceptabil pentru antrenamentul pușcașilor marini sau pentru orice alt scop militar. Nu era acceptabil pentru niciun fel de persoană adultă. Peterson înaintase cam trei metri în acel spațiu și pentru asta îndoise genunchii și aplecase capul mult. Stătea ghemuit. Umerii lui erau lipiți de tavan. Înainta dureros, cocoșat într-un mod ridicol, ca un dansator popular rus.

Iar Peterson era cu opt centimetri mai scund decât Reacher.

Reacher se ridică în picioare. Stătea pe ultima treaptă. La douăzeci și doi de centimetri de podeaua camerei rotunde. Tavanul acesteia îi ajungea la mijloc. Partea de sus a corpului era în interiorul puțului.

Nu era bine.

Holland coborî și se înghesui în spatele lui.

— N-o să auzim sirena de-aici, spuse el.

— Telefonul are semnal?

— Nicio șansă.

— Atunci trebuie să ne grăbim.

— După tine, spuse Holland. Ai grijă la cap.

Reacher avea de ales. Ori se târa în genunchi, ori pe fund. Alese a doua variantă. Lent și lipsit de demnitate, dar mai puțin dureros. Se lăsă în jos de pe ultima treaptă ca un gimnast neîndemânatic, se așeză și înaintă un metru, pe călcâie, încheieturile degetelor de la mâini și fund, ca un copil care se preface că e un crab. În fața lui, cele două conducte de ventilație coborau prin tavanul jos și se sfârșeau brusc la treizeci de centimetri sub beton. Trei puțuri separate și paralele, unul larg pentru scară, două înguste pentru conductele de ventilație, toate terminându-se la distanța prescrisă sub suprafață într-o fantă orizontală absurdă, săpată lateral și cu zgârcenie în stâncă.

— Când aveam șapte ani, eram deja mai înalt de-atât, spuse Reacher.

Vocea reveni spre el într-un ecou murmurat straniu. Acustica era ciudată. Betonul pe care stătea nu era nici cald, nici rece. În aer se simțea un miros slab de kerosen. Și un curent. Aerul cobora prin puțul scării și circula înapoi în sus prin conductele de ventilație. Un efect Venturi. Ușa clădirii din piatră era deschisă la peste șaizeci de metri deasupra lor și vântul care sufla năprasnic extrăgea aerul din buncăr. La fel cum un pistol de vopsit extrage vopseaua dintr-un rezervor sau cum un carburator absoarbe benzina dintr-o conductă de alimentare. Dar natura detestă vidul, așa încât un strat circulator aducea la fel de repede aerul înăuntru.

— Mișcă-te, spuse Holland.

Reacher se mai târî un metru. Holland se aplecă, coborî de pe ultima treaptă și veni după el, ghemuindu-se ca Peterson, răsucindu-se lent, luminând cu lanterna pe toată circumferința.

— Opt uși, spuse el. Opt variante. Oare care duce la laborator?

Același ecou straniu, murmurat, ca și cum vocea lui Holland ar fi fost pretutindeni și nicăieri.

— Nu există niciun laborator, spuse Reacher.

— Trebuie să fie. Unde-i metamfetamină, există și laborator.

— A fost un laborator, cândva, spuse Reacher. Dar nu aici. A fost o chestie mare în New Jersey sau California, sau în altă parte. Avea și o firmă mare la intrare.

— Ce tot vorbești acolo?

Reacher plimbă fasciculul lanternei jos, peste podea. Începu de la treapta de jos și urmări o dâră vagă de mizerie și resturi care se curbau în sensul invers acelor de ceasornic spre o ușă aflată mai mult sau mai puțin în partea opusă locului în care era el. La sud, dacă el era la nord, sau la nord, dacă el se afla la sud. Se rotise de atâtea ori pe scară încât era dezorientat acum.

— După mine, spuse el.

Se urni din loc. Constată că poate înainta mai repede dacă se sucește și merge cu spatele înainte. Împingea cu călcâiele, pivota pe mâini, se lăsa pe fund și repeta. Și repeta. Și repeta. Efortul îl încălzise. Își dădu jos căciula și mănușile și-și desfăcu fermoarul gecii. Apoi reluă mișcările. Holland și Peterson veneau după el, aplecați, ghemuiți, înaintând cu greu, mereu în câmpul lui vizual. Auzi niște articulații de genunchi pocnind și pârâind. Ligamente și fluid. Ale lui Holland, bănui el. Peterson era mai tânăr și în formă fizică mai bună.

Reuși să ajungă la ușă și se întoarse ca să lumineze cu lanterna de-a lungul coridorului. Era un tunel lung cam de treizeci de metri, perfect orizontal, ca un strat subteran de cărbune. Era înalt de 1,67 metri și cam tot atât de lat. Jumătatea stângă era o alee neobstrucționată lungă de treizeci de metri. Jumătatea dreaptă era construită ca o poliță lungă și continuă din beton, lungă de treizeci de metri și înălțată cam la șaizeci de centimetri față de podea. Se gândi că era o poliță pentru dormit. Își imagină saltele întinse cap la cap pe toată lungimea, poate douăzeci în total. Douăzeci de copii adormiți. Înalți de câte un metru și jumătate.

Dar locul nu fusese folosit niciodată. Nu erau nici saltele, nici copii adormiți. În schimb, pe poliță se găsea surplusul de război adus înapoi cu avionul în urmă cu cincizeci de ani de la vechile baze de bombardiere americane din Europa. Materiale pentru aviatori. Sute și sute de cărămizi de pudră albă, ambalate frumos și compact în hârtie de pergament îngălbenită, pe fiecare pachet fiind imprimată coroana, cu banda și cele trei vârfuri, precum și cele trei bile reprezentând niște giuvaiere. O marcă înregistrată, probabil, pentru o companie acum defunctă, dar cândva pe deplin legitimă și deținătoare de contracte guvernamentale, purtând numele de Crown Laboratories, oricine ar fi fost și oriunde s-ar fi aflat.

— Nu-mi vine să cred, spuse Peterson.

Pachetele păreau să fie stivuite câte zece pe înălțime și câte zece în adâncime, în grupuri de câte o sută, iar de-a lungul întregii polițe erau poate o sută cincizeci de grupuri. În total, cincisprezece mii, minus cele care fuseseră luate deja. Teancul de la capătul apropiat era puțin mai mic. Arăta ca un zid din cărămidă în cursul unei demolări răbdătoare.

— Sunt patruzeci de tone aici? întrebă Holland.

— Nu, spuse Reacher. Nici pe departe. E doar o treime din marfă. Trebuie să mai fie alte două stive exact ca asta.

— Câte pachete înseamnă patruzeci de tone? întrebă Peterson.

— Aproape patruzeci și cinci de mii.

— E o nebunie. Vândute pe stradă înseamnă patruzeci și cinci de miliarde.

— Uite cum s-au folosit banii de impozite plătiți de bunicul tău.

— Pentru ce erau folosite?

— Echipajele aviatice din al Doilea Război Mondial, spuse Reacher. De pe bombardiere, în cea mai mare parte. Niciunul dintre noi n-are habar cum trebuie să fi fost războiul pentru ei. Spre final, făceau curse de câte douăsprezece ore, până la Berlin și înapoi, în inima Germaniei, zi după zi după zi. La fiecare cursă, făceau lucruri pe care nimeni nu le reușise înainte, în termeni de precizie și rezistență. Și în fiecare minut erau în pericol de moarte. În fiecare secundă. Rata mortalității era înfiorătoare. Ar fi fost terifiați și demoralizați în permanență, atât doar că erau mereu prea epuizați ca să mai gândească. Pilulele cu stimulente erau singura modalitate de a-i ține în aer.

— Astea nu-s pilule.

— Metoda de administrare era stabilită de medicii militari. Unii o transformau în pilule, alții preferau s-o bea dizolvată în apă, alții recomandau inhalarea și erau și unii care preferau supozitoarele. Probabil că unii doctori prescriau toate cele patru modalități deodată.

— Habar n-am avut.

— Era o problemă generală, ca încălțămintea sau muniția. Ca hrana.

— Nu se poate să le fi făcut bine.

— Unele avioane aveau niște sârmulițe sudate aproape de capătul cursei clapetei de accelerație. Pe ultimul centimetru. Se numea „accelerator de război". Dacă aveai nevoie, trăgeai de clapetă, rupeai sârma și obțineai maximum de putere. Solicitai motorul, ceea ce nu era bine, dar îți salvai viața, ceea ce era bine. Același principiu ca la droguri.

— Cât de mult consumau?

— Mult mai mult decât am putea bănui. Pe atunci, forțele aeriene din Europa numărau sute de mii de oameni. Iar cererea era și ea foarte mare. A fost o confruntare dură. Sunt sigur că aș fi inhalat cam cât greutatea mea corporală înainte să ajung la jumătatea primului tur de serviciu militar.

— Și atât de mult a rămas?

— Se poate să fi fost proviziile pe o lună. De care dintr-odată n-a mai fost nevoie. Oprirea producției s-a făcut cam la întâmplare în final.

— De ce-a fost adusă aici?

— Nu puteau s-o arunce, pur și simplu. Nu puteau s-o vândă. Cu siguranță, nu puteau s-o ardă. Fumul ar fi riscat să drogheze toată Europa.

Cei trei se uitau lung, fără să scoată o vorbă.

— Să găsim și restul, spuse Holland.

Restul era împărțit între următoarele două tunele de la stânga. Aceleași polițe lungi de treizeci de metri, aceleași stive ordonate de pachete, aceleași reflexii mate ale hârtiei de pergament. Cincisprezece mii de cărămizi în al doilea tunel și alte cincisprezece mii în al treilea.

Holland se lăsă în genunchi. Încleștă pumnii. Zâmbi larg.

— Patruzeci de mii de kilograme, în total. Șmecherii ăia de la Antidrog vor fi nevoiți să ne asculte acum. Asta trebuie să fie cea mai mare captură de droguri din istorie. Și noi am făcut-o! Noi ăștia mărunții, polițiștii din Bolton, din Dakota de Sud. O să fim celebri. O să fim legende. Gata cu relațiile proaste. Angajații de la pușcării n-au decât să ne pupe undeva.

— Felicitări, spuse Reacher.

— Mulțumesc.

— Dar lucrurile nu stau chiar pe roze. Plato a găsit-o cu un an înaintea voastră.

— Cum?

— Zvonuri și logică, bănuiesc. A știut c-a fost folosită în război și că trebuie să fie un surplus de stocuri pe undeva, așa că i-a dat de urmă. Probabil c-a avut oameni în forțele aeriene. Poate de-aia am găsit documentul ăla de însoțire. Era deasupra unui teanc pe undeva, pentru că altcineva îl căutase deja.

— Nu pot să cred că motocicliștii au lăsat toată marfa aici, zise Peterson. Tentația să fi luat ceva la ei trebuie să fi fost uriașă.

— Am impresia că, dacă Plato îți spune să lași ceva la locul lui, îl lași, spuse Reacher.

Înaintă puțin în tunel, imaginându-și un lung șir de bărbați asudați în urmă cu cincizeci de ani, trecându-și din mână în mână pachetele și apoi stivuindu-le frumos, ca niște meseriași. Probabil că fuseseră detașați aici indivizii cei mai scunzi. Nu știa care erau cerințele pentru înălțime ale forțelor aeriene din urmă cu cincizeci de ani. Dar probabil că unii dintre inși stătuseră drepți, iar alții nu. Probabil că lăsaseră pachetele în jos prin țevile de ventilație, în rucsacuri. Câte cinci sau zece deodată, poate mai multe. Cu postamente și scripeți montați la suprafață. Un fel de sistem improvizat. Ar fi fost prea laborios să le care pe toate în jos pe trepte unul câte unul. Probabil că și motocicliștii procedaseră la fel pentru a le urca. Faptul că țevile de ventilație erau neterminate și deschise la ambele capete fusese prea evident ca să fie ignorat.

Se mai deplasă puțin și făcu o nouă descoperire.

Exista o legătură laterală care se ramifica pieziș din tunelul principal. Ca o parte a circumferinței unui cerc care se intersectează cu raza cercului. Se târî de-a lungul legăturii și ieși în tunelul învecinat. Se duse mai departe și găsi alte două legături laterale, una la stânga și alta la dreapta. Întregul loc era un labirint. În total erau opt spițe și trei inele incomplete separate. Fiecare inel avea propria sa poliță curbată. O mulțime de metri liniari în plus pentru copiii adormiți. O grămadă de colțuri. Unele coteau doar la stânga, altele coteau doar la dreapta. Nu existau joncțiuni în patru direcții. Toate erau în T, perpendiculare la capetele îndepărtate ale spițelor, rotite aleatoriu la stânga sau la dreapta la celelalte coturi. Un aranjament bizar. Imaginea plană a proiectului de execuție trebuie să fi arătat ca o broșă celtică. Poate că se făcuseră și alte compromisuri de construcție în afară de înălțimea tavanului. Poate că întreaga construcție trebuia să fie ca o versiune subterană ciudată și trunchiată a Pentagonului, dar rotunjită, nu unghiulară, și cu unele legături dintre inele și spițe rămase neefectuate.

Bucățile de rocă solidă care separau spițele și inelele fuseseră scobite în zece locuri separate. Băi, poate, niciodată instalate, sau bucătării, niciodată instalate, sau magazii pentru rațiile de subzistență, niciodată aprovizionate. Toate încăperile fuseseră tencuite cu ciment neted și fragil. Era uscat și prăfuit. Aerul mirosea ciudat. O liniște absolută stăpânea întregul loc.

— Ia veniți să vedeți! strigă Peterson.

Reacher nu reuși să-i localizeze vocea. Venea prin toate tunelurile deodată, de pretutindeni, murmurând, cântând, fluierând și reflectându-se de pereți.

— Unde ești? strigă Reacher.

— Aici, răspunse Peterson.

Ceea ce nu ajută cu nimic. Reacher se întoarse în sala circulară principală și puse din nou întrebarea. Peterson se afla în tunelul învecinat. Reacher se grăbi să ajungă la el. Peterson se uita la un rezervor de combustibil. Era o măgăoaie urâtă care fusese sudată din secțiuni curbate din oțel, suficient de mici ca să fie coborâte pe conductele de ventilație. Stătea pe o poliță. Avea cam doisprezece metri lungime. Era îndeajuns de mare ca să încapă în el cam douăzeci de mii de litri. Transpira ușor și mirosea a kerosen. Nu fusese acolo de la început. Sudurile erau rudimentare. Inacceptabile tehnic. Mecanicii de la aviație ar fi lucrat mai îngrijit.

Peterson se aplecă și ciocăni rezervorul cu degetele. Măgăoaia răspunse printr-un sunet plin și lichid. Reacher se gândi la cisterna cu carburant care aproape că-l aruncase în zăpadă la capătul vechiului drum districtual.

— Minunat, spuse el. Suntem la șaizeci de metri sub pământ cu douăzeci de tone de combustibil pentru avion într-un rezervor lucrat artizanal.

— De ce combustibil pentru avion? Miroase a kerosen.

— În esență, combustibilul pentru avion e kerosen. Așa că e ori una, ori alta. Iar aici e o cantitate mult mai mare decât ar fi nevoie pentru sobele din barăci. Și tocmai l-au primit. După ce aflaseră deja că urmează să plece. Și după ce au curățat pista de zăpadă. Prin urmare, trebuie să sosească un avion. Care va trebui alimentat. Holland trebuie să-i anunțe pe cei de la Antidrog de chestia asta. Va trebui să se miște rapid.

— N-or să vină pe întuneric. Nu sunt lumini pe pistă.

— Chiar și așa. Timpul e scurt. Cât de departe e cel mai apropiat birou DEA?

Peterson nu răspunse. În schimb, întrebă:

— Cum au umplut rezervorul tocmai de sus?

— Au dus cisterna cu spatele până la ușă și au lăsat furtunul în jos pe conducta de aerisire.

— Ar fi fost nevoie de un furtun lung.

— Au furtunuri lungi pentru casele cu curți mari.

Deodată, Holland strigă:

— Băieți, ia veniți să vedeți ce-i aici!

Vocea lui ajunse la ei cu un ecou șuierător straniu, de jur împrejurul sălii circulare, ca o galerie șoptitoare. Era în tunelul diametral opus. Reacher și Peterson, fiecare cu metoda lui, se târâră până la Holland. Acesta lumina cu lanterna când aproape, când departe, pe toată lungimea de treizeci de metri și înapoi.

Era ceva desprins parcă dintr-un basm.

Ca în peștera lui Aladin.

Capitolul 34

Lumina lanternei lui Holland era reflectată de obiecte din aur, argint, platină. Trimitea înapoi spre ei sclipiri și refracții de diamante strălucitoare, smaralde, rubine și safire, în nuanțe sclipitoare de roșu, verde, albastru. Scotea la iveală culori vechi estompate, peisaje, portrete, uleiuri pe pânză, rame aurite. Erau acolo lanțuri, medalioane, ace de păr, coliere, brățări și inele. Erau înfășurate, îngrămădite și încâlcite, împrăștiate pe toată lungimea poliței. Aur gălbui, aur roz, aur alb. Lucruri vechi. Obiecte noi. Șaizeci de metri liniari de pradă. Picturi, bijuterii, sfeșnice, tăvi din argint, ceasuri de mână. Ceasuri din aur de mici dimensiuni, punguțe din piele întoarsă cu șireturi de strângere, un bol din sticlă plin cu verighete.

— Obiecte lăsate la amanet și nerecuperate, spuse Peterson. În tranzit, de la prăvăliile lui Plato.

— Barter, spuse Reacher. Pentru droguri.

— Poate ambele, spuse Holland. Poate că ambele lucruri sunt la fel în final.

Parcurseră cu toții tunelul, incapabili să reziste.

Polița era lungă de șaizeci de metri și lată cam de optzeci de centimetri. O suprafață de aproape cincizeci de metri pătrați. Cam cât o cameră de dimensiuni rezonabile. Nu găseai pe ea un spațiu gol cât să pui palma. Era aproape în întregime acoperită. Unele dintre bijuterii erau splendide. Unele picturi erau minunate. Toate obiectele erau triste. Fructe ale disperării. Rămășițe ale unor vieți distruse. Vremuri grele, dependență, jaf, pierdere. Sub lumina celor trei lanterne, întreaga îngrămădire fulgera, dansa și scânteia, arătând simultan fabuloasă și oribilă. Visurile cuiva, coșmarurile altcuiva, toate tainice și îngropate la șaizeci de metri sub pământ.

O greutate de cincizeci de kilograme sau de cinci sute.

În valoare de un milion de dolari sau zece.

— Să mergem, spuse Reacher. Avem lucruri mai importante de făcut. Nu trebuie să pierdem vremea pe-aici.

Urcușul spre suprafață a fost lung, dificil și istovitor. Reacher numără treptele. Erau două sute optzeci. Ca și cum ai fi urcat scările unui bloc cu douăzeci de etaje. Se văzu nevoit să urce fiecare treaptă în vârful degetelor. Un bun exercițiu fizic, își spuse, dar în momentul ăla nu de așa ceva avea nevoie. Pe măsură ce urcau, aerul se făcea tot mai rece. Jos de tot temperatura fusese cam de minus un grad. La suprafață erau aproximativ minus douăzeci și nouă de grade. O diferență în minus de douăzeci și opt de grade. Câte un grad la fiecare zece trepte urcate. Îndeajuns de repede ca să fie sesizabil, dar fără să fie un șoc brusc. Reacher își trase fermoarul și-și puse din nou mănușile și căciula cam la o treime din urcuș. Următorul capitulă Holland. Peterson ajunse până la jumătate, după care se dădu bătut.

Se odihniră un minut în clădirea din piatră. Afară, luna lumina puternic. Peterson adună lanternele și le stinse. Holland se sprijinea cu mâna de balustradă. Era roșu la față din pricina efortului și respira greu.

— Trebuie să dai un telefon, îi spuse Reacher.

— Trebuie?

— E posibil ca sirena să fi sunat deja cât timp am fost jos.

— Caz în care deja suntem în întârziere.

Holland scoase telefonul mobil și formă un număr. Se prezentă, puse o întrebare, ascultă răspunsul și zâmbi.

— Totul e-n regulă, spuse el. Uneori, riști și câștigi.

Apoi așteptă până când Peterson plecă să ducă lanternele înapoi la mașini. Îl privi plecând și se-ntoarse către Reacher ca să-i spună:

— Noi doi ne-am prins unde-i cheia. Tu ai știut că acolo e metamfetamina. Dar vreau ca meritele să-i revină lui Andrew. El va fi următorul șef al departamentului. O chestie ca asta o să-i fie de folos față de autorități. Și față de oraș. O chestie ca asta l-ar aranja bine.

— Fără discuție, spuse Reacher.

— Deci, n-ai nimic împotrivă?

— Câtuși de puțin, confirmă Reacher.

— Bun.

Reacher închise ușa în vaietele balamalelor, iar Holland o încuie și puse cheia în buzunar. Se întoarseră împreună la mașini și Holland își scoase mănușa și-i întinse mâna dreaptă lui Peterson. Peterson procedă la fel și-i strânse mâna.

— Acum, ascultă la mine, spuse Holland.

Se aplecă în mașină, desprinse microfonul de pe bord și-l trase până când firul se întinse la maximum. Apăsă butonul, rosti codul de apel pentru toate posturile și vorbi:

— Doamnelor și domnilor, în seara asta adjunctul șefului de poliție Peterson a descoperit ceea ce sunt sigur că va fi cea mai mare captură de droguri din istoria țării noastre. Mâine-dimineață, la începerea programului, el va suna la DEA la Washington ca să le dea detaliile și, cam la treizeci de secunde după aceea, departamentul nostru se va număra printre cele mai renumite din țară. Îl felicit din toată inima, așa cum vă felicit și pe voi. Încă o noapte de muncă excelentă dintr-o lungă și distinsă tradiție.

Închise microfonul și-l aruncă pe scaun.

— Mulțumesc, șefu', spuse Peterson.

— Cu plăcere, răspunse Holland. Dar tot nu trebuia să vii.

Unsprezece fără cinci seara.

Încă cinci ore.

*

La două mii șapte sute de kilometri spre sud, convoiul din trei mașini al lui Plato aștepta la poarta modestă dintr-un gard de protecția contra uraganelor ce înconjura un aerodrom. Poarta era rablagită și lăsată, legată cu un lanț și încuiată cu un lacăt. La baza gardului era plin de gunoaie și buruieni. Dar aeroportul propriu-zis era potrivit scopului său. Fusese militar, apoi civil, din nou militar și din nou civil. Avea o pistă lungă, hangare și birouri și o parcare pentru avioanele de agrement. Toate erau aliniate frumos și acoperite cu huse din prelată.

Avionul lui Plato nu era unul de agrement. Era un Boeing 737. De departe, cea mai mare aeronavă de pe aerodrom. Avea o vechime de douăzeci de ani, iar Plato era al treilea proprietar. Nu că ar fi știut cineva. Numai pasionații pot să dateze avioanele, iar pasionații știu să-și țină gura. Plato spusese tuturor că avionul fusese construit la comanda lui cu un an în urmă, tocmai sus, în statul Washington. În realitate, aparatul fusese adus la un atelier din Arizona și, după ce i se îndepărtaseră toate elementele decorative, fusese vopsit cu o nuanță de gri care-l făcea să arate mai întunecat, mai lucios și mai malefic. Oameni care-i datorau servicii petreceau cu regularitate zile și săptămâni frecându-l cu batoane de argilă și ceară de carnauba. Avionul era lustruit ca o mașină de expoziție. Plato se mândrea cu el. Era primul proprietar de Boeing din familia lui.

O camionetă prăfuită cu un singur far funcțional parcurse drumul de pe perimetrul interior al gardului și se opri lângă poartă. Un ins coborî și descuie lacătul, apoi trase și lanțul. Se căzni apoi să ridice și să deschidă poarta. Convoiul intră în incinta aerodromului.

Plato era Plato, iar cele trei mașini erau marca Range Rover, așa că n-o luară pe drumul ocolitor. În schimb, merseră în linie dreaptă peste hârtoapele acoperite cu iarbă, peste pistele de acces, peste pista de decolare și peste zona de parcare. Ocoliră cu respect Boeingul și parcară una lângă cealaltă între două aparate Cessna și un Piper. Cei șase bărbați coborâră din mașini și formară un cordon de protecție. Plato coborî în mijlocul lor. Nu era în niciun pericol, dar era de folos să pară ca și cum ar fi fost, din motive de precauție, dar și pentru reputație. Lângă ușa din față a avionului era o scară rulantă de tip vechi. Pe ea se mai putea citi cuvântul *Mexicana*, cu litere șterse și cojite. Trei dintre însoțitori urcară în aparatul de zbor. După un minut, unul dintre ei scoase capul și dădu din cap aprobativ. Totul era în regulă.

Plato urcă scara și-și ocupă locul, care era numerotat 1A, rândul din față pe stânga. Spațiul pentru picioare până la peretele despărțitor nu era o problemă pentru el. Vechea cabină de clasa întâi rămăsese intactă. Patru rânduri de câte patru fotolii din piele. În spatele acestora, clasa economic fusese îndepărtată. Nu rămăsese decât un spațiu gol. Capacitatea nominală a avionului era de o sută optzeci de pasageri și, cu douăzeci de ani în urmă, greutatea medie a unui pasager era stabilită la nouăzeci de kilograme, cu bagaje de mână cu tot. Rezulta o capacitate portantă de circa șaisprezece tone.

Plato așteptă pe fotoliu până când oamenii lui verificară echipamentul. Fusese livrat și încărcat în avion de un tip care-i datora lui Plato un serviciu. Prin urmare, totul era prezent și corect, sub amenințarea pedepsei cu moartea. Dar oamenii lui își făceau oricum datoria să verifice. Îmbrăcăminte pentru climă friguroasă, scări din aluminiu, lanterne, arme automate, muniție, ceva alimente și apă. Orice altceva ar fi fost necesar urma să fie livrat la destinație.

Piloții terminară verificările premergătoare zborului. Primul ofițer ieși din cockpit și așteptă pe culoar. Plato îi prinse privirea și încuviință cu o mișcare a capului. Ca un client care-i dă de veste majordomului când să servească supa. Primul ofițer se întoarse la puntea de comandă și motoarele porniră. Avionul efectuă manevra de taxi, se alinie cu pista de decolare, se opri, se cutremură la deblocarea frânelor, rulă înainte, acceleră și apoi se înălță maiestuos în noapte.

Reacher se întoarse în oraș în mașina lui Peterson, urmați de Holland, în mașina proprie. Coborî la capătul străzii lui Janet Salter și le făcu semn cu mâna celor doi polițiști. Apoi se strecură pe lângă mașina de supraveghere parcată și merse prin zăpadă până la casă. Janet Salter nu se culcase încă. Îl cercetă cu privirea de sus până jos și dintr-o parte în alta, ca și cum ar fi vrut să se convingă că e întreg. Apoi întrebă:

— Ați avut succes?

— Până acum, e bine, spuse Reacher.

— Atunci, sun-o pe fata din Virginia și spune-i. Ai fost teribil de abrupt mai devreme. Practic, i-ai închis telefonul în nas.

— Probabil că nu mai e la post. E târziu.

— Încearcă și vezi.

Așa că Reacher își dezbrăcă geaca, o agăță în cuier și se așeză în fotoliul din hol. Formă numărul pe care și-l amintea. Ceru cu Amanda.

Era încă la post.

— N06BA03 e clar un cod farmaceutic pentru metamfetamină, spuse el.

— Patruzeci de tone?

— Aproape intacte.

— Dumnezeule!

— Așa ne am gândit și noi.

— Și ce-o să faci?

— Nimic. Poliția locală se ocupă de problemă.

— Cum arată patruzeci de tone?

— Repetitiv.

— Cum naiba pot să dispară din sistem patruzeci de tone de metamfetamină?

— Nu știu. Mereu dispar tot felul de chestii. Ghinion de neșansă. Poate că nu era ceva cu care să se mândrească. Când se trece de la război la pace, valorile se schimbă pe neașteptate. Poate că de-aia au ascuns-o în spatele unui cod. Și din momentul în care toți au uitat ce-nsemna codul, au uitat că marfa era acolo. Ochii care nu se văd se uită.

Ea nu-i răspunse nimic.

— Mulțumesc pentru ajutor, Susan, spuse el.

— Cu mare plăcere.

— Spune-i amicului de la Lackland că funcționarii de la arhivă iau bani pentru verificarea arhivelor. Marfa aia n-a fost găsită din întâmplare. Poate că în felul ăsta îți plătești datoria față de el.

— Numai Stele de Bronz peste tot. Altceva?

— N-ai găsit nimic despre Kapler?

— A demisionat fără niciun motiv. Doar atât se știe. Ceea ce sunt de acord că e ciudat, dar alte informații concrete nu sunt. Ori e curat, ori cineva a făcut curățenie după el.

— OK, spuse Reacher. Mulțumesc.

— Altceva?

— Nu, spuse Reacher. Cred că am cam terminat.

— Deci, ne luăm rămas-bun? întrebă ea.

— Cred că da, spuse Reacher.

— Mi-a făcut plăcere să vorbesc cu tine.

— Și mie. Mult noroc, Susan. Și mulțumesc încă o dată.

— Cu plăcere.

Susan Turner încheie convorbirea. El rămase un moment în fotoliu cu ochii închiși și receptorul în poală. Când acesta începu să bipăie, îl puse la loc în furcă, se ridică și se duse în bucătărie.

Reacher o găsi acolo pe Janet Salter, cu o carte sub braț. Umplea un pahar cu apă de la robinet. Se pregătea să meargă la culcare. Reacher stătu deoparte și femeia trecu pe lângă el, îndreptându-se spre scară. Reacher așteptă un moment și apoi se duse să mai facă un control al casei. Polițista din bibliotecă stătea pe loc repaus, la doi metri de fereastră, vigilentă și hotărâtă. Polițista din hol ședea pe fotoliul de lângă telefon, aplecată în față, cu coatele rezemate pe genunchi. Reacher se uită afară pe fereastra din salon apoi urcă la etaj, în camera lui. Ținu luminile stinse și draperiile deschise. Zăpada de pe acoperișul verandei era groasă și lucea, înghețată. Strada era pustie. Doar mașina de supraveghere parcată, cu polițistul la volan, făgașele, gheața și vântul neostenit.

Totul era liniștit.

În Virginia, computerul lui Susan Turner scoase un sunet ca de sonerie. Rețeaua intranet guvernamentală securizată. Anunța sosirea unui e-mail. Parola temporară, de la Comandamentul pentru Resurse Umane. O copie într-o fereastră în baza de date relevantă. Primi raportul de demult sub forma unui document Adobe. Ca o fotocopie electronică. A șaptezeci și treia citare din indexul de referință încrucișată de la spatele dosarului de serviciu al lui Jack Reacher.

Era relatarea unui experiment efectuat de o unitate psihologică a armatei, experimente despre care știa că pe vremuri fuseseră numeroase. Atât de multe, de fapt, încât în cea mai mare parte a timpului indivizii ședeau pe fundurile lor grase până când îi lovea inspirația. Grupul ăsta fusese interesat de mutațiile genetice. Partea științifică era bine înțeleasă în acel moment. ADN-ul fusese descoperit. Și deodată au apărut dovezi anecdotice despre un film care le era prezentat copiilor din bazele militare. Era un film SF ieftin, despre un monstru. O păpușă din cauciuc filmată de la o distanță extrem de mică. Prima apariție a creaturii era considerată o capodoperă cinematografică. Dihania ieșea dintr-o lagună. Șocul era total. Copiii din public țipau și săreau înapoi oripilați. Reacția părea să fie universală.

Psihologii au căzut de acord că retragerea din fața unei surse de pericol extrem era un răspuns rațional derivat din evoluție. Dar știau despre mutații. Girafele se nășteau uneori cu gâturi mai lungi sau mai scurte decât ale părinților lor, de exemplu. Mutația putea să fie utilă sau nu, în funcție de circumstanțe. Timpul avea să decidă. Evoluția avea să judece. Așa încât s-au întrebat dacă se nășteau vreodată copii fără reflexul retragerii. Ceva contraproductiv, din perspectiva supraviețuirii speciei. Dar posibil util pentru mediul cazon.

Au trimis copii ale filmului la bazele îndepărtate din Pacific. La cele ale armatei, ale marinei militare, ale forțelor aeriene și ale pușcașilor marini, pentru că-și doreau cel mai mare eșantion experimental posibil. În Pacific, pentru că voiau copii care să nu fi fost expuși la film și nici măcar la zvonuri despre acesta. Au montat aparate de fotografiat ascunse deasupra ecranelor de cinematograf. Camerele erau focalizate pe primele rânduri ale publicului. Obturatoarele erau sincronizate cu derularea filmului, fiind programate să se declanșeze imediat după ce monstrul ieșea din întuneric. Sute de copii cu vârste cuprinse între patru și șapte ani au fost invitați la proiecții în loturi; aceasta era considerată, se pare, o grupă matură în ceea ce privește răspunsul emoțional, dar nu suficient de integrată social încât să le elimine copiilor expresia sinceră și nestudiată.

Documentul conținea o lungă succesiune de instantanee ilustrative. Ușor blurate, cam întunecate, dar toate arătau același lucru. Copilași cu ochii măriți, gurile căscate, făcându-se mici în scaune, unii dintre ei aruncându-se peste spătare, acoperindu-și capetele cu brațele, cuprinși de teamă și panică.

Apoi apăru excepția.

O fotografie era focalizată pe un rând din față cu cincisprezece locuri. Cincisprezece copii. Toți băieți. Toți arătau cam de șase ani. Paisprezece s-au retras îngroziți. Unul singur a sărit în față. Era mai solid decât ceilalți. Avea părul tuns scurt și ciufulit, de culoare deschisă. S-a aruncat în față, încercând să ajungă la ecran. Își ridicase brațul drept cu agresivitate. Ținea în mână ceva.

Susan Turner nu avu nicio îndoială că era un briceag deschis.

Documentul nu specifica în mod oficial numele băiețelului agresiv. Psihologii l-au studiat un timp scurt, dar pe urmă tatăl lui a primit noi ordine și băiatul nu a mai fost de găsit. La scurt timp după aceea, experimentul s-a dezumflat. Dar rezultatele obținute până în acel moment au fost reținute ca un dosar complet. Băiatul agresiv a fost etichetat cu niște termeni lungi, care nu însemnau nimic pentru Susan.

Ultima pagină a dosarului era ocupată de propriul index de referință încrucișată. Nu existau alte legături în sens invers cu orice alt dosar personal în afară de cel al lui Reacher.

Susan reveni la preambulul tehnic. Decalajul dintre apariția monstrului și declanșarea obturatorului fusese stabilită la optsprezece cadre, adică trei sferturi de secundă. Era impresionată. Nu atât de saltul înainte.

Cunoscuse oameni dintr-ăștia. Ea însăși făcea parte dintre ei. Dar ca un băiețel de șase ani să țină în mână un briceag gata deschis în mai puțin de o secundă era cu totul altceva.

Casa lui Janet Salter rămase liniștită mai puțin de zece secunde. Apoi primul, al doilea, al treilea și al patrulea radio de poliție se treziră la viață cu zgomote de fond puternice, coduri și cuvinte rostite în grabă, apoi telefoanele celulare începură să sune, telefonul din hol sună și el, pași grăbiți străbătură podeaua dormitorului pentru polițistele din tura de zi, ușile se deschiseră, pași zgomotoși pe scări și oamenii începură să vorbească toți deodată, tare, speriați și îngroziți.

Reacher ieși din camera lui și ajunse cu pași repezi în hol. Cele patru polițiste se adunaseră toate pe covor, două în uniformă, două în pijamale, și vorbeau la telefon, albe la față, șocate și uitându-se în jur cu ochii mari, cuprinse de o panică neajutorată și agitată, toate pline de adrenalină, toate neavând unde să plece.

— Ce e? întrebă Reacher.

— E vorba de Andrew Peterson, îi răspunse una dintre ele.

— Ce-i cu el?

— A fost împușcat și este mort.

Capitolul 35

Polițistul din mașina de pe stradă intră și se alătură confuziei generale. Reacher nu avea nicio îndoială că oamenii din celelalte două mașini erau la fel de tulburați. În acel moment, securitatea lui Janet Salter nu valora nici cât o ceapă degerată. Așa că-și menținu jumătate din atenție asupra ferestrei salonului și folosi cealaltă jumătate ca să reconstituie povestea din bolboroseala glasurilor. Nu era prea greu. Faptele concrete păreau să fie următoarele: ca urmare a celor mai recente ordine ale comandantului Holland, departamentul continua să se afle în stare de alergă maximă. Prin urmare, patrulele mobile acționau în permanență, iar vigilența era ridicată. Nicio stradă nu rămânea neverificată mai mult de douăzeci de minute. Orice pieton era observat cu atenție, la fel automobilele și camionetele. Polițiștii controlau cu regularitate fiecare parcare, fiecare alee, fiecare intrare în oraș.

O mașină de patrulare condusă de tipul nou-angajat, Montgomery, intrase într-o parcare înzăpezită situată la nord-est de centrul orașului. Montgomery a văzut mașina lui Peterson aparent goală, cu motorul în ralanti, cu geamul de pe partea șoferului coborât complet și cu bara de protecție suplimentară proptită zdravăn într-un zid din cărămidă. La o cercetare mai atentă, Montgomery a constat că mașina nu era goală. Peterson era întins peste scaunele din față, ucis de un glonț tras în cap.

Reacher rămase la fereastra salonului, privind strada liniștită și gândindu-se la Peterson, lăsându-i pe polițiștii îndurerați în hol. Le auzea vocile. Treceau printr-un soi de fază a negării. Poate că povestea nu era adevărat. Lucru pe care Reacher îl considera plauzibil din punct de vedere teoretic, dar puțin probabil. Uneori, rapoartele operaționale trimise de pe teren erau neverosimile. Iar rănile la cap produceau uneori impresii înșelătoare. O comă profundă poate fi confundată cu moartea. Dar în nouăzeci și nouă de cazuri din o sută, să speri că va fi bine era o pierdere de timp. Reacher știa asta. Era optimist, dar nu prost.

Vestea rea a fost confirmată cinci minute mai târziu de comandantul Holland însuși, care sosi cu mașina, parcă și intră în casă. Avea trei lucruri în plan. Mai întâi, voia să-și anunțe personal oamenii de cele întâmplate. Apoi voia să se asigure că toți polițiștii își concentrau din nou atenția asupra misiunii încredințate. Îl trimise pe polițist înapoi la mașina de pe stradă, pe cele două femei din tura de zi le expedie la culcare, pe una dintre femeile din tura de noapte o trimise în bibliotecă, iar celeilalte îi ordonă să supravegheze ușa din față. Avea glasul liniștit și ferm și își controla bine comportamentul. Era un comandant bun. Depășit de situație, probabil, asaltat de probleme dificile, fără discuție, dar nu se lăsa copleșit. Iar asta era mai mult decât văzuse Reacher la câțiva dintre comandanții pe care-i cunoscuse, atunci când evenimentele o luaseră razna.

Al treilea lucru de pe agenda lui Holland era ceva între o invitație și un ordin. Intră în salon, se uită direct la Reacher și-l rugă să vină cu el ca să arunce o privire la locul crimei.

Janet Salter se trezise din pricina gălăgiei și se ascunsese în bucătărie. Reacher o găsi acolo. Era încă îmbrăcată în hainele de zi. Avea pistolul în buzunar. Știa exact ce se pregătea el să-i spună. Dădu din mână cu nerăbdare și spuse:

— Știu ce am de făcut.

— Știți? spuse el.

Ea confirmă cu o mișcare din cap și spuse:

— Subsolul, pistolul și parola.

— Când?

— Imediat ce se întâmplă ceva. Sau înainte. Poate chiar acum.

— Nu-i o idee rea, spuse Reacher. Individul e afară și pe aproape.

— Știu ce am de făcut.

Reacher se urcă în sedanul fără însemne al lui Holland. Polițistul dădu înapoi, întoarse și porni spre oraș. Făcu la stânga când ajunseră la parc, apoi la dreapta pe o stradă care trecea pe lângă cafenea și mai departe pe lângă magazinul de îmbrăcăminte vizitat de Reacher. După aceea coti la dreapta, la stânga și iar la dreapta pe străduțe lăturalnice, până la un șir lung de clădiri din cărămidă cu două nivele. Erau simple și pătrățoase. Poate cândva fuseseră birouri sau depozite. Poate cândva fuseseră inima districtului comercial al orașului Bolton. Acum erau paradite. În majoritate, păreau abandonate. Trei dintre ele, învecinate, fuseseră demolate ca să se elibereze terenul. Un gol dreptunghiular, cam de treizeci de metri pe doisprezece. Părea să fie folosit temporar ca parcare, poate ocupată ziua, dar acum, pe timp de noapte, goală. Era plină de zăpadă înghețată și brăzdat de făgașele formate de roțile mașinilor cu câteva zile în urmă, când suprafața era încă moale.

Parcarea goală era păzită de două mașini ale poliției, cu luminile roșii ale girofarurilor aprinse. Fasciculele dansau nebunește și ritmic peste suprafețele aflate departe, apoi aproape, apoi departe, apoi aproape. În fiecare mașină se afla câte un singur polițist. Reacher nu-l cunoștea pe niciunul dintre ei. Stăteau pur și simplu acolo. Nu aveau de ținut în frâu mulțimi de oameni. Era mult prea târziu și mult prea frig pentru gură-cască.

Mașina lui Peterson ocupa toată partea stângă a terenului viran. Încă mai avea motorul pornit. Geamul din dreptul șoferului era coborât. Grilajul vertical scurt de pe bara din față era împins adânc în mijlocul zidului gol de cărămidă. Laterala clădirii de alături.

Holland parcă lângă bordură și coborî. Reacher îl urmă și-și încheie fermoarul, după care își trase căciula peste urechi. Strada pe care se aflau mergea de la nord la sud, așa că erau feriți de vânt. Era frig, dar nu imposibil de suportat. Merseră împreună în parcare. Niciun pericol să deranjeze dovezile de la sol. Niciun pericol să acopere urmele pneurilor sau ale pașilor. Nu existau. Zăpada brăzdată de făgașe era ca tabla ondulată, dar mai dură. Și era sticloasă și alunecoasă. Înaintară cu greutate și se apropiară de mașina lui Peterson din spate. Țevile de eșapament bolboroseau răbdătoare. Întregul vehicul stătea acolo ca un servitor credincios așteptând următoarea poruncă a stăpânului.

Straturile subțiri de gheață crăpau sub tălpile lui Reacher și Holland pe când se apropiară de portiera șoferului. Se uitară înăuntru prin geamul deschis. Picioarele lui Peterson rămăseseră sub volan, iar corpul era răsucit din talie. Căzuse într-o parte. Pistolul său era încă în toc. Capul era dat în spate, gâtul îndoit, un obraz lipit de tapițerie, ca și cum ar fi privit atent la un obiect de mare interes pe panoul interior al ușii pasagerului.

Reacher ocoli mașina prin spate, trecând cu genunchii prin norișorul gazelor de eșapament și ajungând la ușa din dreapta. Puse mâna înmănușată pe mâner și deschise portiera. Se lăsă pe vine. Peterson se holba la el cu ochi lipsiți de viață. Avea un al treilea ochi în mijlocul frunții. O rană de penetrare perfect plasată, la fel ca la avocatul de pe drumul ce ducea spre est. Nouă milimetri, aproape sigur. Tras de la mică distanță. Se puteau observa urme de arsură și vagi rămășițe de praf pe piele. Cam de la un metru și jumătate, probabil.

Rana de ieșire lipsea. Glonțul rămăsese în capul lui Peterson, zdrobit, deformat și rostogolit. Neobișnuit, pentru un glonț de nouă milimetri tras de aproape. Dar nu imposibil. Era clar că Peterson avusese un craniu gros.

Nu încăpea nicio îndoială că era mort. Reacher știa destule despre balistică și biologia umană și văzuse destui oameni morți ca să fie absolut sigur. Dar verifică, totuși. Își scoase mănușa și puse două degete împreunate pe pielea rece din spatele urechii lui Peterson. Nici urmă de puls. Absolut deloc, în afară de senzația ca de ceară pe care ți-o dă un cadavru, nici moale, nici tare, în același timp solid și lipsit de substanță, deja complet înstrăinat de o atingere vie.

Reacher își puse mănușa la loc.

Transmisia mașinii era controlată de un levier de pe coloana de direcție, rămas în poziția Mers. Instalația de încălzire era fixată pe 21 de grade. Volumul radioului era dat foarte mic. Se auzeau zgomote de fond regulate și, din când în când, voci murmurate, toate neinteligibile.

— OK, spuse Reacher.

— Ai văzut tot ce trebuia? întrebă Holland.

— Da.

— Deci, ce s-a-ntâmplat?

— Nu știu.

— De ce nu s-a dus direct acasă?

— Nu știu.

— Îl căuta pe asasin, spuse Holland.

— Toți îl căutați.

— Dar nu era misiunea lui în seara asta. Așa că acționa pe cont propriu. Și știi de ce?

— Nu.

— Pentru că-ncerca să te impresioneze.

— Pe mine?

— Practic, erai ca un fel de mentor pentru el. Îl ajutai. Poate chiar îl împingeai de la spate.

— Oare?

— I-ai spus ce să facă în privința avocatului. Toate fotografiile alea! I-ai spus cum să procedeze și cu motociclistul ucis. Ați discutat tot felul de lucruri. El urma să preia șefia departamentului. Voia să fie un șef bun. Era gata să asculte pe oricine.

— Nu i-am spus să se ducă să-l caute pe asasin singur-singurel în toiul nopții.

— Voia să rezolve cazul.

— Toți vreți asta.

— Voia respectul tău.

— Sau pe-al tău, spuse Reacher. Poate că încerca să se ridice la înălțimea prostiilor pe care le-ai transmis prin radio în seara asta. Despre metamfetamină... L-ai făcut să se simtă ca un impostor.

O tăcere de o secundă, apoi Holland întrebă:

— Ce s-a întâmplat aici?

— A văzut pe cineva în parcare, spuse Reacher. Aproape sigur într-o mașină sau o camionetă. Prea frig să meargă pe jos. A intrat cu mașina. A făcut un cerc larg. A oprit lângă cealaltă mașină. Destul de aproape. A dat radioul încet și și-a deschis geamul, gata să vorbească. Dar individul a scos pistolul și l-a împușcat. Peterson a căzut într-o parte, a murit și piciorul i-a scăpat de pe frână. Mașina s-a dus singură în zid.

— Cam același aranjament ca în cazul avocatului.

— Cam așa.

— S-a-ntâmplat repede?

— De regulă, împușcăturile la cap au efect imediat.

Rămaseră tăcuți. Stăteau și tremurau în aerul înghețat.

— Să căutăm cartușul gol? întrebă Holland.

— La fel ca la avocat, spuse Reacher clătinând din cap. Cămașa glonțului a fost ejectată în mașina trăgătorului.

Holland nu spuse nimic. Dar Reacher îi citea întrebarea pe față. *Cine a fost făptașul?* Era chiar acolo, sub ochii lui.

O întrebare incomodă, cu un răspuns deloc atrăgător.

— Acum înțeleg de ce-ai vrut să vin aici, spuse Reacher. Ai vrut să fiu eu cel care ajunge la concluzie. Și s-o spun cu glas tare. Eu, nu tu. O voce independentă.

Holland nu spuse nimic.

— OK, hai să n-ajungem acolo, spuse Reacher. Măcar deocamdată. Să ne gândim un minut.

Se întoarseră la secția de poliție. Holland parcă pe locul rezervat lui și trecură printre tomberoane spre ușă. Intrară în sala de operațiuni, la biroul pe care-l folosise Peterson. Holland spuse:

— Ar trebui să-i verifici mesajele. Poșta vocală și e-mailul. Poate c-a primit ceva care l-a dus acolo.

— Te agăți de-un pai.

— Acordă-mi acest privilegiu.

— A trecut măcar mai întâi pe-aici?

— Nu știu.

— A avut când s-o facă?

— Probabil că nu. Dar trebuie oricum să-i verificăm mesajele. Pentru că, într-o chestie ca asta, trebuie să fim siguri.

— Tu trebuie să verifici. E departamentul tău. Eu sunt doar un civil.

— Nu știu cum să fac, spuse Holland. N-am învățat niciodată. Nu mă pricep la tehnologie. Sunt de școală veche. Toată lumea știe asta. Eu sunt trecutul. Andrew era viitorul.

Așa că Reacher o luă pe bâjbâite și reuși să se descurce cu consola telefonică și cu tastatura de computer. Nu era nevoie de parolă sau de cod PIN. Totul era setat pentru acces rapid și fără probleme. Exista doar un singur mesaj vocal. Era de la Kim Peterson, de mult mai devreme, imediat după ora șase, când Reacher și soțul ei plecaseră în grabă acasă la Janet Salter după ce văzuseră filmarea făcută de camera de supraveghere de la închisoare.

Vocea înregistrată a lui Kim era suspendată undeva în spațiul dintre panică și bravură, între resemnare și protest.

„Când vii acasă?" întrebase ea.

Reacher trecu la e-mail. Deschise aplicația. Două mesaje descărcate. Primul era de la DEA din Washington D.C. Un agent de acolo își reitera convingerea că nu exista niciun laborator de metamfetamină sub construcția aflată la vest de Bolton, Dakota de Sud. Faptul era dovedit de o operațiune de supraveghere prin satelit. Lui Peterson i se mulțumea pentru interesul arătat și era rugat să ia din nou legătura cu ei dacă apăreau informații noi.

Al doilea e-mail era un buletin informativ semnat de mai multe puncte de supraveghere ale Patrulei Autostrăzii. Coordonate la nivelul statului. Alertă observațională. În acest caz, era vorba de mai multe lucruri, printre care una sau toate cele trei mașini și patru camionete furate în acea zi din diferite locuri de pe teritoriul statului, un plug de zăpadă furat de la un depou cu vehicule de întreținere a autostrăzii aflat la est de Mitchell, o chestie numită pompă Isuzu seria N și un camion de degivrare furat de doi angajați fugari de la un aerodrom comercial la est de Rapid City, o pușcă Ithaca furată din Pierre, patru suspecți despre care se credea că se află în libertate într-un Chevrolet Suburban model 1979 după un jaf confuz și abandonat în Sioux Falls și, în sfârșit, contribuția lui Peterson însuși, un barman bănuit c-ar fi fugit de la locul unei crime din Bolton cu o camionetă Ford model 2005.

— Nimic, spuse Reacher.

Holland se așeză.

— Hai să vorbim, zise el. Să spunem lucrurilor pe nume.

— Trei întrebări, spuse Reacher. De ce avocatul s-a oprit pe drum atât de încrezător? De ce Peterson s-a oprit în parcare? Și de ce a fost ucis în noaptea asta dintre toate nopțile?

— Răspunsuri?

— Pentru că avocatul s-a simțit în siguranță să procedeze astfel. Pentru că Peterson s-a simțit în siguranță să facă la fel. Și pentru că ai anunțat captura de metamfetamină prin rețeaua radio a departamentului de poliție.

Holland încuviință cu o mișcare a capului.

— Asasinul este unul dintre noi, spuse el. E un polițist.

Cinci minute până la miezul nopții.

Încă patru ore.

Capitolul 36

Holland și Reacher întoarseră ipoteza pe toate părțile, așa cum fac oamenii, căutând punctele slabe ale teoriei și, negăsind niciuna, o transformară în certitudine. Un polițist corupt aflat deja în oraș explica de ce supravegherea străinilor nou-ajunși în oraș nu dăduse roade. Un polițist corupt într-o mașină, cu girofarul aprins, poate scoțând mâna pe geam și făcând semne de oprire, explica de ce un avocat precaut se oprise pe un drum necirculat aflat într-un loc pustiu. Un polițist corupt, auzind mesajul radio triumfător al lui Holland de mai devreme explica de ce Peterson murise la scurt timp după aceea. Individul trebuie să-și fi dat seama că e necesar să acționeze înainte de sosirea dimineții. *Mâine-dimineață, la începerea programului, el va suna la DEA la Washington ca să le dea detaliile,* spusese Holland. Clar ca bună ziua. Și un polițist corupt cu mașina într-o parcare, poate făcând semne insistente cu mâna, explica de ce Peterson oprise mașina chiar lângă el, fără să bănuiască nimic, complet nepregătit.

Și tot un polițist corupt, pe care sirena și planul de criză îl îndepărtaseră împotriva voinței lui, explica de ce

Janet Salter supraviețuise revoltei de la închisoare, chiar dacă durase cinci ore.

— E vina mea, spuse Holland. Ceea ce am spus prin stație l-a ucis pe Andrew.

— Poate că și eu aș fi făcut la fel, spuse Reacher. De fapt, uneori chiar am făcut același lucru.

— Încercam să-l ajut.

— Consecințe neintenționate. Nu te învinui.

— Cum aș putea să n-o fac?

— De ce s-a dus acolo? Nu era de serviciu. Nici măcar nu era în trecere, pentru că nu era în drumul lui spre casă.

— Era mereu la datorie, în mintea lui, cel puțin. Și se putea să fie în drumul lui spre casă. Mai mult sau mai puțin. Adică a fost un ocol foarte mic. Două minute în plus, poate. Și așa era Andrew, în toate privințele. Întotdeauna dispus să dea un pic mai mult, pentru cauză. Întotdeauna gata să mai încerce ceva, să mai verifice un loc.

Reacher nu spuse nimic.

— Presupun că mexicanul ăla e în spatele tuturor acestor lucruri, spuse Holland. Cel despre care tot auzim.

— Plato, spuse Reacher.

— Cu cât timp în urmă crezi că l-a corupt pe omul nostru? întrebă Holland.

— De un an, spuse Reacher. Toată afacerea asta pare să fie veche de un an.

— Să fie vorba de bani?

— De cele mai multe ori așa se-ntâmplă.

— Cine e?

— Nu știu.

— Bănuiesc că e vorba de unul dintre cei noi. Abia dacă-i cunosc. În orice caz, nu suficient ca să am încredere în vreunul dintre ei. E harababură în departament. Și cred că și asta e din vina mea. N-am putut să țin pasul.

Reacher nu spuse nimic.

— De unde începem? întrebă Holland.

— Zi-mi despre Kapler.

— A avut probleme în Miami. Nimic dovedit împotriva lui. Dar au circulat zvonuri. Era în Miami și s-a vorbit despre bani din droguri.

— Minunat.

— Au fost doar zvonuri.

— Ar trebui să-l verifici mai atent. Și pe Lowell. Ce s-a-ntâmplat cu el acum un an? N-ar strica să-l verifici și pe Montgomery ăsta. Oamenii care sunt singuri când descoperă crime sunt uneori aceiași care le-au comis.

— Să-i aduc aici?

— Cel mai sigur lucru ar fi să-i aduci pe toți aici. Întregul departament. Adu-i chiar aici în sala asta și vei ști sigur că omul pe care-l cauți se află chiar în fața ta.

— Pot să fac asta? întrebă Holland.

— Bineînțeles că poți.

— E bine s-o fac?

Reacher nu spuse nimic. Întrebarea fundamentală a oricărui polițist: *Și dacă ne înșelăm?*

— Echipajul de la doamna Salter trebuie să fie în regulă, spuse Holland. N-au plecat nicăieri în seara asta, nu-i așa? Nu au așteptat în parcări abandonate. Au alibiuri. Fiecare dintre ei și tu la fel.

— Adevărat.

— Așa că aș putea să-i las la posturile lor.

— Dar mai întâi trebuie să-i avertizezi, spuse Reacher. Dacă omul nostru simte că se strânge lațul, poate mai face o ultimă încercare.

— Ar putea să-l prindă.

— Nu și dacă nu-i avertizezi înainte. Dacă vine un coleg polițist la ușa lor, ce să facă? Întâi îl împușcă și pe urmă îl iau la întrebări?

— Ar putea să-l prindă după aia.

— Când ar fi prea târziu.

— Ar fi o misiune sinucigașă.

— Poate că-i pregătit pentru așa ceva. Probabil că știe c-o să fie prins, mai devreme sau mai târziu. Trebuie să știe că e ca și mort, orice s-ar întâmpla. E între ciocan și nicovală. Cu două sau trei crime la activ, oricum ar fi, îl așteaptă execuția.

— S-ar putea să nu vină deloc. Să nu asculte de ordinul meu.

— Atunci se va identifica singur. E ca și cum și-ar desena o țintă pe spate. Te va scuti de necazuri.

— Deci, e bine s-o fac? Să-i chem pe toți aici?

— Eu așa aș face, spuse Reacher. Este datoria fundamentală a oricărui departament de poliție. Să-i elimine pe criminali de pe străzi.

Holland făcu apelurile. Mai întâi, cele șapte conversații individuale, cu cele patru femei și cei patru bărbați staționați la locuința doamnei Salter. Subtextul era dificil de formulat. *Unul dintre colegii voștri este un ucigaș. Nu puteți avea încredere decât în voi înșivă.* Apoi transmise un apel general către toate posturile pe rețeaua radio și ordonă tuturor celorlalți ofițeri, oricine ar fi fost, oriunde s-ar fi aflat și orice ar fi făcut, la datorie sau nu, să se prezinte la raport la bază în exact treizeci de minute începând din momentul apelului. Detaliu pe care Reacher îl considera o eroare tactică minoră. Ar fi fost mai bine să le ceară să se prezinte imediat. Poate că nu i-ar fi adus mai repede în practică, dar stabilirea chiar și a unui termen scurt îi dădea răufăcătorului sentimentul că încă mai avea timp și spațiu să acționeze, să-și termine treaba și, pe deasupra, și în condiții ideale de haos și confuzie, cu polițiștii alergând care încotro. Avea să fie o jumătate de oră plină de riscuri.

Holland puse microfonul în suport și luă din nou telefonul.

— Kim Peterson n-a fost anunțată încă, spuse el.

— N-o face prin telefon, spuse Reacher. Nu e corect.

— Știu. Sun la biroul de recepție. Pentru că vreau s-o anunți tu. Omul de la birou te va duce acolo cu mașina. Vine să te ia înapoi după o oră. Cred c-o să fie de-ajuns o oră.

— Vorbești serios?

— N-am timp s-o fac eu. O să fiu ocupat aici.

— Nu se cade s-o fac eu, zise Reacher. Sunt doar un străin aflat în trecere.

— Ai cunoscut-o, replică Holland. Ai petrecut o noapte în casa ei.

— E treaba ta, nu a mea.

— Sunt sigur c-ai mai făcut-o până acum.

— Nu asta-i ideea.

— Și sunt sigur că te-ai descurcat de minune.

— Nu prea.

— Trebuie să te duci, spuse Holland. Pur și simplu, nu pot, OK? Nu mă obliga.

*

După o oră petrecută în fotoliul 1A, în partea din față a cabinei, pe stânga, Plato începu să se agite. Zborurile pe timp de noapte îl plictiseau. Ziua mai vedeai ceva, chiar și de la 11 kilometri altitudine. Desigur, peisajul era în cea mai mare parte pustiu și brun, dar cu destule drumuri, case și orașe ca să-i aducă aminte că acolo jos erau clienți noi, care abia așteptau să fie recrutați și serviți. Dar noaptea nu putea să-i vadă. Nu vedeai nimic în afară de întuneric și șiruri de lumini îndepărtate.

Se ridică și merse pe culoar, pe lângă oamenii lui, pe lângă ultimul loc de la clasa întâi, în spațiul gol în care fuseseră locurile de la clasa economic. Se uită la echipamentele de pe podea. Oamenii lui le verificaseră. Le verifică din nou, pentru că el era Plato, iar ei nu.

Mâncare, apă, neinteresant. Șapte haine, șapte căciuli, șapte perechi de mănuși. Toate noi, toate potrivite. Hainele erau niște obiecte mari și umflate, umplute cu puf de gâscă. North Face, o marcă populară, toate negre. Șase erau de mărime medie, una, ca pentru un băiețel. Pistoalele semiautomate erau modelul H&K MP5K. Scurte, boante, futuriste, letale. Preferatele lui. Mai erau și șapte rucsacuri, fiecare conținând încărcătoare de rezervă și lanterne.

Plato identifică imediat problema. Curelele rucsacurilor trebuiau desfăcute aproape de lungimea lor maximă, ca să se potrivească peste hainele voluminoase. O concluzie evidentă. Nu trebuia decât să gândești în perspectivă. Dar nimeni n-o făcuse.

El era Plato, iar ei nu.

Scările erau produse de o companie americană numită Werner. Din aluminiu, lungi de aproape zece metri când erau extinse la maximum, proiectate să susțină o greutate de 113 kilograme. Peste tot erau lipite abțibilduri galbene de avertizare. Zăngăneau ușor. Preluau vibrațiile motoarelor. Cântăreau, probabil, cam nouă kilograme fiecare. Patru la număr. Asta însemna 36 de kilograme. Vor fi lăsate în urmă. Era mai bine să se utilizeze capacitatea portantă pentru mai multe cărămizi învelite în hârtie de pergament decât pentru patru scări inutile.

La fel stăteau lucrurile și cu cei șase oameni inutili, firește. Și ei aveau să fie lăsați în urmă. Peste patru sute de kilograme de carne și sânge înlocuibile, versus patru sute cincizeci de cărămizi de metamfetamină suplimentare? Alegerea era mai mult decât clară.

Plato vizualiza deja drumul de întoarcere. Știa că va reuși. Avea multe avantaje. Cele mai multe erau inerente și covârșitoare. Omul lui de la sol era o asigurare, nimic mai mult.

Caleb Carter era considerat un om aflat jos pe stâlpul totemic. Lucru despre care credea că e deosebit de ironic. Știa câte ceva despre stâlpii totemici și despre cultura americanilor nativ, în general. Știa câte puțin despre o mulțime de lucruri, dar într-o manieră aleatorie și nestructurată, care nu-i adusese niciun fel de plusuri în privința calificativelor de la liceu sau a oportunităților de angajare. Așa că se îndreptase spre Departamentul de Corecții. Alegerea implicită pentru absolvenții clasei lui. Probabil că avea să fie alegerea implicită pentru multe clase de absolvenți în viitor. Fusese antrenat și echipat cu o stație radio și o uniformă de poliester, fiind repartizat apoi în schimbul de noapte la închisoarea districtuală. Era cel mai tânăr și cel mai nou membru al echipei alcătuite din patru inși. În consecință, locul de jos de pe stâlpul totemic.

Atâta doar că era cu totul nepotrivit să-i spui unui nou-venit că ocupă un loc inferior pe stâlpul totemic. Ce înălțime aveau acești stâlpi? Șase, nouă metri? Amerindienii nu era proști. În poziția inferioară îl puneau pe omul cel mai important. La nivelul ochilor. Ce tip important voia să fie plasat la șase sau nouă metri înălțime, unde nu putea să-l vadă nimeni? Ca la supermarket. Raftul de la nivelul ochilor era rezervat pentru mărfurile cele mai bune. Obiectele cu marja de profit cea mai mare. Marile corporații angajează experți ca să stabilească lucrurile astea. Până la urmă, totul se rezumă la ce se află la nivelul ochiului. Astfel, omul de jos devine omul de sus, iar cel de sus este, de fapt, omul de jos. Într-un anumit sens. O percepție greșită. Un fel de inversiune lingvistică. Caleb Carter nu știa cum se produsese.

Schimbul de noapte era ușor. Celulele erau încuiate înainte ca ei să intre în tură și erau descuiate după ce plecau. În practică, echipa lui Caleb avea o singură responsabilitate reală, și anume să monitorizeze populația în privința urgențelor medicale. Era posibil ca unii dintre indivizii ăia să facă spume la gură sau să dea cu capul în perete. Unii dintre ei nu erau foarte atenți la medicamentele pe care trebuia să le ia. Alții încercau să se spânzure cu cracii de la pantaloni, răsuciți și înnodați. Erau niște amărăşteni.

Procesul de monitorizare presupunea zece tururi de inspecție, câte unul la fiecare oră. În mod natural, majoritatea erau sărite. Uneori, toate. Era mai simplu să stai în camera gardienilor, să joci pocher pe mărunțiș sau să te uiți la filme porno pe computer ori să te relaxezi cu căștile în urechi. La început, o asemenea neglijență îl descumpănise pe Caleb. Un job nou, o viață nouă, pe care le începuse cu anumită energie și impuls. Fusese pregătit să-și ia în serios misiunea. Dar prima datorie a oricărui nou angajat este să se adapteze. Așa a și făcut.

După o lună, nici nu-și mai amintea ce-l deranjase la început. În fond, ce voia departamentul pentru amărâții ăia de zece dolari pe oră?

Dar revolta izbucnită cu o noapte în urmă zdruncinase un pic lucrurile. În consecință, șeful de schimb îi obligase să facă trei tururi de inspecție. Pe unul îl făcuse chiar el. În noaptea asta, se așteptase la două tururi, dar trecuseră patru ore de la intrarea în schimb și nu făcuseră nici unul, așa că era clar că nu vor face decât unul singur. Și tocmai era timpul și bineînțeles că urma să-l facă chiar Caleb, pentru că era omul de sus pe stâlpul totemic. N-avea nimic împotrivă. Urma s-o facă, cât de curând, dar nu imediat, pentru că exact în acel moment era ocupat să vizioneze câteva site-uri cu fete goale și grase și animale de fermă. Munca putea să mai aștepte.

Reacher coborî din Sedanul uzat la capătul aleii lui Peterson și așteptă ca tipul de la recepție să plece, apoi se îndreptă spre casă. Era ca și cum ar fi pătruns într-un tunel alb. Zăpada se ridica în dreapta și în stânga la un metru și jumătate. În față era o răscruce în Y, cu brațul drept spre șopron și cel stâng spre casă. Vântul bătea cu putere. Terenul era neted și liber. Lui Reacher nu-i fusese niciodată atât de frig. Știa asta cu certitudine. Un superlativ fusese atins. Într-o zi la prânz, în Arabia Saudită, la începutul operațiunii Scutul Deșertului, temperatura ajunsese la 60 de grade. Acum, în Dakota de Sud, trebuia să îndure minus 34 de grade, care, din cauza vântului înghețat, se simțea mai mult ca minus 45. Niciuna dintre extreme nu era confortabilă. Dar știa pe care o preferă.

Ajunse la răscruce și o luă la stânga, spre casă. Poteca era în regulă. Călca pe o suprafață pe care se împrăștiase sare și nisip. Probabil ultima treabă domestică făcută vreodată de Andrew Peterson. O muncă de zece minute. Îi ușurase lui Reacher sarcina de a o înștiința pe văduva lui despre moartea sa.

Casa se profila în față. Scânduri roșii, ușă roșie, cărora lumina albăstrie a lunii le dădea o nuanță maronie. În spatele ferestrelor, o lumină gălbuie și blândă. Un miros vag de fum de lemn de la horn. Reacher continuă să meargă. Era atât de frig încât avea senzația că uitase cum să miște picioarele. Ca victima unui accident vascular cerebral. Trebuia să se concentreze. Piciorul stâng, piciorul drept, un pas, următorul, conștient și deliberat. Ca și cum învăța să facă ceva cu totul nou.

Ajunse la ușă. Se opri o secundă, tuși aerul înghețat din plămâni, ridică mâna și ciocăni. Grosimea mănușii și halul în care tremura transformă ceea ce trebuia să fie o bătaie dublă și clară într-o succesiune neregulată de bufnituri estompate. Cel mai rău sunet din lume. După miezul nopții, familia unui polițist singură în casă, o bătaie în ușă. N-avea cum să fie o veste bună. Kim avea să înțeleagă asta în prima fracțiune de secundă. Singura problemă era cât de aprig și cât timp avea să se împotrivească. Reacher știa cum urma să fie. Bătuse la o grămadă de uși, după miezul nopții.

Kim deschise ușa. O privire, și ultima urmă de speranță absurdă îi dispăru de pe chip. Nu era soțul ei. Nu-și scăpase cheile în zăpadă. Nu se îmbătase în mod inexplicabil și nu mai nimerea gaura cheii.

Căzu pe podea, ca și cum o trapă se deschisese sub ea.

Caleb Carter luă o lanternă Mag-lite cu patru baterii de pe raftul de lângă ușă și-și verifică stația radio. Era pornită și funcționa. Lanterna lumina binișor. Bateriile erau în regulă. Pe perete era prinsă o planșetă cu clamă, de care era legat un pix cu un șnur mizerabil. Caleb semnă dinainte pentru al cincilea tur. Primele patru semnături erau false. Nimeni nu verifica. Ieși din sala gardienilor și o luă pe coridor.

Din punctul de vedere al jurisdicției, pușcăria districtuală era cu totul separată de penitenciarul de stat, care, la rândul lui, era cu totul separat de închisoarea federală. Dar toate cele trei instituții ocupau același teren și aveau aceeași arhitectură. Economie de scară, ușurință în funcționare. Pușcăria era plină în cea mai mare parte cu localnici arestați, care fie nu obținuseră cauțiunea, fie nu reușiseră s-o plătească. Arest preventiv, în așteptarea procesului. Nevinovați până când le era dovedită vinovăția. Caleb îi știa pe unii dintre ei din liceu. Cam un sfert dintre deținuți fuseseră judecați, găsiți vinovați și condamnați, așteptând câteva zile până când sistemul îi muta la următoarea lor destinație.

Niște amărășteni.

Erau șaizeci de celule, aranjate într-un V pe două nivele, cu câte cincisprezece celule pe fiecare secțiune. Aripa de est parter, aripa de est etaj, aripa de vest parter, aripa de vest etaj. În vârful V-ului era o scară metalică, dincolo de care se afla o sală de mese la parter și o sală recreațională pe un singur nivel, astfel încât parterul avea de fapt forma literei Y.

Toate cele șaizeci de celule erau ocupate. Întotdeauna. Banii veneau din afara orașului Bolton și era ca și cum politicienii din Pierre sau Washington sau de unde-or fi fost voiau ca investițiile lor să fie bine folosite. În oraș era larg acceptată ideea că aplicarea legii se înăsprea dacă existau locuri libere. Și viceversa. Dacă era un pat gol și te prindeau cu o punguță de iarbă în mașină, ajungeai la zdup. Dar dacă toate cele șaizeci de paturi erau pline, pentru două pliculețe nu riscai mai mult de o palmă peste ceafă.

Aplicarea legii. Cariera aleasă de Caleb.

Începu cu capătul îndepărtat al aripii de est de la parter. Merse până la zidul de la capăt, se întoarse, aprinse lanterna și se întoarse mergând mai lent. Celulele se aflau la stânga lui. Ținea lanterna la umăr, ceea ce nu numai că arăta fain, dar și ridica fasciculul la nivelul ochilor. Celulele aveau gratii în față, paturi pe dreapta, chiuvete și toalete combinate în colțul din stânga-spate, pupitre nu mai late decât rafturile vizavi de paturi. În paturi se găseau bărbați. Majoritatea erau adormiți, mormăind, bodogănind și sforăind sub cearșafurile subțiri și cenușii. Unii erau treji, ochii lor îngustați și furișați reflectând lumina ca niște ochi de șobolani.

Ajunse la vârful V-ului și începu să verifice aripa de vest de la parter. Cincisprezece celule, cincisprezece paturi, cincisprezece bărbați în ele, doisprezece dormeau, trei erau treji, niciunul nu avea probleme.

Urcă treptele care duceau la aripa de est de la etaj. Același rezultate. Nu înțelegea de ce se mai deranjau. Locul era ca un depozit, atâta tot. Un fel de hotel ieftin. Păi ce, la hotel se duc angajații să-și verifice clienții din oră-n oră? Nici vorbă.

Procedura era o mare prostie.

Trecu de capul scării spre aripa de vest de la etaj. Mergea ceva mai repede decât ar fi fost normal. Umbrele gratiilor se mișcau în timp ce fasciculul lanternei trecea peste ele. Celula unu, spațiu gol la stânga, o mogâldeață sub cearșaf la dreapta, trează, celula doi, spațiu gol la stânga, o mogâldeață sub cearșaf la dreapta, adormită, celula trei, la fel.

Și așa mai departe, și așa mai departe, până la capătul șirului. Celula șase îl avea în ea pe grăsan. Cel care nu voia să discute cu nimeni. În afară de motociclistul din celula șapte.

Dar motociclistul nu era în celula șapte.

Celula șapte, din aripa de vest de la etaj, era goală.

Capitolul 37

Reacher reacționă prea lent ca s-o prindă pe Kim Peterson înainte să cadă la podea. Se aplecă greoi în haina lui mare, își strecură brațul pe sub umerii femeii și o ridică în capul oaselor. Era dusă. Leșinată de-a binelea. În mod absurd, principala lui grijă era că ușa rămăsese deschisă și căldura se scurgea din casă. Așa că își vârî celălalt braț pe sub genunchii ei și o ridică. Se întoarse și trânti ușa cu piciorul, după care o duse în sufragerie și o lăsă pe o canapeaua uzată din apropierea sobei.

Nu era prima oară când vedea o femeie leșinând. Bătuse la o grămadă de uși după miezul nopții. Știa ce avea de făcut. Ca orice altceva în armată, situația fusese explicată în amănunt. Leșinul în urma unui șoc era un simplu reflex vasovagal. Pulsul scade brusc, vasele sangvine se dilată, puterea hidraulică ce forțează sângele spre creier scade. Planul de tratament cuprindea cinci puncte. Mai întâi prinzi victima. Deja o zbârcise pe asta. Apoi întinzi victima cu picioarele ridicate mai sus de nivelul capului, astfel încât gravitația să ajute sângele să ajungă din nou în creier. Lucru pe care îl făcuse. O suci astfel încât să-i așeze picioarele pe brațul sofalei, capul de pe pernă fiind situat mai jos. Al treilea punct, verifică-i pulsul. Lucru pe care-l făcu, la încheietura mâinii. Își scoase mănușile și-și lipi degetele de pielea femeii, la fel cum făcuse și cu soțul ei. Dar cu un rezultat diferit. Pulsul ei bătea foarte bine.

Al patrulea punct din planul de tratament: stimulează victima, cu țipete puternice sau pălmuiri ușoare. Ceea ce întotdeauna i se păruse de o cruzime insuportabilă față de nou-devenitele văduve. Îi vorbi în ureche, îi atinse obrazul și o bătu ușor pe mână.

Nicio reacție.

Încercă din nou, ceva mai ferm. Cu voce mai tare, cu atingere mai grea. Nu se întâmplă nimic, doar că deasupra lui scândurile podelei scârțâiră. Unul dintre băieți, întorcându-se în somn. Tăcu un moment. Rămase nemișcat. Se lăsă din nou liniștea. În sufragerie era cald, dar nu foarte cald. Tirajul sobei fusese oprit. Își dădu jos căciula și descheie fermoarul gecii. Se aplecă și vorbi din nou. Îi atinse obrazul, apoi mâna.

Kim Peterson deschise ochii.

Punctul cinci din planul de tratament: convinge victima să rămână nemișcată între cincisprezece și douăzeci de minute. Simplu, în acest caz. Nu era nevoie de convingere. Kim Peterson nu se mișcă. Rămase întinsă pe spate și privi în sus la tavan, întrebător, speculativ, mișcându-și ochii, îngustându-i și lărgindu-i, ca și cum ceva era scris acolo sus, ceva complex și dificil de înțeles.

— Mă mai ții minte? întrebă el.

— Desigur, spuse ea.

— Mă tem că am o veste proastă.

— Andrew e mort.

— Mă tem că da. Îmi pare rău.

— Când?

— În ultima oră.
— Cum?
— Împușcat. A murit instantaneu.
— Cine l-a împușcat?
— Credem că individul pe care-l caută toți.
— Unde?
— În cap.
Ochii ei se îngustară.
— Nu, în ce loc s-a întâmplat?
— Îmi pare rău. Undeva în centru. Într-o parcare părăsită.
— Ce căuta acolo?
— Își făcea datoria. Controla ceva.
— A fost un om bun, să știi, zise ea.
— Știu.
— Am doi băieți.
— Știu.
— Ce mă fac?
— O să iei lucrurile pas cu pas. Zi după zi, oră după oră, minut după minut. Secundă după secundă.
— OK.
— Începând de-acum.
— OK.
— Primul lucru pe care trebuie să-l facem este să aducem pe cineva aici. Chiar acum. Cineva care să te poată ajuta. Cineva care să fie cu tine. Pentru că nu trebuie să rămâi singură. E vreo persoană pe care s-o pot suna?
— De ce n-a venit comandantul Holland?
— A vrut să vină. Dar trebuie să înceapă o investigație importantă.
— Nu te cred.
— Nu putea să lase totul baltă.
— Nu, am vrut să zic că nu te cred c-a vrut să vină.

— Se simte responsabil. Un șef bun asta simte întotdeauna.

— Trebuia să fi venit.

— Pe cine pot să sun?

— O vecină.

— Cum o cheamă?

— Alice.

— Ce număr de telefon are?

— Butonul 3 de pe telefon.

Reacher se uită în jur. La capătul dinspre bucătărie al camerei era un telefon pe perete. Un aparat fără fir și o consolă neagră. Tot felul de butoane și un mare zero pe ecranul cu LED-uri. Niciun mesaj.

— Rămâi pe loc, da? spuse el.

Se duse în bucătărie și luă telefonul. Avea o tastatură obișnuită, pentru formarea normală a numerelor. Avea și un buton de memorie, care permitea, probabil, formarea rapidă a numerelor. Era de presupus că butoanele 1 și 2 erau ale lui Andrew, de la birou și de pe mobil. Apăsă butonul de memorie și tasta 3. Telefonul formă singur numărul și auzi tonul de apel. Sună îndelung. Apoi o voce răspunse. O femeie, somnoroasă, dar preocupată. Ușor îngrijorată. Poate că și soțul ei era pe drum. Poate că avea copii mari în alt oraș. Telefoanele primite în toiul nopții erau la fel de rele ca bătăile în ușă.

— Ești Alice? întrebă Reacher.

— Da, eu sunt. Tu cine ești?

— Sunt cu Kim Peterson. Vecina ta. Are nevoie să vii până la ea. Soțul ei a fost ucis în noaptea asta.

Urmă un moment de liniște. Apoi Alice vorbi. Dar Reacher nu mai auzi ce spunea. Un alt sunet îi înecă vorbele. Un sunet brusc. Puternic. De afară. Ca un vaiet și un urlet. Ca un țipăt și ca o șoaptă. Crescând și scăzând în intensitate. Noul sunet se rostogolea peste câmpiile înghețate ca un talaz. Se izbea de peretele lateral al casei și bătea în ferestre.

Sirena închisorii.

Unu fără cinci noaptea.

Încă trei ore.

Capitolul 38

O diagramă nebunească prinse contur în mintea lui Reacher, explodând în patru dimensiuni, timp, spațiu și distanță. Polițiști în tot orașul, mișcându-se haotic la nord, la sud, la est, la vest, cu toții răspunzând la convocarea lui Holland, toți îndreptându-se spre secția de poliție, toți auzind sirena, toți schimbând direcția dintr-odată, cei șapte repartizați la locuința lui Janet Salter grăbindu-se să iasă în noapte, alăturându-se confuziei, pregătindu-se de plecare, îndreptându-se spre închisoare, lăsând-o pe Janet Salter singură în urma lor.

Singură, lipsită de apărare și vulnerabilă în fața unei ultime tentative disperate din partea răufăcătorului înainte ca acesta fie să fugă ca să-și salveze viața, fie să încerce să-și piardă urma în peisaj.

Știu ce am de făcut, spusese Janet Salter.

Reacher puse telefonul în suport și-i spuse lui Kim:

— Trebuie să plec. Alice e pe drum.

Ajunse la ușa din față și se opri. Sirena hăuia întruna, asurzitor. Pârtia făcută prin zăpadă era chiar în fața lui. Cincisprezece metri până la joncțiunea în Y, alți cincisprezece până la stradă. Apoi un kilometru și jumătate până în oraș și tot atât până la casa Salter.

Era pe jos.

N-avea mașină. Închise ușa în urma lui și plecă, alunecând și poticnindu-se, spre joncțiune și apoi spre șopron. Vechea camionetă Ford era tot înăuntru. Cu lama de plug.

Fără cheie în contact.

Se întoarse grăbit spre casă. Bătu tare la ușă. O așteptare lungă. Mai bătu de câteva ori. Apoi Kim Peterson îi deschise din nou. Șocul trecuse. Era cufundată adânc în coșmarul ei. Era pleoștită, absentă, detașată. Plângea amarnic.

— Îmi pare rău, spuse el. Dar am nevoie de cheia de la camionetă.

Ea nu-i răspunse.

— Kim, îmi pare rău, dar chiar am nevoie de cheie.

— E pe inelul de chei al lui Andrew, spuse ea. În buzunarul lui.

— E vreuna de rezervă?

— Nu cred.

— Ești sigură?

— Mașina aia e foarte veche.

— Trebuie să fie o cheie de rezervă.

— Cred că s-a pierdut.

Femeia se uită în altă parte, se întoarse și păși pe hol. Se clătină și se sprijini cu mâna de perete ca să se stabilizeze. Reacher trase siguranța ușii și ieși să o aștepte pe Alice. Pe vecină. Ținutul rural din Dakota de Sud era imens și pustiu. Casele nu erau învecinate. Nici măcar apropiate între ele. Alice avea să vină cu mașina. Putea să-i împrumute vehiculul ei.

Așteptă.

Sirena urla întruna.

Alice veni pe jos.

O văzu de la o sută de metri distanță, în lumina lunii. Era o femeie înaltă, răvășită după ce se îmbrăcase la repezeală, grăbindu-se, alunecând pe gheață, ținând desfăcute mâinile înmănușate ca un echilibrist pe frânghie, cu părul ciufulit ieșind de sub căciulița tricotată. Venea de la dreapta la stânga de-a lungul drumului, palidă la față, privind neliniștită la casa familiei Peterson, brațele și picioarele zvâcnind necontrolat din cauza stării înșelătoare a drumului. Reacher se îndepărtă de ușă, în frig, pe potecă, spre joncțiunea în Y și mai departe spre stradă. Se întâlni cu ea la capătul aleii și o întrebă:

— N-ai mașină?

— N-a vrut să pornească, spuse ea.

El privi la stânga spre drumul către oraș.

Ea se uită în față, spre casă.

— Cum se simte Kim? întrebă ea.

— Rău.

— Ce s-a-ntâmplat?

— Andrew a fost împușcat și-a murit. Cineva într-o parcare părăsită.

— E groaznic.

— Du-te-n casă. O să fie o noapte lungă.

— O să dureze mai mult decât o noapte.

— Crezi că te descurci?

— N-am încotro.

— Sună-l pe tatăl ei. Zicea că uneori mai vine să-i viziteze.

— O să-l sun.

— Succes!

Femeia merse mai departe pe alee.

El o luă la stânga pe stradă.

Știu ce am de făcut, spusese Janet Salter.

După un minut, Reacher mai avea o sută de metri până la intersecția care avea să-l ducă pe drumul principal ce străbătea districtul de la est la vest. La dreapta lui, centrul orașului. La stânga, ținutul rural. Avea nevoie de un polițist care să locuiască într-acolo. La maximum zece minute. Nu Kapler, Lowell sau Montgomery. Voia unul care să facă parte din majoritate. Voia un om aflat acasă, în timpul lui liber, adormit, trezit brusc, care apoi să se îmbrace, să iasă în frig, să pornească mașina și să o ia spre vest.

Voia să-i facă tipului semn cu mâna și să-i ceară să-l ducă cu mașina.

Avu parte de ceea ce-și dorea.

Când mai avea șaptezeci de metri până la cotitură, văzu lumini spre est. Lumini roșii și albastre pulsând ritmic, la un kilometru și jumătate, apropiindu-se în viteză. Reflecția zăpezii crea impresia unui hectar de lumini aprinse în mișcare. Ca un OZN care se pregătește de aterizare. Un imens cerc strălucitor de lumină orizontală. Se grăbi cât putu ca să-i iasă în cale. Picioarele îi alunecau și patinau. Brațele i se mișcau dezordonat. Fața îi înghețase deja. O simțea de parcă ar fi fost bătucită cu o bâtă și apoi anesteziată de un dentist. Mașina de poliție mergea cu o sută de kilometri la oră, cu lanțuri și pneuri de iarnă. El abia se târa cu cinci kilometri pe oră, cu picioare țepene, lente și insensibile. Aluneca și patina, de parcă alerga pe loc. Ca într-o comedie ieftină. Încă mai avea până la colț cincizeci de metri.

N-avea să reușească.

Dar nu era nevoie să reușească.

Polițistul îl văzu.

Mașina încetini și coti pe strada lui Peterson, luând-o spre nord, către el. Faruri puternice, luminile stroboscopice roșii, albastre și albe pulsând direct în ochii lui. Reacher se opri în loc, își propti picioarele și, rămânând nemișcat, ridică brațele și începu să le miște. Semaforul universal al unei situații de urgență. Semicercuri mari suprapuse, desenate în aer cu ambele mâini.

Mașina de poliție încetini.

În ultima clipă, Reacher păși lateral și mașina se opri cu un derapaj ușor în dreptul lui. Șoferul coborî geamul. La volan se afla o femeie. Era palidă și umflată de la somn. Nu apucase să se pieptene. Avea ochii roșii. N-o cunoștea.

— Trebuie s-ajung la casa Salter, spuse el.

Cuvintele rostite erau neclare. Avea buzele amorțite. Partea de sus a feței era o halcă congelată. Nici cu partea de jos nu stătea mai bine. Articulația mandibulară abia dacă mai funcționa.

— Ce? întrebă femeia.

— Am nevoie de mașină.

— Unde vrei s-ajungi?

— Acasă la Janet Salter.

De la opt kilometri depărtare, sirena continua să urle. În mașină se auzeau conversații radio. O voce de dispecer, joasă și repezită, încercând să nu pară imperioasă. Probabil bătrânul care se întorsese deja la biroul de recepție al secției. Respirația femeii mirosea a alcool. Poate whisky. Un pahar înainte de culcare. Poate chiar două, trei.

— Cine naiba ești tu? întrebă ea.

— Am colaborat cu Holland și Peterson, zise Reacher.

— Peterson e mort.

— Știu asta.

— Tu ești polițistul militar?

— Da. Și am nevoie de mașină.

— Nu pot, spuse femeia.

— Atunci de ce ai întors pe strada asta?

— N-a fost pentru tine. Mă duc spre poziția mea.

— Închisoarea nu e într-acolo.

— Formăm un perimetru la un kilometru și jumătate distanță. Mie-mi revine colțul din nord-est. Pe-aici trebuie s-o iau ca s-ajung acolo.

— Ce s-a-ntâmplat?

— A evadat motociclistul. Celula lui e goală.

— Nu, spuse Reacher.

— Cum adică nu?

— Nu-i posibil. E o făcătură. E o simulare.

— Amice, ori e în celulă, ori nu e. Și ei spun că nu e.

— Se ascunde undeva în pușcărie. Într-o magazie cu obiecte de curățenie, undeva. E o făcătură.

— Prostii!

— Am mai văzut asta înainte. Evadarea ridică două probleme. Mai întâi, trebuie să ieși din incintă, apoi să scapi de urmărire. Cei isteți se ascund mai întâi. Înăuntru. Până când se termină urmărirea. Apoi pleacă. Dar omul ăsta nu pleacă nicăieri. Nu face decât prima parte. Ca paravan.

Polițista nu-i răspunse.

— Gândește-te, spuse Reacher. Evadarea e mai grea decât pare. Îți garantez că e tot înăuntru. Mâine o să i se facă foame și-o să iasă din ascunzătoare. Cu un mare zâmbet pe față. Pentru că atunci va fi prea târziu.

— Ești într-o bujie.

— E tot în pușcărie. Crede-mă! Mergi la risc! Fii tu aceea!

— Ești nebun.

— OK, să zicem că sunt. Să zicem că individul a ieșit cu-adevărat. E plecat de mai bine de cinci ore. Știi asta. Atunci care dracu' mai e rostul unui perimetru de securitate acum?

Polițista nu-i răspunse.

Sirena continua să urle.

— Cinci minute, spuse Reacher. Te rog. De-atât am nevoie de la tine.

Polițista nu-i răspunse. Se mulțumi să apese pe buton și pe accelerație, geamul se ridică și mașina o luă din loc. Reacher se aplecă spre mașină, care-l lovi din mers cu partea din spate în șold făcându-l să se răsucească și să cadă pe spate. Rămase fără suflare în zăpada înghețată și privi cum hectarul de lumini se pierdea în depărtare.

Știu ce am de făcut, spusese Janet Salter.

Reacher se ridică și se căzni să ajungă până la colț și deodată sirena muri. Se întrerupse la mijlocul unui vaiet și minuscule ecouri fragile ale ultimului țipăt se loviră de gheață, după care liniștea nopții se înstăpâni. Nu era tăcerea surdă, estompată a ninsorii proaspăt căzute, ci susurul intens, scrâșnit, iscoditor și fremătător al unei lumi înghețate bocnă. Duduitul pașilor săi i-o lua înainte prin vinele și foile de gheață. Vântul bătea tot dinspre vest, din față, azvârlind spre el mici ace înghețate. Se uită în urmă. Parcursese o sută cincizeci de metri. Atât. Mai avea de mers trei kilometri. Pe drum nu se vedea nimic. Era absolut singur.

Și îi era foarte frig.

Pe jumătate mergea, pe jumătate alerga, prin făgașele roților, călcâiele alunecându-i teribil la fiecare pas până când se blocau în următoarea fisură, în locul unde un lanț de pe vreo roată crăpase suprafața. Respira din greu, aerul înghețat arzându-i traheea și pârjolindu-i plămânii. Tușea și gâfâia.

Încă trei kilometri de mers. Poate treizeci de minute. Prea mult. Se gândi că, în mod cert, unul dintre ei avusese curajul să rămână cu ea. Unul dintre cei șapte. Una dintre femei. La dracu' cu regulile! La dracu' cu planul! Peterson era mort. Cald, încă. Un motiv suficient. Cu siguranță că unul dintre ei își va fi luat inima-n dinți să le spună federalilor să se ducă la dracu'. Măcar unul. Poate mai mulți. Poate doi sau trei.

Poate toți.

Sau poate niciunul

Știu ce am de făcut, spusese Janet Salter.

Așa să fi fost?

Făcuse ceea ce avusese de făcut?

Reacher continuă să meargă. Un pas, apoi încă unul și încă unul. Vântul îl împingea în spate. Fragmente de gheață se izbeau de haina lui. Nu-și mai simțea nici mâinile, nici picioarele. Avea senzația că apa din ochi o să înghețe.

Drept înainte era o bancă. Se înălța singuratică într-o parcare mică. La marginea orașului. Prima clădire. Pe un stâlp înalt din beton era un afișaj, pe care se puteau citi numere. Ora și temperatura. Unu și douăzeci noaptea. Minus treizeci și patru de grade.

Își continuă înaintarea, mai repede. Simțea că ajunge undeva. La stânga și la dreapta se înșirau clădiri, una după alta. Un magazin alimentar, o farmacie, cadouri pentru petreceri, închirieri de DVD-uri. Piese auto, UPS, un magazin de băuturi, o curățătorie chimică. Toate aveau parcări întinse. Pentru clienți cu mașini. Înaintă în grabă. Asuda și dârdâia, în același timp. Clădirile începeau să se înmulțească. Acum aveau și etaj. Centrul orașului. Marea arteră cu patru benzi era la o sută de metri în față. La dreapta spre pușcărie, la stânga spre autostradă. Reacher o luă pe scurtătură, pe o stradă laterală. La secția de poliție întoarse spre sud. Vântul vuia prin pădurea de antene de pe acoperiș. Încă un kilometru și jumătate de mers.

Alerga singur pe mijlocul arterei principale. O siluetă solitară. Mătăhăloasă. Cu pași scurți, fragmentați. Își ridica picioarele și le lăsa să cadă mai mult sau mai puțin vertical. Era singurul mod în care putea să rămână drept. Nu putea să facă pași fluenți, săltăreți. Gheața nu-i dădea voie. Vederea i se încețoșa. Gâtul îl ardea. Toate ferestrele din jurul lui erau întunecate. El era singurul lucru care se mișca într-o lume albă și pustie.

Reacher trecu de restaurantul de familie. Era închis și tăcu. Întuneric înăuntru. Scaune fantomatice inversate erau așezate pe mese ca o mulțime de oameni tăcuți și anxioși, toți cu brațele ridicate. Trei sute cincizeci de metri până la strada lui Janet Salter. Patruzeci de secunde, pentru un atlet rezonabil. Reacher avu nevoie de două minute. Mașina care bloca drumul dispăruse de mult. Mai rămăseseră doar făgașele în urma ei. Goale, ca un macaz de cale ferată. Reacher călcă cu atenție peste ele. O luă pe stradă. Trecu de o casă, apoi de următoarea. Vântul șuiera printre crengile coniferelor. Pământul pârâia și gemea sub picioarele sale.

Aleea lui Janet Salter.

Lumini în casă.

Nicio mișcare.

Niciun sunet.

Nimic nelalocul lui.

Totul liniștit.

Se odihni o secundă, cu mâinile sprijinite pe genunchi, gâfâind.

Apoi urcă în grabă aleea către casă.

Capitolul 39

Reacher ajunse pe verandă. Ușa era încuiată. Trase de șnurul clopoțelului. Firul se derulă prin micul ochi de bronz. Se rulă la loc. Clopoțelul sună, o secundă mai târziu, liniștit, politicos și discret, undeva în interiorul casei.

Niciun răspuns.

Ceea ce era bine. Nu avea cum să-l audă din subsol. Și, chiar dacă l-ar fi auzit, n-ar fi ieșit din ascunzătoare ca să răspundă.

Așa spera.

Știu ce am de făcut, spusese ea. *Subsolul, pistolul și parola.*

Se uită înăuntru printr-un panou de sticlă colorată. Luminile din hol erau încă aprinse. Văzu o imagine distorsionată în albastru a încăperii. Fotoliul. Măsuța de telefon. Scara, covorul, picturile. Cuierul gol.

Nicio mișcare. Nu era nimeni acolo. Niciun semn de deranj.

Totul liniștit.

Patruzeci și trei de căi de pătrundere, conform calculelor sale anterioare, cincisprezece dintre ele fiind practice și opt ușoare. Se îndepărtă de ușă și traversă din nou veranda. Coborî și păși prin zăpada adâncă acoperită de crustă pe lângă plantele de lângă fundație, ocolind zidul lateral al casei ca să ajungă în spate. Știa din inspecțiile precedente că încuietoarea de la ușa bucătăriei era un obiect solid din alamă cu o limbă fixată fest într-un șild masiv. Șildul era prins în ușorul ușii, care era lucrat dintr-un lemn de esență moale vechi de un secol și vopsit, în vreme ce cadrul ușii din față era din lemn de castan finisat cu șmirghel fin și lăcuit. Mai greu de înlocuit. Ținând cont de toate aceste detalii, pătrunderea pe ușa din spate avea să fie un lucru plin de tact.

Făcu un pas înapoi, trase aer în piept, ridică piciorul și izbi cu tocul bocancului în lemn direct sub încuietoare. Nu era nevoie de o a doua încercare. Era un bărbat solid, agitat și prea înghețat de frig ca să mai aibă răbdare. Ușa rămase întreagă, dar șildul se smulse din lemn și zăngăni pe podea, iar ușa se deschise larg.

— Eu sunt, strigă el. Reacher.

Poate că nu auzise clopoțelul, dar era posibil să fi auzit zgomotul de lemn spart. Nu voia ca bătrâna să facă un atac de cord.

— Eu sunt! strigă el din nou.

Intră în bucătărie. Împinse ușa în spatele lui. Aceasta rămase întredeschisă. Toate sunetele și mirosurile familiare năvăliră spre el. Șuieratul țevilor. Percolatorul, acum rece. Păși în micul hol din spate. Aprinse lumina. Ușa de la baza scării era închisă.

— Janet? strigă el. Sunt eu, Reacher.

Niciun răspuns.

Încercă din nou, mai tare:

— Janet?

Niciun răspuns.

Coborî treptele din spate. Ciocăni tare în ușa subsolului.

— Janet?

Niciun răspuns.

Încercă mânerul ușii.

Ușa se deschise.

Scoase mănușa și apoi extrase pistolul din buzunar. Coborî în subsol. Era întuneric acolo. Ascultă. Niciun sunet, în afară de vuietul arzătorului și de scârțâitul pompei. Bâjbâi cu mâna pe perete, găsi întrerupătorul și aprinse lumina.

Subsolul era gol. Nu se vedea nimic în afară de umbrele aruncate brusc de grinzile verticale din lemn pe suprafața goală a podelei. Se duse la compartimentul arzătorului. Gol. Nimic acolo, în afară de vechea instalație verde în care ardea zgomotos petrolul.

Se întoarse la ușă. Se uită în susul scării peste cătarea pistolului. Nimeni acolo. Nicio mișcare, niciun sunet.

— Janet? strigă el.

Niciun răspuns.

Nu era bine.

Se întoarse în bucătărie, o traversă și ajunse în hol. Era la fel cum îl văzuse prin ochiul de geam colorat, din față. Totul liniștit. Fotoliul, măsuța, covorul, picturile, cuierul. Nicio mișcare. Nimic deranjat.

O găsi în bibliotecă. Ședea în fotoliul ei preferat. Avea o carte în poală. Cu ochii larg deschiși. În centrul frunții, o gaură de glonț.

Ca un al treilea ochi.

Nouă milimetri, aproape sigur.

Mintea lui Reacher rămase goală un timp îndelungat. Corpul îl durea. De la dezgheț. Urechile îl ardeau de parcă cineva ținea o lampă cu gaz îndreptată spre ele. Apoi nasul, apoi obrajii, apoi buzele, apoi bărbia, apoi mâinile. Se așeză în fotoliul din hol și se legănă înainte și înapoi, cuprinzându-și corpul cu brațele în agonie. Picioarele începură să-l doară, apoi coastele, apoi oasele lungi din brațe și picioare. Avea senzația că toate erau rupte și zdrobite.

Janet Salter nu avusese un craniu gros, astfel că partea din spate se împrăștiase pe fotoliul ei preferat, înfigându-se adânc în despicătura pe care glonțul o făcuse în capitonaj.

O să am timp din belșug pentru citit, spusese ea, *după ce-o să se termine agitația asta.*

Reacher își rezemă capul în palme. Își propti coatele în genunchi și privi lung la podea.

Sunt un om privilegiat, spusese femeia. *Nu oricine are prilejul să pună teoria în practică.*

Reacher se frecă la ochi. Când le depărtă, mâinile erau pline de sânge. Acele de gheață aduse de vânt îi presăraseră fața cu o mie de înțepături minuscule. Neobservabile, când carnea fusese înghețată. Acum dăduseră naștere la o mie de picături minuscule de sânge. Își frecă ambele palme pe fiecare centimetru pătrat al feței, ca și cum s-ar fi spălat. Își șterse apoi palmele de pantaloni. Se uită fix la podea. Urmări cu privirea fiecare spirală de culoare estompată din covor, una câte una. Când ajungea în centrul fiecărui model șerpuitor, se oprea și ridica privirea. Janet Salter se uita direct la el. Se afla pe diagonală, în partea opusă față de el. O linie dreaptă. Un vector. De la stânga stâlpului scării, trecând prin ușa bibliotecii, străbătând lățimea camerei și până la fotoliu. O mică virgulă se formase sub gaura lăsată de glonț în fruntea ei. Nu era mult sânge. Doar o infiltrație. O mică scurgere.

De fiecare dată se uita la ea cât de mult putea să suporte, după care își cobora din nou privirea spre covor.

Nu-mi place să fiu înfrânt, spusese el. *E mai bine pentru toate părțile implicate că lucrul ăsta nu se-ntâmplă.*

Apără și slujește.

Mereu la datorie.

Vorbe goale.

Iar el era un impostor, un șarlatan și un ratat.

Întotdeauna fusese.

Rămase în fotoliu. Nu veni nimeni. Casa zumzăia neperturbată în jurul lui. Nu știa. Își scotea zgomotele nepăsătoare. Apa curgea prin țevi, o cercevea de fereastră zăngănea în ramă, ușa din spate scârțâia mișcată de vânt. Afară, frunzișul șuiera și întreaga planetă înghețată se cutremura și gemea.

Ridică receptorul telefonului.

Formă numărul pe care și-l amintea.

Ați ajuns la Biroul de Statistică a Muncii. Dacă știți interiorul serviciului căutat, puteți să-l formați în orice moment.

Formă 110.

Un clic. Un tors ca de pisică.

— Da?

— Cu Susan, te rog, spuse Reacher.

— Cu cine?

— Cu Amanda.

Un clic. Un tors ca de pisică.

— Reacher? spuse Susan.

El nu-i răspunse.

— Reacher? Ești OK?

El nu spuse nimic.

— Vorbește cu mine, spuse ea. Sau închide.

— Ți-a fost vreodată foame? o întrebă el.

— Foame? Desigur. De câteva ori.

— Mie mi-a fost odată foame șase luni în șir. În Golf. Scutul Deșertului și Furtuna Deșertului. Când a trebuit să mergem să-l gonim pe Saddam din Kuweit. Am ajuns acolo chiar de la început. Am rămas până la final. Ne-a fost foame tot timpul. Nu era nimic de mâncare. Vorbesc despre unitatea mea. Și alți oameni din eșaloanele de ariergardă. Iar noi credeam că e în regulă. Am înghițit gălușca. La o așa de mare vânzoleală, era inevitabil să apară încurcături. Întotdeauna apăreau probleme pe traseele de aprovizionare. Era mai bine ca proviziile care existau să se ducă la băieții care luptau efectiv. Așa că nimeni n-a făcut scandal. Dar n-a fost deloc distractiv. Am slăbit. Situația era nenorocită. Pe urmă ne-am întors acasă, am mâncat ca porcul și am uitat cu totul de asta.

— Și pe urmă?

— Și pe urmă, după niște ani, am mers cu trenul ăla rusesc. Aveau rații de hrană americane. La momentul ăla, eram plictisit. Când ne-am întors, mi-am propus să aflu ce se întâmplase. Ca un hobby. Un lucru a dus la un altul și am ajuns la sursă. A reieșit că un tip de la logistică ne vânduse hrana timp de zece ani. Știi, câte-un pic aici, câte-un pic dincolo, în toată lumea. Africa, Rusia, India, China, oricine era dispus să plătească pentru porcăriile alea. A fost destul de prudent. Nimeni n-a băgat de seamă, la cantitățile existente. Dar războiul din Golf l-a prins cu pantalonii-n vine. Dintr-odată, cererea a crescut până la cer, iar proviziile nu mai erau acolo, pur și simplu. Ni le expedia pe hârtie, iar noi făceam foamea în deșert.

— Generalul?

— De curând avansat. A fost colonel în cea mai mare parte din timp. Nu era cel mai deștept dintre pământeni, dar a fost un tip prudent. Și-a acoperit bine urmele. Numai că eu n-am vrut să mă dau bătut. A fost ceva personal. Eu contra lui. Oamenii mei făcuseră foamea din cauza lui. Am intrat în conturile lui bancare și în toate celelalte. Știi pe ce și-a cheltuit banii?

— Pe ce?

— Nu pe multe. În cea mai mare parte, i-a economisit. Pentru pensie. Dar și-a cumpărat un Corvette din 1980. A considerat că e o mașină clasică. De colecție. Dar modelul 1980 a fost cea mai proastă mașină Corvette fabricată vreodată. A fost un rahat pe băț. Au renunțat la motorul de 350 și au pus unul de 305, pentru emisii. Abia dacă scotea 180 de cai-putere. Și eu puteam să fug mai repede decât un Corvette 1980. Când am auzit asta, parcă mi-a explodat capul. Adică să fac foamea pentru un geniu al criminalității ar fi fost un lucru. Dar era cu totul altceva să mor de foame pentru un idiot patentat. Un cretin fără gusturi, fără fler, sordid și jalnic.

— Așa că l-ai săltat?

— Am construit dosarul ăla de parc-ar fi fost vorba de Ethel Rosenberg. O luasem razna. Verificam și-ntr-un sens, și-n celălalt, de mai multe ori. Puteam să merg cu el și la Curtea Supremă. L-am adus în birou. I-am spus că sunt supărat. Era îmbrăcat în uniformă Clasa A. Avea tot felul de medalii. Mi-a râs în nas. Un fel de rânjet superior. Ca și cum îmi dădea de înțeles că era mai bun decât mine. Mi-am zis, tu ai cumpărat un Corvette 1980, tâmpitule, nu eu. Deci, cine-i mai bun? Pe urmă l-am lovit. I-am ars una în vintre ca să se îndoaie și apoi l-am izbit cu capul de birou.

— Ce s-a-ntâmplat?

— I-am spart capul. A rămas în comă timp de șase luni. Nu și-a mai revenit pe deplin după aia. Și ai avut dreptate. În esență, m-au dat afară. Mi-au luat unitatea. Doar faptul că dosarul era unul solid mi-a salvat pielea. Nu voiau s-ajungă în ziare. Eram în stare să fac scandal mare, altfel. Așa că am plecat.

— Unde?

— Nu mai țin minte. Mi-era prea rușine de mine însumi. Am făcut un lucru rău. Și am scăpat din mână cel mai bun post de comandă pe care l-am avut vreodată.

Susan nu-i răspunse.

— După aceea m-am gândit la toată povestea. Știi de ce făcusem asta? N-am găsit răspuns. Nici azi nu știu.

— Ai făcut-o pentru oamenii tăi.

— Poate.

— Ai vrut să îndrepți lucrurile.

— Nu tocmai. Nu vreau să îndrept lumea. Poate c-ar trebui, dar nu vreau.

Ea nu spuse nimic.

— Doar că nu-mi plac oamenii care strâmbă lumea. O fi corect ce-am zis?

— Ar trebui să fie. Ce s-a întâmplat?

— Nimic altceva. Asta-i povestea. Ar trebui să ceri un birou nou. Cel vechi n-are nimic onorabil.

— M-am referit la ce s-a întâmplat în noaptea asta?

Reacher nu-i răspunse.

— Spune-mi, zise Susan. Știu că s-a întâmplat ceva.

— De unde?

— Pentru că m-ai sunat.

— Te-am sunat de multe ori.

— Când aveai nevoie de ceva. Așa că acum ai nevoie de ceva.

— Sunt bine.

— Se simte în glasul tău.

— Am pierdut, doi la zero.

— Cum adică?

— Doi uciși în acțiune.

— Cine?

— Un polițist și o bătrânică.

— Doi la zero? Ăsta nu-i un joc.

— Știi bine că e un joc.

— E vorba de oameni.

— Știu că-i vorba de oameni. Mă uit la unul dintre ei chiar acum. Și singurul lucru care mă oprește să duc pistolul la tâmplă e faptul că mă prefac că-i un joc.

— Ai un pistol?

— E în buzunar. Un Smith & Wesson vechi și drăguț.

— Lasă-l în buzunar, da?

Reacher nu spuse nimic.

— Nu-l atinge, OK? spuse Susan.

— Dă-mi un motiv temeinic.

— Un pistol nu va rezolva neapărat problema. Știi asta. Am văzut cu toții cum se-ntâmplă. Riști să ajungi ca generalul.

O să țintesc cu atenție. Exact unde trebuie. O să mă asigur.

— N-o face, Reacher.

— Liniștește-te. N-o să mă împușc. Nu e stilul meu. O să stau aici până când o să-mi explodeze capul de unul singur.

— Îmi pare rău.

— Nu-i vina ta.

— Atâta doar că nu-mi place să mă gândesc la asta ca la un joc.

— Știi că e un joc. Trebuie să fie un joc. Doar așa e suportabil.

— OK, e un joc. În ce repriză suntem? A patra?

— În prelungiri.

— Fă-mi o relatare a jocului de până acum. Dă-mi toate detaliile aduse la zi. Ca și cum am lucra împreună.

— Mi-ar fi plăcut să lucrăm.

— Păi, lucrăm. Ce-avem până acum?

El nu-i răspunse.

— Reacher, ce-avem până acum?

Așa că Reacher trase aer în piept și începu să-i spună ce-aveau până în acel moment, la început mai lent, apoi mai repede când prinse vechile ritmuri de care-și aminti din anii în care vorbea cu oameni care înțelegeau ceea ce înțelegea și el, și vedeau ceea ce vedea și el, și se prindeau de ceea ce nu era nevoie să fie rostit. Îi vorbi despre autocar, despre metamfetamină, despre proces, despre pușcărie, despre departamentul de poliție, despre planul de criză, despre avocat, despre protejarea martorului, despre revoltă, despre depozitul subteran, despre Peterson și despre Janet Salter.

Prima ei reacția a fost:

— Bagă mâna în buzunar!

— De ce? întrebă el.

— Scoate pistolul.

— Acum e OK să-l scot?

— Mai mult decât OK. Este necesar. Răufăcătorul te-a văzut.

— Când?

— Când erai singur cu Salter în casă. A avut cinci ore.

— N-a venit. A fost la pușcărie tot timpul.

— Asta-i o presupunere. Nu știm sigur. Putea să se fi prezentat la post, să iasă din rețeaua radio, să se fi furișat și să vină înapoi. Și știm măcar dacă s-a făcut prezența în noaptea asta? Un lucru ca ăsta, desigur, e scris în plan, dar cine garantează că se face într-adevăr, știi, în viața reală, într-o situație ca asta, exact când lucrurile iau o întorsătură nasoală.

— Oricum, eu nu l-am văzut.

— Dar el nu știe. Dacă te-a văzut, o să presupună că l-ai văzut și tu. Așa că o să vină după tine.

— Prea mulți „dacă“ și prea multe presupuneri.

— Reacher, gândește-te. Ce-l poate opri pe omul ăsta să scape nepedepsit? I-a împușcat pe avocat, pe Peterson și pe Salter cu trei gloanțe dintr-un pistol neînregistrat. Pe-al patrulea ți l-a rezervat ție și pe urmă e liber ca pasărea cerului. Nimeni nu va ști vreodată cine-a fost.

— Eu deja nu știu cine-a fost.

— Dar el nu e sigur de asta. Și nu e sigur că n-o să-ți dai seama până la urmă. Ești ultimul obstacol din calea lui.

— De ce n-a venit după mine deja?

— Nu s-a ivit un prilej sigur. E singurul motiv posibil. O să fie foarte prudent cu tine. Mai mult decât cu ceilalți. Avocatul era un fraier, Peterson era un om simplu, de la țară, iar Salter era o bătrânică neajutorată. Tu ești diferit.

— Nu chiar atât de diferit.

— Trebuie să te retragi în Rapid City. Să te ascunzi undeva și să iei legătura cu FBI-ul.

— N-am niciun vehicul.

— Dar ai un telefon. Vorbești la el chiar acum. Închizi cu mine și pe urmă suni la FBI. Ține-ți garda sus până când ajung la tine.

El nu-i răspunse.

— O să faci ce ți-am zis? întrebă ea.

— Mă îndoiesc.

— Să știi că n-ai fost responsabil pentru oamenii ăia.

— Cine spune asta?

— Toate astea s-ar fi întâmplat la fel fără tine. E o șansă de una la un milion ca tu să fi fost acolo.

— Peterson era un tip de treabă. Și un polițist bun. Voia să fie un polițist și mai bun. Era unul dintre oamenii care știu destul ca să știe că nu știu totul. Îmi plăcea de el.

Susan nu spuse nimic.

— Și de doamna Salter mi-a plăcut. Era o doamnă cu suflet nobil.

— Trebuie să pleci de-acolo. Ești singur și ei sunt mulți. Plato n-o să vină singur.

— Sper să nu vină singur.

— E periculos.

— Pentru el, spuse Reacher.

— Îți amintești de tine când erai copil și te uitai la filmul cu creatura care ieșea din lagună?

— Mai e chestia aia în dosarul meu?

— În indexul de la sfârșit.

— Și ai citit-o?

— Am fost interesată.

— Au înțeles greșit. Și mi-au luat briceagul, ceea ce m-a călcat pe nervi.

— Cum adică, au înțeles greșit?

— Nu eram un fel de anomalie genetică. M-am născut la fel de sperios ca oricare. Poate chiar mai mult. Mă trezeam plângând împreună cu cei mai buni dintre ei. Dar am obosit. M-am antrenat să nu mai fiu așa. Un act de voință. Mi-am redirecționat teama în agresivitate. Nu mi-a fost deloc greu.

— La șase ani?

— Nu, la șase ani eram deja vechi în meserie. Aveam patru când am început. Am terminat treaba când aveam cinci ani.

— Asta faci tu acum? Redirecționezi vinovăția în agresivitate?

— Am depus un jurământ. La fel ca și tine. Toți inamicii, din țară sau din străinătate. Se pare că aici avem câte unul din fiecare. Plato și oricare-ar fi polițistul corupt.

— Jurământul tău a expirat.

— Nu expiră niciodată.

— Ia spune-mi, cum ajunge un băiețel de șase ani să aibă propriul briceag?

— Tu n-ai avut?

— Bineînțeles că nu.

— Acum ai unul?

— Nu.

— Ar fi bine să-ți faci rost.

— Iar tu trebuie să te duci în Rapid City și să faci ceea ce trebuie.

— N-avem timp.

— N-ai niciun statut legal.

— Atunci mai pune-o etichetă pe dosarul meu. Sau scutește-i pe toți de un efort. Xeroxează-l. Fă trei copii, pentru FBI, DEA și oamenii din Dakota de Sud. Le expediezi peste noapte.

— Nu gândești limpede. Te pedepsești. Nu poți să câștigi toate bătăliile. Nici nu trebuie.

— Te-au pus la conducerea Unității 110?

— Și-o să rămân în acest post. Atâta timp cât o să vreau.

— De data asta a fost foarte important.

— Toate sunt importante.

— Nu ca acum. Mă uit la o bătrânică cumsecade cu o gaură în frunte. A însemnat mai mult pentru mine decât faptul că am fost înfometat.

— Nu te mai uita la ea.

Reacher privi în podea.

— Nu poți schimba trecutul, spuse Susan.

— Știu.

— Nu poți să te pocăiești. Și, oricum, nici nu trebuie. Omul ăla merita să ajungă în comă și să rămână așa poate pentru totdeauna.

— Poate.

— Du-te în Rapid City.

— Nu.

— Atunci vino în Virginia. Ne ocupăm de asta împreună.

Reacher nu spuse nimic.

— Nu vrei să vii în Virginia?

— Sigur că vreau.

— Atunci vino.

— O să vin. Mâine.

— Vino acum.

— E miezul nopții.

— Era o întrebare pe care mi-o tot puneai.

— Era?

— Nu m-ai mai întrebat.

— Care era?

— Dacă sunt măritată.

— Ești?

— Nu.

Reacher ridică din nou privirea. Janet Salter se uita direct la el.

— O să plec mâine, spuse Reacher.

Puse receptorul în furcă.

Două fără cinci noaptea.

Încă două ore.

Capitolul 40

După trei ore de zbor, Plato era încordat. Deloc surprinzător. Viața lui era ca un joc video. Lucrurile îi ieșeau în cale unul după altul. Fiecare lucru trebuia rezolvat în mod eficient și cuprinzător. De la cel mai important la cel mai neînsemnat. Nu că până și cel mai neînsemnat lucru era ceva banal. Cheltuia o mie cinci sute de dolari pe lună numai pe elastice pentru legarea teancurilor de bani pe care-i ducea la bancă. Nu existau probleme mărunte. Iar cele mari erau multe. Și performanța lui era judecată nu numai în privința substanței, ci și a stilului. Drama însemna slăbiciune. Mai ales pentru el.

Ironia era că fusese un copil solid. Până la șapte ani, fusese la fel de mare sau chiar mai mare decât oricare altul. La opt ani era competitiv încă. La nouă ani, în limite normale. Și deodată creșterea s-a oprit. Nimeni nu știa de ce. Nimeni nu știa dacă era ceva genetic, dacă era o boală sau un factor de mediu. Poate mercur sau plumb, ori vreun alt metal greu. Cu siguranță nu fusese vorba de lipsa hranei sau a unei îngrijiri corespunzătoare. Părinții lui fuseseră întotdeauna prezenți și își făcuseră datoria. La început, s-au făcut că nu văd. Au ales să presupună că un asemenea lucru avea să se corecteze singur. Dar n-a fost să fie. Așa că mai întâi tatăl lui a fost cel care și-a întors fața de la el, urmat de mama lui.

Acum nimeni nu-și mai întorcea fața de la el.

Avea telefonul mobil pornit. Regulile normale nu i se aplicau lui. Aparatul sună și Plato răspunse. Omul lui de la sol. Un coleg polițist aflase prea mult și fusese eliminat. Lui Plato nu-i păsa. Daune colaterale. Neimportant. Un alt individ amușina prin preajmă și trebuia rezolvat. Un fost polițist militar. Nici de ăsta nu-i păsa lui Plato. Neimportant. Nu era problema lui.

Apoi, în sfârșit, vestea cea mare: martorul era mort.

Plato zâmbi.

— Tocmai ai salvat o viață, spuse el.

Apoi dădu el un telefon. În Brooklyn, New York. Ca să anunțe vestea. Ultimul obstacol fusese eliminat. Dakota de Sud era acum în mod categoric o zonă lipsită de probleme. Titlul de proprietate era inexpugnabil. Absolut garantat. Rusul acceptă să vireze banii imediat. Plato ciuli urechile și-și imagină că aude clicul de mouse.

Zâmbi din nou.

O afacere încheiată.

Închise telefonul și se uită pe geam. Locul 1A, cel mai bun din avion. Avionul lui. Se uită în jos la America de sub el. Întunecată și masivă. Șiruri de lumini. Se uită la ceas. Încă cincizeci și șapte de minute. Apoi, din nou, și ca întotdeauna, începea spectacolul. O nouă provocare. Un nou triumf.

Reacher urcă la etaj și găsi dormitorul lui Janet Salter. Era în spatele casei, direct deasupra bibliotecii. O cameră plăcută, parfumată, care mirosea a pudră de talc și levănțică. Baia se afla deasupra unei jumătăți din bucătărie. Deasupra chiuvetei era un dulăpior pentru medicamente. În el se găseau obiecte de toaletă obișnuite plus cutia cu gloanțe de calibrul 38, optzeci și opt de gloanțe rămase din cele o sută inițiale.

Reacher puse cutia în buzunarul hainei și închise oglinda. Coborî scara și, ajuns în bibliotecă, se aplecă deasupra lui Janet Salter și îi mută cartea și un braț moale, ca să-i poată lua pistolul din buzunarul cardiganului. Era încărcat la maximum. Nu se trăsese niciun glonț cu el. Îl puse în buzunar și, după ce așeză la loc cartea și brațul, plecă.

Polițistul care îi ucisese pe avocat, pe adjunctul șefului de poliție și pe doamna Salter stătea în mașina lui și privea afară pe parbriz. Se afla în poziția desemnată de pe perimetrul improvizat, răspunzând personal de două sute de metri de zăpadă la stânga lui și de alți două sute de metri de zăpadă la dreapta. Oricum nu exista riscul ca vreun evadat să folosească altceva decât drumul, chiar și vara. În orice anotimp, relieful era prea neted și lipsit de denivelări ca să permită cuiva să se ascundă. Câinii l-ar fi prins din urmă într-un minut. Să fugi pe coclauri și să te ascunzi în șanțuri și rigole era rezervat strict filmelor alb-negru vechi cu deținuți legați în grup cu lanțurile, transmise noaptea târziu pe canalele de satelit lipsite de importanță. Nu, în zilele astea, orice evadat întreg la minte ar fugi pe șosea, legat bine de șasiul unui camion de aprovizionare gol.

Nu că ar fi existat cu adevărat vreun evadat. Plato fusese clar în privința asta. Arhitectura unei închisori cuprindea tot felul de locuri goale. Camerele de distribuire a aerului din tavan, unde conductele se ramificau, matricele de sub podea unde țevile se separau țevile de canalizare. Tot felul de panouri de inspecție. Toate perfect sigure, pentru că niciunul dintre acele spații goale nu ducea nicăieri. Dar utile pentru scopuri ce nu includeau o evadare propriu-zisă. Cu un sendviș și o sticlă în care să urineze, un ins putea să se ascundă zece până la douăsprezece ore.

Ceea ce ar fi fost suficient.

Polițistul își verifică armele. Din obișnuință. Din instinct. Mai întâi, pistolul oficial, din toc, apoi celălalt, în buzunar. Încărcat. Un glonț pe țeavă și alte paisprezece în încărcător.

Nu va avea nevoie de cele paisprezece din încărcător.

Reacher făcu un ultim tur de inspecție atentă prin casa lui Janet Salter. Era cât se poate de sigur că nu va avea să mai revină acolo și erau unele lucruri pe care trebuia să le rezolve în minte. Se uită la ușa din față, la ușa din spate, la ușa subsolului, la bucătărie, la hol, la bibliotecă, la poziția lui Janet Salter și la cartea din poală. Se gândi că avusese nevoie de cinci până la opt minute ca să se facă așa de comodă precum arăta, dat fiind că pornise de la o stare de panică extremă. Cam atât i-ar fi fost necesar să se relaxeze, chiar și în compania sigură și liniștitoare a unei persoane de încredere ca un polițist din oraș.

Prin urmare, lăsând încă un minut pentru ca echipa care-i asigura protecția să părăsească zona, cineva întârziase între șase și nouă minute la efectuarea prezenței la închisoare.

Cineva își va aminti.

Poate.

Dacă se făcuse vreo prezență.

Dacă omul plecase măcar.

Reacher își trase fermoarul gecii, îndesă căciula peste urechi și o acoperi cu gluga. Își puse mănușile, deschise ușa de la intrare și ieși din nou în frig. Gerul se năpusti asupra lui, lovindu-l din toate părțile, chinuindu-l și înghețându-l. Dar îl ignoră. Prin puterea voinței. Închise ușa și, coborând aleea, o luă spre secția de poliție. Rămase vigilent tot drumul, chiar acolo în acea zonă de hiperalertă care-l făcea să simtă că ar putea să scoată pistolul și să tragă de o mie de ori mai iute decât orice oponent. Genul de zonă care-i dădea senzația că ar putea să extragă minereul, să topească metalul, să deseneze proiectul de execuție, să toarne părțile componente și să-și construiască propriul pistol înainte ca orice alt adversar să-i poată face vreun rău.

Nu mi-e teamă de moarte.

Moartea se teme de mine.

Din frică în agresivitate.

Din vinovăție în agresivitate.

Secția de poliție era complet părăsită în afară de ajutorul civil revenit la datorie în spatele biroului de recepție. Era un individ înalt și ramolit, cam de șaptezeci de ani. Stătea posomorât pe taburet. Reacher îl întrebă dacă avea vreo veste. Omul îi spuse că nu. Reacher întrebă cât timp avea să fie departamentul detașat pe teren. Omul îi răspunse că nu știa. Departamentul nu avea experiență în astfel de lucruri. Niciodată nu mai avusese loc o evadare.

— Nici în noaptea asta n-a evadat nimeni, spuse Reacher. Omul se ascunde înăuntru.

— Așa crezi?

— Da, așa cred.

— Pe ce te bazezi?

— Pe bunul-simț, spuse Reacher.

— Atunci cred că vor mai aștepta circa o oră. Perimetrul e la un kilometru și jumătate distanță. Două ore sunt suficiente pentru a decide că individul ori a trecut deja, ori poate nu mai apare deloc.

—Spune-mi cum se face prezența la post. Pentru departament, la închisoare.

— Eu o fac, de-aici. Prin radio. Strig lista, ei îmi răspund din mașini sau de la microfoanele montate la guler, eu îi bifez.

— Cum a mers în noaptea asta?

— Toți prezenți la posturi.

— Niciun absent?

— Niciunul.

— Greșeli? Ezitări?

— Nimic.

— Când ai făcut-o?

— Am început când am auzit sirena. Durează cam cinci minute, de la început până la sfârșit.

— Deci, ei se confirmă singuri, așa-i?

— Nu înțeleg.

— Nu știi sigur unde se află sau ce fac acolo. Tot ce știi e că îți răspund la apel sau nu.

— Îi întreb unde sunt. Ei îmi spun. Ori sunt în acea poziție, ori în apropierea ei. Iar directorul închisorii are dreptul să verifice.

— Cum?

— Se poate duce în turn ca să verifice vizual. Terenul e întins. Sau se poate branșa la rețeaua noastră radio și poate face prezența singur, dacă vrea.

— A făcut-o în noaptea asta?

— Nu știu.

— Cine-a fost ultimul ajuns în post în noaptea asta? întrebă Reacher.

— Nu știu să-ți spun. La începutul alfabetului, toți erau încă în mișcare. Spre sfârșit, toți erau ajunși la posturi.

— Deci, ei îți spun.

— De ce nu i-aș crede?

— Trebuie să-l suni pe comandantul Holland, zise Reacher. Doamna Salter a murit.

Reacher se plimbă prin secția de poliție tăcută, trecând prin sala de operațiuni, biroul lui Holland, băi și se opri în camera cu fotografiile de la locurile crimelor prinse pe pereți. Motociclistul, avocatul. Stând cu spatele la motociclist, se uită la avocat. Nu știa cum îl cheamă pe tip. Nu știa prea multe despre individ. Dar știa destule ca să-și dea seama că, în esență, omul era la fel ca Janet Salter. Un bărbat, nu o femeie, un drum înghețat, nu o cameră cu pereții plini de rafturi cu cărți, dar amândoi fuseseră niște oameni pe jumătate înțelepți, pe jumătate naivi, cărora li se insuflase un fals sentiment de siguranță, fiind păcăliți să se relaxeze. Maneta schimbătorului pe poziția Parcare și geamul coborât însemnau același lucru ca poziția confortabilă a lui Janet Salter și cartea din poală. *Să le înțelegi motivele, circumstanțele, obiectivele, scopurile, temerile, nevoile. Să gândești ca ei. Să vezi ce văd ei. Să fii ca ei.*

Amândoi fuseseră duși de nas până la capăt. Nu parțial, nu doar pe jumătate. Fuseseră complet încrezători. Se deschiseseră, în sensul propriu al cuvântului. Uși, ferestre, inimi, minți. Nu pe jumătate îngrijorați, nu pe jumătate formali, nu pe jumătate suspicioși.

Fuseseră duși de nas până la capăt.

Nu orice polițist putea să le facă una ca asta.

Era un polițist pe care amândoi îl știau, îl cunoscuseră dinainte, erau familiari cu el.

Peterson întrebase: *Ce ar face unitatea ta de elită acum?*

Răspuns: Reacher, Susan sau oricare dintre ceilalți comandanți ai Unității Speciale 110 dintre cei doi și-ar fi pus picioarele pe biroul vătămat și ar fi trimis doi locotenenți dornici de afirmare să afle totul despre viețile amândurora, să facă o listă cu toate cunoștințele lor din Departamentul de Poliție Bolton în ordinea apropierii. Apoi el sau ea sau oricare dintre ceilalți ar analiza cele două liste, ar face corelațiile necesare și un nume comun ar ieși în evidență.

Reacher nu avea la dispoziție doi locotenenți dornici de afirmare.

Dar existau și alte abordări.

*

Un minut mai târziu, Reacher auzi pași pe coridor. Aritmici. Plesnetul unei tălpi, urmat de târșâitul celeilalte. Bătrânul de la recepție. Șchiopăta ușor. Își vârî capul pe ușă și spuse:

— Comandantul Holland e pe drum. Își părăsește postul din perimetru. N-ar trebui, dar o face totuși.

Reacher încuviință cu o mișcare din cap. Nu spuse nimic.

Bătrânul adăugă:

— E groaznic ce s-a-ntâmplat cu doamna Salter.

— Știu.

— Știi cine a făcut-o?

— Încă nu. A sunat cineva până acum?

— Cine să sune?

— Vreun vecin, poate. S-a tras un foc de armă.

— În casă?

— În biblioteca ei.

Bătrânul ridică din umeri.

— Casele sunt depărtate între ele. Toți au ferestre duble. Cele mai multe sunt cu geamuri termopan triple și, într-o noapte ca asta, toate sunt ținute bine închise.

Reacher nu spuse nimic.

— E unul dintre noi? întrebă bătrânul.

— De ce-ar fi?

— Comandantul Holland a convocat o ședință. Chiar înainte să sune sirena. Nu văd ce alt motiv ar fi avut. Nu văd nici cum s-ar fi putut întâmpla altfel. Adică, avocatul, apoi domnul Peterson și acum doamna Salter. Toți trei, lichidați rapid și ușor, uite-așa! Trebuie să fie unul de-ai noștri. În plus, m-ai întrebat cine-a ajuns ultimul la post în noaptea asta.

— Ai fost polițist?

— Am lucrat în departamentul ăsta treizeci de ani.

— Îmi pare rău.

— Mi-ar plăcea să-l prindem pe individul ăsta.

— Ai vorbit cu el în noaptea asta. La un moment dat. Ori înainte, ori după.

— Toți mi s-au părut normali.

— Îi cunoști bine?

— Nu pe cei noi.

— A fost cineva în mod special mai apropiat de doamna Salter?

— Mulți erau. E de multă vreme aici. Era...

La unsprezece mii de metri altitudine și la șase sute de kilometri spre sud, telefonul lui Plato sună din nou. Banii pe care-i luase de la rus își croiau drum prin lume. De la o jurisdicție la alta, tenebroși și imposibil de urmărit, într-o călătorie automată nocturnă care era programată să dureze șapte ore în total. Dar întotdeauna existau bănci deschise pe undeva. Depozitul apăru pe un ecran din Hong Kong și declanșă un cod care însemna că deținătorul contului trebuia notificat. Așa că funcționarul care îl văzu formă un număr care sări prin cinci puncte separate de redirecționare înainte de a suna în Boeingul aflat sus deasupra statului Nebraska. Plato răspunse și ascultă fără vreun comentariu. Era deja cel mai bogat om din lume pe care-l cunoscuse vreodată. Așa avea să fie întotdeauna. El era Plato, iar ceilalți nu. Nici părinții săi, nici rusul, nici vechiul lui asociat Martinez, nimeni.

Funcționarul bancar din Hong Kong închise convorbirea cu Plato și formă alt număr. Brooklyn, New York. Era trecut de trei dimineața acolo, dar preluarea apelului avu loc imediat, de către rus, care plătea mai mult decât Plato.

Mult mai mult.

— I-am spus că banii sunt în contul lui, zise funcționarul.

— Acum inversează tranzacția, îi spuse rusul.

Funcționarul execută ordinul.

— Gata, spuse el.

— Mulțumesc, spuse rusul.

Din Brooklyn, rusul sună la un număr din Ciudad de Mexico, un număr din interiorul unei agenții locale de aplicare a legii, cu o denumire pe care nici măcar nu încerca s-o traducă. Îi răspunse un colonel. Rusul îi spuse că totul se desfășura conform planului.

— Plato e deja în avion, spuse colonelul. A decolat cu mai bine de trei ore în urmă.

— Știu, spuse rusul.

— Vreau cincisprezece la sută, spuse colonelul.

Rusul rămase tăcut un moment. Se prefăcea supărat. Promisese zece la sută. Tot timpul se discutase despre o împărțire de nouăzeci–zece la sută. Dar în sinea lui se pregătise pentru optzeci–douăzeci. Scopul lui fusese să obțină optzeci la sută din afacerea lui Plato. Să obțină optzeci și cinci la sută însemna un bonus neașteptat. Un cadou. Colonelul era un individ subțire, lipsit de ambiție. Limitat în toate privințele. Tocmai de-aceea era doar colonel, nu general.

— Mă cam strângi cu ușa, spuse rusul.

— Asta-i situația!

— Îmi dai de înțeles că n-am de ales.

— Păi n-ai.

O lungă tăcere, doar de dragul efetului.

— OK, spuse rusul. Ai cincisprezece la sută.

— Mulțumesc, spuse colonelul.

Rusul închise și formă din nou, un număr despre care știa că aparține unui celular nedetectabil situat în acel moment pe o noptieră dintr-un dormitor din Virginia. Era trecut de trei dimineața acolo, la fel ca în Brooklyn. Același fus orar. Celularul nedetectabil aparținea unui agent DEA docil, care aparținea unui cumnat al prietenului unui văr al rusului. Tipul din Virginia răspunse și rusul îi spuse că totul se desfășura conform planului.

— Am cuvântul tău? întrebă tipul.

Rusul zâmbi în sinea lui. Politică organizațională de cel mai înalt nivel. Tipul corupt de la DEA al cumnatului prietenului vărului îl redusese la tăcere pe omul de la DEA corupt al lui Plato și acceptase ideea ca rusul să preia restul operațiunilor lui Plato de pe teritoriul american cu condiția să nu scoată metamfetamina guvernului din depozitul subteran din Dakota de Sud. De fapt, dacă acea metamfetamină ar fi putut pur și simplu să dispară cu totul, era mult mai bine. Ar fi fost prea stânjenitor pentru toată lumea. Jenant pentru că se afla acolo, jenant pentru că fusese uitată, jenant fie și numai că exista. Chiar și indivizii corupți au loialități departamentale.

— Ai cuvântul meu în privința asta, spuse rusul.

— Mulțumesc, spuse omul din Virginia.

Rusul zâmbi din nou gândindu-se la absurditatea întregii povești. Dar avea să se conformeze. Și de ce n-ar fi făcut-o? Era o adevărată comoară, desigur, dar el avea obiective pe termen lung. Și nu avea cum să-i lipsească ceea ce nu i-a aparținut niciodată. Și nu era ca și cum ar fi plătit pentru asta.

Închise din nou telefonul și compuse un mesaj text pe celălalt telefon, după care îl trimise.

La unsprezece mii de metri deasupra statului Nebraska, la trei rânduri în spatele lui Plato, în scaunul 4A, un telefon dat pe modul silențios vibră o dată în buzunar, un tremur mecanic solid pe mușchiul unei coapse. Al cincilea dintre cei șase mexicani dispensabili scoase telefonul și se uită la ecran. Era tipul care condusese la aerodrom mașina în care se aflase Plato. I-l arătă bărbatului de lângă el, din scaunul 4B, care era al șaselea dintre cei șase și care stătuse cu el mai devreme pe scaunul din față al camionetei. Ambii bărbați încuviințară dând din cap. Niciunul nu spuse nimic. Nici măcar nu zâmbiră. Amândoi erau mult prea încordați.

Mesajul spunea: *Acționați.*

*

Un minut mai târziu, Reacher auzi mașina lui Holland în liniștea înghețată. Auzi murmurul jos al motorului și scrâșnetul molatic al pneurilor pe gheață. Apoi motorul oprindu-se cu un oftat, portiera trântită și zgomotul bocancilor lui Holland pe zăpadă. Auzi ușa de la intrare deschizându-se și-și imagină că simte valul de aer rece venind de afară. Auzi pașii lui Holland pe coridor, după care omul sosi și umplu cadrul ușii, gârbovit și înfrânt, ca și cum ar fi ajuns într-adevăr la capătul a ceva.

— Ești sigur? întrebă Holland.

— Nicio îndoială în privința asta, spuse Reacher.

— Pentru că uneori mai pot fi în viață.

— Nu de data asta.

— Să verificăm?

— N-are rost.

— Ce-a fost?

— Nouă milimetri, între ochi. La fel ca la ceilalți doi.

— Ceva lăsat în urmă?

— Nimic.

— Deci, nu suntem mai aproape. Încă nu știm cine e.

Reacher încuviință cu o mișcare a capului.

— Dar știu cum putem afla, spuse el.

Capitolul 41

— În curând o să ningă din nou, spuse Reacher. Pista o să se acopere iar de zăpadă și motocicliștii nu mai sunt acolo ca s-o curețe. Vremea e imprevizibilă, deci timpul e scurt. Prin urmare, Plato e pe drum, probabil chiar acum. Pentru că trebuie să-și scoată bijuteriile de-acolo înainte ca vânzarea să se perfecteze. Probabil c-o să-l tragă pe sfoară pe rus și-o să ia și o parte din metamfetamină. Poate chiar cea mai mare parte. Are un avion mare. Bănuiesc că i-a spus omului său să fie acolo ca să-l ajute. Așa că omul va părăsi perimetrul la un moment dat și se va duce acolo. Poate foarte curând. Noi trebuie doar să ajungem acolo înaintea lui. Ne ascundem undeva și vedem cine apare. O să intre direct în brațele noastre.

— Așa crezi? zise Holland.

— Sunt sigur.

— S-ar putea să așteptăm acolo ore în șir.

— Nu cred. Plato trebuie să intre și să iasă. Nu-și poate permite să rămână blocat de furtună. Cu un avion mare la sol, fără facilități corespunzătoare, riscă să-l prindă începutul verii aici.

— Și de ce fel de ajutor ar avea nevoie, mă rog?

— Trebuie să fie ceva.

— O să-și aducă oameni cu el. În definitiv, nu trebuie decât să urce și să coboare o scară.

— Nu cumperi un câine ca să te-apuci să latri singur.

— Ești sigur?

— Vor ateriza cu ditamai avionul în mijlocul pustietății. Cineva s-ar putea să audă. Orice se poate întâmpla. Un polițist local e întotdeauna util.

— Și trebuie neapărat să ne-ascundem acolo? E foarte frig.

— Frig? zise Reacher. Asta nu-i nimic.

Holland se gândi un minut. Reacher îl urmărea cu atenție. Gura lui Holland se mișca pe tăcute și ochii îi jucau în stânga și-n dreapta. Începu fără tragere de inimă, apoi intră direct în subiect:

— Bine, spuse el. Hai să mergem.

Trei fără cinci dimineața.

Încă o oră.

Holland se așeză la volan. Mașina lui fără însemne era caldă încă. Drumurile erau tot înghețate și pustii. În toiul nopții, în miezul iernii, în mijlocul pustietății. Nu mișca nimic în afară de vânt. Trecură de capătul străzii lui Janet Salter. Era părăsit. Holland stătea aplecat peste volan, prins cu centura de siguranță de scaun, cu fermoarul gecii tras, materialul țeapăn al acestuia stingherindu-i mișcările. Reacher stătea tolănit în scaunul pasagerului, fără centură, cu haina deschisă, cu poalele trase în față, cu mănușile scoase și mâinile în buzunare. Gerul erodase și uscase făgașele de pe drum. Roțile din față țopăiau ușor în stânga și în dreapta. Lanțurile din spate huruiau și zornăiau. Luna era sus pe cer, aproape plină, palidă în spatele panglicilor zdrențuite ale norilor înghețați.

— Cât timp ar trebui să rămâneți detașați pe perimetru? întrebă Reacher.

— Nu e un timp prestabilit, răspunse Holland. O să fim anunțați de directorul închisorii.

— Cea mai bună estimare?

— Încă o oră.

— Deci, orice polițist apare înainte de asta e omul nostru.

— Dac-o să vedem vreunul.

— Eu cred că da, spuse Reacher.

Cotiră pe vechiul drum cu două benzi paralel cu autostrada, îndreptându-se spre vest. Opt kilometri, nici repede, nici încet. Vânt și gheață în aer. Apoi cotiră din nou spre nord, pe fâșia șerpuitoare lungă de treisprezece kilometri. Deodată, în fața lor apăru pista de aterizare, spectaculoasă ca de fiecare dată, impunătoare, masivă, largă, netedă, infinit de lungă în lumina farurilor, la fel de curată și de uscată. Holland nu încetini. Mașina troncăni la intrarea pe betonul luminat de lună, menținându-și direcția și viteza. În față nu era nimic altceva în afară de întunericul cenușiu. Nicio lumină, nicio activitate. Nimic în mișcare. Nu era nimeni acolo. Barăcile din lemn păreau negre de la distanță, iar în spatele lor se profila clădirea din piatră, mai mare și mai neagră.

După două sute de metri, Holland ridică piciorul de pe accelerație, lăsând mașina să se deplaseze în virtutea inerției. Stătea tot drept în scaun, tot aproape de volan, tot cu centura prinsă, la fel de stânjenit în mișcări de materialul rigid al hainei sale.

— Unde să las mașina? întrebă el.

— Nu contează, spuse Reacher, care stătea în continuare tolănit, fără centură, cu mâinile în buzunare.

— Ar trebui s-o ascundem. Omul o s-o vadă. Dacă vine.

— E deja aici, spuse Reacher.

— Ce?

— Tocmai a sosit.

Mașina încetini și se opri la treizeci de metri de primul șir de barăci. Holland rămase cu piciorul pe podea. Nu pe frână. Mașina rămăsese în viteză. Viteza de ralanti a motorului nu reușea să învingă rezistența lanțurilor de zăpadă. Mașina stătea pe loc, vibrând ușor, nici în mișcare, nici inertă, la limită.

— De când știi? întrebă Holland.

— Sigur, de trei minute, spuse Reacher. Mai presus de o îndoială rezonabilă, cam de treizeci de minute. Retrospectiv, cam de treizeci și una de ore. Dar atunci nu știam că știu.

— Ceva din ce-am spus?

— Lucruri pe care nu le-ai spus. Lucruri pe care nu le-ai făcut.

— Cum ar fi?

— Cel mai recent, n-ai încetinit și n-ai stins farurile când am intrat pe pistă. Omul putea să fie aici deja. Dar știai că nu e. Pentru că tu ești omul.

— Te înșeli, spuse Holland.

— Mă tem că nu, replică Reacher. Am stat o oră sub pământ mai devreme, în seara asta, și primul lucru pe care ar fi trebuit să-l faci când am revenit la suprafață era să suni la casa Salter. Dar n-ai făcut-o. A trebuit să-ți aduc eu aminte. A reieșit că era OK, pentru că omul nu ajunsese la ea în acea oră. Dar tu știai asta dinainte, pentru că tu ești omul. De-aia nici nu ți-a trecut prin cap să suni. Trebuia să te prefaci mai bine.

Holland nu spuse nimic.

— Am avut o discuție cu Peterson aseară, continuă Reacher. A venit la opt, când credeam că la apelul de seară la pușcărie o să iasă un om lipsă. Eram îngrijorați. Eram încordați. M-a luat deoparte și m-a întrebat dacă sunt înarmat. I-am spus că da. I-am spus că și doamna Salter este. Întrebări evidente, într-o situație ca asta. Tu n-ai pus acele întrebări cu o seară înainte. Trebuia să le pui.

— Poate c-am presupus, zise Holland. Știam că doamna Salter are arme în casă. Mi-a cerut sfatul în privința muniției.

— Și ai sfătuit-o bine. Dar trebuia să te asiguri că pistoalele alea nu erau încă în cutie în seara aia. Verbal, măcar, dacă nu și vizual. Oricine ar fi făcut asta, în afară de un ins care știa sigur că nu va fi nevoie de ele.

Holland nu spuse nimic.

— Chiar la început, te-am găsit confruntându-te cu motocicliștii ăia pe stradă. Dar, de fapt, nu erai în conflict cu ei, nu-i așa? Îi ascultai. Primeai ordinele de la ei. O predică obișnuită de zece minute. Plato luase o decizie. Ucide-l pe avocat, ucide-o pe Janet Salter. Motocicliștii transmiteau mesajul. Pe urmă ai auzit mașina lui Peterson în spatele tău și ai aruncat pistolul în zăpadă, doar ca să-ți oferi un motiv pentru faptul că stătuseși acolo prea mult timp. Pe urmă, l-ai îmbrâncit pe unul dintre ei și-ai început o încăierare. Toată mascarada de ochii lui Peterson. Și ai mei, bănuiesc. Și chestia aia cu aruncatul zarurilor? Era imposibil ca ei să fi evitat atâta timp verificările aleatorii dacă tu nu i-ai fi sunat ca să-i previi. Cu toții lucrați pentru același stăpân. De-aia i-ai și lăsat să plece din oraș fără un cuvânt.

Holland nu spuse nimic.

— Apoi, mult mai târziu, eu și Peterson te-am pus în dificultate. Ne-am înființat aici tocmai când era cel mai sigur pentru tine să scoți cheia din sobă. Știai unde e. Dar nu pentru că ai fi dedus. Ți s-a spus. Veniseși să pregătești lucrurile. Dar am coborât împreună. Pentru că n-ai găsit un motiv convingător să oprești asta să se-ntâmple. Și uite-așa Peterson a văzut marfa la care era evident c-o să reacționeze. Așa că ai dat drumul la porcăria aia prin radio astfel încât, când l-ai ucis imediat după aceea, să existe șaizeci de suspecți, nu doar tu. Și m-ai mințit și în legătură cu Kapler. Ai încercat să mă duci într-o direcție greșită. N-au existat zvonuri legate de bani proveniți din droguri în Miami. Dac-ar fi fost, prietena mea din Virginia ar fi aflat de mult.

— Puteam să-l ucid pe Peterson aici, spuse Holland. Atunci. Sub pământ.

— Așa e. Dar nu și pe mine. Știai asta. Îți era frică de mine. Mi-ai verificat dosarul din armată. Femeia din Virginia mi-a spus. A găsit marcajul tău pe dosar. Deci ți-ai dat seama că avocatul, Peterson și Janet Salter erau un lucru și că eu eram cu totul altceva. Au fost ușor de lichidat. Ai așteptat pe drum, ai dat drumul la girofar și ai făcut semn cu mâna pe geam, iar avocatul a oprit imediat. De ce să nu oprească? Probabil că te știa. Un șef de poliție din districtul învecinat? Poate c-ați și luat micul dejun împreună de câteva ori. Iar Peterson venea după tine pe oriunde te duceai. Și Janet Salter a fost probabil încântată să te vadă. Până când ai scos pistolul.

Holland nu spuse nimic.

— Trei cartușe goale, spuse Reacher. Două dintre ele chiar în mașina asta, iar al treilea cules de pe podeaua lui Janet Salter. Bănuiesc că le-ai aruncat chiar în tomberoanele de gunoi de lângă secție. Să-l sun pe bătrânul de la recepție să-l rog să se uite?

Holland nu spuse nimic.

— Și mai cred că al patrulea glonț e chiar acum pe țeavă, spuse Reacher. Glonțul meu. Într-un pistol neidentificabil. Poate declarat pierdut, poate un caz nerezolvat. Sau poate că ți l-au dat motocicliștii. Vrei să-ți golești buzunarele ca să-mi dovedești că greșesc?

Holland nu spuse nimic

— Numai că glonțul o să rămână în camera cartușului. Pentru că eu nu sunt ca ceilalți trei. Ai știut asta. Ai simțit-o, poate, și pe urmă ai avut confirmarea de la armată. Așa că te-ai purtat cu mănuși cu mine. Așa și trebuie. Eu observ lucruri. Tot încerci să-mi faci felul de vreo trei ore. M-ai trimis aici, m-ai trimis colo, ai vorbit tot timpul cu mine, încercând mereu să-ți dai seama cât știu, fără să te grăbești, așteptând momentul potrivit. Ca acum. Când eram în secție, te-ai tot frământat. Mai întâi n-ai vrut să mă aduci aici, pe urmă ai vrut. Pentru că ți-ai zis că s-ar putea ca momentul potrivit să se ivească aici. Dar nu s-a ivit și nici n-o să se ivească vreodată. Ești un tip isteț și știi să tragi cu pistolul, Holland, dar eu sunt mai deștept și mai bun. Crede-mă. În esență, ești doar un țărănoi bătrân și obosit. Nu faci față. Ca acum. Ai fermoarul tras, ești prins în centura de siguranță, iar eu nu sunt. Aș putea să-ți zbor creierii înainte să apuci să atingi pistolul. Așa au stat lucrurile în ultimele trei ore. Nu pentru că știam deja cu adevărat. Ci pentru că așa sunt eu.

Holland nu spuse nimic.

— Dar ar fi trebuit să știu, spuse Reacher. Ar fi trebuit să știu de-acum treizeci și una de ore. Prima dată când a sunat sirena. Era chiar în fața ochilor mei. Nu puteam să înțeleg cum de m-a văzut individul fără ca eu să-l văd pe el. Și doar am știut că va trebui să vină cu o mașină, pe stradă, venind din fața casei. Din cauza frigului. Și a făcut exact așa. Și l-am văzut. Te-am văzut pe tine. La un minut după ce toți ceilalți au plecat, ai apărut tu. Îndrăzneț, încrezător, iute și relaxat, cu mașina, din fața casei. Veniseși s-o ucizi pe Janet Salter.

— Venisem s-o păzesc.

— Mă tem că nu. Revolta putea să dureze câteva ore. Chiar zile. Tu ai spus-o. Dar ai lăsat motorul pornit.

Holland nu spuse nimic și Reacher continuă:

— L-ai lăsat pornit pentru că plănuiai să intri și să ieși rapid. Te-ai gândit că-ți poți permite să întârzii la închisoare. Cum ai întârziat și-n noaptea asta, probabil. Dar m-ai găsit în casă. Ai fost surprins când m-ai văzut. Aveai nevoie de timp de gândire. Așa că ai zăbovit, măcinat de gânduri contradictorii. Eu și doamna Salter am crezut că erai frământat de cele două îndatoriri conflictuale. Dar de fapt tu încercai să-ți dai seama dacă aveam la centură unul dintre pistoalele doamnei Salter și, în caz afirmativ, dacă puteai să tragi mai repede decât mine. Ai ajuns la concluzia că aveam pistolul și că nu erai în stare să tragi înaintea mea. Ai hotărât să încerci din nou în altă zi. Sunt sigur că Plato a fost supărat din cauza asta. Probabil că era foarte nerăbdător. Dar până la urmă ai făcut ce ți-a cerut.

Holland rămase tăcut vreme îndelungată. Apoi spuse:

— Știi și de ce, nu-i așa?

— Da, spuse Reacher.

— Cum?

— Mi-am dat seama în final. I-am văzut poza în biroul tău. Seamănă perfect cu mama ei.

— Atunci, înțelegi.

— Nu era prizonieră. Au încercat fără prea multă convingere s-o ascundă, dar fata era acolo de bunăvoie. Asta mi-a fost limpede. Cred că-i plăcea acel stil de viață.

— Ceea ce nu o făcea mai puțin vulnerabilă.

— N-ai nicio scuză. Existau alte metode de rezolvare a problemei.

— Știu, spuse Holland. Îmi pare rău.

— Asta-i tot? Trei morți și tu-mi spui că-ți pare rău?

Holland nu răspunse. Rămase nemișcat încă un moment. Deodată ridică piciorul de pe podea și călcă accelerația. Mașina țâșni înainte. Beton uscat sub roți, motorul V-8 mare, eșapament dublu, cuplu de torsiune din belșug, suspensie rezistentă, înclinare redusă, osia din spate rapidă, capabilă să atingă suta în ceva mai mult de opt secunde. Reacher se pomeni aruncat în spătarul scaunului. Erau la doar treizeci de metri de peretele lateral al barăcii. Nouăzeci de pași. Atât. Peretele luminat de farurile puternice umplea parbrizul, venind direct spre ei. Motorul urla.

După zece din cei treizeci de metri, Reacher scosese pistolul din buzunar. După douăzeci, vârâse gura țevii în urechea lui Holland. Înainte de impact, își strecură mâna pe după scaunul lui Holland, ținându-și brațul rigid și umărul blocat. Botul mașinii lovi ca un baros peretele din lemn. Airbagurile explodară. Parbrizul se sfărâmă. Roțile din față ale mașinii ricoșară de podeaua barăcii și întreaga mașină se înălță în aer. Bara de protecție din față lovi un cadru de pat și-l împinse în soba de parafină. Soba se desprinse din țevi și se rostogoli ca un butoi, iar mașina căzu la sol și-și continuă înaintarea, lovind din nou patul și strivindu-l de patul următor, de peste culoar. Bara de deasupra parbrizului lovi burlanul desprins al sobei, îndoindu-l cu un scrâșnet, iar capătul liber al acestuia hârjâi pe toată lungimea acoperișului mașinii, după care vehiculul ajunse pe de-a-ntregul în baracă, continuând să se deplaseze cu viteză, lanțurile de pe roțile din spate izbind și tocând podeaua de lemn. Reacher îl izbi pe Holland cu bocancul în genunchi, forțându-l să miște piciorul de pe accelerație. Mașina strivi două paturi lipite de peretele îndepărtat și ieși la lumina lunii, aterizând dur cu botul în jos, pe jumătate ieșită din baracă, într-o învălmășeală de cadre metalice de paturi și panouri de placaj răsturnate. Ambele faruri erau stinse și de sub capotă se auzeau tot felul de clănțănituri și scrâșnete. Componentele supuse la eforturi șuierau, fâsâiau și ticăiau. Peste tot în jur se împrăștiaseră praf și așchii de lemn, iar aerul înghețat năvălea ca un șuvoi prin geamul spart.

Țeava pistolului lui Reacher rămăsese lipită de urechea lui Holland.

Reacher stătea drept în scaun, prins de spatele scaunului lui Holland. Airbagul de pe partea lui se umflase în umărul lui, după care se fleșcăise.

— Ți-am zis, Holland, că nu faci față.

Holland nu-i răspunse.

— Ai stricat mașina, spuse Reacher. Cum mă mai întorc în oraș?

— Ce-o să faci cu mine? întrebă Holland.

— Să facem o plimbare. Ține-ți mâinile la vedere.

O să am timp din belșug pentru citit, spusese Janet Salter, *după ce-o să se termine agitația asta.*

Cine seamănă vânt culege furtună.

Coborâră din mașina distrusă în ger și vânt și o luară pe aleea îngustă ce separa cele două șiruri de barăci. Holland mergea înainte, urmat de Reacher care ținea relaxat și în poziție joasă vechiul pistol de calibru 38 cu șase gloanțe. Era cel pe care Janet Salter îl ținuse în buzunar atâtea ore.

— Vorbește-mi despre Plato, spuse Reacher.

Holland se opri, se întoarse și spuse:

— Nu l-am întâlnit niciodată. Totul a fost la telefon sau prin intermediul motocicliștilor.

— E chiar atât de rău pe cât pare?

— Mai rău.

— Ce trebuia să se-ntâmple în noaptea asta?

— Exact cum ți-ai dat seama. Vine să-și ia bijuteriile și să fure o parte din metamfetamină.

— Și tu urma să-l ajuți?

— Da, trebuia să fiu aici. I-am adus ceva echipament și cheia pentru ușă.

— OK, spuse Reacher.

Apoi ridică pistolul, apăsă trăgaciul și-l împușcă pe Holland între ochi. Simți în mână micul recul al armei și zgomotul glonțului, care se auzi la fel cum suna de fiecare dată un 38 cu încărcătură de 158 grain afară, în aerul rece și silențios, ca un cârâit întrerupt în rafală, care se împrăștie peste terenul întins și muri repede, neavând în ce să ricoșeze. Holland se prăbuși cu un foșnet zgomotos de nailon greu și rigiditatea hainei îl propti întors pe jumătate, lăsându-l întins pe un umăr și cu fața întoarsă spre lună. Treizeci și opt de sutimi de țol însemnau ceva mai mult decât nouă milimetri, așa încât al treilea ochi din fruntea lui era puțin mai mare decât fusese cel din fruntea lui Janet Salter, dar și fața lui era ceva mai mare, așa încât efectul general era proporțional.

Thomas Holland, *requiescant in pace.*

Corpul șefului de poliție se stabiliză, sângele începu să curgă și telefonul începu să-i sune în buzunar.

Capitolul 42

Reacher găsi telefonul la al treilea apel. Era în haina lui Holland, în buzunarul de la piept. Era călduț. Reacher apăsă butonul verde, duse aparatul la ureche și spuse:

— Da?

— Holland?

Practic, un zbieret. O conexiune proastă, un zgomot de fond foarte puternic, accent hispanic, nazal și deloc grav.

Un bărbat scund.

Plato.

Reacher nu-i răspunse.

— Holland?

— Da, spuse Reacher.

— Mai avem cincisprezece minute. Avem nevoie de lumini de aterizare.

După care convorbirea încetă brusc.

Avem? Câți sunt? *Lumini de aterizare?* Ce lumini de aterizare? Reacher rămase nemișcat o secundă. Nu văzuse nicio sursă de curent electric pe pistă. Nu văzuse nicio lentilă de sticlă umflată pe lungimea acesteia. Era doar o suprafață plată din beton. Era posibil ca farurile mașinii

Crown Vic să fi fost cele care urmau să îndeplinească misiunea asta, caz în care Plato o cam încurcase, pentru că ambele faruri se spărseseră. Dar, pe de altă parte, lumina farurilor nu putea să bată trei kilometri. Nici dacă becurile erau cu halogen și pe faza lungă.

Cincisprezece minute.

Acum, paisprezece și un pic.

Reacher puse telefonul în buzunar și apoi controlă restul buzunarelor lui Holland. Găsi cheia în formă de T de la clădirea din piatră și un pistol Glock 17 vechi și zgâriat. Pistolul neidentificabil. Erau paisprezece gloanțe în încărcător și unul în cameră.

Glonțul lui.

Puse cheia și Glock-ul în buzunar și luă din tocul lui Holland un alt Glock. Pistolul oficial. Era mai nou. Cu încărcătorul plin. Își puse mănușile, strânse în pumn gulerul cămășii, gulerul hainei și gulerul gecii lui Holland și târî cadavrul în cea mai apropiată baracă. Îl lăsă să cadă în mijlocul podelei. După care se întoarse repede la mașină.

Treisprezece minute și ceva.

Mașina era aplecată în spate, jumătate afară, jumătate în baracă. Se strecură pe lângă flancul mașinii și prin gaura din peretele sfărâmat. Stând pe locul în care fusese soba, deschise portbagajul.

Tot felul de chestii acolo. Dar împărțite în trei categorii de bază: obiectele normale pentru o mașină, acolo unde Compania Ford Motor plănuise să le așeze, echipamentul obișnuit pentru polițiști în tăvi de plastic și apoi alte lucruri aruncate peste celelalte. În prima categorie: roata de rezervă și un cric-foarfecă. În a doua categorie: o vestă fluorescentă de trafic, patru torțe de semnalizare, trei conuri de trafic băgate unul în altul, o trusă de prim-ajutor, o lădiță verde pentru obiecte mărunte, două prelate, trei role de bandă galbenă pentru locul crimei, o pungă cu cârpe albe, o casetă pentru un pistol. În a treia categorie, un colac de frânghie unsuroasă, un troliu cu scripeți și trepied, cutii nedesfăcute cu saci de gunoi mari și rezistenți.

Nimic care să semene nici măcar pe departe cu niște lumini de aterizare.

Douăsprezece minute și-un pic.

Își imagina scena din perspectiva pilotului. Un avion de linie, Boeing 737, coborând, apropiindu-se, având în față și jos tundra întunecată, albastră-cenușie în lumina lunii. Vizibilă într-o oarecare măsură, dar uniformă, lipsită de trăsături distinctive. Pilotul dispunea sigur de navigație GPS, dar avea nevoie de ajutor de la sol. Asta era limpede. Dar nu s-ar fi așteptat la vreuna dintre chestiile standard aprobate de Administrația Federală a Aviației. Și asta era limpede. Nimic nu avea să se execute ca la carte.

De ce ar fi avut nevoie?

De ceva improvizat, evident.

Niște focuri, poate?

Piloții de bombardiere din al Doilea Război Mondial care aterizau în ceața din estul Angliei erau ghidați de șanțuri paralele lungi umplute cu benzină și cărora li se dădea foc. Avioanele mici care aduceau la sol agenți secreți în Europa ocupată căutau terenuri cu câte trei focuri de tabără aranjate în formă de L.

Oare Holland trebuia să aprindă niște focuri?

Unsprezece minute și ceva.

Nu, nu focuri.

Reacher trânti capacul portbagajului și împinse cu piciorul resturile din spatele mașinii. Se duse în față și îndepărtă cadrele de paturi încâlcite sub bara de protecție și aruncă de pe capotă bucățile de placaj. Motorul încă mergea. Mirosea a ulei încins și rulmenții clănțăneau zgomotos. Se întoarse, deschise portiera șoferului, se lăsă pe scaunul lui Holland și trecu transmisia mașinii pe Marșarier. Apăsă accelerația, mașina se smuci, tremurând din încheieturi, și se trase înapoi pe traiectoria pe care venise. Trecu de gaura din peretele îndepărtat, traversă podeaua și ieși prin gaura din peretele apropiat. Ajunse pe sol și Reacher roti volanul și trecu levierul pe Mers, îndreptându-se spre colțul nord-estic al pistei. Colțul din dreapta sus, din perspectiva Boeingului. Frână, opri mașina, coborî și deschise din nou portbagajul, de unde scoase cele patru torțe de semnalizare roșii aflate într-o tavă de plastic. Aruncă din mers trei dintre ele pe scaunul din dreapta șoferului și o înfipse pe a patra în beton. Torța se aprinse automat și începu să ardă violent. Ca un bulgăre de păpădie stacojie. Vizibilă de departe de la sol, probabil și mai de departe din aer.

Se urcă din nou în mașină și se îndreptă spre colțul opus. Colțul din stânga sus. Nu avea faruri, dar lumina lunii îi ajungea. La limită. O sută de metri. Folosi a doua torță. Apoi porni să străbată porțiunea dreaptă de trei kilometri. Deloc distractiv. Sticla parbrizului dispăruse și vântul bătea nemilos. Iar mașina era lentă. Și se mișca tot mai încet. Dădea senzația că se va opri în curând. Mirosea a ulei ars. Motorul zdroncănea și vibra. Indicatorul de temperatură de la bord urca hotărât spre roșu.

Nu era bine.

Nouă minute și-un pic.

Trei kilometri ar fi trebuit să dureze două minute, dar mașina rănită avu nevoie de peste patru. Reacher înfipse a treia torță în colțul sud-vestic. În stânga jos, din punctul de vedere al pilotului. Se urcă din nou în mașină. Dădu înapoi, întoarse volanul, porni spre ultimul colț. Mașina începu să trepideze incontrolabil. Începea să-și piardă toată puterea. Acum termometrul înțepenise la capătul scalei. De sub capotă ieșeau aburi și nori groși de fum negru.

Încă o sută de metri. Asta mai rămăsese. Un singur colț.

Mașina parcurse cincizeci de metri și muri. Se opri în loc și refuză să meargă mai departe, șuierând inertă, exact la mijlocul laturii sudice a pistei. Transmisia se dusese, sau presiunea uleiului, sau apa, sau ceva, sau totul.

Reacher coborî și străbătu în fugă restul distanței.

Înfipse ultima torță și se dădu puțin înapoi.

Luminile stacojii din cele patru colțuri erau mult mai puternice decât orice altceva din jur. Și, reflectându-se de troienele de zăpadă împinse de pluguri pe margini, erau de două ori mai luminoase. Potrivite, de pe puntea de pilotaj a Boeingului. Privind înainte și în jos, dintr-un unghi oblic, nu încăpea nicio îndoială cu privire la forma și poziția pistei de aterizare. Mașina era întunecată și oprită chiar la mijlocul marginii apropiate a pistei, dar nu era un obstacol mai rău decât un gard de aeroport.

Două minute și ceva.

Misiune îndeplinită.

Atât doar că Reacher se afla la trei kilometri de locul în care ar fi trebuit să fie și era o noapte cam geroasă pentru o plimbare pe jos. Însă era destul de sigur că avea să fie nevoit să meargă pe jos. Era destul de sigur că avea să fie dus cu mașina, dacă voia, într-un timp nu foarte îndelungat. Poate chiar înainte să înghețe. Ceea ce era bine. Atâta doar că, potrivit informațiilor lui curente, era foarte probabil ca mașina să-l ducă la clădirea de piatră ceva mai târziu după ce Plato va fi ajuns acolo. Ceea ce nu era bine. Nu era bine deloc. Și nici pe departe ceea ce intenționase.

Planurile se duc pe copcă de îndată ce s-a tras primul foc.

Se grăbi să ajungă prin aerul înghețat la mașina moartă și, rezemându-se de ea, privi cerul nopții către sud.

Și așteptă.

După un minut, Reacher văzu lumini deasupra orizontului. Ca niște stele care nu erau stele. Scântei electrice punctiforme care pluteau în aer, licăreau și creșteau, dansând un pic, în sus și-n jos, dintr-o parte în alta. Luminile trenului de aterizare al avionului, desigur, apropiindu-se, cam la cincisprezece kilometri depărtare.

Apoi văzu și lumini sub linia orizontului. Mai gălbui, mai slabe, îndreptate spre sol, mai puțin stabile, săltărețe și deplasându-se mult mai lent. Faruri. Un vehicul rutier. De fapt, două, unul după celălalt pe drumul șerpuitor mărginit de zăpadă, venind lent spre pistă, cam cu cincizeci de kilometri la oră și aflate cam la opt kilometri depărtare.

Mașinile lui.

Aproape, dar nu îndeajuns de aproape.

Rămase rezemat de mașină în frig, așteptând și privind.

Boeingul ajunse primul. La început mic și silențios, se făcu tot mai mare și mai gălăgios. Sosi la joasă înălțime, cu aripile de susținere ample, un vârtej de căldură dedesubt, vaietul asurzitor al motoarelor și fasciculele de lumină care sfâșiau întunericul. Avea botul ridicat și trenul de aterizare jos, cu roțile din spate atârnând mai jos decât cele din față, ca ghearele unei uriașe păsări de pradă gata să coboare brusc și să înșface mașina avariată așa cum un vultur răpește un miel. Reacher se lăsă în jos și avionul îi trecu chiar pe deasupra capului, imens și aproape suficient de aproape cât să poată fi atins, iar aerul răscolit și zgomotul înspăimântător lăsat în urmă aproape că-l culcară la pământ. Se îndreptă, se întoarse și privi peste acoperișul mașinii cum avionul pluti în aer parcă stând pe gânduri, o sută de metri, două, trei și deodată ateriză hotărât cu un țipăt zgomotos de pneuri și un norișor de fum negru, după care botul matahalei se lăsă în jos și avionul își continuă înaintarea repede și fără ezitare până când reversoarele intrară în funcțiune și-l încetiniră într-un țipăt asurzitor.

Reacher se întoarse cu fața spre sud.

Cele două vehicule continuau să se apropie de el. Înaintau încet și prudent pe șoseaua luminată de lună, prudent din cauza curbelor, a gheții și a suprafeței înșelătoare, dar implacabil, un convoi în miniatură având o destinație în minte. Fasciculele farurilor se clătinau la dreapta și la stânga, săltau în sus, apoi se lăsau în jos. Primul vehicul era un camion ciudat cu cadru deschis, cu un colac mare de furtun gros flexibil înfășurat pe un mosor aflat imediat în spatele cabinei, urmat de o pompă încorporată într-un cadru pătrat din oțel, și apoi un al doilea colac pe un alt mosor. Vehiculul aflat în spatele lui avea cam aceeași formă și dimensiuni, dar în spatele cabinei se afla un rezervor mare și alb, și o cupă aflată la capătul unui braț telescopic pliat și prins de platformă pentru drum.

Primul camion era vopsit în culorile companiei Shell Oil.

Avea scris pe grilă cuvântul *Isuzu*.

În buletinul statal informativ se spunea: *o pompă Isuzu seria N și un camion de degivrare furat de doi angajați fugari de la un aerodrom comercial la est de Rapid City*. Furat la ordinele lui Plato, probabil, astfel încât avionul lui să poată fi realimentat din rezervorul subteran, pentru ca apoi să poată decola în condiții de siguranță.

Reacher se desprinse de flancul mașinii și așteptă. Farurile camionului cu pompa îl prinseră în raza de acoperire și mașina încetini, farurile trecură scurt pe faza lungă, după care camionul se opri în loc. Preț de o secundă, Reacher deveni conștient de pantalonii lui negri, de căciula kaki și haina maro. Geaca era veche, dar tot arăta ca un obiect vestimentar din dotarea Patrulei Autostrăzii. Iar Crown Vic-ul mort era parcat transversal, ca și cum ar fi blocat accesul pe pistă. Și nimeni nu folosește mașini Crown Vic simple în afară de forțele polițienești. Dar tipii din Rapid City știau probabil că un polițist corupt avea să-i aștepte acolo, pentru că, după o scurtă pauză, camionul cu pompa se puse din nou în mișcare, urmat îndeaproape de mașina de degivrare. Reacher ridică mâna, parțial în semn de salut, parțial ca un semnal de oprire în trafic și, după un minut, ședea la căldură în cabina camionului cu pompă, mergând pe pistă spre ceea ce îl aștepta la celălalt capăt.

Trei și douăzeci și șapte de minute dimineața.

Încă douăzeci și opt de minute.

Capitolul 43

Avionul efectuase manevra de taxi, întorsese și parcase cât mai aproape de primul șir de barăci. De aproape, părea gigantic, pe înălțime, pe lățime și pe lungime, în repaos temporar în mijlocul pustietății, impunător în preajma clădirilor tăcute din spatele lui, fâșâind și șuierând, o prezență activă și vie într-un peisaj pasiv și înghețat. Motoarele continuau să se rotească zgomotos și luminile roșii de pe burta lui continuau să se aprindă intermitent, în vreme ce ușa din față era deschisă larg. Interiorul era iluminat. O scară din aluminiu din cele folosite de zugravi fusese întinsă de la cabină până la suprafața pistei. Părea subțirică, firavă și neînsemnată în preajma avionului uriaș.

La sol erau șapte bărbați. Sau un grup ce părea alcătuit din șase bărbați și un băiețel. Nu aveai cum să-l confunzi pe Plato. Înalt de un metru și cincizeci de centimetri, dar valoarea aceasta abstractă nu reușea să redea realitatea. Avea greutatea, constituția și musculatura unui bărbat corpolent, rigiditatea, postura și mișcările asemenea, dar o statură de copil. Nu era un pitic. Nu era o anomalie. Membrele, trunchiul, gâtul și capul erau rezonabil de bine proporționate. Era ca un fundaș din liga americană de fotbal cu dimensiunile reduse cu exact douăzeci și cinci la sută. Asta era tot. Era un tip dur în miniatură. Ca o jucărie.

Părea să aibă undeva între patruzeci și cincizeci de ani. Purta o canadiană neagră, o căciulă neagră din lână pe cap și mănuși negre. Se vedea că-i este foarte frig. Cei șase bărbați care-l însoțeau erau mai tineri. La treizeci și ceva de ani, poate. Erau îmbrăcați la fel ca el. Geci negre, căciuli negre, mănuși negre. Erau bărbați hispanici de dimensiuni normale, spanioli, nu indieni, nici prea scunzi, nici prea înalți, părând că suferă de frig și ei.

Camionul cu pompă ocoli și parcă aproape de aripa Boeingului, iar camionul de degivrare parcă în spatele lui. Ambii șoferi coborâră. Nu avură nicio reacție vizibilă la temperatura extremă. Erau băieți din Rapid City. Știau ce-nseamnă frigul. Aveau și ei hainele potrivite. Amândoi erau albi, de înălțime medie și slabi. Oameni obișnuiți cu munca, cu rădăcini rurale, reduși la elementele esențiale. Brațe, picioare, capete și trunchiuri. Probabil că aveau treizeci de ani, dar arătau de patruzeci. Abia plecați de două generații de la țară.

Reacher rămase în scaun un moment, la adăpost de frig, urmărind scena.

Plato se mișca în interiorul unui cordon aproximativ, format de cei șase indivizi. Niciun motiv real pentru asta. Poate obișnuința, poate aparențele. Iar Plato și oamenii lui erau înarmați. Cu toții aveau automate Heckler & Koch MP5K atârnate de gât cu curele din nailon. Arme scurte și butucănoase, negre și periculoase. Încărcătoare cu treizeci de gloanțe. Armele se sprijineau semețe și proeminente pe hainele pufoase. Paturile la dreapta, țevile spre stânga. Toți cei șapte bărbați erau dreptaci. Toți cei șapte bărbați aveau și rucsacuri. Din fâș negru. Rucsacurile păreau goale în cea mai mare parte în afară de ceva care atârna greu la fund. Lanterne, presupuse Reacher. Pentru coborârea în subteran. Și încărcătoare de rezervă, probabil. Pentru arme. Întotdeauna era bine să le ai. Pe foc automat, treizeci de gloanțe ieșeau pe țeava unui MP5 în două secunde scurte.

Pistol automat cu țeava scurtă. Cel mai bun prieten al fabricanților de gloanțe.

Reacher coborî din cabina camionului cu pompă. În frig și vânt. Băieții din Rapid City n-aveau nicio problemă, dar toți cei șapte mexicani dârdâiau serios. Pe chipurile lor se citea că pur și simplu nu le venea să creadă. Plecaseră pe o vreme călduță știind că se îndreaptă spre un loc friguros, dar una e să înțelegi cuvântul și cu totul alta să simți pe pielea ta senzația. Arma lui Plato îi juca ușor pe piept pentru că tremura din toate încheieturile. Se mișca în cercuri mici și bătea din picioare. Dar era posibil ca mișcările lui să fi fost parțial cauzate și de iritare. Fără doar și poate, era încordat. Fața lui tuciurie avea o expresie dură și gura era strâmbată de o grimasă.

Băieții din Rapid City nu interpretară corect semnele.

Tipul care condusese camionul cu pompa se apropie, desfăcu brațele și afișă un zâmbet pe care îl considera cu siguranță plin de șiretenie.

— Iată c-am venit, spuse el.

O afirmație mai mult decât evidentă. Plato îi aruncă o privire lipsită de expresie și zise:

— Și?

— Vrem mai mulți bani.

Un plan, de bună seamă. Pe care era clar că-l discutase și-l convenise cu partenerul său. O discuție într-un bar. Ideea păruse irezistibilă, la a treia bere. Sau la a patra. Îi arăți fraierului prada, după care o tragi înapoi și-i ceri mai mult.

Nu se putea să dea greș.

— Ce înseamnă „mai mulți“?

O engleză bună, cu un ușor accent, ușor încetinită și nedeslușită din cauza feței înghețate și a vuietului de avion din fundal.

Șoferul camionului cu pompa era obișnuit să vorbească peste zgomotul avionului. Doar lucra la un aeroport.

— Încă o dată pe-atât, spuse el.

— Adică, dublu?

— Te-ai prins.

Ochii lui Plato trecură peste trei dintre oamenii săi și se opriră la al patrulea. Întrebă în spaniolă, frigul făcându-l să pronunțe cuvintele îndeajuns de lent ca Reacher să le înțeleagă.

— Știi cum să lucrezi cu echipamentul ăsta?

— Cred că da, spuse al patrulea individ.

— Crezi sau știi?

— Am mai lucrat înainte. Cu combustibilul, adică. De multe ori. Cu degivratorul, nu prea. N-a fost nevoie de așa ceva. Dar cât de greu poate să fie? E doar un spray pentru aripi.

— Da sau nu?

— Da.

Plato se întoarse spre băieții din Rapid City. Își puse mâinile înmănușate pe armă, o ridică și-i mitralie pe amândoi în piept. Pur și simplu. Pe foc automat. Mai întâi pe unul, apoi pe celălalt. Două rafale scurte, abia separate în timp. Câte nouă sau zece gloanțe de fiecare. Un ritm ciclic imposibil de rapid. Zgomot asurzitor. Un flash la gura țevii dogoritor, vivace, lung de treizeci de centimetri. Un șuvoi neîntrerupt de carcase din alamă ejectate, care se împrăștiară pe jos. Cei doi indivizi se prăbușiră într-o ceață de sânge țâșnind din trupurile lor sfâșiate și-ntr-un nor de fulgi din gecile lor rupte, mai întâi prima, apoi imediat a doua, rămânând cu niște găuri însângerate în piept mari cât să bagi pumnul în ele. Căzură unul lângă celălalt, morți înainte să fi atins solul, cu inimile spintecate. Se prăbușiră și rămaseră imediat nemișcați, două movile mici de cârpe și carne, aproape una de cealaltă.

Vântul împrăștie rapid fumul de pușcă și se stinse zgomotul brusc, înlocuit de vaietul motoarelor de avion, grav și constant.

La șase metri deasupra lor, pilotul se uita în jos pe ușa Boeingului.

Reacher era impresionat. Rafale lungi, strâns grupate. Un excelent control al trăgaciului, țintire foarte bună, iar țeava nu se ridicase deloc. Și pe deasupra cu mănuși. Plato mai făcuse lucrul ăsta înainte. Nu încăpea nicio îndoială în privința asta.

Nimeni nu spuse nimic.

Plato își mișcă degetul mare, trase de piedică și încărcătorul parțial golit căzu cu un clinchet pe beton. Apoi ținu palma întinsă și așteptă. Tipul cel mai apropiat de el se grăbi să caute în rucsacul lui Plato și să scoată de-acolo un încărcător nou. Îl puse în palma lui Plato, care-l introduse în locaș, trase de el ca să verifice că fusese bine prins, apoi se întoarse spre Reacher.

— Tu trebuie să fii Holland, zise el.

— Da, spuse Reacher.

— În sfârșit, ne întâlnim.

— Da.

— De ce nu e ușa deschisă și echipamentul pregătit?

Reacher nu-i răspunse. Se gândea: care echipament?

— Fiica ta e încă sub controlul meu direct, știi asta, spuse Plato.

— Unde e? întrebă Reacher.

— A plecat cu ceilalți. Își trăiește visul.

— E bine?

— Deocamdată. Dar amenințarea mea la adresa ei rămâne în picioare.

— Mi s-a stricat mașina, zise Reacher. Echipamentul a rămas în portbagaj.

— Unde ți-e mașina?

— La celălalt capăt al pistei.

Plato nu răspunse imediat. Semnul unui șef bun. N-are niciun rost să te-agiți pentru lucruri care nu pot fi schimbate. Se întoarse spre unul dintre oamenii săi și-i spuse în spaniolă:

— Ia camionul de degivrare și adu echipamentul de care avem nevoie din mașina lui Holland.

Tipul plecă spre cabina degivratorului și Plato se întoarse spre Reacher.

— Unde-i cheia de la clădire? întrebă el.

Reacher o scoase din buzunar și o ținu ridicată. Plato trecu prin cordonul uman. Reacher repetă în minte două mișcări posibile. Să-i bage cheia în ochi lui Plato sau s-o lase să cadă și să-i aplice un upercut masiv în bărbie, după care să-i frângă gâtul plăpând.

Nu făcu nici una, nici alta. Plato avea chiar în spatele lui cinci automate MP5K. Într-o fracțiune de secundă, șaptezeci și cinci de cartușe de nouă milimetri ar fi în aer. Cele mai multe dintre ele își vor rata ținta. Dar nu toate.

Camionul de degivrare se urni din loc.

Plato se apropie de Reacher. Creștetul capului îi ajungea la sternul lui Reacher. Bărbia era la același nivel cu betelia pantalonilor lui Reacher. Un ins mărunt. Un tip dur în miniatură. O jucărie. Reacher reevaluă ideea unui upercut. Proastă idee. Era aproape imposibil să lanseze o lovitură de la o înălțime atât de mică. Mai bine-i trântea vertical un cot în creștet.

Sau îl împușca.

Plato luă cheia.

— Acum, dă-ți haina jos, spuse el.

— Ce? zise Reacher.

— Dă-ți haina jos.

— De ce?

— Te contrazici cu mine?

Șase mâini pe șase pistoale automate.

— Îți pun o întrebare, spuse Reacher.

— Tu și cu mine mergem jos, zise Plato.

— De ce eu?

— Pentru că tu ai mai fost acolo. Niciunul dintre noi n-a mai fost. Ești ghidul nostru local.

— Pot să merg jos și cu haina pe mine.

— E-adevărat. Dar ești în haine civile. Prin urmare, n-ai centură pentru pistol. Vremea e friguroasă și haina ta se închide în față. Prin urmare, ai pistoalele în buzunarele exterioare. Sunt un tip deștept. Prin urmare, nu vreau să intru într-un mediu nefamiliar cu un adversar înarmat.

— Eu sunt adversarul tău?

— Sunt un tip deștept, spuse Plato. Presupunerea sigură e că toți ceilalți îmi sunt adversari.

— E frig, obiectă Reacher.

— În mormântul fetei tale va fi și mai frig, spuse Plato.

Șase mâini pe șase pistoale automate.

Reacher își desfăcu fermoarul hainei. O dezbrăcă și o lăsă să cadă. Lovi solul cu un clănțănit înăbușit. Pistoalele Glock, Smith, cutia cu cartușe, celularul. Plastic, metal și carton. Treizeci și patru de grade sub zero. Bătea vântul. Un pulover din bumbac. În câteva secunde, dârdâia mai rău decât oricare dintre ceilalți.

Plato rămase nemișcat. Reacher se gândi că n-avea să treacă mult până când camionul de degivrare avea să se întoarcă, iar șoferul avea să descrie Fordul hârbuit. Prin urmare, în scurt timp cineva avea să se uite de-a lungul șirului și să găsească baraca deteriorată. În scurt timp cineva avea să caute și în celelalte barăci. În scurt timp, cineva avea să înceapă să pună întrebări dificile.

Era timpul să plece.

— Hai să mergem, spuse el.

Patru fără douăzeci și șapte de minute dimineața.

Încă douăzeci și două de minute.

Capitolul 44

Porniră spre clădirea din piatră, șapte bărbați în șir indian, o mică procesiune ciudată. Primul era Plato, un metru cincizeci înălțime, apoi Reacher, un metru nouăzeci și cinci, urmați de cinci dintre oamenii lui Plato, toți cam la jumătatea distanței dintre cele două extremități. Al șaselea om al lui Plato era încă la o distanță sigură, în camionul de degivrare, jefuind mașina moartă a lui Holland. Clădirea din piatră îi aștepta tăcută și indiferentă în lumina lunii, așa cum stătuse cincizeci de ani lungi. Piatra, ardezia, ferestrele oarbe, hornurile, molurile și ornamentele și detaliile.

Porticul, ușa din oțel.

Plato vârî cheia în broască. O răsuci. Încuietoarea se deschise. Apoi Plato rămase nemișcat și așteptă. Reacher înțelese indiciul. Apăsă mânerul la un unghi de șaizeci de grade, precis și fizic, ca la un seif de bancă. Trase de ușă pe un arc de cerc scurt. Balamalele scârțâiră. Păși în spatele ei și o deschise până la capăt, așa cum împingi un camion.

Stând pe loc, Plato ridică mâna cu palma în sus. Omul din spatele lui se apropie și, căutând în rucsac, scoase o lanternă, pe care o așeză în palma lui Plato, așa cum o asistentă din sala de operații așază instrumentele în mâna chirurgului. Plato o aprinse, o transferă în cealaltă mână și pocni din degete, arătând spre Reacher. Tipul din spatele lui își dădu rucsacul jos de pe umăr și, scoțând din el lanterna, i-o întinse lui Reacher.

Era un Mag-lite cu patru baterii. Din Ontario, California. Standardul de aur de facto pentru iluminatul portabil. Construcție din aliaj. De nădejde și practic indestructibilă. Reacher o aprinse. Plimbă fasciculul prin camera de beton goală.

Nicio schimbare.

Locul era exact așa cum îl lăsaseră el și cei doi bărbați morți cu mai bine de patru ore și jumătate în urmă. Capul de scară circular, cele două conducte de ventilație neterminate ieșite din podea. Aerul uscat și stătut, adierea de vânt, mirosul de temeri vechi, de mult uitate.

— După dumneata, domnule Holland, spuse Plato.

Ceea ce-l dezamăgi puțin pe Reacher. Rămăsese fără haină, dar își păstrase bocancii. Cochetase cu ideea de a-l lăsa pe Plato să coboare primul și apoi să-i trântească un călcâi în cap după ce coborau vreo treizeci de metri.

Dar, evident, așa se gândise și Plato. Un tip deștept.

Așa că Reacher coborî primul, la fel de greoi ca și înainte. Tălpi de bocanc mari, pași mici, metalul care clănțănea. Vaietul motoarelor cu reacție se estompa în timp ce cobora și îl auzi pe Plato emițând un șir de ordine în spaniolă:

— Așteaptă până se-ntoarce degivratorul și, după ce instalați echipamentul, începeți să alimentați. Deschideți celelalte trei uși ale avionului și coborâți celelalte trei scări. Vezi cum funcționează degivratorul și află cât de aproape de decolare trebuie să-l folosim. Și pune un om de pază la treizeci de metri spre sud. E sigura direcție din care trebuie să ne facem griji. Rotiți-vă la fiecare treizeci de minute. Sau mai des, dacă vreți. Tu decizi. Vreau ca cel de pază să fie alert tot timpul, nu să moară de frig.

Apoi Plato încetă să vorbească și Reacher îi auzi pașii pe treptele de deasupra lui. Pași mai mici, mai preciși. Metalul tot clănțănea, dar mai încet. Cele două fascicule de lanternă luminau în jos și de jur împrejur, în jos și de jur împrejur, întotdeauna în sensul acelor de ceasornic, separate pe verticală de cam șase metri și nesincronizate. Reacher nu se grăbea. Era Holland acum, mai mult decât doar cu numele. Improviza și spera să apară un moment prielnic.

La suprafață, camionul de degivrare se înapoie cu echipamentul necesar îngrămădit pe locul pasagerului. Troliul, frânghia, sacii de gunoi. Troliul era un obiect solid din metal, cu trei picioare și un braț extensibil asemenea unui braț de macara în miniatură. Era proiectat să fie fixat în partea din față a unei mașini, cu brațul deasupra compartimentului motor. Scripeții produceau multiplicarea forței, potrivit unor principii mecanice străvechi, permițând unui singur operator să ridice un bloc metalic greu.

Trei dintre oamenii lui Plato cărară troliul în buncăr și-l fixară cu brațul deasupra unuia dintre puțurile de ventilație. Ca și cum ar fi pescuit dintr-un butoi. Începură să înfășoare frânghia pe scripeți. Nimic nu e gratuit pe lumea asta. Greutate mai mare înseamnă viteză mai mică. Tragi un metru de frânghie și, dacă ai un singur scripete, o greutate mică se va deplasa tot cu un metru, dar când se interpun doi scripeți, o greutate mai mare se va mișca doar o jumătate de metru, iar dacă intervin trei scripeți, o greutate și mai mare se va mișca doar o treime de metru. Și așa mai departe. Practic, un troc.

Aleseră să folosească doi scripeți. Un echilibru între viteză și capacitate.

Tipul care condusese camionul nu zise nimic despre Ford.

Două sute optzeci de pași greoi. Reacher făcuse șaptezeci, un sfert din drumul până jos, și deodată începu să accelereze. Văzu o fereastră de oportunitate în față. *După ce instalați echipamentul, începeți să alimentați*, spusese Plato. Ceea ce însemna că vor fi ocupați un timp la suprafață până când unul dintre ei va coborî să conecteze furtunul camionului cu pompă la rezervorul de carburant. Cinci minute, poate. Posibil, zece. Iar cinci sau zece minute singur cu Plato jos, în subteran, puteau fi productive. Așa că își propuse să ajungă jos cât mai repede posibil. Ca să se pregătească. Grăbi pasul cât putu de mult. Ceea ce nu însemna prea mult.

Și nici pe departe suficient.

Plato se menținea la aceeași distanță. Ba chiar recuperă din ea. Pentru un om de statura lui Plato, scara elicoidală era lată, somptuoasă de-a dreptul. Ruptă parcă dintr-un film de la Hollywood. Iar picioarele lui erau micuțe. În comparație cu Reacher, era sprinten și agil.

Reacher încetini din nou. Era mai bine să-și conserve energia și să evite o luxație de gleznă.

Tipul care șezuse în scaunul 4A stătea cu tipul de pe locul 4B la adăpostul camionului cu pompă, unde nu puteau fi văzuți din clădire, nici de la geamurile de la cabina de zbor a avionului, invizibili și pentru santinela aflată la treizeci de metri mai încolo, pe pistă. Tipul de pe locul 4A îi trimisese rusului un SMS: *Mașina polițistului avariată. N-avem cum să fugim.*

Rusul răspunsese: *Vă dublez suma de bani.*

Tipul de pe locul 4B aruncă o privire spre camionul de degivrare. Insul de pe 4A îi urmări privirea. Un moto diesel, cam greoi, nu cine știe ce de rapid, cu aspect distinctiv și furat pe deasupra. Dar era un vehicul.

Nu spuse nimic.

Telefonul îi bâzâi din nou în palmă.

Oferta rusului: *Vă triplez banii. Acționați.*

Triplarea sumei de bani însemna o avere dincolo de orice închipuire. Dar chiar și asta pălea față de perspectiva unei vieți din care Plato lipsea.

Tipul de pe locul 4B aprobă cu o mișcare din cap. Tocmai adusese camionul, deci știa că funcționează.

Insul de pe locul 4B scrise mesajul: *OK.*

Reacher trecu prin al doilea nod al coloanei de oboi. Două treimi din drumul până jos. Sunetele individuale scoase de cele patru tălpi la atingerea metalului se contopeau și fuzionau într-un cântec fantomatic ascuțit, care pulsa în susul și în josul puțului și oscila în aerul inert, ca o elegie pentru o tragedie pe cale să se întâmple. Reacher se înfioră și continuă să coboare în întunecime, ținând lanterna între degetul mare și degetul arătător înmănușate, atingând peretele cu celelalte degete. Deasupra lui, fasciculul lanternei lui Plato se sucea, țopăia și spinteca întunericul. Călcâiul lui Reacher atinse treapta cu numărul două sute. Mai avea încă optzeci.

*

Camionul cu pompă era în esență un dispozitiv simplu. O invenție relativ recentă. Pe vremuri, cisternele alimentau avioanele direct. În lumea modernă, constructorii de aeroporturi îngropau sub pământ rezervoarele de carburant și camioane scheletice veneau pe pista de asfalt și făceau legătura dintre conductele rezervoarelor subterane și rezervoarele de sub aripile avioanelor. Furtunul de pe mosorul aflat imediat în spatele cabinei era derulat și conectat la sursa din adânc, iar furtunul de pe celălalt mosor era derulat și conectat la avion. Între cele două furtunuri era o pompă, care trăgea carburantul din subteran și-l împingea în rezervoarele avionului. O operație simplă și liniară.

Tipii care stătuseră în avion pe locurile 4A și 4B manevrară camionul cât mai aproape de ușa clădirii din piatră, adică aproximativ la jumătatea distanței dintre rezervorul de sub pământ și Boeingul însetat. Unul dintre ei luă primul capăt de furtun pe umăr, iar celălalt acționă motorul electric care derula mosorul. Cel cu furtunul pe umăr îl cără în clădire și-l introduse în al doilea puț de ventilație, cel lăsat liber de băieții cu troliul și frânghia.

Reacher ajunse la fund. Aceeași situație ca înainte. Se odihni pe ultima treaptă, la nici treizeci de centimetri de podeaua camerei, cu tavanul care-i ajungea până la mijloc, cu partea de sus a corpului încă în interiorul puțului, cu fața la două degete de peretele curbat din beton. Plato se înghesui în spatele lui, așa cum făcuse și Holland înainte. Reacher simți în spate țeava pistolului automat.

— Mișcă-te, spuse Plato.

Reacher se aplecă mult în jos și-și vârî umerii sub tavan, înaintând cu greu, chinuindu-și picioarele și gâtul îndoit la nouăzeci de grade. Se lăsă în genunchi, se îndoi într-o parte și se așeză. Se târî pe un semicerc și începu să se târască cu spatele înainte, într-o postură lipsită de demnitate, lent, greoi și claustrofobic, sprijinit în călcâie, degete și fund, o dată, și încă o dată.

Plato coborî de pe ultima treaptă și păși pur și simplu în cameră.

Făcu trei pași încrezător și apoi se opri, se uită în jur, cu spatele drept, cu un spațiu de zece centimetri între creștetul capului și tavanul din beton.

— Unde-i marfa mea? întrebă el.

Reacher nu-i răspunse. Era în derivă. Pământul îi alunecase de sub picioare. Toată viața lui, să fie mai înalt însemnase să fie mai bun. Mai dominant, mai puternic, mai lesne observat, mai avantajat. Ai credibilitate, ești tratat cu respect, ești avansat în grad mai repede, câștigi mai bine, ești ales în diverse chestii. Statisticile o demonstrează.

Câștigi lupte, ai parte de mai puține necazuri, ești șeful turmei.

Dacă te-ai născut înalt, ai câștigat la loteria vieții.

Dar nu și aici.

Aici jos să fii înalt însemna că ai tras un loz necâștigător.

Aici jos era o lume în care un tip pipernicit putea să învingă.

— Unde-i marfa mea? repetă Plato, cu mâinile pe pistolul automat.

Reacher își ridică mâna de pe podea și dădu să arate într-o direcție, dar deodată auzi două bufnituri în spate și un plesnet, apoi altă bufnitură. Se răsuci și văzu că cele trei pachete cu saci de gunoi fuseseră lăsate să cadă pe puțul de ventilație plus capătul colacului de frânghie. Obiecte pe care le văzuse înainte, în portbagajul mașinii lui Holland.

— Avem de muncă, spuse Plato. Nu e chiar așa de complicat. Punem marfa în saci, legăm sacii de frânghie și cei de sus o ridică.

— Câtă marfă? întrebă Reacher.

— Avionul poate să transporte șaisprezece tone.

— O să stai aici o săptămână întreagă.

— Nu cred. Am cam zece ore la dispoziție. Motociclistul o să iasă din mica lui ascunzătoare de la pușcărie imediat după ora prânzului. Iar eu am aranjat cu directorul să-ți țină tot departamentul pe poziții chiar până atunci. Așa că nu ne deranjează nimeni. Iar o tonă și jumătate pe oră ar trebui să fie posibil. Mai ales că ne ajuți și tu aici. Dar nu-ți face griji. Munca mai grea e la suprafață.

Reacher nu spuse nimic.

— Mai întâi, o să luăm bijuteriile, spuse Plato. Unde sunt?

Reacher dădu să arate din nou, dar în acel moment colierul de alamă montat la capătul unui furtun negru gros căzu chiar lângă el prin celălalt puț de ventilație. Căzu pe podea și furtunul în exces se rostogoli după el, încolăcindu-se în jurul acestuia. Apoi auzi zgomot de pași venind de deasupra. Clinchete și răpăituri în puțul scării, crescând în intensitate, apropiindu-se. Un om cobora pe trepte.

Alimentarea cu carburant era pe cale să înceapă.

— Unde-s bijuteriile? întrebă Plato.

Reacher nu-i răspunse. Făcea o estimare a timpului. Două sute optzeci de trepte. Undeva între două și trei minute până la sosirea tipului cu alimentarea, oricât de repede s-ar fi mișcat. Și două sau trei minute trebuia să fie suficient. Trecuse multă vreme de când Reacher purtase o luptă care să dureze mai mult de două sau trei minute.

O fereastră de oportunitate.

— Unde-s bijuteriile? întrebă din nou Plato.

— Găsește-le singur, răspunse Reacher.

Zgomotul de picioare coborând treptele se auzi ceva mai tare.

Plato zâmbi. Își trase manșeta hainei și făcu un spectacol din verificarea orei la ceasul de la mână, cu mișcări încete și nonșalante. Apoi se năpusti în față, iute și agil, cu scopul de a-l lovi pe Reacher cu piciorul într-o parte. Din poziția șezut, Reacher împinse piciorul lui Plato lateral și se ridică în genunchi, iar Plato se îndepărtă poticnindu-se. Reacher pivotă în sus și se aruncă după el.

Dar se lovi tare cu capul de tavan, își zgârie nodurile degetelor și se prăbuși înapoi în genunchi. Plato se îndreptă după un pas, se apropie dansând și trimise o lovitură de picior întârziată, o lovitură sănătoasă în partea din spate a coastelor lui Reacher.

Apoi se îndepărtă și zâmbi din nou.

— Unde-s bijuteriile? spuse el.

Reacher nu-i răspunse. Degetele îi sângerau și era foarte sigur că avea pielea capului sfâșiată. Tavanul se prăbuși parcă asupra lui.

Plato puse ambele mâini pe automat și spuse:

— Ai dreptul la o singură încercare. Atât. Unde-s bijuteriile?

Așa că Reacher găsi cu ajutorul lanternei coridorul corect. Chiar și de la acea distanță, reflexiile veneau înapoi strălucitoare și lugubre. Plato se apropie de ele, cu mișcări iuți și săltărețe, fără absolut nicio problemă, mergând chiar pe vârfuri, ca și cum s-ar fi aflat afară având doar cerul deasupra capului.

— Adu niște saci! strigă el peste umăr.

Reacher se târî și luă un pachet cu saci, apoi se târî după Plato, șontâcăind, îngrădit în mișcări, constrâns, umilit, urmându-l pe omuleț ca o maimuță uriașă înghesuită într-o cușcă.

Plato se afla pe coridorul cu bijuterii. Făcea ceea ce făcuse și Holland. Plimba lumina lanternei pe lungimea raftului și înapoi, peste aur, argint și platină, peste diamante, rubine, safire și smaralde, peste ceasuri, picturi, tăvi și sfeșnice. Dar nu avea pe chip întipărită lăcomia sau uimirea. Evalua doar amploarea muncii de ambalare, atâta tot.

— Poți să începi să pui rahaturile astea în saci, spuse el. Dar mai întâi arată-mi prafurile.

Reacher îl duse în cealaltă parte a camerei circulare, pe călcâie, degete și fund, gârbovit și respectuos, până la al treilea dintre cele trei tuneluri pline cu metamfetamină. Imaginea rămânea la fel de impresionantă. Cărămizile stivuite câte zece pe înălțime și zece pe adâncime, un zid solid pe lungimea de treizeci de metri, nederanjat timp de cincizeci de ani, cu hârtia de pergament îngălbenită reflectând estompat lumina lanternelor. Cincisprezece mii de pachete. Peste treisprezece tone.

— Asta-i tot? întrebă Plato.

— O treime, spuse Reacher.

Pașii de pe trepte se auzeau mai tare. Omul cu carburantul se grăbea.

— O să luăm ce-i aici, zise Plato. Și cât o mai încăpea în avion.

— Am crezut că i-ai vândut-o rusnacului, zise Reacher.

— Păi, i-am vândut-o, spuse Plato.

— Și cu toate astea, o iei?

— Doar o parte.

— E o înșelăciune.

Plato râse.

— Ai omorât trei oameni pentru mine și acum te superi pentru că eu fur? De la un rusnac tăntălău pe care nu l-ai întâlnit niciodată?

— Aș prefera să te ții de cuvânt, atâta tot.

— De ce?

— Pentru că vreau ca fiica mea să fie OK.

— A plecat de bunăvoie cu oamenii ăia. Și, oricum, după zece ore n-o să mai am ce face cu ea. N-o să mai fac niciodată afaceri aici.

— Nici cu mine n-o să mai ai ce face, spuse Reacher.

— O să te las să trăiești, spuse Plato. Ai lucrat bine pentru mine. Cam lent, dar ai reușit în final.

Reacher nu spuse nimic.

— Să știi că-mi țin cuvântul, spuse Plato. Dar nu cu rușii.

În spatele lor se auzi tare ultimul pas pe ultima treaptă metalică și apoi primul pas mai liniștit pe podeaua din beton. Se întoarseră și-l văzură sosind pe unul dintre oamenii lui Plato, ca toți ceilalți înalt de un metru șaptezeci și, prin urmare, adus din spate, dar nu prea mult. Avea automatul la piept și o lanternă în mână. Se uita în jur, fără curiozitate. Doar un om care-și face treaba. Găsi furtunul de combustibil, îl săltă cu o mână, îl îndreptă și-l scutură, trimițând unde sinuoase pe lungime ca să desfacă eventualele blocaje. Întrebă în spaniolă unde era rezervorul și Reacher așteptă ca Plato să traducă întrebarea și abia pe urmă arătă cu lanterna spre coridorul relevant. Omul trase după el furtunul greu și se făcu nevăzut.

— Poți să-ncepi să pui bijuteriile în saci, spuse Plato.

Reacher îl lăsă să intre în comuniune cu marfa care-i era atât de dragă și făcu un ocol târându-se. Nouăsprezece mii de litri într-un rezervor artizanal. Voia să se asigure că racordul se făcea în condiții de siguranță. Urma să rămână acolo jos până când Plato murea, ceea ce însemna un minimum de câteva minute sau un maximum de zece ore, așa că prefera să nu-și facă griji pentru mai multe lucruri deodată.

Îl găsi pe omul lui Plato tocmai când termina treaba. Capătul din bronz al furtunului era prins bine într-o flanșă din alamă sudată în peretele îndepărtat al rezervorului. Omul îl împinse într-o parte, apoi în cealaltă, ca să vadă dacă avea joc. Mulțumit că totul era în regulă, deschise un robinet aflat în partea dinspre rezervor a joncțiunii. Reacher auzi cum carburantul curge în furtun. Nu mult. Zece, cincisprezece litri. Atât. Aduși doar de forța gravitației în porțiunea de furtun care stătea întinsă pe podea mai jos de nivelul rezervorului. Pentru restul, pompa trebuia să se amorseze mai întâi, apoi să soarbă combustibilul, să-l ridice la suprafață și mai apoi să-l împingă în rezervoarele avionului.

Reacher se uită atent la joncțiune. O singură picătură mare de kerosen se formase în locul în care două garnituri din textolit erau comprimate. Picătura se umflă și, după o ezitare, căzu la podea formând o pată de umezeală.

Atât.

Nimic mai mult.

Îndeajuns de sigur.

Omul lui Plato se aplecă puțin și se întoarse la scară ca să urce din nou la suprafață. Reacher dădu ocol camerei circulare și dispăru într-un coridor care era departe de bijuterii și departe de metamfetamină.

Capitolul 45

Acționați. Un ordin simplu și scurt. Sau o rugăminte simplă și scurtă, ori o solicitare simplă și scurtă. Sau o jumătate de tranzacție, simplă și scurtă. O tranzacție foarte atrăgătoare. Acționați și îmbogățiți-vă peste măsură și trăiți fericiți până la adânci bătrâneți, în respectul și venerația întregii voastre comunități. Aveau să fie bărbații care l-au lichidat pe Plato. Sfinți. Eroi. Oamenii aveau să cânte imnuri și să spună povești pe seama lor.

Tipul de pe scaunul 4A se uită la tipul de pe scaunul 4B. Amândoi înghițiră în sec. Se apropiau de momentul hotărâtor. Erau periculos de aproape. La treizeci de metri spre sud, o nouă santinelă intrase în post. Se uita în direcție opusă, vigilent și în stare de alertă. Mult dincolo de el, torțele continuau să ardă la capătul îndepărtat al pistei. La cincisprezece metri dincolo de coada Boeingului, a treia torță continua să ardă și ea. La cincisprezece metri de camionul de degivrare, în cealaltă direcție, a patra torță era tot un bulgăre de lumină stacojie. Luna albastră, zăpada albă, flăcările roșii.

Ceilalți trei tipi lucrau în avion. Deschideau ușile, fixau scările, puneau la cale un sistem pentru transportarea sacilor de-a lungul unui lanț uman și apoi ridicarea acestora în avion și depozitarea pe podeaua vechiului compartiment pentru clasa economic.

Tipul de pe locul 4A ridică pe umăr al doilea furtun. Tipul de pe locul 4B acționă comutatorul și mosorul începu să se desfășoare.

Patru fără șaisprezece minute dimineața.

Încă unsprezece minute.

Reacher îl auzi pe Plato mișcându-se. Îl auzi ieșind din coridor în camera circulară. Reacher stătea pe podeaua primului tunel de legătură curbat. În ceea ce el numise inelul B. Ca un Pentagon în miniatură, dar rotund și sub pământ. Camera centrală era inelul A. Apoi veneau inelul B, inelul C și pe partea exterioară se afla inelul D. Toate parțial interconectate prin cele opt spițe de roată drepte. Peste cinci sute de metri liniari de tunel. Douăzeci și patru de joncțiuni separate. Douăsprezece cotituri aleatorii la dreapta și douăsprezece cotituri aleatorii la stânga. Plus un total de zece băi, bucătării și magazii.

Un bârlog.

Un labirint.

Reacher fusese acolo înainte, iar Plato nu.

Fără semnal de celular, oamenii lui erau ocupați la suprafață, nicio posibilitate să primească întăriri.

Reacher așteptă.

— Holland? strigă Plato.

Sunetul cuvântului răsună, se lovi de pereți și o luă pe căi imprevizibile, părând să vină de pretutindeni și de nicăieri.

Reacher așteptă.

— Holland? strigă Plato. Mişcă-ţi curu-ncoace. Înţelegerea noastră nu s-a încheiat. Ţine minte, o s-o schilodesc şi-o s-o mutilez şi-o s-o las să mai trăiască un an aşa înainte să-i fac felul.

Reacher nu spuse nimic.

— Holland? strigă Plato.

Niciun răspuns de la Reacher. Cinci secunde. Zece.

— Holland!

Reacher nu spuse nimic. Marele joc la risc urma chiar atunci. Fix la momentul potrivit. Ori, ori. Trăieşti sau mori. Un ins deştept confruntat cu o problemă s-ar grăbi să urce scara şi să-şi trimită jos soldaţii în locul lui. Un ins prost ar rămâne să lupte până la capăt.

Dar la fel ar proceda şi un individ deştept dominat de ego, aroganţă şi sentimentul superiorităţii, precum şi de nevoia de a nu părea niciodată slab fiindcă avea doar un metru cincizeci în înălţime.

Ori, ori.

Trăieşti sau mori.

Plato rămase pe loc.

— Holland? Unde eşti?

O urmă de îngrijorare în glas.

Reacher îşi apropie gura de betonul curbat şi spuse:

— Holland e mort.

Sunetul se deplasă de-a lungul pereţilor, făcu un ocol complet şi ajunse din nou la el, o propoziţie rostită pe un ton liniştit, pretutindeni şi nicăieri, colocvială, dar plină de ameninţare. Reacher auzi picioarele lui Plato târşâindu-se pe podeaua din beton. Se rotea în loc, încercând să localizeze vocea.

Picioarele lui Plato se opriră şi-l auzi strigând:

— Ce-ai spus?

Reacher se deplasă în lungul unei spițe goale în inelul C. Un târâit lent și silențios. Absolut niciun sunet, în afară de foșnetul materialului textil când turul pantalonilor atingea podeaua. Ceea ce oricum n-avea importanță. Toate sunetele erau peste tot. Șuierau, cântau, se împrăștiau și se deplasau.

Reacher își lipi gura de perete și spuse:

— L-am împușcat pe Holland în cap. Acum vin după tine.

— Cine ești tu?

— Contează?

— Spune-mi.

— Am fost prieten cu Janet Salter.

— Cu cine?

— Cu martorul. Nici măcar nu știi cum o chema?

— Ești polițistul militar?

— Ești pe cale să afli cine sunt.

Un ins deștept ar fi fugit spre scară.

Plato rămase.

— Crezi că poți să mă-nfrângi? strigă el.

— Oare calul mănâncă ovăz? strigă Reacher.

— Crezi că poți să mă bați aici jos?

— Pot să te bat oriunde.

O pauză lungă.

— Unde ești? strigă Plato.

— Chiar în spatele tău, spuse Reacher.

O voce puternică, un ecou răsunător. Tălpi târșâindu-se grăbite pe beton. Niciun răspuns. Reacher se mută mai departe, pe întuneric, cu lanterna stinsă. Îl auzi pe Plato intrând pe un coridor. O spiță dreaptă. Zgomotul picioarelor sale se îngustă, apoi se lărgi și țăcănitul călcâielor se auzi simultan din dreapta și din stânga. Reacher o luă la stânga și apoi la dreapta. Într-una dintre spițele drepte. Vecină, aparent, cu cea a lui Plato. Zări lanterna lui Plato când trecu de gura inelului C. Se mișcă, se opri și se culcă pe-o parte, îndoit într-un S, la gura spiței drepte, la nici un metru de camera principală. Lipit de podea, ca să fie o țintă mică. Departe de suprafețele verticale, pentru că și gloanțele ricoșau de pereți, nu doar sunetele. Orice veteran de război ți-ar spune același lucru. Pe aleile strâmte, în spațiile înghesuite, gloanțele care nu-și ating ținta nu ricoșează la unghiuri fanteziste. Se mișcă tangențial cu cărămizile sau piatra. Dacă te lipești de o suprafață dură, îi faci adversarului un serviciu, nu ție. Contraintuitiv și greu de rezistat unei porniri instinctive, dar adevărat.

Îl auzi pe Plato oprindu-se la gura coridorului său. Văzu lumina de la lanterna acestuia. Stătea cu fața spre camera principală. Două posibilități. Prima, avea să se întoarcă la dreapta, îndepărtându-se de tunelul în care aștepta Reacher. A doua, avea să se întoarcă la stânga, spre acel tunel.

De-a v-ați ascunselea. Poate cel mai vechi joc din lume.

Tipul de pe locul 4A duse al doilea furtun în clădirea din piatră. Îl târî pe podea și în jurul capului de scară și-l trase în același puț de ventilație în care fusese deja introdus primul furtun. Îl ridică din nou pe umăr și, cu fața înspre vid, îl împinse cu genunchiul până când capătul căzu în puț. Apoi împinse furtunul în jos, metru după metru, cinci metri, zece, cincisprezece, douăzeci, ca și cum s-ar fi deplasat în spate ridicându-se în mâini de-a lungul unei bare nesfârșite. Când aprecie că în puț intraseră cam douăzeci de metri de furtun, se trase de sub el și-l lăsă sprijinit de buză. Îl îndreptă cu piciorul pe podea și verifică să nu aibă bucle.

Totul era în regulă.

În sus din rezervor, trecând prin pompă și înapoi în jos, în același puț.

O operație simplă și liniară.

Acționați.

Se întoarse în frig și-și găsi prietenul, pe care-l întrebă:

— Poți să nimerești santinela de-aici?

Tipul de pe locul 4B se uită în jos la pistolul automat. O țeavă de unsprezece centimetri. O armă excelentă, dar cu nimic mai precisă decât un pistol bun. Iar el dârdâia zdravăn. Și nu doar de frig.

— Nu, spuse el.

— Atunci te apropii pe furiș de el. Dacă te vede, îi spui că te-ai dus să-l înlocuiești. Ține-l de vorbă. Eu o să-i împușc pe ceilalți de îndată ce ies de-aici din avion. Aștepți până mă auzi pe mine trăgând și apoi îi vii de hac.

Tipul de pe locul 4B nu spuse nimic.

— Pentru mama ta. Și pentru surorile tale. Și pentru fiicele pe care-o să le ai într-o bună zi.

Tipul de pe locul 4B nu spuse nimic. Se întoarse și o luă spre sud. Încet la început, apoi mai repede.

Plato o luă la dreapta. Departe de locul în care aștepta Reacher. O dezamăgire. Sau poate că nu. Poate era doar o întârziere și, în cele din urmă, un avantaj. Pentru că lumina lanternei scădea și creștea, apoi iar scădea și creștea în intensitate, încet, regulat și ritmic. Ceea ce-i spunea lui Reacher că Plato mergea lent pe circumferința camerei, în sens invers acelor de ceasornic, luminând pe rând câte un coridor, oprindu-se, verificând atent, apoi mergând mai departe. Nicio pierdere netă. În definitiv, într-un spațiu circular, a te roti la dreapta era în ultimă instanță același lucru cu a te roti la stânga. Iar rotirea în sens invers acelor de ceasornic era mai bună decât în sensul acelor de ceasornic. Mult mai bine. Dintr-un număr de motive, care erau pe cale să devină clare.

Pentru Plato, mai ales.

Reacher așteptă.

Fasciculul lanternei se mișcă mai departe.

Deodată, de sus, Reacher auzi niște sunete firave. Niște uruituri scurte, estompate. Patru la număr. Îndeajuns de slabe ca să se apropie de punctul în care să nu mai poată fi auzite deloc. Poate că motorul de pornire al camionului cu pompă începuse să se rotească. Poate camionul de degivrare. Poate ceva ce avea legătură cu avionul.

Poate nimic.

Dar dacă Reacher ar fi fost forțat să ghicească cel mai rău caz, le-ar fi identificat drept trei rafale trase cu pistoale automate.

Din care la suprafață erau șase.

Plato le auzi și el. Lanterna lui se opri pe loc.

Tăcere.

Nimic mai mult.

O lungă așteptare.

Apoi fasciculul lanternei se mișcă mai departe.

Reacher îl văzu pe Plato din spate prin a cincea spiță circulară, la jumătate de metru de scară. Era la douăzeci de pași distanță. În sens opus. Raza luminoasă a lanternei sale era perfect orizontală în coridorul de vizavi de cel în care se afla Reacher.

Acesta își mișcă brațul drept. Îl îndoi la spate, pregătindu-se.

Plato continuă să se miște în același sens și la fel de încet. Corpul lui era îndreptat în față, în timp ce parcurgea un circuit perfect. Își ținea capul întors. Se uita la dreapta la un unghi de nouăzeci de grade de-a lungul fiecăreia dintre spițele radiale. Ținea lanterna în mâna stângă, fasciculul trecându-i pe lângă corp. Ceea ce însemna că ținea arma în mâna dreaptă. Pistolul automat era prins cu cureaua în jurul gâtului. Ceea ce însemna că vârful țevii era orientat spre stânga, ceea ce era fundamental greșit pentru un dreptaci care parcurgea un cerc în sens contrar acelor de ceasornic. Țeava pistolului era orientată spre interior în loc să fie spre exterior. O greșeală gravă. Pentru corectarea ei în grabă, ar fi fost nevoie de o flexare incomodă a cotului și de o manevră complicată cu cureaua de prindere.

Reacher zâmbi.

La urma urmelor, nu era un individ atât de deștept.

Plato continua să se apropie.

Încă un sfert de cerc. Încă două spițe.

O spiță.

Deodată, se auzi o vibrație în furtunul conectat la rezervorul de carburant. Pompa de la suprafață începuse să funcționeze. Reacher auzi șuierul lichidului în timp ce pompa se amorsa, creând vidul necesar pentru a trage carburantul din rezervor. Apoi se auzi un fâșâit de aer din rezervorul care începea să se golească, la început slab, apoi mai puternic.

Fasciculul lanternei se mișcă mai departe.

Sosi.

Se plimbă prin tunelul lung, concentrat imediat deasupra formei ondulate a lui Reacher. Dar lumina împrăștiată de lentilă îl găsi. Plato încremeni la niciun metru distanță. Doar o fracțiune de secundă. Reacher simți momentul. Și îl folosi ca să-și arunce brațul în față. Ca o aruncare disperată din fundul terenului, în timp ce adversarul aleargă victorios spre bază. Lanterna Mag-lite avea cam patruzeci și cinci de centimetri. Aliaj greu, patru baterii D. Rizuri încrucișate pe corp. Priză excelentă. Accelerație feroce. Balans formidabil. Mușchi, furie, mânie. Geometrie și fizică.

Lanterna lui Reacher îl lovi pe Plato cu fundul direct în frunte. O lovitură zdravănă. Reacher se roti pe șold și, folosindu-și picioarele pe post de seceră, îl doborî pe Plato, care căzu lat la podea. Reacher se rostogoli pe spate, se roti pe cealaltă parte și apoi se rostogoli deasupra lui Plato.

Și lumea își schimbă din nou orientarea. Acum orizontala era verticală, iar verticala era orizontală. Nu mai era un dezavantaj să fii înalt. De fapt, dimpotrivă. Pe podea, cel mai solid câștigă întotdeauna.

Reacher începu să aplice lovituri puternice în fața lui Plato, *una, două, trei,* cu forță și răutate. Apoi puse mâna pe H&K, la fel ca Plato, și cei doi începură să tragă cu disperare de armă. Plato era puternic. Incredibil, fenomenal de puternic pentru un om de statura sa. Și insensibil la durere. Reacher trăgea cu stânga de armă și cu dreapta continua să expedieze lovituri în capul lui Plato. *Patru, cinci, șase, șapte.* Plato se sucea și se zvârcolea, când în stânga, când în dreapta. Reacher era deasupra lui, înăbușindu-l, cu toate cele o sută cincisprezece kilograme ale sale, dar era în pericol să fie răsturnat. Plato mârâia și mușca, îndoindu-se și cabrându-se. Reacher își propti podul palmei sub nasul lui Plato și începu să-i izbească țeasta de beton, *unu, doi, trei.* Apoi *patru.*

Niciun rezultat.

Plato începu să-l lovească pe Reacher în vintre, zvârcolindu-se ca și cum ar fi înotat pe spate. Reacher imobiliză pistolul automat și, dându-se într-o parte, aplică o lovitură de dreapta în coastele lui Plato. Acesta tuși o dată, tuși a doua oară și pe buze îi apăru o spumă de sânge. Se ridică brusc din mijloc și încercă să-l lovească pe Reacher cu capul. Reacher își așeză palma gigantică peste dinții în mișcare ai lui Plato și-l izbi cu capul de podea.

Ochii lui Plato rămaseră deschiși.

Apoi, deodată, un șuvoi zgomotos de lichid, năvălind în forță, implacabil. Ca un furtun de pompieri. Ca zece furtunuri de pompieri. Ca o sută. Ca o cascadă. Violent. Duhoarea de kerosen. Reacher își ținu mâna stângă pe armă și bâjbâi cu dreapta până găsi lanterna lui Plato, apoi își propti cotul în beregata lui Plato și îndreptă fasciculul în direcția sunetului.

Lichidul se scurgea din puțul de ventilație mai apropiat. O curgere torențială, ca la o inundație. Sute și sute de litri. Un potop. Se lovea de beton, ricoșa și se împrăștia pentru a se întinde apoi pe suprafața podelei. Ca un lac. Ca o maree. În câteva secunde, podeaua era îmbibată. Aerul era plin de vapori. Lumina lanternei dansa, tremura și înota printre ei.

Kerosen.

Carburant de avion.

Și venea întruna. Ca de la un robinet uriaș. De neoprit. Ca un dig rupt de ape. Împroșcând, împrăștiindu-se, năvălind, udând totul. Plato se suci, se zvârcoli și își eliberă gâtul de sub cotul lui Reacher și spuse:

— Ce mama dracului e asta? O scurgere?

— Nu e o scurgere, spuse Reacher.

— Atunci ce e?

Reacher urmărea scurgerea neîncetată și plină de forță. Și pulsatorie. Era pompa de la suprafață, care funcționa la întreaga capacitate. Două furtunuri în același puț. Unul în sus, altul în jos. Unul golea rezervorul, celălalt, cu gura larg deschisă, răsturna conținutul înapoi în subteran.

— Ce este? întrebă Plato.

— E o înșelăciune dublă, spuse Reacher.

Capul îl durea deja din pricina vaporilor și simțea înțepături în ochi.

— Ce? zise Plato.

— Rusnacul i-a cumpărat pe doi dintre oamenii tăi. Ești scos din afaceri.

— Își închipuie că pot să mă-nece?

— Nu, spuse Reacher. Nu vor să te înece.

Nu exista nicio posibilitate să facă așa ceva. Aria podelei era prea mare. Cei aproape douăzeci de mii de litri aveau să se ridice abia la vreo cinci centimetri înălțime.

— Au de gând să te ardă de viu, spuse el.

— Prostii! zise Plato.

Reacher nu spuse nimic.

— Cum? spuse Plato. O să arunce un chibrit prin puțul scării? Se stinge în zbor.

Reacher nu spuse nimic. Plato se ridică în genunchi. Din nasul spart curgea sânge. Și pe gură îi ieșea sânge. Avea dinții zdrobiți. Un ochi era închis. Ambele sprâncene erau tăiate.

Puse mâinile pe H&K.

Apoi le ridică.

Reacher aprobă cu o mișcare a capului.

— Nici să nu te gândești, spuse el. Cu focul de la gura țevii? Când ai vaporii ăștia în aer? Vrei să-i ajuți să-și facă treaba?

— Și cum au de gând s-o facă? întrebă Plato.

Reacher nu spuse nimic. Se gândea. Își imagina scena de la suprafață, derulând opțiunile în minte.

Vezi ce văd ei.

Fii ca ei.

Nu un chibrit.

Plato avea dreptate.

Un chibrit avea să se stingă.

*

Tipul de pe locul 4B porni motorul camionului de degivrare, roti volanul și o luă spre est, către colțul din dreapta sus al pistei. Cincizeci de metri. Patruzeci. Treizeci. Douăzeci. Roti din nou de volan și coti într-un cerc strâns, iar tipul de pe locul 4A sări din cabină, se aplecă și apucă de bază torța de semnalizare, scoțându-i vârful înfipt în beton. O ținu departe de corp și se urcă din nou în camion, lăsând ușa deschisă și ținând brațul cu torța întins, în curentul de aer. Flacăra se făcu mai puternică, pâlpâi și fumegă, dar nu se stinse. Camionul gonea înapoi. Cincizeci de metri. Patruzeci. Treizeci.

Potopul continua neabătut. Părea că nu se mai termină. Lichidul curgea și se împrăștia zgomotos. Puțul de ventilație era ca un robinet de cadă mărit de o sută de ori. Reacher stătea în genunchi. Pantalonii i se îmbibaseră. Stratul de kerosen era deja gros de un centimetru. Vaporii denși le îngreunau respirația.

— Ce facem? întrebă Plato.

— Cât de repede poți să urci pe scări?

Plato se ridică în picioare.

— Mai repede ca tine, spuse el.

Erau față în față, nas în nas, Reacher în genunchi, Plato în picioare.

— Nu cred, zise Reacher.

O să am timp din belșug pentru citit după ce-o să se termine agitația asta.

Reacher expedie upercutul din genunchi. O lovitură colosală, primitivă, primordială, pornită tocmai din centrul pământului, pulsând prin betonul ud, prin coapsă, prin șold, prin tors, prin umăr, prin braț, prin încheietură, prin pumn, fiecare mușchi și fiecare fibră zvâcnind o singură dată, unda propagându-se rapid într-o armonie și o succesiune propulsivă perfectă.

Impactul îi zdrobi falca lui Plato, iar capul acestuia se dădu brusc pe spate ca al unei păpuși de cârpe. Rămase nemișcat o fracțiune de secundă și apoi se prăbuși greoi, pe verticală.

Reacher era aproape sigur că individul murise la contactul cu podeaua.

Dar numai o certitudine absolută l-ar fi mulțumit.

Așa că își lipi palmele de urechile lui Plato și-i suci capul într-o parte, apoi în cealaltă parte, până simți că vertebrele se desprind, dar nu încetă să-i sucească gâtul decât când nu mai avu nicio îndoială că și măduva spinării se secționase.

Potopul continua să se reverse agitat și torențial. Camera rotundă, cândva inertă, uscată și străveche, era îmbibată de o duhoare chimică și clocotea de vapori, grosimea păturii de carburant crescând subit la peste doi centimetri, cu valuri mici și repezi năpustindu-se radial dinspre volbura înspumată formată sub gura conductei.

Cu siguranță că toată lumea se teme de moarte, îi spusese Janet Salter.

Depinde ce formă ia, îi răspunsese el.

O luă la fugă.

Străbătu podeaua în genunchi, își aplecă umerii și-și vârî capul în puțul scării, apoi se târî, se agăță de ce se nimerea și reuși să se ridice în picioare. Se înclină către stâlpul central și urcă treptele câte trei deodată, galopând nebunește, mâna stângă alunecându-i în sus pe stâlp, dreapta bâjbâind frenetic pe zid, valorificând orice prilej de a mai câștiga o secundă. Zgomotul pașilor pe treptele metalice era înecat de vuietul cascadei de carburant de jos. Continuă să urce, câte trei, câte patru trepte deodată, fără să respire, anaerobic, sus, sus, tot mai sus, învârtindu-se iar și iar, fără să mai numere, doar alergând, urcând, agitându-se, chinuindu-se și aruncându-se către suprafață.

Camionul de degivrare opri pe loc, întoarse la 180 de grade, dădu înapoi și se îndreptă. Direct în spatele lui, clădirea din piatră. Direct în fața lui, pista de aterizare. Tipul de pe locul 4A coborî și alergă adus de spate, ținând întins brațul în care avea torța. Se opri în ușă, se întoarse și ținu torța în spate apoi, după o secundă, o azvârli cu boltă, cu o mișcare amplă a brațului. Torța se rostogoli ca un foc de artificii roz-strălucitor șuierând prin aer. Se lovi de buza neterminată a puțului de ventilație și, rostogolindu-se încă o dată, căzu în hău, dispărând din vedere.

Patru fără cinci dimineața.

Șaizeci și una de ore scurse.

Capitolul 46

A fost nevoie să treacă patru zile înainte ca locul să se răcească suficient pentru a putea fi inspectat. În acel moment, se formase o coadă lungă de agenții care așteptau să ia parte la vânătoare. Primii ajunși la locul faptei au fost cei de la Homeland Security, apoi cei de la forțele aeriene, FBI, Patrula Autostrăzii și un grup de anchetatori specializați în incendii, convocați de guvern. Incidentul stârnise un interes intens. Primii care-l observaseră fuseseră cei de la Comandamentul Nord-American al Apărării Aeriene. Sateliții lor văzuseră o pată de căldură radiantă având o temperatură uluitoare, iar computerele lor o interpretaseră fie ca pe o lansare, fie ca pe o lovitură a unei rachete. Echivalentele lor rusești văzuseră același lucru. În câteva secunde, Casa Albă vorbea la telefon, dând asigurări și primind la rândul ei asigurări. Da, existau silozuri cu rachete în Dakota de Sud, dar nu în acel loc. Pe de altă parte, nicio rachetă rusească nu fusese lansată spre America.

Garda Națională a fost trimisă să securizeze un perimetru larg. Prin acel perimetru s-au strecurat pe rând agențiile aflate în așteptare. Au înființat baze operaționale la o distanță de opt kilometri. Au trimis patrule înainte, atât de aproape cât au îndrăznit. Apoi, din orașul apropiat Bolton a venit vestea privind un nor toxic ciudat purtat de vântul ce bătea dinspre vest. Patrulele au fost retrase. Au fost distribuite materiale de protecție. La Bolton au fost detașați doctori. Simptomele raportate erau derutante. Era ca și cum o doză mică de drog psihoactiv fusese administrată întregii populații. Se vorbea de euforie și stări de excitație temporare, precum și tulburări ale somnului și creșterea apetitului sexual. Aerul a fost analizat. Nu s-a ajuns la nicio concluzie. Vântul suflase cu putere zile în șir, tocmai din Wyoming. Nu s-au raportat simptome similare în partea estică a statului.

Patrulele s-au apropiat din nou.

Prima descoperire a fost un vehicul avariat aflat la circa șase kilometri spre sud de epicentru. Era un camion de degivrare a avioanelor raportat ca fiind furat de la un aerodrom comercial de la est de Rapid City. Părea să fi mers spre sud pe vechiul drum districtual ce pornea de la acel loc. Drumul fusese înzăpezit și cu suprafața accidentată. După toate aparențele, camionul derapase de pe drum și se rostogolise de cel puțin două ori. Era un vehicul greoi și instabil.

În apropiere, au fost găsite două cadavre. Doi bărbați neidentificați de origine hispanică, în costume negre cumpărate aparent din Mexic, peste care aveau geci de iarnă nou-nouțe. Bărbații prezentau răni perimortem grave, cauzate probabil de accident, dar muriseră de frig, posibil după ce se târâseră de sub vehiculul avariat. Amândoi aveau arme de foc automate procurate ilegal. Cu una dintre arme se trăseseră trei gloanțe, iar cu cealaltă, nouă. Odată cu această veste, Biroul pentru

Alcool, Tutun și Arme de foc s-a înscris pe lista de agenții în așteptare.

Patrulele se apropiaseră și mai mult. Pe la mijlocul celei de-a doua zile, bazele operaționale din avangardă se mutaseră la limita sudică a vechii piste de aterizare a forțelor aeriene. În acea nouă poziție au descoperit o mașină de poliție fără însemne, complet avariată. Localnicii au identificat-o fără dubii ca aparținând departamentului de poliție din Bolton. Era înregistrată pe numele șefului de departament Tom Holland. Acesta dispăruse în noaptea incendiului. Dezordinea pusese stăpânire pe departament, care avea de rezolvat trei omucideri recente, una dintre victime fiind chiar adjunctul șefului Holland, Andrew Peterson.

Un pompier cu spirit de observație a găsit tecile a două torțe de semnalizare rutieră, câte una în fiecare colț al pistei, aparent plasate judicios. Ceea ce sugera posibilitatea unei aterizări neautorizate pe timp de noapte. Niciun plan de zbor nu fusese înregistrat la Administrația Federală a Aviației. Dar, cu ajutorul binoclurilor, unii agenți susțineau că văzuseră o epavă contorsionată chiar la sud de epicentru, care ar fi putut fi sau nu resturile unui avion de linie de mari dimensiuni. Odată cu această veste, Comitetul pentru Siguranța Transportului Național s-a înscris, la rândul său, pe lista de așteptare.

La mijlocul celei de-a treia zile, sateliții Apărării Aeriene au arătat că perimetrul exterior se răcise la douăzeci și unu de grade. Patrulele s-au apropiat. Perimetrul exterior părea să aibă un diametru de o sută de metri. Era clar că un fel de minge de foc explodase, arsese și se stinsese, dar fusese de scurtă durată în comparație cu incendiul principal. Teoreticienii incendiilor începură să ruleze simulări pe laptopurile lor. O inspecție atentă a zonei din interiorul perimetrului a găsit avarii cumplite. Era un schelet carbonizat și contorsionat din aluminiu despre care cei de la Siguranța Transportului Național susțineau că ar fi fost rămășițele unui avion de linie, posibil un Boeing, cel mai probabil un 737.

Patrulele au pătruns într-o lume moartă de fragmente răsucite fumegânde, unele din fier, altele din oțel, unele provenind poate de la un vehicul, altele, mai mici, probabil de la niște arme. Peste tot în jur erau resturi de la avion. Nu s-a făcut nicio încercare de cuantificare a rămășițelor umane. Ar fi fost o sarcină fără speranță. Țărână în țărână, cenușă în cenușă, literalmente.

Singura structură rămasă cât de cât intactă era un mic buncăr din beton, construit să arate ca o casă din piatră. Forțele aeriene au revendicat proprietatea. Planurile originale se rătăciseră, dar se știa la nivel anecdotic că fusese construită cu cincizeci de ani în urmă, conform standardelor pentru construcții rezistente la explozii, valabile la acea dată. Rezistase bine. Acoperișul era deteriorat. Betonul din interior era ciupit, sfărâmat pe alocuri și calcifiat, dar rămăsese rezonabil de solid. Erau trei puțuri circulare care coborau prin podea. S-a presupus că pe vremuri ar fi existat niște burlane din oțel pentru două conducte de ventilație și o scară în spirală, făcută probabil tot din oțel, dar acestea se topiseră mai întâi și apoi se vaporizaseră.

Ceea ce demonstra, potrivit specialiștilor în incendii, că focul izbucnise în subteran.

Îmbrăcați în costume de protecție, specialiștii au fost lăsați în jos pe o adâncime totală de șaizeci și patru de metri în pământ. Au găsit o succesiune de tuneluri și încăperi, beton ciupit, spart și calcifiat, ceva cenușă care se poate să fi provenit de la ceva organic și, uluitor, mai bine de o mie de diamante intacte.

Specialiștii în incendii s-au instalat la secția de poliție din Bolton și și-au conectat laptopurile wireless la calculatoarele puternice de la biroul lor principal. Au început să lucreze. Au trasat modele tridimensionale ale instalației subterane. Au emis câteva presupuneri și supoziții. Aflaseră din evidențele poliției că un camion cu pompă fusese furat împreună cu vehiculul de degivrare. Așadar, dacă aluminiul provenea de la un avion și dacă în subteran existase un rezervor, atunci carburantul de aviație trebuie să fi acționat pe post de catalizator. Ceea ce concorda cu estimările lor privind temperatura incendiului, a cărei limită superioară era definită, după părerea lor, de supraviețuirea diamantelor, iar limita inferioară de faptul că zăpada la sol se topise pe o rază de trei kilometri în toate direcțiile.

Maiorul Susan Turner vedea în fiecare seară știrile la televizor și le citea în fiecare dimineață în ziare, urmărindu-le pe timpul zilei online. Rămânea în biroul ei din Rock Creek, așteptând lângă telefon. Dormea în fotoliile pentru vizitatori, rezemată pe unul dintre ele și cu picioarele ridicate pe celălalt. Telefonul se încăpățână să nu sune.

După o săptămână, teoreticienii incendiilor și-au prezentat ideile cele mai solide. Incendiul fusese un accident produs la realimentarea avionului. Cauzat, poate, de o scânteie electrostatică formată între avion și furtun, mai probabil ca urmare a unei acumulări de vapori în subteran și unei scântei formate la lovirea betonului cu călcâiul. Focul arsese în cea mai mare parte la șaizeci și patru de metri adâncime, cu caracteristici termodinamice sporite datorate unei staze aerodinamice ciudate în care un curent de aer năvălise în jos prin puțul scării, iar produsele combustiei răbufniseră în susul celor două puțuri de ventilație, în direcții opuse, dar cu mase și viteze perfect egale, rezultând ceva ce a echivalat cu o explozie controlată și interminabilă într-un cilindru vertical îngust construit dintr-un material ignifug. Ca lansarea explozivă a unei rachete care s-ar îndrepta spre centrul pământului, nu spre cer. Se considera că acoperișul deteriorat demonstra această ipoteză. Două dopuri temporare plasate în hornurile false cu cincizeci de ani în urmă fuseseră proiectate în afară, fiind găsite la o distanță de circa cinci sute cincizeci de metri. Conform estimărilor, conul îngust al flăcării se poate să fi ajuns la trei sute de metri deasupra solului, imitând astfel amprenta calorică a unei lansări de rachetă.

S-a considerat că faza inițială a incendiului durase patru ore. Apoi, când rezerva de combustibil de jos a scăzut sub un anumit punct critic, staza s-a destrămat și o minge de foc s-a format și a fost proiectată în sus și în afară, la o temperatură mai joasă, dar tot uriașă. Mingea de foc a mai ars circa o oră înainte de a se prăbuși din nou pentru a se stinge în cele din urmă.

Norul toxic din Bolton n-a putut fi explicat. Forțele aeriene au recunoscut că depozitaseră în subteran un surplus de materiale pentru piloții din cel de-al Doilea Război Mondial, căști, cizme și geci din piele tăbăcită, și s-a avut în vedere posibilitatea ca reziduurile chimice ale procesului de argăsire să fi fost responsabile de efectele medicale adverse.

Nici prezența diamantelor n-a fost explicată. S-a avansat teoria potrivit căreia fuseseră furate din Europa în ultimele zile ale războiului și încredințate unui intendent să le introducă în țară clandestin, însă se pierduseră pe drum și fuseseră trimise spre o destinație greșită.

După o serie de apeluri telefonice discrete de la Pentagon, atât cei de la FBI, cât și agențiile locale din Dakota de Sud au conchis că, în absența unor rămășițe care să poată fi identificate categoric drept umane, nu se putea deschide nicio anchetă criminalistică.

Două săptămâni mai târziu, Kim Peterson s-a mutat cu copiii într-o mică locuință închiriată din Sioux Falls, ca să fie mai aproape de tatăl ei și bunicul copiilor. Nu era chiar o metropolă plină de viață, dar cel puțin de la fereastra bucătăriei putea să vadă diverse lucruri.

Patru săptămâni mai târziu, Susan Turner a fost detașată în Afganistan. Elemente ale Unității 110 acționau acolo, iar prezența ei era necesară. În ultima zi petrecută în Virginia, a pus vechiul dosar militar al lui Jack Reacher într-un plic kaki, pe care a scris *Retur la Comandamentul de Resurse Umane*. L-a lăsat în partea din față a pupitrului avariat, pe mijloc. Apoi a ieșit din vechiul birou de la Rock Creek, a închis ușa cu geam mat, a pășit pe coridorul îngust acoperit cu linoleum, a coborât treptele din piatră, ieșind la mașina care o aștepta.

Va urma

LEE CHILD
CRIME
Să nu te întorci niciodată!
TREI
FICTION CONNECTION

Să nu te întorci niciodată

Autor: Lee Child
Titlul original: *Never Go Back*
Traducere din engleză de Constantin Dumitru-Palcus

Ofițerul în retragere Jack Reacher se întoarce la baza militară pe care a condus-o în urmă cu 16 ani ca s-o cunoască pe Susan Turner, actualul comandant. Acolo află că femeia tocmai a fost acuzată de corupție şi că el însuşi ar putea fi judecat pentru un abuz în serviciu de care nu-şi aminteşte şi pentru o presupusă paternitate.

Îmbinând o intrigă complicată şi o cursă palpitantă pentru justiție şi aflarea adevărului, Lee Child îl pune la încercare pe Reacher — şi îl face să se întrebe cine este, ce a făcut şi cum va arăta viața sa în viitor.

LEE CHILD
CRIME
Personal
UN NOU THRILLER
DIN SERIA JACK REACHER
TREI
FICTION CONNECTION

Personal

Autor: Lee Child
Titlul original: *Personal*
Traducere din engleză de Constantin Dumitru-Palcus

Jack Reacher e un singuratic. Fost polițist militar, acum duce o existență nomadă, fără niciun scop. Însă CIA şi Departamentul de Stat american îl contactează. Cineva a încercat să-l împuşte pe preşedintele Franței. Un singur om ar fi putut s-o facă. Şi numai Reacher poate da de urma lui.

Alături de partenera sa, agenta Casey Nice, Reacher începe o cursă ce străbate Atlanticul şi ajunge la Paris şi Londra. Miza n-a fost niciodată mai mare – pentru că, de data asta, e vorba de o chestiune strict personală.

LEE CHILD
CRIME
Urmărit
Lee Child este un maestru al suspansului.
ENTERTAINMENT WEEKLY
TREI
FICTION CONNECTION

Urmărit

Autor: Lee Child
Titlul original: *A Wanted Man*
Traducere din engleză de Constantin Dumitru-Palcus

Jack Reacher, fost ofițer în poliția militară a Statelor Unite, e pus din nou în fața unui caz complicat. Plănuind să ajungă în Virginia, în căutarea unei femei pe care nu a văzut-o niciodată, face autostopul. În mașina care se oprește sunt doi bărbați și o femeie ce pare extrem de îngrijorată. Din atitudinea lor, Reacher începe să suspecteze că ascund ceva. FBI-ul lansează un apel de urmărire generală pentru că în zonă a avut loc o crimă și o persoană a fost răpită. Oare însoțitorii de drum ai lui Reacher sunt implicați în această poveste? Iar fostul ofițer din poliția militară e doar o momeală?

Alături de Julia Sorenson, agent FBI, Reacher pornește o anchetă pe cont propriu și se trezește prins într-o conspirație uriașă, în care nimic nu e ceea ce pare și nimeni nu spune adevărul.

Tiparul executat la:

EuroBusiness Tipar

office@tipografiaeurobusiness.ro
www.tipografiaeurobusiness.ro